卷五

神巫之爱·一个天才的通信

沈从文◎著

长江出版传媒
长江文艺出版社

图书在版编目（C I P）数据

神巫之爱·一个天才的通信 / 沈从文著. -- 武汉 :
长江文艺出版社， 2014.9（2021.10 重印）
（沈从文小说全集·卷五）
ISBN 978-7-5354-7428-5

Ⅰ. ①神… Ⅱ. ①沈… Ⅲ. ①短篇小说－小说集－中
国－现代 Ⅳ. ①I246.7

中国版本图书馆 CIP 数据核字(2014)第 147592 号

策　　划：尹志勇
责任编辑：毛　娟　刘程程　刘兰青　　　　责任校对：毛　娟
封面设计：力志设计·王志强　　　　　　　责任印制：邱　莉　王光兴

出版：长江出版传媒　长江文艺出版社
地址：武汉市雄楚大街 268 号　　邮编：430070
发行：长江文艺出版社
电话：027—87679360
http://www.cjlap.com
印刷：三河市百盛印装有限公司

开本：640 毫米×970 毫米　1/16　　印张：21.5
版次：2014 年 9 月第 1 版　　2021 年 10 月第 3 次印刷
字数：278 千字

定价：58.00 元

目录

神巫之爱

《神巫之爱》收入《从文小说习作选》之前，曾于1929年7月由光华书局印行单行本。

原目：《第一天的事》，《晚上的事》，《第二天的事》，《第二天晚上的事》，《第三天的事》，《第三天晚上的事》。

其中《第二天晚上的事》曾以《神巫故事之一》为篇名刊于1929年3月10日《红黑》杂志第3期；《第三天的事》曾以《日与夜》为篇名刊于1929年4月10日《红黑》杂志第4期，这是作者以《日与夜》为篇名的作品之一。其余诸篇，辑入《神巫之爱》前未见发表。

第一天的事

云石镇砦门外边大路上，有一群花帕青裙的美貌女子，守候一个侍候神的神巫来临。人数约五十，全是极年青，不到二十三岁以上，各打扮得像一朵鲜花。人人猜疑到神巫必然带来神的恩惠给全村，却带了自己的爱情给女人中某一个。因此凡是砦中年青貌美的女人，都愿意这幸福能落在她头上。她们等候那神巫来到，希望幸运留在自己身边，失望分给众人，结果就把神巫同神巫的马引到自己的家中；马安顿在马房，用麦杆草喂马，神巫安顿在她自己的房里，床间有新麻布帐子山棉作絮的房里。

在云石镇的女人心中，把神巫款待到家，献上自己的身，给这神之子受用，是以为比作土司的夫人还觉得荣幸的。

云石镇的住民，属于花帕族。花帕族的女人，正仿佛是为全世界上好男子的倾心而生长得出名美丽，下品的下品至少还有一双大眼睛与长眉毛，使男子一到面前就甘心情愿作奴当差。今天的事，却是许多稍次的女人也不敢出面竞争了。每一个女人，能多将神巫的风仪想想，又来自视，无有不气馁失神，嗒然归去的。

在一切女人心中，这男子应属于天上的人。纵代表了神，往各处降神的福佑，与自己的爱情，却从不闻这男子恋上了谁个女人。各处女人用颜色或歌声尽一切的诱惑，神巫直到如今还是独身。神巫大约在那里有所等候的天知道他等候谁。

神巫是在等待谁？生在人世间的人，不是都得渐渐老去么？美丽年青不是很短的事么？眼波樱唇，转瞬即已消逝，神巫所挥霍抛弃的女人的热情，实在已太多了。便是今天的事，五十人中倘若有一个为神巫加了青眼，也就有其余四十九人对这青春觉到可恼。美丽的身体若无炽热的爱情来消磨，则这美丽也等于累赘。花帕族，及其他各族，女人之所以精致如玉，聪明若冰雪，温柔如棉絮，也就可以说是全为了神的儿子神巫来注意的。

好的女人不必用眼睛看，也可以从其他感觉上认识出来的。神巫原是一个有眼睛的人，就更应当清楚各部落里美中完全的女人是怎样多。为完成自己一种神所派遣到人间来的意义，他一面为各族诚心祈福，一面也应当让自己的身心给一个女人所占有！

是的，这男子明白这个。他对于这事情比平常人看得更分明。他并无奢望，只愿意得到一种公平的待遇。在任何部落中总不缺少那配得他上的女人，眯着眼，抿着口，做成那欢迎他来摆布的样子。他并不忘记这事情！许多女人都能扰乱他的心，许多女人都可以差遣他流血出力。可是因为另外一种理由，终于把他变成骄傲如皇帝了。他因为做了神之子，就仿佛无做人间好女子丈夫的分了。他知道自己的风仪是使所有的女人倾倒，所以本来不必伟大的他，居然伟大下来了。他不理任何一个女人，就是不愿意放下了那其余许多美丽女子去给世上坏男子脏污。他不愿意把自己身心给某一女人，意思就是想使所有世间好女人都有对他长远倾心的机会。他认清楚神巫的职分，应当属于众人，所以他把他自己爱情的门紧闭，独身下来，尽众女人爱他。

每到一处遇有女人拦路欢迎，这男子便把双眼闭下，拒绝诱惑，女人却多以为因自己貌陋，无从使神巫倾心，引惭退去。落了脚，找到一个宿处后，所有野心极大的女人，便来在窗外吹笛唱歌，本来窗子是开的，神巫也必得即刻关上，仿佛这歌声烦恼了他，不得安静。有时主人自作聪明，见到这种情形，必定还到门外去用恶声把逗留在附近的女人赶走，神巫也只对这头脑单纯的主人微笑，从不说主人已做错了事。

花帕族的女人，在恋爱上的野心等于猓猓族男子打仗的勇敢，所以每次闻神巫来此作傩，总有不少女人在砦外来迎接这美丽骄傲如狮子的神巫。人人全不相信神巫是不懂爱情的男子，所以上一次即或失败，这次仍然都不缺少把神巫引到家中的心思。女子相貌既极美丽，又非常胆大，明白这地方女人的神巫，骑马前来，在路上就不得不很慢很慢的走了。

时间是烧夜火以前。神巫骑在马上，看看再翻一个山，就可以望到云石镇的砦前大梧桐树了，他勒马不前，细细的听远处唱歌声音。原来那些等候神巫的年青女人，各人分据在路旁树荫下，盼望得太久，大家无聊唱起歌来了。各人唱着自己的心事，用那像春天的莺的喉咙，唱得所有听到的男子都沉醉到这歌声里，神巫听了又听，不敢走动。他有点害怕，前面的关隘似乎不容易闯过，女子的勇敢热情推这一镇最出名。

追随在他身后的一个仆人，肩上扛的是一切法宝，正感到沉重，压得肩背沉甸甸的，想到进了砦后找到休息的快活，见主人不即行动，明白主人的意思了。仆人说道：

“我的师傅，请放心，女人不是酒，酒这东西是吃过才能醉人的。”他意思是说女人想起才醉人，当面倒无妨。原来这仆人是从龙朱的矮奴领过教的，说话的聪明机智处许多人不能及。

可是神巫装作不懂这仆人的聪明言语，很正气的望了仆人一眼。仆人在这机会上就向主人微笑，表示他什么事全清清楚楚，瞒不了他。

神巫到后无话说，近于承认了仆人的意见，打马上前了。

马先是走得很快，然而即刻又慢下来了。仆人追上了神巫，主仆两人说着话，上了一个个小小山坡。

“五羊，”神巫喊着仆人的名字，说，“今年我们那边村里收成真好！”

“做仆人的只盼望师傅有好收成，别的可不想管他。”

“年成好，还愿时，我们不是可以多得到些钱米吗？”

“师傅，我需要铜钱和白米养家，可是你要这个有什么用？”

“没有钱我们不挨饿吗？”

“一个年青男人他应当有别一种饥饿，不是用钱可以买来的。”

“我看你近来一天脾气坏一天，说的话怪得很，必定是吃过太多的酒把人变胡涂了。”

“我自己那知道？在师傅面前我不敢撒谎。”

“你应当节制，你的伯父是酒醉死的，那时你我都很小，我是听黄牛寨教师说的。”

“我那个伯父倒不错！酒也能醉死人吗?”他意思是女人也不能把主人醉死，酒算什么东西。

神巫却不在他的话中追究那另外意义，只提酒。他说：

“你总不应当再这样做。在神跟前做事的人，荒唐不得。”

“那大约只是吃酒，师傅！另外事情——像是天许可的那种事，不去做也有罪。”

“你真在亵渎神了，你这大蒜!”

照例是，主人有点生气时，就会拿用人比蒜比葱，以示与神无从接近，仆人就不开口了。这时节坡已上了一半，还有一半上完就可以望到云石镇，在那里等候神巫来到的年青女人，是在那里唱着歌，或吹着芦管消遣这无聊时光的。快要上到山顶，一切也更分明了。这仆人为了救济自己的过失，所以不久又开了口。

“师傅，我觉得这些女人好笑，全是一些蠢到无以复加的东西!”

随又自言自语说道：“学竹雀唱歌谁希罕?”

神巫不答理，骑在马上腰身略弯伸手摘了路旁土坎上一朵野菊花，把这花插在自己的发边。神巫的头上原包有一条大红锦绸首巾，配上一朵黄菊，显得更其动人的妩媚。

五羊见到神巫打扮得如此华贵，也随手摘了一朵野花安插在包头上。他头上缠裹的是深黄布首巾，花是红色。有了这花仆人更像蒋平了。他在主人面前，总愿意一切与主人对称，以便把自己的丑陋衬托出主人的美好。其实这人也不是在爱情上落选的人物，世界上就正有不少龙朱矮奴所说的“吃搀了水的酒也觉得比酒糟还好的女人，”来与这神巫的仆人啮臂论交!

翻过坡，坡下砦边女人的歌声更分明了。神巫意思在此间等候太阳落坡，天空有星子出现，这些女人多数因回家煮饭去了，他就可以赶到族总家落脚。

他不让他的马下山，跳下马来，把它系在一株冬青树下，命令仆人也把肩上的重负放下休息。仆人可不愿意。

“我的主，一个英雄他应当在口头下出现!”

“五羊，我问你，老虎是不是夜间才出到溪涧中喝水?”

仆人笑，只好把一切法宝放下了。因为平素这仆人是称赞师傅为老虎的，这时不好意思说虎不是英雄。他望到他主人坐到那大青石上沉思，远处是柔和的歌声，以及忧郁的芦笛，就把一个镶银漆朱的葫芦拿给主人，请主人喝酒。

神巫是正在领略另外一种味道的，他摇头，表示不需要酒。

五羊就把葫芦的嘴亲着自己的嘴，仰头咽嘟咽嘟喝了许多酒，用手抹了一抹葫芦的嘴又抹自己的嘴，也坐在那石头上听山下唱歌。

清亮的歌，呜咽的笛，在和暖空气中使人迷醉。

日头正黄黄的晒满山坡，要等候到天黑还有大半天的时光！五羊有种脾气，不走路时就得吃喝，不吃喝时就得打点小牌，不打牌时就得睡！如今天气正温暖宜人，什么事都不宜作，五羊真愿意睡了。五羊又听到远处鸡叫狗叫，更容易引起睡眠的欲望，因此当到他主人面前张着嘴一连打了三个哈欠。

“五羊，你要睡就睡，我们等太阳落坡再动身。”

“师傅，你说的极有道理。可是你的命令我反对一半承认一半。我实在愿意在此睡一点钟或者五点钟，可是我觉得应当把我的懒惰逐去，因为有人在等候你!”

“我怕她们！我不知道这些女人为什么独对我这样多情，我奇怪得很。”

“我也奇怪！我奇怪她们对我就不如对师傅那么多情了。如果世界上没有师傅，我五羊或者会幸福一点，许多人也幸福一点。”

“你的话是流入诡辩的，鬼在你身上把你变成更聪明了。”

“师傅，你过奖我了。我若聪明，早应当把一个女人占有了师傅，好让其余女子把希望的火踹熄，各自找寻她的情夫！可是如今却怎么样?因了师傅，一切人的爱情全是悬在空中。一切……”

“五羊，够了。我不是龙朱，你也莫学他的奴仆，我要的用人只是能够听命令的人。你好好为我睡了吧。”

仆人于是听命不再作声，又喝了一口酒，把酒葫芦搁在一旁，侧身躺在大石上，用肘作枕，准备安睡。但他仍然有话说，他的口除了用酒或别的木楦头塞着时总得讲话的。他含含糊糊的说道：

“师傅，你是老虎！”

这话是神巫听厌了的，并不理他。

仆人便半像唱歌那样低低哼道：

一个人中的虎，因为怕女人的缠绕，不愿在太阳下见人，……

不敢在太阳下见人，要星子嵌在蓝天上时才敢下山，……

没有星子，我的老虎，我的主，你怎么样？

神巫知道这仆人有点醉意了，不作理会。还以为天气实在太早，尽这个人哼一阵又睡一阵也无妨于事，所以只坐到原处不动，看马吃路旁草。

仆人一面打哈欠一面又哼道：

黄花岗的老虎，人见了怕；猓猓族的老虎，它只怕人。

过了一会仆人又哼道：

我是个光荣的男子，花帕族小嘴长臂白脸庞女人，你们全来爱我！

把你们那张小小的嘴唇，把你们两条长长的手臂，全送给我，我能享受得下！

我的光荣随了我主人而来……

他又不唱了。他每天唱了一会就歇歇，像神巫在山神前念诵祷词一样。他为了解释他有理由消受女人的一切温柔，旋即把他的资格唱出。他说：

我是千羊族长的后裔，黔中神巫的仆人，女人都应归我。

我师傅怕花帕族的女人，却还敢到云石镇上行法事，我的光荣……

我师傅勇敢的光荣，也就应当归仆人有一分。

这个仆人哼哼唧唧时是闭上眼睛不望神巫颜色的。因了葫芦中一点酒，使他完全忘了形，对主人的无用处开起玩笑来了。

远处花帕族女人唱的歌，顺风来时字句听得十分清楚，在半醉半睡情形中的仆人耳中，还可以得其仿佛，他于是又唱道：

你有黄莺喉咙的花帕族妇人，为什么这样发痴？

春天如今早过去了，你不必为他歌唱。

我师傅虽是美丽的男子，但并不如你们所想象的勇敢与骄傲；

因为你们的歌同你们那唱歌的嘴唇，他想逃遁，他逃遁了。

一会儿，仆人的鼾声代替了他的歌声，安睡了。这个仆人在朦胧中唱的歌使神巫生了一点小小的气，为了他在仆人面前的自尊起见，他本想上了马一口气冲下山去。更其使他心中烦恼的，却是那山下的花帕族年青女人歌声，那样缠绵的把热情织在歌声里，听歌人却守在一个醉酒死睡的仆人面前发痴，这究竟算是谁的过错呢？

这时节，若果神巫有胆量，跳上了马，两脚一夹把马跑下山，马项下铜串铃远远的递了知会与花帕族所有年青女人，那在大路旁等候那瑰奇秀美的神巫人马来到面前的女人，是各自怎么样心跳血涌！五十颗年青的，母性的，灼热的心，在腔子里跳着，然而那使这些心跳动的男子，这时节却默然坐在那大路旁，低头默想种种逃遁的方法，人间可笑的事情，真没有比这个更可笑了。

他望到仆人五羊甜睡的脸，自己又深恐有人来不敢睡去。他想起那砦边等候他来的一切女人情形，微凉的新秋的风在脸上刮，柔软的孅人的歌声飘荡到各处，一种暖昧的新生的欲望摇撼到这个人的灵魂，他只有默默的背诵着天王护身经请神保佑。

神保佑了他的仆人，如神巫优待他的仆人一样，所以花帕族女人不应当得到的爱情，仍然没有谁人得到。神巫是在众人回家以后的薄暮，清吉平安来到云石镇的。

到了住身的地方时，东家的院后大刺桐树上，正叫着猫头鹰。五羊放下了肩上的法宝，摇着头说：

“猫头鹰，猫头鹰，白天你虽然无法睁开眼睛，不敢飞动，你仍然不失其为英雄啊！”

那树上的一匹猫头鹰，像不欢喜这神巫的仆人的赞美，扬起翅膀飞去了。神巫望到这个从龙朱矮奴学来乖巧的仆人微笑，坐下去，接受老族总双手递来的一杯蜜蜂茶。

到了夜晚，云石镇的箭坪前便成立了一座极堂皇的道场。

晚上的事

松明，火把，大牛油烛，依秩序一一燃点起来，照得全坪通明如白昼。那个野猪皮鼓，在五羊手中一个皮捶重击下，蓬蓬作响声闻远近时，神巫戎装披挂上了场。

他头缠红巾，双眉向上直竖。脸颊眉心擦了一点鸡血，红缎绣花衣服上加有朱绘龙虎黄纸符箓。手执铜刀和镂银牛角。一上场便在场坪中央有节拍的跳舞着，还用呜咽的调子念着娱神歌曲。

他双脚不鞋不袜，预备回头赤足踹上烧得通红的钢犁。那健全的脚，那结实的腿，那活泼的又显露完美的腰身旋折的姿式，使一切男人羡慕一切女子倾倒。那在鼓声蓬蓬下拍动的铜叉上圈儿的声音，与牛角呜呜喇喇的声音，使人相信神巫的周围与本身，全是精灵所在。

围看跳傩的将近一千人，小孩子占了五分之一，女子们占了五分之二，成年男子占了五分之二，一起在神坛边成圈站定。小孩子善于唱歌的，便依腔随韵，为神巫凑歌。女子们则只惊眩于神巫的精灵附身半疯情形，把眼睛睁大，随神巫身体转动。

五羊这时节虽已酒醒了。但他又沉醉到一种事务中，全部精神集中在主人的踊跃行为上，匀匀的击打着身边那一面鼓。他把鼓槌按拍在鼓边上轻轻的敲，又随即用力在鼓心上打。他有时用鼓槌揉着鼓面，发出一种殢人的声音，有时又沉重一击戛然停止。他脸为身边的焚柴火堆薰得通红，头像个饭箩摇摆又摇摆。平时一见女人即发笑的脸上，这时却全无笑容，严重得像武庙那尊泥塑的关夫子了。

神巫把身一踊，把把一脚，再把牛角向空中画一大圈，五羊把鼓声压低下去，另外那个打锣的人也打锣稍停，忽然像从一只大冰柜中倾出一堆玻璃，神巫用他那银钟的喉咙唱出歌来了。

神巫的歌说：

你大仙，你大神，睁眼看看我们这里人！
他们既诚实，又年青，又身无疾病，
他们大人能喝酒，能作事，能睡觉，
他们孩子能长大，能耐饥，能耐冷，
他们牯牛肯耕田，山羊肯生仔，鸡鸭肯孵卵，
他们女人会养儿子，会唱歌，会找她心中欢喜的情人！

你大神，你大仙，排驾前来站两边！
关夫子身跨赤兔马，
尉迟恭手拿大铁鞭！

你大仙，你大神，云端下降慢慢行！
张果老驴上得坐稳，
铁拐李脚下要小心！

福禄绵绵是神恩，
和风和雨神好心，
美酒白饭当前陈，
肥猪肥羊火上烹！

洪秀全，李鸿章，
你们在生是霸王，
杀人放火尽节全忠各有道，
今来坐席又何妨！

慢慢吃，慢慢喝，

月白风清好过河！
醉时携手同归去，
我当为你再唱歌！

神巫歌完锣鼓声音又起，人人拍手迎神，人人还呐喊表示欢迎那个唱歌的神的仆人。神巫如何使神驾云乘雾前来降福，是人不能明白知道的事，但神巫的歌声，与他那种优美迷人的舞蹈，却已先在云石镇上人人心中得到幸福与欢喜了。

神巫迎神歌唱完，帮手的宰好的猪羊心献上，神巫在神面前作揖，磕头，风车般翻了三十六个筋斗，鼓声转沉，神巫把猪羊心丢到铁锅里去，用手咬诀，喷一口唾沫，第一趟法事就完结了。

神巫退下坛来时，坐到一张板凳上休息，把头上的红巾除去，首事人献上蜜茶，神巫一手接茶一手抹除额上的汗渍。这时节，一些顽皮小孩子，已把五羊包围着了，争着抢五羊手上的鼓槌，想打鼓玩。五羊站到一张凳上不敢下来，大声咤叱那顶顽皮的正在扯他裤头的孩子。神巫这一面，则有族总，地保，甲长，与几个上年纪的地方老人陪着。

场坪上，各处全是火炬，树上也悬挂得有红灯，所以凡是在场的人皆能互相望到。神巫所在处，靠近神像边，有大如人臂的天烛，有火燎，有七星灯；所以更见得光明如昼。在火光下的神巫，虽作着神的仆人的事业，但在一切女人心中，神不可知的则数目也不可知，有凭有据的神却只应有一个，就是这神巫。他才是神。因为他有完美的身体与高尚的灵魂。神巫为众人祈福，人人皆应感谢神巫，不过神巫歌中所说的一切神，从玉皇大帝到李鸿章，若果真有灵，能给云石镇以幸福，就应人把神巫分给花帕族所有的好女子，至少是这时节应当让他来在花帕族女人面前，听那些女人用敷有蜜的情歌摇动他的心，不合为一些年老男子包围保护！

这样的良夜，风又不冷，满天是星，正适宜于年青人在洞中幽期蜜约，正适宜于在情妇身边放肆作一切顽皮的行为，正适宜于倦极做梦，把来到云石镇唱歌娱神的神巫，解下了法衣，放下了法宝，科头赤足来陪一个年青花帕族女人往无人处去，并排坐到一个大稻草积上看天上的流星，指点那流星落去的方向，或者用药面喂着那爱吠的黄狗，悄悄从竹园爬过一重篱到一个女人窗下去轻轻拍窗边的门，女人把窗推开援引了这人进屋，神见到这天气，见到这情形，神也不至于生气！

为了神巫外貌的尊严，以及老年人保护的周密，一切女人真是徒然有了这美貌，徒然糟蹋了这一年无多几日的天气。各人的野心虽大，却无一个女人能勇敢的将神巫从火光下抢走。虽说“爱情如死之坚强”，然而任何女人，对这神巫建设的堡垒，也无从下手攻打。

休息了一会，第二次神巫上场，换长袍为短背心，鼓声蓬蓬打了一阵，继着是大铜锣铛铛的响起来，神巫吹角，角声上达天庭，一切情形复转热闹，正做着无涯好梦的人全惊醒了。

第一次法事为献牲，第二次法事为祈福。

祈福这一堂法事，情形与前一次完全两样了，照规矩，神巫得把所有在场的人叫到身边来，瞪着眼，装着神的气派，询问这人想神给他什么东西，这人实实在在说过愿心后，神巫即向鬼王瞪目，再问天神磕头，用铜剑在这人头上一画完事。在场的人若太多时，则照例只推举十来个人出场，受神巫的处治，其余也同样得到好处了。因为在大傩中的人，请求神的帮助，不出几件事：要发财，要添丁，要家中人口清吉，要牛羊孳乳，要情人不忘恩负义；纵有些人也有希望凭了神的保佑将仇人消灭的，这类不合理要求，当然无从代表，然而互相向神纳贿，则互相了销，神的威灵仿佛独于这一件无应验，所以受神巫处治的纵多，也不能出二十个人以上。

锣鼓惊天动地的打，神巫跷起一足旋风般在场中转，只要再过一阵，把表一上，就应推举代表向前请愿了，这时在场年青女人，都有一种野心，想在对神巫诉愿时，说着请求神把神巫给她的话。在神巫面前请求神许可她爱神巫，也得神巫爱她，是这样，神就算尽了保佑弱小的职分了。在场一百左右年青女人，心愿莫不是要神帮忙，使神巫的身心归自己一件事，所以到了应当举出年青女人向神请愿时，因为一种隐衷，人人皆说事是私事，只有各自向神巫陈说最好。

众女人为这事争持着，尽长辈排解也无法解决，显然明白今夜的事情糟。男子流血女人流泪全是今夜的事。他只默然不语，站在场坪中火堆前，火光照曜到这英雄如一个天神。他四顾一切争着要祈福的女人，全有着年青美健的身体与洁白如玉的脸额，全都明明白白的把野心放在衣外，企图与这年青神之子接近。各人的竞争，即表明各人的爱心的坚固，得失之间各人皆具有牺牲的决心。

族中当事人，也有女侄在内，情形也大体明白了，劝阻无效，只有将权利付之神巫自己。

那族中最年高的一个，见到自己两个孙女也包了花格子布巾在场，照例族中的尊严，是长辈也无从干预年青人恋爱，他见到这事情争持下去也不会有结果，于是站到凳上去，宣告自己的意见。

他先拍掌把一切的纷扰镇平，演说道：

“花帕族的姊妹们，请安静，听一个痴长九十一岁的人说几句话。

对于祈福你们不愿意将代表举出，这是很为难的。你们的意见，是你们至上的权利，花帕族女人纯洁的心愿，我不能用高年来加以干预。我并不是不明白你们的意思。只是很为难，今天这大傩是为全镇全族作的，并不是我个人私有；也不是几个姊妹们私有。这是全镇全族的利益。这傩事，应当属于在场的公众，所以凡近于足以妨碍傩事的个人利益要求，我们是有商量考虑的必要。

如今的夜晚天气并不很长，这还是新秋，这事也请诸位注意。若果照诸位希望，每一个人，（有女人就说，并不是每一人，是我们女人！）是的，单是女子，让我来数数吧，一五，一十，十五，二十……这里像你们这样年青的姑娘，共七十五个。或者还不止。试问七十五个女人，来到神巫身前，把心愿诉尽，又得我们这可敬爱的神巫一一了愿，是作得到的事么？你们这样办，你们的心愿神巫是知道了，（他觉得说错了话又改口说）你们的心愿神已知道了，只是你们不觉得使神巫过于疲倦是不合理的事吗？这样一来到天亮还不能作第三堂法事，你们不觉得这是妨碍了其他人的利益与事务吗？

我花帕族的女人，全知道自由这两个字的意义的。她知道自己的权利也知道别人的权利，你们可以拿你们自己所要求的去想想。”

有女人就说：“我们想过了，这事情我们愿意决定于神巫，他必能给我们公平的办法。”演说的老人就说道：

“这是顶好的，既然这样，我们就把这事情请我们所敬爱的神巫来解决。来，第二的龙朱，告我们事情应当怎么办。（他向神巫）你来说一句话，事情由你作主。（女人听到这个话后全体拍手喊好。）

不过，姊妹们，不要因为太欢喜忘了我们族中的女子美德了！诸位应记着花帕族女人的美德是热情的节制，男子汉才需要大胆无畏的勇敢！我请你们注意，就因为不要为我们尊敬的神巫见笑。

诸位，安静一点，听我们的师傅吩咐吧。”

女人中，虽有天真如春风的，听族长谈到花帕族女人的美德，也安静下来了。全场除了火燎爆裂声外，就只有谈话过多的老年族总喉中发喘的声音。

神巫还是身向火燎低头无语，用手扣着那把降魔短剑。

打鼓的仆人五羊，低声说道：

“我的主，你不要迟疑了，我们的神对于年青女人请求从不曾拒绝，你是神之子，应照神意见行事。”

“神的意见是常常能使他的仆人受窘的！”

“就是这样也并无恶意！应当记着龙朱的言语；年青的人对别人的爱情不要太疏忽，对自己的爱情不要太悭吝。”

神巫想了一会，就抬起头来，朗朗说道：

“诸位伯叔兄弟，诸位姑嫂姊妹，要我说话我的话是很简单的。神是公正的，凡是分内的请求他无拒绝的道理。神的仆人自然应为姊妹们服务，只请求姊妹们把希望容纳在最简单的言语里，使时间不至于耽搁过多。”

说到此，众人复拍手，五羊把鼓打着，神巫舞着剑，第一个女人上场到神巫身边跪下了。

神巫照规矩瞪眼厉声问女人，仿佛口属于神，眼睛也应属于神，自己全不能审察女人口鼻眼的美恶。女人轻轻的战栗把她的愿心说出，她说：

“师傅我并无别的野心，我只请求神让我作你的妻，就是一夜也好。”

神巫听到这吓人的愿心，把剑一扬，喝一声“走，”女人就退了。

第二个来时，说的话却是愿神许他作她的夫，也只要一天就死而无怨。

第三个意思也不外乎此，不过把话说得更委婉一点。

第四第五……照秩序下去全是一个样子，全给神巫瞪目一喝就走了。人人先仿佛觉到自己无希望说给这人听过后，心却释然。以为别的女子也许野心太大请神帮忙的是想占有神巫全身，所以神或者不能效劳，至于自己则所望不赊，神若果是慈悲的，就无有不将怜悯扔给自己的道理。人人仿佛向神预约了一种幸福，所有的可以作为凭据的券就是临与神巫离开时那一瞪。事情的举行出人意料的快，不到一会在场想与神巫接近一致心事的年青女人就全受福了。女人事情一毕，神巫稍稍停顿了跳跃，等候那另外一种人的祈福，在这时，忽然跑过了一个不到十六岁的小女孩，赤了双脚，披了长长的头发，像才从床上爬起，穿一身白到神巫面前跪下，仰面望着神巫。

神巫也瞪目望女人，望到女人一对眼，黑睛白仁像用宝石镶成，才从水中取出安置到眶中，那眼眶，又是庄子一书上的巧匠手工做成的。她就只把那双眼睛瞅定神巫，她的请求简单到一个字也不必说，而又像是已经说得太多了。

他这光景下有点眩目，眼睛虽睁大，不是属于神，应属于自己了。他望到这女人眼睛不旁瞬，女人也不做声，眼中却像是那么说着：“跟了我去吧，你神的仆，我就是神！”

这神的仆人，可仍然把心锁住了，循例的大声的喝道：

“什么事，说！”

女人不答应还是望到这神巫，美目流盼，要说的依然像是先前那种意思。

这神巫有点迷乱，有点摇动了，但他不忘却还有一百左右的花帕族美貌年青女子在周围，故旋即吼问了一声是为什么事。

女人不作答，从那秀媚通灵的眼角边浸出两滴泪来了。仆人五羊的鼓声催得急促，天空西南角上正坠下一大流星光芒如月，神巫望到这眼边的泪，忘了自己是神的仆人了，他把声音变成夏夜一样温柔，轻轻的问道：

“洞府中的仙姊妹，你有什么事你尽管说。”

女人不答理，他又更柔和的说道：

“你仆人是世间一个蠢人，有命令，吩咐出来我照办。”

女人到此把宽大的衣袖，擦干眼泪，把手轻轻抚摩神巫的脚背，不待神巫扬起铜剑先自退下了。

神巫正想去追赶她，却为一半疯老妇人拦着请愿，说是要神帮她把战死的儿子找回，神巫只好仍然作着未完的道场，跳跳舞舞把其余一切的请愿人打发完事。

第二堂休息时，神巫蹙着双眉坐在仆人五羊身边。五羊看师傅神色不大对劲，蹲到主人脚边低声问主人为什么这样忧郁。这仆人说：

“我的主，我的神，什么事使你烦恼到这样子呢？”

神巫说：“五羊我这时比往日颜色更坏吗？”

“在一般女人看来，你比往日更显得骄傲。”

“我的骄傲若使这些女人误认而难堪，那我仍得骄傲下去。”

“但是，难堪的或者是另外一个人！一个人能勇敢爱人，在爱情上勇敢即失败也不会难堪的。难堪只是那些无用的人所有的埋怨。不过，师傅，我说你有的却只是骄傲。”

“我不想这样骄傲了，无味的贪婪我看出我的错来了。我愿意做人的仆，不愿意再做神的仆了。”

五羊见到主人的情形，心中明白必定是刚才请愿祈福一堂道场中，主人听出许多不应当听的话了，这乖巧仆人望望主人的脸，又望望主人插到米斗里那把降魔剑，心想剑原来虽然挥来挥去，效力还是等于面杖一般。大致一切女人的祈福，归总只是一句话，就是请神给这个美丽如鹿骄傲如鹤的神前仆人，即刻为女人烦恼而已。神显然是答应了所有女人的请愿，所以这时神巫当真烦恼了。

祈福　梁林徽音　作

祈了福，时已夜半，在场的人，明天有工做的男子，都回家了，玩倦了的小孩子，也回家了，应当照料小孩饮食的有年纪女人，也回家了。场中人少了一半，只剩下了不少青年女人，预备在第四堂法事末尾天将明亮满天是流星时与神巫合唱送神歌，就便希望放在心上向神预约下来的幸福，询问神巫是不是可以实现应当如何努力方能实现。

看出神巫的骄傲，是一般女子必然的事，但神巫相信那最后一个女人，却只会看出他的忧郁。在平时，把自己属于一人或属于世界，良心的天秤轻重分明，择重弃轻他就尽装骄傲活下来。如今天秤已不同了。一百个或一千个好女人，虚无的倾心，精灵的恋爱，似乎敌不过一个女子实际的物质的爱较受用了。他再也不能把在世界上有无数青年女子对他倾心的事引为快乐，却甘心情愿自己对一个女人倾心来接受烦恼了。

他把第三堂的法事草草完场，于是到了第四堂。在第四趟末了唱送神歌时，大家应围成一圈，把神巫圈在中间，把稻草扎成的蓝脸大鬼抛掷到火中烧去，于是打鼓打锣齐声合唱。神巫在此情形中，去注意到那穿白绒布衣的女人，却终无所见。他不能向谁个女子探听那小女孩属姓，又不能把这个意思向族总说明，只在人中去找寻。他在许多眼睛中去发现那熟习的眼睛，在一些鼻子中发现鼻子，在一些小口中发现那小口，结果全归失败。

把神送还天上，天已微明了。道场散了，所有花帕族的青年女子除了少数性质坚毅野心特大的还不愿离开神巫，其余女人均负气回家睡觉去了。

随后神巫便随了族总家扛法宝桌椅用具的工人返族总家，神巫后面跟得是一小群年青女人，天气微寒，各人皆披了毯子，这毯子本来是供在野外情人作坐卧用的东西，如今却当衣服了。女人在神巫身后，低低的唱着每一个字全像有蜜作馅的情歌，直把神巫送到族总的门外。神巫却颓唐丧气，进门时头也不曾掉回。

第二天的事

神巫思量在云石镇逗留三天，这意见直到晚上做过第二堂道场才决定。这神的仆人，当真愿意弃了他的事业，来作人的仆人了。

他耳朵中听过上一千年青女人的歌声，还能矜持到貌若无动于心。他眼见过一千年青女人向他眉目传语，他只闭目若不理会。就是昨晚上，在第二堂道场中，将近一百个女人，来跪到这骄傲人面前诉说心中的愿望，他为了他的自尊与自私，也俨然目无所睹耳无所闻，只大声咤叱行使他神仆的职务。但是一个不用言语诉说的心愿，呆在他面前不到两分钟，却为他猜中非寻找这女人不可了。

见到主人心不自在的仆人五羊，问他主人说：

“师傅，你试差遣你蠢仆去做你要做的那件事吧，天上人参果，地下八宝精，你要我便找得着！”

“事情是神所许可的事，却不是我应当做的事！”

“既然神也许可，人还能违逆神吗？逆违神的意见，地狱是在眼前的。”

“你是做不到这事的，因为我又不愿意她以外另一人知道我的心事。”

“我准可以做到，只要师傅把那人的相貌说出来，我一定要她来同师傅相会。”

“你这个人只是舌头勇敢，别无能耐！”

“师傅！你说！你说！金子是在火里炼得出来的，我的能力要做去才知道。”

“你这人，我对你的酒量并不怀疑，只是吃酒以外的事简直无从信托你。”

“试试这一次吧。师傅你若相信各样的强盗也可以进爱情的天堂，那么，一个欢喜喝一杯两杯酒的人为什么不能当一点较困难的差事呢?”

神巫不是龙朱，五羊却已把矮奴的聪明得到，所以神巫不能不首肯了。

神巫就告给他仆人，说是那白衣的女人他一见就如何钟情。因为女人是最后一个来到场中受福，五羊也早将这女人记在心上了。五羊说这多容易。请师傅放心，在此等候好消息，神巫只好点首应允，五羊笑了笑就去了。

去了半天还不回来，神巫心上有点着急。天气实在太好了，在这样日光下杀人也像不是罪过。神巫想自己出门走走，又恐怕没有那个体己仆人在身边，外面碰到花帕族女人包围时无法脱身。他悔不该把五羊打发出门，因为他知道这地方的烧酒十分出名，五羊还不知到什么时候始能醉醺醺的回家。

族总知道神巫极怕女人麻烦，所以特把他安置到一个单独院落里。

神巫因为寂寞，又不能睡觉，就从旁门走过族总住的正院去找人谈话，到了那边，人全出门了，只见一个小孩坐在堂屋青石板地下不起，用手蒙脸哭唤。这英雄把孩子举起逗孩子发笑，孩子见了生人抱他，便不哭了，只睁了眼睛看望神巫。神巫忽然觉得这眼睛是极熟习的谁一个人的眼睛了。他想了一会，记起了昨夜间那个人。他又望望孩子身上所穿的衣服，也就正是昨夜那女人所穿一个样子白色。他正在对小孩子发痴，以为这凑巧很可注意，那一边门旁一个人赫然出现，他手忙脚乱不知所措，把小孩放下怔怔望着那人无言无语。原来这就正是昨夜那个请愿求神的少年女子。在日光下所见到的女人颜色，如玉如雪，更其分明。女人精神则如日如霞。这晤面显然也出于她的意外，微惊中带着惶恐，用手扶定门框，对神巫出神。

“我的主人，昨夜里在星光下你美丽如仙，今天在日光下你却美丽如神!”

女人好像腼腆害羞，不作回答，还是站立在那里不动。

神巫于是又说道：

“神啊！你美丽庄严的口辅，应当为命令愚人而开的，我在此等候你的使唤。我如今已从你眼中望见了天堂，就即刻入地狱也死而无怨。”

小孩子，这时见到了女人，踊跃着要女人抱他，女人低头无声走到孩子身边来，把孩子抱起，放在怀中，用口吮着小孩的小小手掌，温柔如观音菩萨。

神巫又说道：

“我生命中的主宰，一个误登天堂用口渎了神圣的尊严的愚人，行为如果引起了你神圣的憎怒，你就使他到地狱去吧。”

女人用温柔的眼睛，望了望这个人中模型善于辞令的美男子，却返身走了。

神巫是连用手去触这女人衣裙的气概也消失了的，见到女人走时也不敢走上去把女人拦住，也不能再说一句话，女人将身消失到芦帘背后以后，这神的仆人，惶遽情形比失去了所有法宝还可笑，一无可作，只站到堂屋正中搓手。

他不明白这是神的意思，还是因为与神意思相反，所以仍然当面错过了这个机会。

照花帕族的格言而说：“凡是幸运它同时必是孪生。”神巫想起这个格言，预料到这事只是起始，不是结局，所以并不十分气馁，回到自己住屋了。

但他的心是不安定的，他应当即刻就知道一切详细。他不能忍耐等到仆人五羊回来，报告消息，却决定要走出去找五羊向他方面打听去了。

正准备起身出门时节，五羊却忙匆匆的跑回来了，额上全是大汗，一面喘气一面用手抹额上的汗，脸上笑容荡漾像迎喜时节的春官。

“舌头勇敢的人，你得了些什么好消息了呢？”

“主的福分，我把师傅要知道的全得到了。我在三里外一个地方见到那人中的神了，我此后将一唱赞美我自己眼睛有福气的歌。”

“我只怕你见到的是你自己眼中的酒神？还是喝一辈子的酒吧。”

“我可以赌咒，请天为我作证人。我向师傅撒谎没有利益可言。我这时的眼睛有光辉照耀，可以证明我所见不虚。”

“在你眼中放光的，我疑心那只是一匹萤火虫，你的聪明是只能证实你的眼浅的。”

“冤枉！谁说天上日头不是人人明白的东西？世上瞎眼人也知道日头光明，你当差的就蠢到这样吗？”这时他想起另外证据来了。“我还有另外证据在这里，请师傅过目。这一朵花它是有来由的。”

仆人把花呈上，一朵小小的蓝野菊，与通常遍地皆生的东西一个样子，看不出它有什么特异处。

“饶舌的东西，我不明白这花有什么用处？”

“你当然不明白它的用处。让我来替这菊花向师傅诉说吧。我命运是应当在龙朱脚下揉碎的，谁知给一个姑娘带走了，我坐到姑娘发上有半天，到后跌到了一个……哈哈，这样的因缘我把这花带回来了。我只请我主，信任这不体面的仆人，天堂的路去此正自不远，流星虽美却不知道那一条路径。”

“我恐怕去天堂只有一条路径。”神巫意思是他自己已先到过天堂了。

“就是这不体面仆人所知道的一条！”

“有小孩子没有？”

“师傅，罪过！让我这样说一句撒野的话吧，那‘圣地’是还无人走过的路！那宝田还不曾被谁下种！”

神巫听到此时不由得不哈哈大笑，微带嗔怒的大声说道：

“不要在此胡言谵语了，你自己到厨房找酒喝去吧。你知道酒味比知道女人多一点。你这家伙的鼻子是除了辨别烧酒以外没有其他用处的。你去了吧！你只到厨房去，在喝酒以前，为我探听族总家有几个姑娘年在二十岁以内，还有一个孩子是这个人的儿子。听清我的话没有？”

仆人五羊把眼睛睁得多大，不明白主人的用意。他还想分辩他所见到的就是主人所要的一个女人。他还想在知识上找出一点证据。可是神巫把这个人轻轻一推，他已踉踉跄跄跌到门限外了。他喊道：“师傅，听我的话！”神巫却訇的把门关上了。这仆人站到门外多久，想起必是主人还无决心，又想起那厨房中大缸的烧酒，自己的决心倒拿定了，就撅嘴蹩脚向大厨房走去。

五羊去了以后，神巫把那一朵小小蓝菊花拿在手上，这菊花若能说话就好了！他望到这花觉到无涯的幸福，这幸福倒是自己所发现，并不必靠自谦为不体面的仆人所禀白的。他不相信他刚才所见到的是另外一个女人，他不相信仆人的话有一句可靠。一个太会说话了的人，所说的话常常不是事实，他不敢信任五羊仆人也就是这种理由。

不过，平时诚实的五羊，今日又不是大醉，所见到的人当然也必美得很。这女人可是谁家的女人？若这花真是从那女人头上掉下，则先一刻在前面院子所见到的又是谁？如果“幸福真是孪生”，女人是孪生姊妹，神巫在选择上将为难不知应当如何办了。在两者中选取一个，将用什么为这倾心的标准？人世间不缺少孪生姊妹。可不闻有孪生的爱情。

他胡思乱想了大半天。

他又觉得这决不会错误，眼睛见到的当然比耳朵听来的更可靠，人就是昨夜那个人！但是这儿子属于谁的种根？这女子的丈夫是谁？……这朵花的主人又究竟是谁？……他应当信任自己，信任以后又有何方法处置自己？

这时节，有人在外面拍掌，神巫说：“进来！”门开了，进来一个人。这人从族总那边来，传达族总的言语，请师傅过前面谈话。神巫点点头，那人就走了。神巫一会儿就到了族总正屋，与族总相晤于院中太阳下。

“年青的人呀，如日如虹的丰神，无怪乎世上的女人都为你而倾心，我九十岁的老人了一见你也想作揖！”

神巫含笑说：

“年深月久的树尚为人所尊敬，何况高年长德的人？江河的谦虚因而成其伟大，长者对一个神前的仆人优遇，他不知应如何感谢这人中的大江！”

“我看你心中的有不安样子，是不是夜间的道场疲倦了你？”

“不，年长的祖父。为地方父老作的事，是不应当知道疲乏的。”

“是饮食太坏吗？”

“不，这里厨子不下皇家的厨子，每一种菜单单看看也可以使我不厌！”

“你洗不洗过澡了？”

“洗过了。”

“你想到你远方的家吗？”

“不，这里住下同自己家中一样。”

“你神气实在不妥，莫非有病。告给我什么地方不舒畅？”

“并无不舒畅地方，谢谢祖父的惦念。”

“那或者是病快发了，一个年青人照例免不了常被一些离奇的病缠倒的。我猜必定是昨晚上那一群无知识的女人扰乱了你。这些年青女孩子，是常常因为人太热情的原故，忘了言语与行动的节制的。告给我，她们中谁个有在你面前说过狂话的没有？”

神巫仍含笑不语。

族总又说：

“可怜的孩子们！她们太热情了，也太不自谅了。她们都以为精致的身体应当尽神巫处治成为妇人。都以为把爱情扔给人间美男子为最合理的事。她们不想想自己野心的不当，也不想想这爱情的无望。她们直到如今还只想如何可以麻烦神巫就如何做，我这无用的老人，若应当说话，除了说妒忌你这年青好风仪以外，不知道尚可以说什么话了。”

“祖父，若知道晚辈的心如何难过，祖父当同情我到万分。”

“我为什么不知道你难过处？众女子千中选一，并无一个够得上配你，这是我知道的。花帕族女子虽出名的美丽，然而这仅是特为一般年青诚实男子预备的。神为了显他的手段，仿照梁山伯身材造就了你，却忘了造那个祝英台了！”

“祖父，我倒并不这样想！为了不辜负神使我生长得中看的好意，我应当给一个女子作丈夫的。只是这女子……”

“爱情不是为怜悯而生，所以我并不希望你委屈于一个平常女子脚下。”

“天堂的门我已无意中见到了，只是不知道应当如何进去。”

“那就非常好！体面的年青人，我愿意你的聪明用在爱情上比用在别的事还多，凡是用得到我这老人时老人无有不尽力帮忙。”

“……”神巫欲说不说，蹙了双眉。

“不要愁！爱情是顶顽皮的，应当好好去驯服。也不要把心煎熬到过分。你烦闷，何不出去走走呢？若想打猎，拿我的枪，骑我的马，同你仆人到山上去吧。这几日那里可以打到很肥的山鸡，怕人注意你顶好戴一个面具去。不过我想来这也无多大用处，一个瞎子在你身边也会觉得你是体面的。就是这样子去吧。乘此可以告给一切女人，说心已属了谁，那以后或者也不至于出门受麻烦了。天气实在太好了，不应当辜负这好天气。”

…………

神巫骑马出门了，马是自己那一匹，从族总借来的长枪则由五羊扛上。扛着长枪跟在马后的五羊，肚中已灌满麦酒与包谷酒了，出得门来听到各处山上的歌声，这汉子也不知不觉轻轻的唱起来。

他停顿了一脚，望望在前面马上的主人，却唱道：

你用口成天唱歌的花帕族女人，
你们的爱情全是失败了。
那骑白马来到镇上的年青人，
已为一个穿白衣女人用眼睛抓住了。
…………
你花帕族的男人，
要情人到别处赶快找去！
从今天起始族中的女人，
把爱情将完全变成妒嫉！

神巫回过头来说：

“好好为我把口合拢，不然我要用路上的泥土塞满你的嘴巴了!”

五羊因为有点儿醉了，慢一步，停留下来，稍与神巫距离远一点，仍然唱道：

我能在山中随意步行，
全得我体面师傅的恩惠，
我师傅已不怕花帕族女人。
我决不见女人就退。
…………
你唱歌想爱神巫的乖巧女人。
此后的歌应当改腔改调!
那神巫如今已为一个女子的情人，
你的歌当问他仆人“要爱情不要?”

神巫在马上仍然听到这歌了，又回过头来，望着这醉人情形，带嗔的说道：

“五羊，你当真想吃马屎是不是?”

五羊忙解释，说只是因为牙齿发酸，非哼哼不行，所以一哼就成歌了。

“既然这样，我明天当为你把牙齿拔去，看还痛不痛。”

“师傅，那么我以后因为拔牙时疼痛的原故，可以成年哼了。”

神巫见这仆人醉时话比醒时多一倍，不可理喻，就只有尽他装牙痛唱歌。自己打马上前走了。马一向前跑，谁知这仆人因为追马，倒仿佛牙齿即刻就不发酸歌也唱不出了。一跑跑到了个溪边，一只水鸭见有人来振翅乎乎飞去，五羊忙收拾枪交把主人，等到主人举枪瞄准时，那水鸟已早落到远处芦丛中不见了。

“完了。龙朱仆人说：凡是笼中畜养的鸟一定飞不远。这只水鸭子可不是家养的!我们慢慢的沿这小溪向前走吧，师傅。”

神巫等候了一阵，不见这水鸭子出现，只好照五羊意见走去。这时五羊在前，因为溪边路窄，他牵马。走了一会五羊好像牙齿又发生了毛病，哼起来了。

笼中畜养的鸟它飞不远，
家中生长的人却不容易寻见。
我若是有爱情交把女子的人，
纵半夜三更也得敲她的门。

神巫在五羊说出门字以前就勒着了马。他不走了，昂首望天上白云，若有所计划。

“主人，古怪，你把马一勒，我这牙齿倒好了，要唱歌也唱不来了。”

“你少作怪一点！你既然说那个人的家，离这里不远，我们就到她家中去看看吧。”

“要去也得一点礼物，我们应向山神讨一双小白兔才像样子！”

“好，照你主意吧，你安置一下。”

五羊这时可高兴了。照习惯打水边的鸟时可以随便，至于猎取山上的小兽与野鸡，便应当同山神通知一声。通知山神办法也很简便，只是用石头在土坑边或大树下砌一堆，堆下压一绺头发与青铜钱三枚，设此的人略一致术语，就成了。有了通知便容易得到所想得的东西。故此时五羊即来办理这件事。他把石头找得，扯下自己头发一小绺，摸出三个小钱，蹲下身去，如法炮制。骑在马上的神巫，等候着，望着遥天的云彩，一声不响。

不知是山神事忙，还是所有兔类早得了山神警戒不许出穴，主仆两人在各处找寻半天的结果，连一匹兔的影子也不曾见到。时间居然不为世界上情人着想，夜下来了。黄昏薄暮中的神巫，人与马停顿在一个小土阜上面，望云石镇周围各处人家升起的炊烟，化成银色薄雾，流动如水如云，人微疲倦，轻轻打着嗯哨回了家。

第二天晚上的事

回家的神巫，同他的仆人把饭吃过后，坐在院中望天空。蓝天里全是星子。天比平时仿佛更高了。月还不上来，在星光下各地各处叫着纺车娘，声音繁密如落雨，在纺车娘吵嚷声中时常有妇女们清呖宛转的歌声，歌声的方向却无从得知。神巫想起日间的事，说：

“五羊，我们还是到你说的那个地方去看看吧。”

“主人，你真勇敢！一出门，不怕为那些花帕族女人围困吗？”

“我们悄悄从后面竹园里出去！”

“为什么不说堂堂正正从前门出去？”

“就从前门出去也不要紧！”

“好极了，我先去开路。”

五羊就先出去了，到了山外边，耳听岗边有女人的嘻笑，听到芦笛低低的呜咽。微风中有栀子花香同桂花香。举目眺望远处，一堆堆白衣裙隐显于大道旁，不下数十，全是想等候神巫出门的痴心女人。这些女人不知疲倦的唱歌，只想神帮助她们，凭了好喉咙把神巫的心揪住，得神巫见爱。她们将等候半夜或一整夜，到后方各自回家。天气温暖宜人，正是使人爱悦享乐的天气。在这样天气下，神巫的骄傲，决不是神许可的一件事，因此每个女人的自信也更多了。

神巫的仆人五羊，见到这个情形，打算打算，心想还是不必要师傅勇敢较好，就走转身向神巫住处走去报告外面一切光景。

“看到了些什么了呢？”

“……”五羊只摇头。

“听到了些什么了呢?”

“……”五羊仍然摇头。

神巫就说:

“我们出去吧,若等待绊脚石自己挪移,恐怕等到天亮也无希望出去了。”

五羊微带忧愁答道:

“倘若有办法不让绊脚石挡路,师傅,我劝你还是采用那办法吧。”

“你不还讥笑我说那是与勇敢相反的一种行为么?”

“勇敢的人他不躲避牺牲,可是他应当躲避麻烦。”

“在你的聪明舌头上永远见出师傅的过错,却正如在龙朱仆人的舌头上永远见出龙朱是神。”

“就是一个神也有为人麻烦到头昏情形的时候,这应当是花帕族女人的罪过,她们不应当生长得这样美丽又这样多情!”

“骗子,少说闲话吧。一切我依你了。我们走。”

“是吧,就走。让花帕族所有年青女人因想望神巫而烦恼,不要让那被爱的花帕族一个女人因等候而心焦。”

他们于是当真悄悄的出了门,从竹园翻篱笆过田坎,他们走的是一条幽僻的小路。忠实的五羊在前,勇壮的神巫在后,各人用牛皮面具遮掩了自己的脸庞,匆匆的走过了女人所守候的砦门,走过了女人所守候的路亭。到了无人的路上时,五羊回头望了一望,把面具从脸上取下,向主人憨笑着。

神巫也想把面具卸除,五羊却摇手。

“这时若把它取下,是不会有人来称赞我主的勇敢的!”

神巫就听五羊的话,暂时不脱面具。他们又走了一程。经过一家门前,一个稻草堆上有女人声音问道:

“走路的是不是那使花帕族女人倾倒的神巫?”

五羊代答道:

“大姊,不是,那骄傲的人这时应当已经睡觉了。”

那女人听说不是,以为问错了,就唱歌自嘲自解,歌中意思说:

一个心地洁白的花帕族女人，
因为爱情她不知道什么叫作羞耻。
她的心只有天上的星能为证明，
她爱那人中之神将到死为止。

神巫不由得不稍稍停顿了一步。五羊见到这情形，恐怕误事，就回头向神巫唱道：

年青人不是你的事你莫管，
你的路在前途离此还远。

他又向那草堆上女人点头唱道：

好姑娘你心中凄凉还是唱一首歌，
许多人想爱人因为哑可怜更多！

到后就不顾女人如何，同神巫匆匆的走去了。神巫心中觉得有点难过，然而不久又经过了一家门外，听到竹园边窗口里有女人唱歌：

你半夜过路的人，是不是神巫的同乡？
你若是神巫的同乡，足音也不要去得太忙；
我愿意用头发把你脚上的泥擦揩，
因为它是从那神巫的家乡里带来。

五羊听完伸伸舌头，深怕那女人走出来见到主人，或者就实行用头发擦脚的话，拖了神巫就走，担心走慢了点就不能脱身。神巫无法只好又离开了第二个女人。

第三个女人唱的是希望神巫为天风吹来的歌。第四个女人唱的是愿变神巫的仆人五羊。第五个女人唱的是只要在神巫跟前作一次呆事就到地狱去尽鬼推磨也无悔无忌。一共经过了七个女人，到第八个就是神巫所要到的家了。远远的望到那从小方窗里出来的一缕灯光，神巫心跳着不敢走了。

他说：“五羊，不要走向前了吧，让我看一会天上的星子，把神略定再过去。”

主仆两人就在那人家三十步以外的田坎上站定了。神巫把面具取下，昂头望天上的星辰镇定自己的心。天上的星静止不动，神巫的心也渐渐平定了。他嗅到花香，原来那人家门外各处围绕的是夜来香同山茉莉，花在夜风中开放，神巫在一种陶醉中更像温柔熨贴的情人了。

过一会，他们就到了这人家的前面了，神巫以为或者女人是正在等候他，如同其余女子一样的。他以为这里的女人也应当是在轻轻的唱歌，念着所爱慕的人名字。他以为女人必不能睡觉。为了使女人知道有人过路，神巫主仆二人故意把脚步放缓放沉走过那个屋前。走过了不闻一丝声息，主仆二人于是又回头走，想引起这家女人注意。

来回三次全无影响，一片灯光又证明这一家男子全睡了觉，妇女却还在灯光下做工。事情近于不可理解。

五羊出主意，先越过山茉莉作成的低篱，到了女人有灯光的窗下，听了听里面，就回头劝神巫也到窗下来。神巫过来时，五羊就伏在地上，请主人用他的身体作为垫脚东西，攀到窗边去探望探望这家中情形。神巫不应允，五羊却不起来，所以到后就只得照办了。因为这仆人垫脚，神巫的头刚及窗口，他就用手攀了窗边慢慢的小心的把头在窗口露出。那个窗子原是敞开的，一举头房中情形即一目了然。神巫行为的谨慎，以至于全无声息，窗中人正背窗而坐，低头做鞋，竟毫无知觉。

神巫一看女人正是日间所见的女人，虽然是背影，也无从再有犹豫。心乱了。只要他有勇敢，他就可以从这里跳进去，作一个不速之客。他这样行事任何人都不会说他行为的荒唐。他这种行为或给了女人一惊，但却是所有花帕族年青女人都愿意在自己家中得到机会的一惊。

他望着，只发痴入迷，他忘了脚下是五羊的肩背。

女人正在用稻草心编制小篮，如金如银颜色的草心，在女人手上复柔软如丝绦，神巫凝神静气看到一把草成一只小篮，把五羊忘却，把自己也忘却了。在脚下的五羊，见神巫忍气屏息的情形，又不敢说话，又不敢动，头上流满了汗。这忠实仆人，料不到神巫把应做的事全然忘去，却用看戏心情对付眼前的。

到后五羊实在不能忍耐了，就用手扳主人的脚，无主意的神巫记起了垫脚的五羊，以为五羊要他下来了，就跳到地上。

五羊低声说：

“怎么样？我的主。”

“在里边！”

“是不是？”

“我眼睛若已瞎了，嗅她的气味也知道这个人是谁。”

“那就大大方方跳进去！”

神巫迟疑了。他想起大白天族总家所见到的女子了。那女子才真是夜间最后祈福的女子。那女子分明在族总家中，且有了孩子，这女人却未必就是那一个。是姊妹，或者那样吧，但谁一个应当得到神巫的爱情？天既生下了这姊妹两个，同样的韶年秀美，谁应当归神巫所有？如果对神巫用眼睛表示了献身诚心的是另一人，则这一个女人是不是有权利侵犯？

五羊见主人又近于徘徊了，就激动神巫说道：

“勇敢的师傅，我不希望见到你他一时杀虎擒豹，只愿意你此刻在这里唱一首歌。”

“你如果以为一个勇敢的人也有躲避麻烦的理由，我们还是另想他法或回去了吧。”

“打猎的人难道看过老虎一眼就应当回家吗？”

“我不能太相信我自己，因为也许另一个近处那只虎才是我们要打的虎！”

“虎若是孪生，打孪生的虎要问尊卑吗？”

“但是我只要我所想要的一个，如果有两个可倾心的人，那我不如仍然作往日的神巫，尽世人永远倾心好了。”

五羊想了想，又说道：

“主人决定虎有两只么？”

“我决定这一只不是那一只。”

“不会错吗？”

“我的眼睛对日头不晕眩，证明我不会把人看错。”

…………

五羊要神巫大胆进到女人房里去，神巫恐怕发生错误，将爱情误给了另一个人可不甘心。五羊要神巫在窗上唱一首歌，逗女人开口，神巫又怕把柄落在不是昨夜那年青女人手中，将来成一种笑话，故仍不唱歌。

这时既是夜间，这一家男子白天上山作工疲倦已全睡了。惊吵男当家人既像极不方便，主仆二人就只有站在窗下等待天赐的机会，以为女人或者会到窗边来。其实到窗边来又有什么用处？女人不止过一会儿后即如所希望到窗边来，还倚伏在窗前眺望天边的大星！藏在山茉莉花树下的主仆二人，望到女人仿佛在头上，唯恐惊了女人，不敢作声。女人数了又数天上的星，神巫却度量女人的眼眉距离，因为天无月光不能看清楚女人样子，仍然还无结论。

女人看了一会星，把窗关上，关了窗后不久，就只见一个影子像是脱衣情形在窗上晃，五羊正待要请主人再上他的肩背探望时，灯光熄了。

五羊心中发痒，忍不住了，想替主人唱一首歌，刚一发声口就被神巫用手蒙着了。

“你想作什么蠢事？”

“我将为主人唱一曲歌给这女子听！”

“你不记到着龙朱主仆说的许多聪明话吗？为什么就忘掉，蓄养在笼中的鸟飞不远那句话呢？”

“主人，口本来不是为唱歌而生的，不过你也忘了多情的鸟绝不是哑鸟的话了！”

“大蒜！”

在平时，被骂为大蒜的仆人，是照例不能再开口，要说话也得另找一个方向才行的。可是如今的五羊却撒野了。他回答他的主人，话说得妙，他说：“若尽是这样站下来等着，就让我这‘大蒜’

生根抽苗也还是无办法的。”

神巫生了气，说：“那我们回去。”

“回去也行！他日有人说到某年某月某人的事，我将搀一句话说我的主张只有这一次违逆了主人的命令，我以为纵回去也得唱一首歌，使花帕族女人知道今天晚上的情形，到后是主人不允许，我只得…………”

五羊一面后退一面说，一直退到窗下，离神巫有六步后，却重重的咳了一声嗽，又像有意又像无心，头触了墙。激于义愤的五羊，见到主人今夜的妇人气概，想起来真有点不平！

神巫见五羊已到了窗下，恐怕他还要放肆，就赶过去。五羊见神巫走近时，又赶快伏身贴地，要主人作先前的事情。神巫用脚轻轻踢了一下这个热心的仆人，仆人却低声唱道：

花帕族的女人，你们来看我勇敢的主人！
小心到怕使女人在梦中吃惊，
男子中谁见到过如此勇敢多情？

神巫急了，就用脚踹五羊的头，五羊还是昂头望主人笑。

在这时，忽然窗中灯光又明了。神巫为之一诧，抓了五羊的肩，提起如捉鸡，一跃就跳过那山茉莉的围篱，到了大路上。

窗中灯光明亮后，且见到窗上人影子，神巫心跳着，如先前初到此地时情形相同。五羊目睹此时情形哑口无声，且只想蹲下去，希望女人推窗推开时可以不为女人见到。女人似乎已知道屋外有人的事情了。

过了一会，女人当真又到了窗边把窗推开了，立在窗前望天空吁气，却不曾对大路上注意。神巫为一种虚怯心情所指挥，依旧把身体低藏到路旁树下去。他只要女人口上说出自己的名字一次，就预备即刻跃出到窗下去与女人会面，使女人见到神巫时，为自天而下的神巫一惊。

女人的行为，又像是全不知道路上有望她的人，看了一会星，又把窗关上，灯光稍后又熄了。

神巫放了一口气，身心全像掉落在大海里。他仍然不能向前，即或一切看得分明也不行。

五羊忧郁的向神巫请求道：

“主人，让那其余时节口的用处是另一事，这时却来唱一句歌吧。”

神巫又想了半天，只为了不愿意太对不起今夜，点了头。他把声音压低，仰面向星光唱道：

瞅人的星我与你并不相识，
我只记得一个女人的眼睛；
这眼睛曾为泪水所湿，
那光明将永远闪耀我心。

过了一会，他又唱道：

天堂门在一个蠢人面前开时，
徘徊在门外那蠢人心实不甘；
若歌声是启开这爱情的钥匙，
他愿意立定在星光下唱歌一年。

这种歌反复唱了二十次，三十次，窗中却无灯光重现，也再不见那女人推窗外望，意外的失败，使神巫仆主全愕然了。显然是神巫的歌声虽如一把精致钥匙，但所欲启开的却另是一把锁，纵即或如歌中所说，唱一年也不能得到如何结果了。

神巫在爱情上的失败这还是第一次，他懊恼他自己的失策。又不愿意生五羊的气，打五羊一顿，回到家中就倒到床上睡了。

第三天的事

五羊在族总家的厨房中，与一个肥人喝酒。时间是大清早上。吃早饭以后，那胖厨子已经把早上应做事做完，他们就在那灶边大凳上，各用小葫芦量酒，满葫芦酒咕咽嘟嘟嘟向肚中灌，各人都有了三分酒意。这个人，全无酒意时是另外一种人，除了神巫同谁也难多说话的。到酒在肚中涌时，五羊不是通常五羊了。不吃酒的五羊，话只说一成，聪明的人可以听出两成，五羊有了酒他把话说一成，若不能听五成就不行了。

肥人既然是厨子，原应属于半东家之列的，也有了一点酒意，就同五羊说：

“五羊大爷，我问你，你那不懂风趣的师傅，到底有不有一个女子影子在他心上?”

五羊说：

“哥你真问的怪，我那师傅岂止——”

“有三个——五个——十五个——一百个?”肥人把数目加上去，仿佛很容易。

五羊喝了一口酒不答。

“有几个？哥你说，不说我是不相信的。”

五羊又喝了一口酒，装模作样把手一摊说：

“哥，你相信吧，我那师傅是把所有花帕族女子连你我情人全算在内，都搁在心头上的。他爱她们，所以不将身体交把那一个女子。一个太懂爱情的人都愿意如此做男子，做得到做不到那就看人来了，可是我那师傅——”

“为什么他不把这些女人引到山上每夜去睡一个?”

“是吧，为什么我们不这样办?”

肥人对五羊的话奇怪了，含含糊糊的说：

“哈，你说我们，是吧，我们就可以这样办。天知道，我是怎么处治了爱我的女人！不瞒大哥，不多不少一共十一个。你别瞧我只会炒菜。哥，为什么你不学你的师傅!”

“他学我就好了。”

“倘若是学到了你的相貌，那可就真正糟糕。”

“丑人多福相，受麻烦的人却是相貌很好的人。”

“那我倒很愿意受一点麻烦，把相貌变标致一点。”

“为什么你疑心你自己不标致呢?许多比你更坏的人他都不疑心自己的。一个麻子的脸上感觉是自己的，并不是别人，不然为什么不当麻子的面时我们全不觉到麻子可笑呢?”

“哥你说的对，请喝!”

“哥你喝!”

两人一举手，葫芦又逗在嘴上了。仿佛与女人亲嘴那么热情，两人的葫芦都一时不能离开自己的口。与酒结缘是厨子比五羊还来得有交情的，五羊到后像一堆泥，倒到烧火凳旁冷灰中了，厨子还是一口一口的喝。

厨子望到五羊弃在一旁的葫芦已空，又为量上一葫芦，让五羊抱在胸前，五羊抱了这葫芦却还知道与葫芦口亲嘴，厨子望到这情形，只把巴掌拍着个大肚皮痴笑。

厨子结结巴巴的说：

“哥，听说人矮了可以成精，这精怪你师傅能赶走不能?”

睡在灰中的五羊，只含胡的答道：“是吧，用木棒打他，就走了。”

“不能打！我说用的是道法!”

“念经吧。”

“不能念经。”

“为什么不能?唱歌可以抓得住精怪，念经为什么不能把精怪吓跑?近来一切都作兴用口喊的。”

“你这真是放狗屁。”

“就是这样也好。你说的对。这比那些流别人血做官的方法总好一点吧。这是我五羊说的，决不翻悔。……哥，你为什么不去做官？你用刀也杀了一些了，杀鸡杀猪和杀人有什么不同。”

“你说无用处的话。”

“什么是有用？我请教。凡是用话来说的不全是无用吗？无用等于有用，论人才就是这种说法；有用等于无用，所以能干的就应当被割。”

“你这是念咒语不是？”

“跟神巫的仆人若会念咒语，那么……”

“你说怎么？”

“我说跟到神巫的仆人是不会咒语的，不然那跟到族总的厨子也应有品级了。”

厨子到这时费思索了，把葫芦摇着，听里面还有多少酒。他倚立在灶边，望到五羊卷成一个球倒在那灰堆上，鼾呼已起了，他知道五羊一定正梦到在酒池里泅水，这时他也想跳下这酒池，就又是一葫芦酒咽嘟嘟喝下。这人不久自然也就醉倒到灶边了。这个地方的灶王脾气照例非常和气，所以眼见到这两个醉鬼如此烂醉，也从不使他们肚痛，若果在别一处，恐怕那可不行，至少也非罚款不能了事的。

五羊这时当真梦到什么了呢？他梦到仍然和主人在一处，同站在昨晚上那女人家门外窗前星光下轻轻的唱歌。天上星子如月明，星光照身上使身上也仿佛放光。主人威仪如神，温和如鹿，而超拔如鹤。身旁仍然是香花。花的香气却近于春兰，又近于玫瑰。主人唱歌厌倦了，要他代替，他不推辞，就开口唱道：

要爱的人，你就爱，你就行，你莫停。
一个人，应当有一个本分，你本分？
你的本分是不让我主人将爱分给他人，
勇敢点，跳下楼，把他抱定，放松可不行。

五羊唱完这体面的歌后，就仿佛听到女人在楼上答道：

跟到凤凰飞的鸦，你上来，你上来，
我将告给你这件事情的黑白。
别人的事你放在心上，不能忘，不能忘，
你自己的女人如今究竟在什么地方？

五羊又俨然答道：

我是神巫的仆人，追随十年，地保作证。
我师傅有了太太，他也将不让我独困。
倘若师傅高兴，送丫头把我，只要一个，
愚蠢的五羊，天气冷也会为老婆捏脚。

女主人于是就把一个丫头掷下来了。丫头白脸长身，而两乳高肿，五羊用手接定，觉得很轻，还不如一箩谷子。五羊把女人所给的丫头，放到草地上，像陈列宝贝，他望到这个女人欢喜极了。他围绕这仿佛是熟睡的女子尽只打转，跳跃欢乐如过年。他想把这人身体各部分望清楚一点，却总是望不清楚。本来望到那高肿的两乳，久望一点却又变成两个馒头了。他另外又望到一个东瓜，又望到一个小杯子，又一望到一碗白炖萝卜，又望到……

奇奇怪怪的，是这行将为他妻女的一身。本来是应当说“用”的，久而久之都变成可吃的东西了。他得在每一件东西上尝尝，或吮一次，或用舌舔舔，一切东西的味道都如平常一切果子，新鲜养人，使人贪馋忘饱。

他在略微知道餍足时候才偷眼望神巫。神巫可完全两样，只一个人孤孑的站在那山茉莉旁边，用手遮了眼睛，不看一切。走过去时神巫也不知。他大声喊也不应。五羊算定是女人不理主人了，就放大喉咙唱道：

若说英雄应当永远孤独，那狮子何处得来小狮子？

若师傅被女人弃而不理，我五羊必阉割终生！

不知如何，他又觉得真是应当在神巫面前阉割的时候了，他有点怕痛，又有点悔，就借故说须到前面看看。到了前面他见到厨子，腆着个大肚子，像庙中弥勒佛，心想这人平时吃肉太多了，肚子里至少有了三只猪，就随意在那胖子肚上踢了一脚，看看是不是有小猪跑出。胖子捧了大肚皮在草地上滚，草也滚平了。五羊望到这情形，就只笑，全忘了还应履行自己那件重要责任了。

过不久，梦境又不同了。他似乎同他的师傅向一个洞中走去，师傅伤心伤心的哭着，大约为失了女人。大路上则有无数年青女人用唱歌嘲笑这主仆二人，嘲笑到两人的脸嘴，说是太不高明。五羊就望望神巫同自己，真似乎全都苍老了，胡子硬鬖鬖全很不客气的从嘴边茁出芽来了，他一面偷偷的拔嘴上的胡子，一面低头走路。他经过的地方全是坟堆，且可以看到坟中平卧的人，还有烂了脸装着一副不高兴神气的。他临时记起了避魔咒的全文，这咒语，在平时可是还不能念完一半的。这时念咒语走路，然而仍听得到山茉莉花香气，只不明白这香气应从何处吹来。

…………

在酣醉中，这仆人肆无忌惮的做过了许多怪梦。若非给神巫用一瓢冷水浇到头上，还不知道他尚有几个钟头才能酒醒的。当他能够睁眼望他的主人时，时间已是下午了。面对神巫他想起梦中事情，霍然一惊，余醉全散尽了，站起身来才明白已在柴灰中打了几个滚，全身是灰。他用手摸他的头和脸，莫名其妙脸上颈上会为水淋湿，还以为落雨，因为睡到当天廊下，所以雨把脸湿了，他望到神巫，却向神巫痴笑，不知为什么事而笑。又总觉得好笑不过，所以接着就大笑起来。

神巫说："荒唐东西，你还不清醒吗？"

"师傅，我清醒了，不落雨恐怕还不能就醒！"

"什么雨落到你头上？你一到这里来就像用糟当饭，他日得醉死。"

"醉得人死的酒，为什么不值得喝！"

“来！跟我到后屋来。”

“嗻。”

神巫就先走了。五羊站起了又复坐下，头还是昏昏沉沉，腿脚也很软，走路不大方便。坐下之后，慢慢的把梦中的事归入梦里，把实际归入实际，记起了这时应为主人探听那件事了，就在地下各处寻找那厨子，那一堆肥肉体终于为他发现在碓边了，起来取瓢舀水，也如神巫一样，把水泼到厨子脸上去。厨子先还不醒，到后又给五羊加上一瓢水，水入了鼻孔，打了十来个大嚏。口中含含胡胡说了两句，“出行大吉对我生财，”用肥手抹了一下脸嘴，慢慢的又转身把脸侧向碓下睡着了。

五羊见到这情形，知道无办法使厨子清醒，纵此时马房失火大约他也不会醒了，就拍了拍自己身上灰土，赶到主人住处后屋去。

到了神巫身边，五羊恭敬垂手站立一旁，脚腿发软只想蹲。

“我不知告你多少次了，脾气总不能改。”

“是的，师傅。一个小人的恶德，并不与君子的美德两样；全是自己的事，天生的。”

“我要你做的事怎样了呢？”

“我并不是因为她是笼中的鸟原飞不远疏忽了职务，实在是为了……”

“除了为喝酒我看不出你有理由说谎。”

“一个完人总得说一点谎，我并不是完人，决不至于再来说谎！”

神巫烦恼了，不再看这个仆人。因为神巫发气，一面脚久站了当不来，一面想取媚神巫，请主人宽心，这仆人就乘势蹲到地上了。蹲到地上无话可说，他就用指头在地面上作图画，画一个人两手张开，向天求助情形，又画一个日头，日头作人形，圆圆的脸盘，对世界发笑。

“五羊，你知道我心中极其懊恼的，想法子过一个地方为我探听详细那一件事吧。”

“我刚才还梦到——”

“不要说梦了，我不问你做梦的事。你试往别处去，问清楚我所想知道那一件事。”

“我即刻就去。(他站起来)不过古怪得很，我梦到——”

“我无功夫听你说梦话，要说，留给你那同志酒鬼说吧。”

“我不说我的梦了，然而假使这件事，研究起来，我相信有人感到趣味。我梦到我——”

神巫不让五羊说完，喝住了他，五羊并不消沉，见主人实在不能忍耐，就笑着立正，点头，走出去了。

五羊今天已经把酒喝够了，他走到云石镇上卖糍粑处去，喝老妇人为尊贵体面神巫的仆人特备的蜜茶，吸四川金堂旱烟叶的旧烟斗，快乐如候补的仙人。他坐到一个蒲团上问那老妇人为什么这地方女人如此对神巫倾心，他想把理由得到。卖糍粑的老妇人就说出那道理，平常之至，因为神巫有可以给世人倾心处。

“伯娘，我有不有？”他意思是问有不有使女子倾心的理由。

“为什么不有？能接近神巫的除你以外还无别一个。”

“那我真想哭了。若是一个女人，也只像我那样与我师傅接近，我看不出她会以为幸福的。”

“这时节花帕族年青女人那怕神巫给她们苦吃，也愿意，只是无一个女人能使神巫心中的火把点燃，也无一个女人得到神巫的爱。”

“伯娘，恐怕还有吧，我猜想总有那么一个女人，心与我师傅的心接近，胜过我与我师傅的关系。”

“这不会有的事！女人成群在神巫面前唱歌，神巫全不理会，这骄傲男子，心中的人在天上，那里能对花帕族女人倾心？”

“伯娘，我试那么问一句：这地方，都不会有女人用她的歌声，或眼睛，揪着了我师傅的心么？”

“没有这种好女子，我是分明的。花帕族女子配作皇后的，也许还有人，至于作神巫的妻是床头人，无一个的。”

“我猜想，族总对我师傅的优渥，或者家中有女儿要收神巫作子婿。”

“你想的事并不是别人所敢想的事。”

“伯娘，有了恋爱的人胆子都非常大。”

“就大胆，族总家除两个女小孩以外也只一个哑子寡媳妇，哑子胆大包天，也总不能在神巫面前如一般人说愿意要神巫收了她。”

五羊听到这个话诧异了，哑子媳妇是不是——？他问老妇人说：

“他家有一个哑媳妇么？相貌是……”

“一个人哑了，相貌说不到。”

“我问得是瞎了不瞎？”

“这人有一对大眼睛。”

“有一对眼睛，那就是可以说话的东西了！”

“虽地方上全是那么说，说她的舌头是生在眼睛上，我这蠢人可看不出来。”

“我的天——”

“怎么咧？‘天’不是你这人的，应当属于那美壮的神巫。”

“是，应当属于这个人！神的仆人是神巫，神应归他侍奉，我告他去。”

五羊说完就走了，老妇人全不知道这是什么用意。

不过走出了老妇人门的五羊，望到这家门前的胭脂花，又想起一件事来了，他回头又进了门。妇人见到这样子，还以为爱情的火是在这神巫仆人心上熊熊的燃了，就说：

“年青人，什么事使你如水车匆忙打转？”

“伯娘，因为水的事侄儿才像水车……不过我想知道另外在两里路外有碉楼附近住的人家还有些什么人，请你随便指示我一下。”

“那里是族总的亲戚，还有一个哑子，是这一个哑子的妹妹，听说前夜还到道场上请福许愿，你或者见到了。”

“……”五羊点头。

那老妇人就大笑，拍手摇头，她说：

“年青人，在一百匹马中独被你看出了两只有疾病的马，你这相马的伯乐将成为花帕族永远的笑话了。”

“伯娘，若果这真是笑话，那让这笑话留给后人听吧。”

五羊回到神巫身边，不作声。他想这事怎么说才好？还想不出方法。

神巫说：“你倒是到外面打听酒价去了。”

五羊不分辩，他依照主人意思说："师傅，的确是探听明白的事正如酒价一样，与主人恋爱无关。"

"你不妨说说我听。"

"主人要听，我不敢隐瞒一个字。只请主人小心，不要生气，不要失望，不要怪仆人无用……！"

"说！"

"幸福是孪生的，仆人探听那女人结果也是如此。"

神巫从椅上跳起来了。五羊望到神巫这样子，更把脸烂的如一个面饼。

"师傅，你慢一点欢喜吧。据人说这两个女人的舌头全在眼睛上，事情不是假的！"

"那应当是真事！我见到她时她真只用眼睛说话的。一个人用眼睛示意，用口接吻，是顶相宜的事了！要言语做什么？"

"……"五羊待要分明说这是哑子，见到神巫高兴情形，可不敢说了。他就只告给神巫，说到神坛中许愿的一个是远处的一个，在近处的却是族总的寡媳，那人的亲姊妹。

因为花帕族的谚语是："猎虎的人应当猎那不曾受伤的虎，才是年青人本分，"这主仆二人于是决定了今夜的行动。

第三天晚上的事

到晚来，忽然刮风了，落雨了，像天出了主意，不许年青人荒唐。天虽有意也不能阻拦了这神巫主仆二人，正因为天变了卦，凡是逗留在大路上，以及族总门前，镇旁砦门边的女人，知道天落了雨，神巫不至于出门，等候也是枉然，因此无一个人拦路了。既然这类近于绊脚石的女人，不当路，他们反而因为天雨方便许多了。

吃过了晚饭，老族总走过神巫住处来谈天，因为天气忽变，愿意神巫留在云石镇多住几天，神巫还不答应，五羊便说：

“一个对酒有嗜好的人，实在应当在总爷厨中留一年，一个对女人有嗜好的人，至少也应当留半……！”

五羊的话被主人喝住不说了，老族总明白神巫极不欢喜女人，见到神巫情形不好，就说：

“在这里委屈了年青的师傅了，真对不起。花帕族人用不中听的歌声麻烦了神巫，天也厌烦了，所以今天落了雨。”

神巫说：“祖父说那里话，一个平凡男子，到这里得到全镇父老姊妹的欢迎，他心里真过意不去！天落雨这罪过是仍然应归在神的仆人头上的，因为他不能牺牲他自己，为人过于自私。不过神可以为我证明，我并不希望今夜落雨啊！”

“自私也是好的，一个人不能爱自己他也就无从爱旁人了。花帕族女人在爱情上若不自私，灭亡的时期就快到了。”

神巫不敢答话，就在旁中打圈走路，用一个勇士的步法，轻捷若猴，沉重若狮子，使老族总见了心中喝彩。

老族总见五羊站在一旁，想起这人的酒量来了，就问道：

“有光荣的朋友，你到底能有多大酒量？”

五羊说：“我是吃糟也能沉醉的人，不过有时也可以连喝十大碗。”

“我听说你跟到过龙朱矮仆人学唱歌的，成绩总不很坏吧。”

“可惜人过于蠢笨，凡是那矮人为龙朱尽过力的事我全不曾为主人作到。”

“你自己在吃酒以外，还有什么好故事没有？”

“故事真多啦。大概一个体面人才有体面的事，所以轮到五羊的故事，也都是笑话了。我梦到女主人赏我一个妇人哩，是白天的梦。我如今只好极力把女主人找到，再来请赏。”

老族总听到这话好笑，觉得天真烂漫的五羊，嗜酒也无害其心上天真，就戏说：

“你为你主人做的事也有一点儿‘眉目’没有？”

“有‘目’不有‘眉’。……哈哈，是这样吧，这话应当这样说吧。……天不同意我的心，下了雨！”

“不下雨，你大约可以打火把满村子里去找人，是不是？”老族总说完打哈哈笑了。

“不必这样费神——”五羊极认真的这样说，下面还有话，神巫恐怕这人口上不检，误了事，就喊他拿外廊的马鞍进来，恐怕雨大漂湿了鞍缰。五羊走出去了，老族总向神巫说：

“你这个用人真真不坏。许多人因为爱情把心浸柔软了，他的心却是泡在酒里变天真的。”

神巫不作答，用微笑表示老人话有道理。他仍然在房中来回走着，一面听到外面的风雨撼树的声音，想起另一个地方的山茉莉与胭脂花或者已为风雨毁完了，又想起那把窗推开向天吁气女人的情形，又想起在神坛前流泪女人的情形，忽然心躁起来了，眉毛聚在一处，忘了族总在身边，顿足喊五羊。五羊本是候在门外廊下，听喊声就进来了，问要什么。神巫又无可说了，就顺口问雨有多大，一时会不会止。

五羊看了看老族总，聪明的回答神巫道：

“还是尽这雨落吧，河中水消了，绊脚石就会出现！”

神巫不理会，仍然走动。老族总就说：

“天落雨，是为我留客，明天可不必走了，等候天气晴朗时再说。”

“……”神巫想说一句什么话，老族总已注意到，神巫到后又不说了。

老族总又坐了一会，告辞了，老族总去后不久，神巫便问五羊蓑衣预备好了没有？五羊说天气太早，还不到二更，不合宜。于是主仆二人等候时间，在雨声中消磨了大半天。

出得门时已半夜了。风时来时去。雨还是在头上落。道路已成了小溪，各处岔道全是活活流水。在这样天气下头，善于唱歌夜莺一样的花帕族女人，全敛声息气在家中睡觉了。用蓑衣掩了身体的主仆二人，出了云石镇大砦门，经过无数人家，经过无数田坝，到了他们所要到的地方。

立在雨中望面前房子，神巫望到那灯光，仍然在昨晚上那一处。他知道这一家男子睡了觉，仍然是女子未曾上床。他心子跳动越过那山茉莉的低篱，走到窗下去。五羊仍然蹲在地下，要主人踹踏他的肩，神巫轻轻的就上了五羊的肩头。

今夜窗已关上了，但这窗是薄棉纸所糊，神巫仿照剑客行为，把窗纸用唾液湿透，通了一个小窟窿，就把眼睛向窟窿里张望。

房中无一人，只一盏灯摇摇欲熄。再向床前看去，床边一张大木椅上是一堆白色衣裙，床上蚊帐已放下，人睡了。神巫想轻轻的喊一声，又恐怕惊动了这一家其余的人。他攀了窗边等候了许久，还无变动。女人是已经熟睡，或者已做梦梦到在神巫身边了。神巫眼看到灯已快熄，再过一阵若仍无办法就更不方便了。他缩身下地，把情形告给五羊。五羊以为就是这样翻了窗进去，其余无更好办法。他说请聪明的龙朱来做此事也只有如此，若这一点勇气也缺少，那将永远为花帕族女人笑话了。

神巫应允了，就又踹到五羊的肩爬到了窗边。然而望到那帐子，又不敢用手开窗了。他不久又跳下了地。

上去下来，上去下来，……一连七八次，还无结果。到后一次下了决心，他仍然上到五羊的肩头。他将手从那窗格中伸了进去，摸到了窗上的铁扣，把它轻轻移去，窗开了。窗开后，五羊先是蹲着，这时慢慢的用力站起，于是这忠实的仆人把他的主人送进窗里去了。五羊做毕这事以后，肩头上的泥水也忘记拍去，只站在这窗下淋雨。他望到那窗里的灯光，目不转睛。他耳朵仿佛已扯长到了窗上。他不能想象这时的师傅是什么情形，忽然灯熄了，这仆人几乎喊出声来，忙咬着蓑衣的边沿，走远一点。

为了忘记把窗关上，一阵风来，无油的灯便吹熄了。灯熄了时神巫刚好身到床边，正想用手揎那细白麻布帐子。灯一熄，一切黑暗，神巫茫然了。过了一阵他记起身边有取灯了。他从身上摸出来刮燃，又把灯点上，五羊在外面见了灯光，又几乎喊出声来。灯燃了时他又去揎那帐子，这年青无经验的人在虎身边时还不如此害怕，如今可是全身发抖在那行为上。

还有更使他吃惊的事，在把帐门打开以后，原来这里的姊妹两个，并在一头，神巫疑心今夜的事完全是梦。

…………

…………

旅店及其他

《旅店及其他》1930年1月由中华书局初版，1932年12月再版。

原目：《结婚之前》、《旅店》、《阿金》、《七个野人与最后一个迎春节》、《记一大学生》、《元宵》。

《结婚之前》为《阿黑小史》中一章，篇名改为《婚前》，见第7卷《阿黑小史》。

《阿金》见第9卷，《短篇选》。

其余各篇据中华书局再版本编入。

旅　店

只有醒的人，去看睡着了的另一种人，才会觉到有意思的。他们是从很远一个地方走来，八十里，或一百里的长途，疲劳了他们的筋骨，因此为熟睡所攫，张了口，像死尸，躺在那用干稻草铺好的硬炕上打鼾。他们在那里做梦，不外乎梦到打架、口渴、烧山、赌钱等等事。他们在日里时节，生活在一种已成习惯了的简单形式中，吃、喝、走路、骂娘，一切一切觉得已够，到可以睡时就把脚一伸，躺下一分钟后就已睡好了。

这样的人在各处全不缺少。生在都会中人是即或有天才也想不到这些人生在同一世界的。博士是懂得事情极多的一种上等人，他也不会知道这种人的存在的。俄国的高尔基，英国的萧伯讷，中国的一切大文学家，以及诗人，一切教授，出国的长虹，讲民生主义的党国要人，极熟习文学界情形的赵景深，在女作家专号一书中客串的男作家，他们也无一个人能知道。革命文学家，似乎应知道了，但大部分的他们，去发现组织在革命情绪里的爱去了，也仿佛极其茫然。

中国的大部分的人，是不单生活在被一般人忘记的情形下，同时是也生活在文学家的想象以外的。地方太宽，打仗还不容易，其余无从来发现，这大概也是当然的道理了。这里一件事，就是把中国的中心南京作起点，向南走五千里，或者再多，因此到了一个异族聚居名为苗窠的内地去，这里是说那里某一天的情形的。

天已快亮。

在主人名字名为黑猫的小店中，有四个走长路的人，还睡在一个长大木床上做梦。他们从镇远以上，一个产纸的地方，各人肩上扛了一担纸下来，预备到屈原溯江时所停船的辰阳地方去。路走了将近一半。再有十一天他们就可以把纸卖给铺子回头了。做着这样仿佛行脚僧事业的人是为了生儿育女的原故，长年得奔走的。每一次可以休息十天，通计一年之中有四分之三在各地小旅店中过夜。习惯把这些人变成比他一种商人更能耐劳，旅店与家也近乎是同样的一种地方了。

这旅店开设在山脚，过湖南界下辰州的是应翻山过去的，走了长路的因此多数在此住宿，预备在一夜中把疲倦了的身体恢复过来，蓄了力上这高山。主人是二十七岁的妇人，属于花脚苗。这妇人为什么被人取名为黑猫，是很难于追溯的事。大概是肌肤微黑，

又逗人欢喜的原故，所以称为黑猫。这名字好像又是这妇人丈夫所取的，为自己妇人取下了这样好名字的丈夫，料不到很早的就死去，却把名字留给一切过往客人呼唤了。把名字留给过往客人的呼唤，原是不什么要紧，黑猫的身体，自从丈夫死了以后，倒并不如名字那样被一般人所有！

欢喜白肉，苗族中并不如汉人嗜好之深。对于黑的认识，在白耳族中男子是比任何中国人还有知识的。然而黑猫自从丈夫死了以后，继续了店中营业，卖饭、卖酒、且款待来往远方的客人住宿，却从不闻谁个人对黑猫能有皮肤以内的认识。凡是出门经商作事的人全不是无眼睛的人，眼睛大部分全能注意到生意以外的妇女们脸孔，但对于黑猫，总像她真是个猫，与男女事无关，与爱情无分。事情也并不怎样奇怪，她不是平常的花脚族妇女。乌婆族妇女的风流娇俏，在这妇人身上并不缺少，花脚族妇女的热情，她也秉赋很多，同时她有那猓猓族妇女的自尊与精明，死去了的丈夫让他死去，她在一种选择中做着寡妇活下来了。

她在寡妇的生活中过了三年，没有见到一个动心的男子。白耳族男子的相貌在她身边失了诱人的功效，巴义族男子的歌声也没有攻克得这妇人心上的城堡。土司的富贵并不是她所要的东西，烟土客的挥霍她只觉得好笑。为了店中的杂事，且为了保镖须人，她用钱雇了一个有了四十多岁的驼背人助理一切。来到这里的即或心怀不端，也不能多有所得，相约不来则又是办不到的事。这黑猫的本身就是一件招徕生意的东西，至于自黑猫手中做出的菜，吃来更觉得味道真好，也实有其人。

因为这样，黑猫在众人所不能忘的情形下生活，自然幸福与忧患是同时都有得到的方便，她应得到的全来了。在营业上心怀上占了优势的黑猫，在身体上灾难上不可免的也来了。用歌声，与风仪与富贵，完全克服不了黑猫的心，因此有人想起用力来作最后一举的事了。亏了黑猫的机警，仍然不至于被人遂心，其中故事不少。……故事数毕到了最近的今天。

照例天一发白，黑猫是就应当同那驼子起身，为客人热水洗脸，或烫一壶酒，让客人在灶边火光中把草鞋套上，就来开门送客的。把客送走，天若早，又为冬天，还可以再把身子卷到棉絮中睡一觉。若系三月到九月中任何一日，则大清早各处全是雾，也将走到大路旁井边去担水，把水缸中贮满清水为止。担水的事是黑猫自作的。

黑猫今天特别醒得早，醒时把麻布蚊帐一挂，把床边小小窗子推开，见得是满天星子，满院子虫声，冷冷的风吹来使人明白今天的天气晴朗是一定。虫声像为露水所湿，星光也像湿的，天气是太美丽了。这时节，不知正有多少女人轻轻的唱着歌送她的情人出门越过竹林！不知有多少男子这时听到鸡叫，把那与他玩嬉过一夜的

女人从山峒中送转家去！又不知道有多少人在那分别时流泪赌咒！黑猫想起了这些，倒似乎奇怪自己起来了。别人作过的事她不是无分！别一个作店主妇人的都有权利在这时听一点负心男子在床边发的假誓，她却不能做。别的妇人都有权利在这时从一个山峒中走出，让男子脱下蓑衣代为披上送转家中，她也不能做。

一个二十多岁的妇人，结实光滑的身体，长长的臂，健全多感的心，不完全是特意为男子夜来用的么？可是一个有权享受她的男子，却安安静静睡到土里四年，放弃这权利了。其余呢，又都不济。

今天的黑猫真有点不同往常，在星光下想起的却是平时不曾想到的男女事情。她本应在算账这些纠葛上感觉到客人好坏的，这时却从另一些说不分明的印象上记起住宿的客人来了。四个客，每年来去约在十五六次左右，来去全在此住宿也已经有数年了。因为熟，她把每一个人的家事全知道得清清楚楚，这些人全有家室是她早知道了的。只要中了意，把家中撇开， 来做一点只有夫妻可以有的亲密，不拘形迹的事体，那原无妨于事的。山高水长两人分手又是一个月，正因为难于在一处或者也就更有意思。这些事，在另一时本来她就想到了，不行的仍然是男子中还无一个她所要的男子在。此时的四个纸客，就无一个像与她可以来流泪赌咒的。她即或愿意在这四碗菜中好歹选取一碗，这男子因为太与主人相熟，也就很难自信在这个有名规矩的妇人身上，把野心提起！

但奇怪的是今天这黑猫性情，无端的变了。

一种突起的不端方的欲望，在心上长大，黑猫开始来在这四个客人上面思索那可以光身的人了。她要得是一种力，一种圆满健全的、而带有顽固的攻击，一种蠢的变动，一种暴风暴雨后的休息。过去的那个已经安睡在地下的男子，所给她的好经验，使她回忆到自己失去的权利，生出一种对平时矜持的反抗。她觉得应当抓定其中一个，不拘是谁，来完成自己的愿心，在她身边作一阵那顶撒野的行为。她思索这样事情在这当儿似乎听得有人上山的声音了。

她又从窗口去望天上的星，大小的星群无从数清，极大的星子放出的光作白色，山头上照得出庙宇的轮廓，无论如何天是快明了。

听到鸡叫的声音，听到远处水磨的呜咽声音，且听到狗的声音。狗叫是显然已有人乘早凉上路了。在另一时，她这时自然应当下床了，如今却想到狗的叫声也有是为追逐那无情客人而怀了愤恨的情形的，她懒懒的又把窗关上了。

那驼子原是一个极准确的钟，人上了年纪，一到天亮他非起床不行，这时已在那厨灶边打火镰燃灯，声音为黑猫所听到了。

黑猫在床上，像是生了气，说：“驼子，你这样早是做些什么事？”

“不早了，我知道。今天天气又好，今年的八月真是菩萨保佑！”

驼子照例把灯一燃，就拿灯到客人房中去，于是客人也醒了。

一个客人问驼子：“天气怎么样？”

“好天气！这种天气是引姑娘上山睡觉，比走长路还合式的天气！”

驼子的话把四个客人中有三个引笑了，一个则是正在打哈欠。

这打哈欠的人只顾到打哈欠，所以听不真。驼子像有意说话给这四个客人以外另一个人听，接口说：

“如今是变了，一切不及以前好。近来的人成天早早起来做事，从前二十年，年青人的事是不少，起来的也更早，但这件事情却是从他相好的被里爬出回家，或是送女人回家。他们分了手，各在山坡上站立，雾大对面不见人，还可以用口打哨唱歌。如今是完了，女人也很少情浓心干净的女人了。”

主人黑猫在后房听到驼子的话，大声喊他，说：“驼子，你把水烧好，少在那里说呆话！”

“噢，噢，”这驼子答应了，还向这四个客人做一个烂脸神气，表示他所说的话不是无根，主人就是一个不知情趣的女人。他一旁走一旁自言自语，说的是“世界变了，女人不好好的在年青时唱歌喝酒，倒来作饭店主人。作了饭店主人，又不……”他不把话说完，因为已到了灶边，有灶王菩萨在。大约是天气作的怪，这个人，今天也分外感到主人安分守寡为不应当了。

听到驼子发了感慨的黑猫，她这时已起了床，趿了鞋过客人这边房来，衣服还未扣好，一头的发随意盘在头上蓬起像鹰窠，使人想象到在山峒狼皮褥上仰卧的媚金，等候情人不来自杀以前的样子。客人中之一，适听到驼子的不平言语，见到黑猫的苗条身段，见到黑猫的一对胀起的奶，起了点无害于事的想头，他说：

“老板娘，你晚来睡得好！”

她说：“好呀！我是无晚上不好！”

“你若是有老板在一处，那就更好。”

黑猫在平时，听到这种话，颜色是立刻就会变成严肃的。如今却斜睨这说笑话的客人笑。她估量这客人的那一对强健臂膊，她估他的肩、腰、以及大腿，最后又望到这客人的那个鼻子，这鼻子又长又大。

客人是已起床了，各人在那里穿衣，系带，收拾好的全到房外灶边去套草鞋。说笑话的那个客人独在最后。在三个伙伴出去以后，黑猫望到这大鼻子客人，真有一口咬下这大鼻头的潜意识在，所以自己用手揣到自己的奶，把身子摇摆，想同客人说两句话。

这客人虽曾与黑猫说了一句笑话，是想不到黑猫此时欲望的。伙伴去后见到黑猫在身边，倒无一句可说的话了。他慢慢把裹腿绑

好，就走出房了，黑猫本应在这时来整理棉被，但她只伏到床上去嗅，像一个装醉的人作的事。

另一个客人，因为找那扎在床头的草烟叶，从外面走来，黑猫赶即起来为客人拿灯照烛，客人把烟叶找到，也像不注意到这妇人的大与往日不同处，又走出去了。

黑猫拿了灯跟出房来，把灯放在灶上，去瞧水缸。水所剩不多了，她得去担水，就拿了扁担在手，又从方桌下拖水桶。

把店门开了，外面的街有两三只狗走过身，她又忙把门关上。“驼子，近来怎么野狗又多起来了！”

“每年一到秋天就来了，我说了多久，要装一个药弩，总不得空。我听人说野狗皮在辰州可卖三四两银子一个，若是打到一对狐种狗，我就可以发财了。”

那大鼻子客人说：“岂止三四两银子？我是亲眼见到有人花十块钱买一个花尾獾子的。”

“这话信不得。”另一个客人则有疑惑，因为若果这话可靠，那这纸生意可以改为猎狐生意了。

“谁说谎？他们卖獭是二十两银子，我亲眼见的，可以赌咒。”

“你亲眼见些什么呢？许多事你就不会亲眼见到。若是你有眼睛，早是——”这话是黑猫说的。说了她就笑。

他们都不知道她所说意义何所在，也不明白为什么而笑。但这个大鼻子客人，则仿佛有所会心了，他在一种方便中，为众人所忽略时，摸了一下黑猫的腰，黑猫不作声，只用目瞅着这人的鼻子，好像这鼻子是能作怪的一种东西。

虽然有野狗，野狗不是能吃大人的兽物，本用不着害怕的，所以不久黑猫又开门出去担水去了。大鼻客人也含了烟杆跟了出去，预备打狗或者解溲，总有事。这一担水像是在一里路以外挑回的，回来时黑猫一句话不说，坐在灶边烤火，驼子见大鼻客人转来更慢，却说以为客人被狗吃了。或者狗，或者猫，某一个地方总也真有那种能吃人的猫狗吧。被狗吓的是有人，至于猫，那是并不像可怕的东西了，有人问到时大鼻客人是说得出的。

洗完脸，主人不知何故又特意来为客人煮了一碗鸡蛋，把蜂糖放在鸡蛋里吃完后，送了钱，天已大亮，四个客人把扁担扛上了肩，翻山去了，黑猫主人痴立在门边半天，又坐到灶边去半天，无一句话同驼子可说。

过了一个月左右，旅店中又有人住宿，卖纸人四个中不见了那位大鼻子，问起原故才知道人是在路上发急症死了。过了十个月，这旅店中多了一个小黑猫，一些人都说这是驼子的儿子，驼子因为这暧昧流言，所以在小黑猫出世以后，做了黑猫的丈夫。

黑猫是到后真应了那不幸的大鼻客人的话，有老板人更好了。那三个纸客，还是仍然来往住宿到这旅店中，一到了这店里，见到驼子的样子，总奇怪这个人能使黑猫欢喜的理由不知在什么地方。这些事谁能明白？譬如说，以前是同伴四个，到后又成为三个，这件事就谁也不知道清楚。

一月十日作（病中）

本篇发表于 1929 年 2 月 10 日《新月》第 1 卷第 12 号。署名沈从文。

七个野人与最后一个迎春节

迎春节，凡属于北溪村中的男子，全是为家酿烧酒醉倒了。据说在某城，痛饮是已成为有干禁例的事了，因为那里有官，有了官，凡是近于荒唐的事是全不许可了。有官的地方，是渐渐会兴盛起来，道义与习俗传染了汉人的一切，种族中直率慷慨全会消灭，迎春节的痛饮禁止，倒是小事中的小事，算不得怎样可惜，一切都得不同了！将来的北溪，也许有设官的一天吧？到那时，人人成天纳税，成天缴公债，成天办站，小孩子懂到见了兵就害怕，家犬懂到不敢向穿灰衣人乱吠，地方上每个人皆知道了一些禁律，为了逃避法律人人全学会了欺诈，这一天终究会要来吧。什么时候北溪将变成那类情形，是不可知的，然而这一天是年青人大约可以见到的一天了。地方上，勇敢如狮的人，徒手可以搏野猪，对于地方的进化，他们是无从用力制止的。年高有德的长辈，眼见到好风俗为大都会文明侵入毁灭，也是无可奈何的。凡是有地位一点的人，皆知道新的习惯行将在人心中生长，代替那旧的一切了，在这迎春节，用烧酒醉倒是普遍的事！他们要醉倒，对于事情不再过问，在醉中把恐吓失去，则这佳节所给他们的应有的欢喜，仍然可以在梦中得到了。

仍然是耕田，仍然是砍柴栽菜，地方新的进步只是要他们纳捐，要他们在一切极琐碎极难记忆的规则下走路吃饭，有了内战时，便把他们壮年能作工的男子拉去打仗，这是有政府时对于平民的好处。什么人要这好处没有？族长，乡约或经纪人，卖肉的屠户，卖酒的老板，有了政府他就得到幸福没有？做田的，打鱼的，行巫术的，卖药卖布的，政府能使他们生活得更安稳一点没有？

他们愿意知道的，是牛羊在有了官的地方，会不会发生瘟疫？若牛羊仍然得发瘟，那就证明无须乎官了。不过这时他们还能吃不上税的家酿烧酒，还能在这社节中举行那尚保留下来的风俗，聚合了所有年青男女来唱歌作乐，聚合了所有老年人在大节中讲述各样的光荣历史与渔农知识，男子还不曾出去当兵，女子也尚无做娼妓的女子，老年人则更能尽老年人的责任。未来的事谁知道呢？过去的不能挽回，未来的无从抵当，也是自然的事！“醉了的，你们睡吧，还有那不会醉倒的，你们把葫芦中的酒向肚中灌吧。”这个歌近来唱时是变成凄凉的丧歌，失去当年的意思了。

照到这办法把自己灌醉的是太多了，只有一个地方的一群男子不曾醉倒。他们面前没有酒也没有酒葫芦，只是一堆焚得通红的火。他们人一共是七个，七个之中有六个年纪青青的，只有一个约莫有四十五岁左右。大房子中焚了一堆柴根，七个人围着这一堆火坐下，火中时时爆着小小的声音，那年长的男子便用长铁箸拨动未焚的柴尽它跌到火中心去。

房中无一盏灯，但熊熊的火光已照出这七个朴质的脸孔，且将各个人的身躯向各方画出不规则的暗影了。

那年长的汉子，拨了一阵火，忽然又把那铁箸捏紧向地面用力筑，愤愤的说道：

“一切是完了，这一个迎春节应当是最后一个了。一切是，……喝呀，醉呀，多少人还是这样想！他们愿意醉死，也不问明天的事。他们都不愿意见到穿号衣的人来此！他们都明白此后族中男子将堕落女子也将懒惰了！他们比我们是更能明白许多许多事的。新的制度来代替旧的习惯，到那时，他们地位以及财产全摇动了。……但是这些东西还是喝呀！喝呀！……”

全屋默然无声音，老人的话说完这屋中又只有火星爆裂的微声了。

静寂中，听得出邻居划拳的嚷声，与唱歌声音。许许多人是在一杯两杯情形中伏到桌上打鼾了。许许多人是喝得头脑发眩伏在儿子肩上回家了。许许多人是在醉中痛哭狂歌了。这些人，在平时，却完完全全是有业知分的正派人，一年之中的今日，历来为神核准的放纵，仅有的荒唐，把这些人变成另外一个种族了。

奇怪的是在任何地方情形如彼，而在此屋中的众人却如此。年长人此时不醉倒在地，年青人此时不过相好的女人家唱歌吹笛，只沉闷的在一堆火旁，真是极不合理的一件事！

迎春节到了最后的一个，即或如所说，在他人，也是更非用沉醉狂欢来与这唯一残余的好习惯致别不可的。这里则七个人七颗心只在一堆火上，且随到火星爆裂，终于消失了。

诸人的沉默，在沉默中可以把这屋子为读者一述。屋为土窑屋，高大像衙门，闳敞如公所。屋顶高耸为泄烟窗，屋中火堆的烟即向上窜去。屋之三面为大土砖封合，其一面则用生牛皮作帘，帘外是大坪。屋中除有四铺木床数件粗木家具及一大木柜外，壁上全是军器与兽皮。一新剥虎皮挂在壁当中，虎头已达屋顶尾则拖到地上。尚有野鸡与兔，一大堆，悬在从屋顶垂下的大藤钩上，嶷然不动。从一切的陈设上看来，则这人家是猎户无疑了。

这土屋，主人即属于火堆旁年长的一位。他以打猎为业，那壁上的虎皮就是上月他一个人用猎枪打毙的。其余六人则全是这人的徒弟。徒弟从各族有身分的家庭中走来，学习设阱以及一切拳棍医药，这有学问的人则略无厌倦的在作师傅时光中消磨了自己壮年。他每天引这些年青人上山，在家中时则把年青人聚在一处来说一切有益的知识。他凡事以身作则，忍耐劳苦，使年青人也各能将性情训练得极其有用。他不禁止年青人喝酒唱歌，但他在责任上教给了年青人一切向上的努力，酒与妇人是在节制中始能接近的。至于徒弟六人呢？勇敢诚实，原有的天赋，经过师傅德行的琢磨，智慧的陶冶，一个完人应具的一切，在任何一个徒弟中全不缺少。他们把这年长人当作父亲，把同伴当作兄弟，遵守一切的约束，和睦无所猜忌，日在欢喜中过着日子。他们上山打猎，下山与人作公平的交易。他们把山上的鸟兽打来换一切所需要的东西；枪弹，火药，箭头，弦，酒，无一不是用所获得的鸟兽换来。他们运气好时，还可以换取从远方运来的戒子绒帽之类。他们作工吃饭，在世界上自由的生活，全无一切苦楚。他们用枪弹把鸟兽猎来，复用歌声把女人引到山中。

这属于另一世界的人，也因为听到邻近有设了官设了局的事情，想起不久这样情形将影响到北溪，所以几个年青人，本应在迎春节各穿新衣，把所有野鸡、毛兔、山菇、果狸等等礼物送到各人相熟的女人家中去的，也不去了。这师傅本应到庙坛去与年长族人喝酒到烂醉如泥，也不去了。

六个年青人服从了师傅的命令，到晚不出大门，围在火前听师傅谈天，师傅把话说到地方的变更，就所知道的其余地方因有了法律结果的情形说了不少，师傅心中的愤慨，不久即转为几个年青人的愤慨了。年青人各无所言，但各人皆在此时对法律有一种漠然反感。

到此年长的人又说话了，他说：

“我们这里要一个官同一队兵有什么用处？我们要他们保护什么？老虎来时，蝗虫来时，官是管不了的。地方起了火，或涨了水，官是也不能负责的。我们在此没有赖债的人，有官的地方却有赖债的事情发生。我们在此不知道欺骗可以生活，有官地方每一个人可全靠学会骗人方法生活了。我们在此年青男女全得做工，有官地方可完全不同了。我们在此没有乞丐盗贼，有官地方是全然相反，他们就用保护平民把捐税加在我们头上了。”

官是没有用处的一种东西，这意见是大家一致了。

他们结果是约定下来，若果是北溪也有人来设官时，一致否认这种荒唐的改革。他们愿意自己自由平等的生活下来，宁可使主宰的为无识无知的神，也不要官。因为神永远是公正的，官则总不大可靠。而且，他们意思是在地方有官以后，一切事情便麻烦起来了，他们觉得生活并不是为许多麻烦事而生活的，所以这也只有那欢喜麻烦的种族才应当有政府的设立必要，至于北溪的人民，却普遍皆怕麻烦，用不着这东西！

为了终须要来的恶运，大势力的侵入，几个年青人不自量力，把反抗的责任放到肩上了。他们一同当天发誓，必将最后一滴的血流到这反抗上。他们谈论妥贴，已经半夜，各自就睡了。

若果有人能在北溪各处调查，便可以明白这一个迎春节所消耗的酒量真特别多，比过去任何一个迎春节也超过，这里的人原是这样肆无忌惮的行乐了一日，不久过年了。

不久春来了。

当春天，还只是二月，山坡全发了绿，树木茁了芽，鸟雀孵了卵，新雨一过随即是温暖的太阳，晴明了多日，山阿田中全是一旁做事一旁唱歌的人，这样时节从边县里派有人来调查设官的事了。来人是两个，会过了地方当事人，由当事人领导往各处察看，带了小孩子在太阳下取暖的主妇皆聚在一处谈论这事，来人问了无数情形，量丈了社坛的地，录下了井灶，看了两天就走了。

第二次来人是五个，情形稍稍不同：上一次是探视，这一次可正式来布置了。对于妇女特别注意，各家各户去调查女人，人人惊吓不知应如何应付，事情为猎人徒弟之一知道了，就告了师傅。师傅把六个年青人聚在一处，商量第一步反对方法。

年长人说："事情是在我们意料中出现了，我们全村毁灭的日子到了，这责任是我们的责任，应当怎么办，年青人可各供一个意见来作讨论，我们是决不承认要官管理的。"

第一个说："我们赶走了他完事。"

第二个说："我们把这些来的人赶跑。"

第三四五六意见全是这样。既然来了，不要，仿佛是只有赶走一法了。赶不走，倘必须要力，或者血，他们是将不吝惜这些，来为此事牺牲的。单纯的意识，是不拘问什么人，都是不需要官的，既然全不要这东西，这东西还强来，这无理是应当在对方了。

在这些年青简单的头脑中，官的势力这时不过比虎豹之类稍凶一点，只要齐心仍然是可以赶跑的。别的人，则不可知，至于这七人，固无用再有怀疑，心是一致了。

然而设官的事仍然进行着。一切的调查与布置，皆不因有这七人而中止。七个人明示反抗，故意阻碍调查人进行，不许乡中人引路，不许一切人与调查人来往，又分布各处，假扮引导人将调查人诱往深山，结果还是不行。

一切反抗归于无效，在三月底税局与衙门全布置妥了，这七个人一切计划无效，一同搬到山洞中去了。照例住山洞的可以作为野人论，不纳粮税，不派公债，不为地保管辖，他们这样做了。

地方官忙于征税与别的吃喝事上去了，所以这几个野人的行为，也不曾引起这些国家官吏注意。虽也有人知道他们是尚不归化的，但王法是照例不及寺庙与山洞，何况就是住山洞也不故意否认王法，当然尽他们去了。

他们几个人自从搬到山洞以后，生活仍然是打猎。猎得的一切，也不拿到市上去卖，只有那些凡是想要野味的人，就拿了油盐布匹衣服烟草来换。他们很公道的同一切人在洞前做着交易，还用自酿的烧酒款待来此的人。他们把多余的兽皮赠给全乡村顶勇敢美丽的男子，又为全乡村顶美的女子猎取白兔，剥皮给这些女子制手袖笼。

凡是年青的情人，都可以来此地借宿，因为另外还有几个小山洞，经过一番收拾，就是这野人等特为年青情人预备的。洞中并且不单是有干稻草同皮褥，还有新鲜凉水与玫瑰花香的煨芋。到这些洞里过夜的男女，全无人来惊吵的乐了一阵，就抱得很紧舒舒服服睡到天明。因为有别的原故，向主人关照不及时，就道谢也不说一声就走去，也是很平常的事。

他们自己呢，不消说也不是很清闲寂寞，因为住到这山洞的意思，并不是为修行而来的。他们日里或坐在洞中磨刀练习武艺，或在洞旁种菜舀水，或者又出到山坡头湾里坳里去唱歌。他们本分之一，就是用一些精彩嘹亮的歌声，把女人的心揪住，把那些只知唱歌取乐为生活的年青女人引到洞中来，兴趣好则不妨过夜，不然就在太阳下当天做一点快乐爽心的事，到后就陪到女人转去，送女人下山。他们虽然方便却知道节制，伤食害病是不会有的。

在这些年青人身上所穿的衣裤，以及麂皮抱兜，就是这些多情的女人手上针线为做成。他们送女人则不外乎山花山果，与小山狸皮。他们几个人出猎以前，还可以共同预约，得山羊便赠谁个最近相交的一个女人，得野狗又算谁的女人所有。他们的口除了亲嘴就是唱赞美情欲与自然的歌，不像其余的中国人还要拿来说谎的。他们各人尽力作所应作的工，不明白世界上另外那些人懒惰就是享福的理由。他们把每一天看成一个新生的天，所以在每一天中他们除了坐在洞中不出，其余的人是都得在身体与情绪上调节的极好，预备来接受这一天他们所不知道的幸福与灾难的。他们不迷信命运，却能够在失败事情上不固执。譬如一天中间或无法与一小山鸡相遇，他们到时也仍然回洞，不去死守的。又譬如唱歌也有失败时，他们中不拘是谁，知道了这事情无望，却从不想到用武力与财产强迫女子倾心过。

因为一切的平均，一切的公道，他们嫉妒心也很薄弱，差不多看不出了。

那师傅，则教给这几个年青人以武艺与渔猎知识外，还教给这些年青人对于征服妇人的法宝。为了要使情人倾心，且感到接近以后的满意，他告他们在什么情景下唱什么歌，以及调节嗓子的技术。他又告他们如何训练他的情人，方能使女人快乐。他又告他们如何保养自己，才能成为一个忠于爱情的男子。他像教诗的夫子指点他们唱歌，像教体操战术的教官指点他们对付女人，到后还像讲圣谕那么告诫他们不可用不正当方法骗女人的爱情与他人的信任。

师傅各事以身作则，所以每晨起身就独早。打老虎他必当先。擒蛇时他选那大的。泅水他第一个泅过河。爬树他占那极难上的。就是于女人，他也并不因年纪稍长而失去勇敢与热诚！凡是一个女子命令到几个年青人办得下的，与他好的女子要他去做，也总不故意规避的。

人类的首领，像这样真才是值得敬仰的首领！

日子是一天一天过下来了，他们并不觉得是野人就有什么不好处。至于显而易见的好处，则是他们从不要花一个钱到那些安坐享福的人身上去。他们也不撩他，不惹他，仍然尊敬这种成天坐在大瓦屋堂上审案、罚钱、打屁股的上等人。

国家的尊严他们是明白的，但他们在生活上用不着向谁骄傲，用不着审判，用不着要别人坐牢挨打，所以他们不有一个官管理，也自己能照料活一世下来了。

他们是快快乐乐活下来了，至于北溪其余的人呢？

北溪改了司，一切地方是王上的土地，一切人民是王上的子民了，的确很快的便与以前不同了。迎春节醉酒的事真为官方禁止了。别的集社也禁止了。平时信仰天的，如今却勒令一律信仰大王，因为天的报应不可靠，大王却带了无数做官当兵的人，坐在极高大极阔气的皇城里，要谁的心子下酒只轻轻哼一声，就可以把谁立刻破了肚子挖心，所以不信仰大王也不行了。

还有不同的，是这里渐渐同别地方一个样子，不久就有种不必做工也可以吃饭的人了。又有靠说谎话骗人的大绅士了。又有靠狡诈杀人得名得利的伟人了。又有人口的卖买行市，与大规模官立鸦片烟馆了。地方的确兴隆得极快，第二年就几几乎完全不像第一年的北溪了。

第二年迎春节一转眼又到了，荒唐的沉湎野宴，是不许举行的，凡不服从国家法令的则有严罚，决无宽纵。到迎春节那日，凡是对那旧俗怀恋，觉得有设法荒唐一次必要的，人人皆想起了山洞中的野人。归籍了的子民有遵守法令的义务，但若果是到那山洞去，就不至于再有拘束了。于是无数的人全跑到山洞聚会去了，人数将近两百，到了那里以后，作主人的见到来了这样多人，就把所猎得的果狸、山猪、白绵野鸡等等，薰烧炖炒办成了六盆佳肴，要年青人到另一地窖去抬出四五缸陈烧酒，把人分成数堆，各人就用木碗同瓜瓢舀酒喝，用手抓菜吃。客气的就合当挨饿，勇敢的就成为英雄。

众人一旁喝酒一旁唱歌，喝醉了酒的就用木碗覆到头上，说是做皇帝的也不过是一顶帽子搁到头上，帽子是用金打就的罢了，于是赞成这醉话的其余醉人，头上全是木碗瓜瓢以至于一块猪牙帮骨了，手中则拿得是山羊腿骨与野鸡脚及其他，作为做官做皇帝的器具，忘形笑闹跳掷，全不知道明天将有些什么事情发生。

第二天无事。

第三天，北溪的人还在梦中，有七十个持枪带刀的军人，由一个统兵官用指挥刀调度，把野人洞一围。用十个军人伏侍一个野人，于是将七个尸身留在洞中，七颗头颅就被带回北溪，挂到税关门前大树上了。出告示是图谋倾覆政府，有造反心，所以杀了。凡到吃酒的，自首则酌量罚款，自首不速察出者，抄家，本人充军，儿女发官媒卖作奴隶。

这故事北溪人不久就忘了，因为地方进步了。

三月一日于申成

本篇发表于1929年5月10日《红黑》第5期。署名沈从文。

记一大学生

其一　因为胖又住在楼上因此熟了

我不知道在什么时候就被他认为朋友了。所谓他，就是说楼上那一个。因为近来无端被人认为知己并不是希有的事，我当然不否认了。他住三楼而我却住了二楼，我的房门边是这个人来去必经的道路，大约是因为有一次来了一个客，拜会他，找错了我的房门，我为他把客引导上去，不到一会他送客出门，经过我房门前，门是正开着，我在炉边煮稀饭的情形给他见到，他含着笑进我的房中，从此是熟人了。虽然随意谈了些闲话，吸了两枝香烟，喝了一点博士登茶，在我是还料不到这友谊就建设到这个人身上，如苍苔在松树干上紧贴不脱的。这人的脸貌见了是不能使人生憎恶的，谈话则在五句中有三句半是普通官话，有一句半是浙江话。身上衣服似乎把这人身体管拘着，因为衣是旧衣，身体却仿佛为了房东女儿办的烧肉补起了膘，一天比一天肥硕下来了。这人使我注意的倒不是这些，却是那从房东方面听来的他的生活情形。

同样是学生，但这个学生可应当把他与一般学生分开来说了，因为单是那身体，这个人却也不能够算为平常大学生的。胖子是像只有衙门才应产生的，其次是饭馆老板，屠户，当铺掌柜，才有理由胖。因为一个人胖的理由是总不出享福一件事。吃得好，不大对于一切事多有思想，又还要这人对于精神有一种悭吝的事实，对生活感到完全，人才能渐渐发胖的。至于如今楼上的这一位是很无理由的胖下来的。望到这胖胖的背影，或者听到那仿佛在我头上踏着的钝沉脚步，我常常是茫然。

每每在半夜中，我工作到头已发昏，横躺到床上吐气方以为到这夜静更深，人人都大约在做梦了时，谁知楼上的脚步声却在我注意时又起了。似乎是这人有什么心事在身，上了床以后，还重复爬起，来披上衣，走动着，作那解决计划的。先是以为这人在日里也许得了岳丈的家信，说岳丈的女儿有了喜，这人想到家中吃红蛋请客情形，所以就失眠了。到后每天如此，且房东在送信时对我说楼上人拿报给他看，说上头有诗是他所作，我才明白这人半夜还踏着楼板，原来是在想诗。

经过房东一说，到后是听到这脚步声略停时，果然还可以听出嘤嘤的吟诗声了，我担心这人会慢慢的要瘦。我若果还有三个月同他住，他的身上的肉将为了成夜做诗，至少有减去五磅或十五磅可能，我还相信这情形我总有机会见到的。替他设想是把诗写成却瘦了人，似乎是不甚合算的事。

知道了楼上是诗人，有意无意我在楼梯上与这人点头的机会渐多了。好事的房东，还从这人的房里拿出报的副张来给我看，诗人是因了这好房东不久就为我与房东的女儿感生兴味了。房东女儿如何对诗人注意，那是以后的事，我是先觉得我的幸福，在无书可读的当儿，得熟读这诗人的心情与行事。

一种像与一本好书上的主人翁发生的友谊，在这肥诗人身上我也承认这友谊存在了。比书还更方便的，是一本书我们常常因为厌于翻阅以及裁边，觉得费神，至于这个人，却是每夜皆愿意把谈话维持到他的生活上的。这是一本能自己翻开的奇妙书籍，是一首有颜色与好味道的诗。我把他比一本书时，我想起他的书是那甲种辞源，又大又笨，幸好是她能自己翻出她的每一页！

诗，我是不能说是很懂的，只懂一点儿，无论新旧。我到大学校上的功课就选得有诗，每礼拜是两点钟，各样体裁是也能大体明了的。只是一切体裁都不能来解释我这朋友的作品。这诗人的作品不与任何诗相同，正如这诗人自己与任何我所见到的男子也两样。风格的别致，是应当使我满意的，所以在诗上我不谈，在这风格别致的诗人本身上，我是当真非常满意了。

关于他的声音颜色的记述，使我有点为难。若说歌唱春天的应当属于黄莺，那近于黑夜与霉雨天气的诗人的一切，是只有找一只鸱枭来叫，才合于那情调的。但是一只会叫的鸱枭，又不比批评家是可以豢养在左右的东西，到什么地方去找呢？

这诗人，那么想努力把自己姓名使国中一切人皆知，还似乎不足，尚希望名字列入文学史上去给另一世界另一时代人人也知道有他，这天真的单纯的愿欲，是全无饰伪的摆在我眼前的。他与我说他的一切，神气也就不外乎要我承认他是一个诗人，在态度与成绩各方面皆近于历史上某某。当他把他自己的故事说到一段落时，我每每就被他硬派为一同志，他且就相信若是世界上一般人有像我对他的了解，那他即刻死去也无憾于心了。他的话是不容我们来疑为客气的。我是从没有在别人的感觉上叨过如此大光的人，正有许多人因为我对他的忽视深感不快，料不到的却是我也有无条件被人认为知己的一日，把我当成知己，使我无从否认，在诚实与诡辩的对照下，我竟有点惶恐了。我照理是应当也认他为知己，则一切事好办！在一个木马面前，跑马会的会员除了承认木马是马，此外似乎用不着其他聪明的。照他的意思，我是应当鼓励他而又羡慕他，且在他的伟大事业上稍稍加以文明人的妒嫉意味，可惜的是我完全不照他所希望去做人。

他常常觉得社会对不起他，而又常常原谅了社会。对于人，他也不缺少这种感觉，可是他无时不在原谅他人。无端伟大的自觉，是他所以产生本来不必要他原谅而来的原谅。就是在他“唯一知己”的我的神气中，他是也似乎永远在那里因怜悯而把我饶恕，作着像耶稣一样的伟人行为的。他要别人了解他，所以说他自己的事永无厌倦的一天，但他了解别人却不在乎言语。他自己的人格，仿佛是在一些言语上扩大的东西，多说一句便多一种成分，至于别人则仿佛他用手或者眼睛估得出重量与体积，说话却全不准数。他在估别人的人格价值时，你即或故意用呆话或漂亮话想把他的心上天平摇动，事情也办不到。他自己就常说人类的良心的天平只有他的正确，其余的即或全是一样观念也是不对。为了他自觉的公正与伟大，他对他的知己是也露着并不求全的口吻的，他意思是“只要能佩服我也就难得了，人事上的小小过失，是不应当过于注意的！”我就告他“并不佩服”他也不相信。一个人，他好歹觉得你对他有钦佩、羡慕与无害于事的小小妒嫉，他因而非常高兴，你是无法给他难堪的！

使我最为难的，就是我一有客来，若他在座，他只要知道来客是学生，就侃侃谈诗，完全不为我这主人稍留情面。他实在愿意凡是到我这里来的人都像我一样成了他的知己，也不问别人是什么身分的人。

到了我知道他脾气以后时，我才放心，明白了他成夜做诗不至于瘦的理由了。做诗虽很苦，可以成为诗人则其乐无涯，精神的营养极其充足，他当然还应当发福了！

其二　他的性情

因为我说的话他常常是只把他应当听的听去，不应当听的放下，所以在含糊中我称他为吉先生，他也喏喏应着，从无否认。这吉先生的称呼于他是极其合式的，虽然我知道在此时所知道的诗人文豪中，与他具有同样精神者还正不乏其人。至于他自己的意见，名字的称呼，倒是雪莱。李青莲是不愿的，苏东坡也不为他所喜，不欢喜的原故是异国情调的天生。他很欢喜把自己姓名放到郭沫若与鲁迅两个名字中间，什么人若提起这两个人名字时，同时提起他，那他对你的表情和气得像做母亲的样子，这时节，倘若是本来还无烟在嘴边，即刻那有拜轮像的香烟夹便从马褂袋子里掏出，送过面前来说请了。大约这两人是属于世界的名人所以他才感到兴趣，愿意列名左右。

吉先生问到别人名字时，总是用铅笔在日记簿上记下，若这名字是在杂志上或报纸上见过的名字，他便与这人来讨论这刊物，痛切的谈到一切作品与一切作者。若名字是较生疏，不在他的记忆中，则客去之后，总私下问我这客人在什么地方发表文章，署的别号是什么，且有时是当面问的。遇到这种情形使我受窘机会真不少，告他客人不是文学者，那他辞色之间便稍稍不同了，话也懒得多谈了。告他客人虽不是文学创作者，但为欣赏者，那他就非在客人面前与我谈创造社或文学研究会不可。在介绍他的名字，给我的客人以后，为了他的尊严，我是又得同时把他在什么地方发表的文章提提，他则一面在谦虚之中一面说着请求批评的话，情形是客人若不曾读过他的文章，则也应找他来看看，方能于下次见面时有所应付。

他能数出中国五十个作家的姓名，每一个作家都仿佛与他极其相熟，提出这些作家名字时，若听者为较生的客人，则会以为吉先生是念着他的老友那么亲热的。他自己的名字呢，他也愿意在别人记忆中那么习惯，在筵席上，在会场中，他是盼望到时时刻刻有若干人在议论他的诗与他为人的。

他知道无数文人的轶事，从报上，或者从个人的传述，凡是知道了的就全不能忘记，时间再久也无从忘遗。平时谈话若说到这一套时，别人是无开口机会的。他自己谦虚并不是天才，但能努力。他是真实的努力把一切应记到的全记下了。无事时把电话簿翻翻，同时就把凡是有电话的各教授门牌记在心上了，此后有人谈到某教授住处或电话号码，略有错误时，吉先生就能纠正，省得人对此争持。此类事，凡是吉先生所证明的，错误是不会有的，他在做诗的努力成绩并不比这些事为可观。

他能喝一杯酒，所以作诗的别名是与刘伶相近的。究竟是先喝了酒才想起做诗，还是因为做诗所以喝酒，事情是难明白了。其实刘伶他是看不起的，任什么人他尊敬他，但心中总看不起他。即英雄如拜轮，他就以拜轮放荡说大话为不然的。他期望他的名字在人人口上成为一种完全的品德，超越观念的美恶，只是非提到他不可，诗也是如此，所以他不承认自己是有虚荣心的。他的长处，应当有无数人知道，无数人作为模范，人人在他名字上所得的概念就是“不能忘”。不能忘，是比尊敬还难得到！他以为他是应当做到的，这理由则大致是他能努力了。

一个人，就是诗人，温柔敦厚是不可少的事，然而慷慨激昂也应当有，所以吉先生是诗人以外还是侠士。他有的是好心肠，这好心肠虽不大像本来脾气，但他知道应当做的事，他毫无吝色去做。譬如帮助人，力量是不够的，但一听到有人困难时，他总不吝惜同情。他常常想若是发了一笔财，有五十万或更多，那他可以做许多觉得非做不可的事。他实在想尽力使凡是他所知道的人得到快乐，在这行为中他是具有牺牲气概的。无钱的，他愿意借钱，无妻子的，他愿意为这人找到妻子，想办报的，他拿钱出来办，赔本也不责偿。可惜的是这人徒有一副好心肠，实际上，小到问他借眼镜用用，也是不行的。他心肠却的确是好的，他实实在在时时刻刻就在那里想法帮助人类，并不希望过别人特别帮助他的事。对于别人，他只希望能认识他就够了，他不像许多人那样只希望叨别人的光。不过，假若有人拿他所希望别人的认识，来与他帮助人的事实比较时，恐怕他无形中还是占了点便宜。

他相信一个人努力是应有成绩的，这证据他提出的就是他的诗名。他了解自己的诗实在比别人了解他的为多，所以许多诗别人以为极劣他自己非常满意，同时他在别人的疏忽中原谅了别人，因为他觉得别人对于他的诗并不曾努力求了解，不努力，那无从领略，怪不得做诗的人了。

因为愿意从一些近于同志的方面，得到可以使生活加深的同情，一般人常常走动的茶楼聚会，他是也间或到过的。到了那里不消说谈的是诗与文人轶事之类，兴致好时大约还免不了唱一折戏，戏的受人称赞是一定的，诗则当然有那种吃过了点心感到说话需要的人来作那据说最公正的批评。就是在这类人口中吉先生就成了济慈第二了。同志的鼓励是应当接受的，经过一番鼓励，生气顿即暴长，吉先生因此更觉努力为必需的事。他也自觉到济慈是不能企及的，然而将来，在某一时，不是仍然可能吗？用着同样的热诚，做诗赴会，结果是可以作济慈也可以作杜甫的。杜甫生活他并不打算一一经历，可是这人的诗名是足使吉先生倾倒的。倘若是，到会场去尽一些顶真切的恭维来款待，赴会比做诗还应勤快，也是吉先生看清楚的事了。

在名片上，他印的是名姓，另有诗名，笔名，以及小名，后面则印有自己诗的警句，使人见到时除了“久仰”“久违”以外还可以放胆谈诗。他对于这行为与其他行为一样，觉得这样做人是无容别人置喙的。

其三　“异国情调”

大概这应当是天生的了。据说一个天才是免不了如此的。对中国一切不如意，对外国不拘如何总觉得非常合式，这情调，在中国此时，是正有若干年青人心中存在的。吉先生则为其中之一。比起几个上海人来，吉先生是自然不及别人的恳切。不过如像盼望莱加米儿夫人出世，这类希望吉先生仍然是有的，他愿意他的诗拿到那大聚会场中去朗读，比较一样不能，近于“文学的清客”这一流人，希望沙龙自然更合理一点了。

住在公共租界算起来真很苦了。在租界上大街小巷名字皆本国名字，不是四川就是山东，比较起来住在法租界的文人真是可以羡慕的。他们住环龙路，住善钟路，不是从路的名称上可以联想到法国诗人，就可以从名称上想到有钱的犹太人，异国情调较深的人，是可以从这类名称上得到灵感或伤感的。

可是吉先生住的地方，却是成都路。成都路，仿照文人的说法，“一出门可以得到一种感想”，那吉先生所想到的应当是什么？他只能想到《三国志》上取成都一事，怪不得他。糟蹋了这灵感，真是如何可惜！然而他若住到环龙路或金神父路，纵不能有诗兴，至少岂不是也应当想到上帝的伟大，因而一心向善慈悲为怀么？

因为天生具异国情调，不必住法租界也不必学法文或英文，吉先生因此把其他文人应有的脾气都完全具备了。他爱喝一点酒，威士忌，白兰地，红酒，可不论，中国花雕与汾酒那是不行的。他觉得烟是外国烟好一点，纯一点，如酒一样。他觉得咖啡比龙井有益身体一点，虽知道中国茶运出去不少，但总以为那是不可信的，或者外国人买去简直是拿去烧，当香料。在饮食上一切是中国不行，在服装上也如此。他以为丝织物除做衬衫外其余全不合卫生，毛织物则极其相宜。他又以为在人的本身美观上着想，也是外国一切高明的，中国人总不大像人。中国人不大像人，这话像是别人说过了的，他也仿佛如此感到了。

总而言之中国他觉得是不好的，异国情调之深常常使这诗人苦恼过着日子，这苦恼却不是平常人所能明白。一个天才那里能期望一切人皆可理解呢？

他痛恨一切谈中国文化的人，以为该死。他自己，则中国文化是什么，他没有求得结论，西洋文化是什么，同样也没有求得结论。正因为两者不大明白，倒一无粘恋，勇于将异国情调加深。莫名其妙，而以为中国一切糟糕，愿意生存于西洋物质文明、或小说传奇情形中，吉先生与一般具有异国情调的人，原是志同道合的。不拘何人若提到这事。在言语中稍加嘲弄，则吉先生即脸红血涌，气势凌人，非加以辩解不可。否则在另一时即把这人列入“不可救药国民”之一。说是不可救药，也未尝无法救，不过除了信仰，恐无他法而已。否认西洋文化以为浅薄者，这人比不是天主教徒还可恶，这人虽是有名的人，吉先生也不大愿与之来往的。有名而缺少异国情调，不过一中国文人而已，是无法与世界文人并肩的，所以吉先生不取。

他自己承认东西文化并不深懂，这谦虚态度，听者是应当在了解以后而加以敬视才行的。他说的话用意总不外乎如此。他以为自己是谦虚的，我们不能误认为实在，认了真就扫兴了。世界上谦虚是不可少的，因为谦虚则更能得到尊敬，所以他谦虚了。

有些时候他又非常勇敢狂妄，那大概多数是想起了尼采，或勃朗宁，或拜轮时节，才把另一种为人气分减少的。这样事在别人，也许将说这是矛盾了。他又先承认自己是无时无事不矛盾，凡是先承认了的事别人就无从借词批评了。因此纵矛盾他也似乎无事不应当受人喝彩，拘束与放纵在他做来总不缺少值得喝彩的道理。

对于这异国情调而怀疑的他将原谅他，期待另一时彼人的觉悟。他是因为能原谅人自己才常觉到伟大的，这个话在先似乎说过了。

他不愿别人在他一切生活上见出可笑的情形，但他常常虑及这件事，所以他解释的时候很多。凡在连解释也无法纠正他人观念时，他始泰然如古之贤人，在患难中蒙不白之冤情形，貌作洒脱，度过一日。遇到这种情形越多，他的异国情调便越浓了。大致引古人作同志较之今人为容易，引西洋人为同志又比本国人为容易，所以异国情调加浓是很自然的一件事。

因为有异国情调，所以吉先生的道德观也不能以中国道德形式作拘束的。美恶爱憎也不同。处处不平凡，这不平凡处他故意让别人知道。在这行为下他所期待的结果是人更能觉到他的伟大。虽伟大了，也不算，再来一次，应觉得伟大到与人不同。他行为实则拘谨如村夫子，但并不缺少一颗放荡的心。他不欲人称他为世故人，又不欲人称他为一事不知的呆子，因为他自己知道的总比别人为深，然而不荒唐，是伟大处。一个道地的中国式文人，却时时心中有异国情调，口中有异国情调，这几乎可以说是“浪漫的”古典人，真有不少伟大处！

别人说他为呆，这事情也总有过吧。自己因为记着一句名言，“凡伟大者多为呆子”，就觉得自己也很呆，或竟处处装呆，这事也有过吧。若有人告给吉先生，说“伟大者多为呆子”，下面还有一句“凡呆子倒不一定是伟大”，他是不大理会的。听这话的吉先生不能理解这话的用意，他只以为凡是这样便近于“捣乱”与“小聪明”。小聪明他看不起。在这些人身分上吉先生是不饶恕人也不望这些人理解，只以“不屑”二字了事的。不屑与争，那真应当说是伟大啊！可是许多不必争的小事，也无端争持起来的情形，并不少，那又当别论。在别一意义上，吉先生自然仍有感到自己是近于伟大的呆处，不至于发现那矛盾自惭的一面，这事除了吉先生任什么人也不行的！

他仰慕中世纪骑士，以为这比中国燕赵侠客是不同的。他信仰耶稣，不信仰玉皇。他欢喜圣诞老人，却不到财神庙磕头。他恨中国的巫卜，并不否认西洋的催眠术。这中爱憎由他自己解释，便是基于“异国情调”，在别人，也许可以说是头脑过于简单的。

比任何人还诚心的，是他盼望有提倡艺术的什么夫人出现。平空掉下还是请人提奖产生，可不论。这人应当是年青寡妇，有钱，美，极能理解天才的思想。有这样人到中国，于是“文艺复兴”了。他能成天到这人家中的特备的净室住下，在客厅里读他的杰作与一切男女听，在筵席上吃到比在别的酒楼茶座那类地方还好的精致可口点心，那么，他愿意再不离开此地方了。因为这种人一时不能出现，他是抱怨过生在中国作诗人很倒霉的。

使诗人不能享诗人的福，是政府的过错！连年打仗是该诅的，当局不像别一国家对文学家具敬意也是可恨的，他站到这一点上发生感想时，却是个无政府主义者了。无政府思想他是不否认的，可是政府若合他的理想时，他决不坚持反对。他只期望一个足以发展他长处的政府，可惜的是好政府如好女人一样，都不容易遇到。遇到了，离得很远，也莫可奈何，譬如……据说诗人是永远在希望中生存的，吉先生当然也这样办了。他希望未来世界是光明的，而他的名声也比眼前为好。可不知道他曾希望过他做的诗更好一点不？“只有天是圆的，人世则永远是缺片”，这句话若吉先生相信，那他真不必再在他的诗上求完全了。

其四　他恋爱

吉先生，是诗人，我无条件先承认了。照“异国情调”说来，一个诗人是应当在恋爱的苦乐里打滚，才算生活的。他仰慕那悲壮的生活，仰慕那血与泪混合的生活，他就恋爱了。

他爱了房东的女儿，在他眼中女人是神，女人成天为吉先生送饭，吉先生，先倒仿佛这女人可爱，倒后简直真是可爱的人了，他就勇敢的爱了。

在恋爱中“血与泪”吉先生见到了，成了许多诗。这恋爱是我后来才知道的，当见到他诗的时候，我问他这是谁，他并不作声。在诗题上则写上“公主”字样。我说到“真也只有‘公主’才配与诗人恋爱”时，接受了这话，吉先生是笑迷迷的。他就尽这疑问在别人心上长大，自己得到一种愉快，不问说这话时是何种语气。是灶婢也罢，是公主也罢，同样的长白身体，同样的灵感，何有彼此之分？一个与皇后私通的人，不一定及一个与婢女幽期密约的诗人写得出好诗，所以吉先生是不以自己恋爱为低等的。不过他心目中的恋爱，仍然有等级，而且他应爬那最高一级。

他不愿意有人提到这诗中主人，但又要人知道他真有了恋爱。若是人隐约知道了他是有了女人，却疑心这女人便是社会上最出名的某某小姐，他纵听及也不来否认。他为了一种需要——这需要是身体的又是虚荣的——要恋爱，“诗人的浪漫”居然就被他作到了。又为了一种“诗人的尊严”的需要，所以不自在诗上说女人是什么女人，也始终不将女人所在告给熟友。

假若世界上还有无数公主择婿招驸马，选上了吉先生的一个，实则真是顶幸福的一个。若果女人是仅靠到男子的热情与温顺而活的，吉先生就是这成分顶充足的一个好丈夫。若果女子恋爱所求是绝对占有男子，吉先生是能尽人占有的。他想象的恋爱，原是这样的恋爱！

女人是堕落了，诗人为这事只有叹息。所谓近代人对文学艺术的忽视，女人的罪是更大的。女人也许懂恋爱，但浪漫不去了。民族中的恋爱超越阶级的勇敢，已经完全消失了，一个穷诗人再无从与大家妇女接近了，吉先生以为司马相如生到此时也无办法。单是这事他是羡慕司马相如气运的，因为如今诗人不值钱了，尤其是中国此时。

因为感到这悲愤，一面失望一面便与房东女儿成了极亲密的关系，吉先生在心上是有着一种英雄不见用于时，颓然自弃的情绪，不为世人所知的。诗人用酒用女人浇愁解闷，原是文学史上常有的故事，他觉得稍稍浪漫一点也无妨，所以才决心在一种方便中，把那十七岁的女子在自己浪漫行为中变成妇人了。但是，这快乐，是一般人可以想象得之，其伟大的牺牲，可有一个人能了然于心么？他不要别人知道他同到一个粗人发生了恋爱，却极愿意凡已知道了他在作着丈夫时的悲壮行为，而加以十分的怜悯，与一百分的同情。他要人在发现他的浅薄后而觉得是伟大，他要人称赞他的平凡行为如古英雄所为。

他对于他这恋爱，的确是具有不少牺牲的，做诗不能使这人的结实身体稍瘦，却为这恋爱把身上各部分聚积的油融解了。

在先，我不知道他是为什么而瘦时，就无意中说道：

“做诗与恋爱都使人瘦，比吃笋还有效。”

“是这样吧，”他说时抚自己的颊，“我倒不甚注意我自己身体！”

我说：“只有诗人是不注意这些的。”

“不过，不真实的恋爱恐怕不会瘦人！”

“但是吉先生你近来是当真瘦了，莫非心飞到了什么天宫洞府去了吧。”

他不作答了，到后不久就取出那一首赠公主的诗来了。他还把那诗念给我听。我是在他读这诗以后对他恋爱取了新的注意的。念完了诗他用他那大的圆眼瞅着我，如瞅着他的公主，要公主答应他要求的事时情形一样。我想到同这样人接吻的女人，她的心不因为吓怕而跳出腔子，那真是奇事。世界上，原是正有若干脸嫩口小的年青女人，因仰慕这类大圆脸人物事业金钱而欢欢喜喜承受这巨大身体与巨大爱情的，对于吉先生则仿佛总不甚使我相信得过，即或在他诗题上写得是“公主”也仍然对他资格怀疑，我不能不说我自己思想是近于势利的。可是我估计却对了，我先猜这个公主是我见到过的女人，谁知还是每天见到的一位！

为了在某一事上，仍得保持到诗人的一部分尊严，所以吉先生在承认是这女人爱人以后时，却很有理由的说是完全这女人追他，到后方尽这女人如愿以偿的。说女人爱他，或他爱女人，总之则事实是在方便中他曾不客气的背了老房东，与这“公主”做过一些事情了。说完全自女人方面出发，则意义上可以玩味的，是一个诗人不能为大家闺秀赏识，却先尽一个下女发现了这诗人的心中秘奥，在这佳话中，人应当感到吉先生所期望的同情。一个这样体面光荣的人物，与这近于不体面的事联合在一处，若无同情，当得嘲笑，吉先生实有哀悲！

人类的事也太不公平了。以吉先生这种身分人才，是即或与一个美貌如仙的夫人成双作对，也不为非分不相称的。世界上，就正有不少比吉先生糟糕一千倍的男子，与好女子恋爱的事实。社会上，也有不少好女人私奔或害相思而自杀的新闻。好女子是那么多，独分配不到诗人头上，所以吉先生悲愤，因了与房东女儿恋爱而加多，他做诗也似乎更其深刻了。

吉先生，在恋爱中虽多悲痛，得失相较，则仍然抵销过去了。虽然他不能承认在这女人身上得了比诗上所写的快乐分量为多，本来这应是当然的，正如他所说歌德当真想起那乡下姑娘时，未必真有什么难过。诗人照例是为神许可夸张说谎话的。若历代诗人不夸张，不说谎话，则简直无一首诗可以留传下来了。

女人为什么让吉先生爱上了呢？……错了。应当说女人为什么爱上了吉先生？说是仰慕“诗材”，不如说仰慕“身材”吧。一个胖子是极容易无端被女人爱上的。胖子脾气好也就是使女人倾心的理由。还有胖子在分量方面，……说不得了，总而言之相信这一会事是有的吧，她是爱上他了。

有了这恋爱，诗人生活稍稍变更了。红烧肉在平常能吃半斤，到如今是可以有一斤的量了。他不常同人谈诗了。对于文人的轶闻不大能引起他的注意了。他起来的时间比通常日子更晏，睡则非他人所知。也许在这女人身上，吉先生感到异国情调的机会也不少，他可以把这女人比拟成有名故事中的主人，而自己，则以诗人而兼了情人的资格，将永远流传到海外去。

倘若这恋爱将成为一种悲剧，吉先生是准备作一个男子，把男子或诗人应有的感情放出，轰轰烈烈来扮一角的。一个奇异的结局，只要这结局，能把诗人的地位提高，能使他成为人人心目中一件谈话资料，他将无所顾忌向前牺牲。他常常耻笑男子中无像样的男子，所以一切所见所闻全为平凡，轰动人心的文坛新话太少。“像样的男子”，只要有方便，他就将勇敢如赴敌的做去！

其五　失恋

吉先生的公主跟了厨子跑了，吉先生到失恋的时候了。

据说在中国，诗人是照例应当失恋的，因此有许多诗人，还不到吉先生地位，也就常常做失恋诗了。吉先生却是可以经过考试真正的失恋诗人的。女人不理吉先生了，意思像是存心逼出吉先生的诗，留传到世界上。这意思又像是神的意思。吉先生于是失恋了，苦恼，悔恨，一齐拥来，揪着了吉先生不放，他就不能吃，不能喝，不能安然睡觉。在这种情形中吉先生做诗。

他期望这一天会来，居然就来了，他在一切难堪中尝了许多人生的新味道，就在诗中形容了不少。实际的生活帮助了这诗人不少，若非经过此一番阅历，他决不能体会古往一切诗人失恋的灾难。

因了实际上用得着颓废，他就颓废了，故意醉了两次，夜深时还到大街上去闲荡，在家就慷慨悲歌，用杖作剑，随意挥舞。颓废的行为既如此，颓废的思想几乎说来也很可怕了，他想到使世人注意的自杀，或先杀死了女人再自杀。他坐到桌边写就了自己遗嘱，流着泪读诵，这遗嘱是有韵的一共二十行。他想象自杀以后这新闻用二号字登载出来，许多人用那惊愕的眼睛看着对着这诗人遗嘱的悲哀。他想象各杂志上出的诗人自杀专号对他的批评。他想象许多失意女人，因为读了这新闻，而怨恨无机会作诗人的恋人的痛哭。他想象将来作文学史的人，一面用手绢拭泪一面转录诗人遗嘱到初稿上时的沉郁。

为这一次失恋，诗人的想象，真是更其深入人生了。若果情形真如吉先生所想到的实现，这应当是世界上一种损失。吉先生，因为觉得“到底是尽世界上人感到天才的损失，还是多读几首好诗”，这问题在心上，解决却难了。他实在是愿意作一个像样的男子，即此死去，无所顾恋。但他又仿佛觉得恋爱使人至于自杀时，应当还要那更像恋爱的恋爱，自杀才不为人所笑。纯粹的悲剧使人好笑，吉先生是受不住的。只要一个人对此有发笑的可能，那纵有一千个人流泪也不行了，所以吉先生以一个诗人的本分来说，凡是想到的不一定要作到，他不自杀了。

不自杀，诗人的失恋的事是不会为世人知道了。然而他仍然有方法达到他的希望的，他把那遗嘱寄到“诗人的心”一种刊物上去发表，题目则写上“自杀诗人的遗嘱”。那遗嘱发表时，诗人自己首先见到，就感动到流泪。他猜想必定有不能用秤去称的同情，从各处各个年青男女心中发出，向这诗人掷来。因了这同情的期待，他暂时把失恋的悲恸忘记了。

他到失恋以后，走到水旁，看到路人，感触是的确与往日两样了。他感谢恋爱给他的生命却恨那女人做的事浅薄，他自庆牺牲了恋爱却成就了诗。一个失恋的诗人的诗，是更容易流传的，他在这恋爱与诗的选择上原是取后面一种的，他因此把“积极”代替了“颓废，”把“失败”变成为“胜利，”女人一走不久，吉先生又恢复原有健康了。

自杀的事同失恋的事一样，原是全不适宜于胖子的，或许有了这经验以后人将更胖了，对于吉先生我是这样猜的。

在吉先生面前，我是有很多机会被吉先生看来可怜的，因为我无恋爱，也不失恋。他曾好意劝过我，说，“朋友，恋爱吧，有了这个，做诗做文都有生命了。要证据么那就……”他意思是看他。我承认是无时无刻不在看他的。看到了吉先生一切，我觉得自己倒以莫想成诗人为得计了。一个诗人是真不容易做的，要恋爱，还要经受得住失恋的风波，这伟大行为我可不行。吉先生听到我这话时点头承认，他不相信一个平常人有他的忍耐毅力，正如他不相信他的诗不及雪莱的诗一样，心有卓见，无法推翻。

失恋以后的吉先生，对女人是不大瞧得上眼了，以为女人若非诗人的感觉移在纸上，天下女人差不多，精粗虽有别，供人咀嚼则一个样子，真的公主与乞丐女子，高下之分，也只有诗人能定。他的观念从唯物而转到唯心，在他自己生活上是很方便的。因为求这方便，他才时常显出矛盾，矛盾他先自承，借此对于吉先生想打一拳的是不行了。

其六　吉诃德先生中国有几个

仿佛到如今，吉先生已死了。又仿佛这伟大的人格，为上海文人各占去了一部分，还继续在各个人心情行为上保留着，活动着，但比吉先生更其完全的人在上海文豪中我是还不曾遇到的。因了吉先生式的思想，中国在最近的来日，或者真有许多足使这些人爽心遂意的事情发生的，我只能用眼睛看了。

本篇收入《旅店及其他》以前未见发表。

元　宵

一　家　中

一个为雷士先生写小传的人，曾这样写过：一个中年人，独身，身体永远是不甚健康到使人担忧，他的工作是用笔捉绘这世界一时代人类的姿态到纸上。

因为是元宵，这个人，本来应当在桌旁过四小时的创作生活，便突于今天破坏了。先是想出门到某一个地方去看一个朋友，到临出门时又忽然记起今天是一种佳节，在这家有主妇与小孩子的家庭中，作一不速之客真近于不相宜，就又把帽子掷到房角一书架上，仍然坐到自己工作桌前了。

心里有东西在涌，也说不分明是什么东西。说是“有”，不如说是“无”。他感到的是空虚。心情不能向任何事寄托，如沉溺的人浮在水面，但想抓定一根草或一支苇，便仿佛得了救，他于是在思索所有足以消磨这一天的好办法。凡是办法他全想到了，在未去实行之前，先就知道这样不行那样不行，到后就只有痴坐在那里，眼对窗格数对窗墙上的土蜂窠出孔的数目了。

那覆在墙上如一堆牛屎的土蜂窠，出入泥孔道是六个。其一尚仿佛如普通许多地方之小北门，虽有此道，却用物堵塞，禁止出入，为取吉兆那样子。他望到蜂窠出神，不知道究竟这泥球内有无生物，假使是有，这些蜂子又正在作些什么事，思想些什么。他愿意知道它们多一点，但做不到。他其实，何常不愿意也多知道自己一点呢？但自己空虚的心情，是已分明了，如何这空虚将离开身边，如何把生活变成如一般人那样，既不缺少兴味，也不缺少快乐，他可永远不清楚了。

仿佛烦恼来了，就工作，不能工作也俨然做着工作的样子，一面想这是往日的办法。有了这办法，生活在本身上虽找不出意义，但另外，间一翻翻文件盒里的成绩，似乎是这样仍然可以单独活下的勇气了。且常想到一切过去的伟大的前辈，是如何在刻苦中度着日子，则又不禁兴奋起来。想到在生活上苦战的英雄，疮痍满身的情形，回视自己则又不禁脸上发烧。在另一时，自己的行为，不就已经给人说过这是英雄这是战士了么？过去的，另一时代的战士之流，是不是也就相差不远，那不可知。然而所谓享乐者徒众，他将用什么方法在什么情形下消磨着这每一天呢？明灯华筵周旋于女人之间，回则头痛心烦；或留心自己脸上一点粉刺，便每日照医生所嘱咐做事；或为新衣与缝工吵嘴，不能自休……这里就无处不可以得到人性的真实源泉，鄙视、憎忿、无端的倾心与有意的作伪，随时随处可遇。这些人，自然也就不缺少着那所谓烦恼，然而所烦恼者，当为另外一事上，不比此时的他了。这时的他一事不能作，即空想，也倦于展开。

一个思想粗糙的人，行为将近于荒唐，一个思想细致的人，他可以深入人生，然而一个倦于思想的人，他是只有幻灭的悲恸咬他那心的。

他低头坐下，望了望脚上的皮鞋，鞋为新置，还放光，鞋底边的线尚不曾为泥弄脏。因为鞋，想起买这鞋那一天，在那鞋店外边，见到的一个女人苗条身体，看女人仿佛近于暗娼者流，就有意无意跟到那女人走去，随后发现了这女人是舞女，就又回头返家。鞋子使他生的联想不过如斯而已。若是自己欢喜跳舞呢，那等到夜间，穿上这样一双体面皮鞋，到各舞场去找那天鞋店前见到的舞女，陪她舞一夜，大致是可以感到一种沉醉的。但他不是能跳舞的人，他不学，好像是懒去先花费那一番功夫。

过一会，皮鞋与跳舞的梦过去了，他就把皮包从衣袋中掏出，检察所剩的钱有多少。检察结果知道了钞票五元的是拾张，一元的是九张。还有一张一百元的汇丰银券，为昨天一个书铺送来的，还不曾拆兑成零数。他把皮夹捏在手上，想了想，意思像是若把这点点钱用到荒唐事上去，就可以使别人同自己即刻在此种关系下变成密友，也可以使一个好女人堕落，一个乞丐因得此欢喜而死，就摇了一摇头，拍的把皮夹丢到地板上了。

然而他仍然望到这黑色印有凸花的小皮夹，仿佛见到这皮夹自己在动，且仿佛那钞票就像一杯酒，在那里劝驾，请他好好在机会中用它一用，一面还似乎在那里分解，说“这也可以说是诱惑，可完全不是恶意。”他承认这真不是恶意的。一个曾经与金钱失过恋的人，对于钱的归依是明白它的善意的。有了钱，于他是可以增加在人前若干勇气的。没有钱时他就想到他非常善于用钱的事情，买这样那样，或送谁借谁，都以为只要有钱时这样一做，当可以得到一种愉快，如在神前还愿。不过如今是钱在手上的，他却不能把这个钱照到他所想的去做了。从前想到这样那样是可以得到幸福的，这时仍然不够了。在没有钱时节，他以为，若果有了钱，就可以把无聊这两个字在字典上用墨涂去，如今他明白钱不是能帮助他获到他所要的东西了。一个老年人，身边儿女绕膝，有钱多，在家做善人，用钱打发在门外叫喊的无告者，钱是的确能给这老封翁好处的。一个博徒，在新年中输了钱，正感无法可以扳本，得到一笔小款，他同样也能感到钱的好处的。穷人自然以钱为命，钱与幸福也不能分开，无从分开。他拿这一点钱有什么用处？

买书，则书架上的新书已不能再加上一本，床下未看过的书也满了。缝衣则他不等到穿新衣会客。送人则不知应送给谁，至于凡是穷的就送，他又似乎以为这样善事应当给那些阔人去做，这不是他的事。胡花，也仿佛只有这个办法了，但是把烦恼当成一种病，这病可不是把钱胡花就可以医好的病！

他不愿意吃酒看戏，又不欢喜到赌场去，又不能更荒唐独自跑妓院去玩，这钱要花也难。

今天是十五，他记得很清楚，因为是十五，就像照平常花钱方法去做做也不行了。在今天这种日子中，朋友方面有家的，是纵或更比平常还热诚的款待客，做客的也不会得到好处的。朋友若独身，则多数不会在家，总出门到熟人处喝酒打牌去了。

一个身在外国的人，对于佳节的来临，是自然很寂寞的。一个身在本国的人，也还是感到寂寞，那原故又不是穷，当然是另外一种情形了。他是明白自己这寂寞情形，而不敢去思索这问题的，他只烦恼，并不细细追究为什么这样自苦。

在他那生活中就有那烦恼病根存在。“一个中年人，独身，身体是永远不甚健康使人担忧，工作是用笔捉着这世界一时代的人类姿态到纸上”，在这四句传略中，就潜伏了这人病的因子，不承认那怎么行。不承认也罢，就说是看不起所目睹过的一切女人，因而搁延下来了，话是不妨这样说的。然而总应当有那样可以倾心的女子，生到这世界上另一个地方另一个家中！在某一时这精细的头脑，也应当想到这一件事来吧。应当想到过什么样女子是可爱的女子，什么样女子是可以作妻的女子，无目的的梦也总在较年青的心中做过吧。在这时，虽不是在那里应付一件恋爱，或应付一件债务，然而就正因为不敢去对这债务加以注意或清理，意识的潜沉，就更容易把人性情变成悒郁无聊，觉到生活近于一种苦事了。

应当去做的事，先因为世故的毒所中太深，以为这是一种笑话，人已变成极其萎悴柔弱的人了。思虑致密在事业上可以成功的，在生活上却转成了落伍的人，所以这时的他就只是仍然在桌边，连心情的放荡也不曾有。他没有比喻，没有梦，没有得失，所以所有的就是空虚了。

一个人，生来若应当用行为去拥护思想，他想到的就去做，这人是无大苦的。若思想是应当裁制行为，则有思想的人能帮助人的行为，当向前时就向前，他也不会大苦。知道了思想与行为的如骨附肉，便不想，也不做，只徒然对于一切远离，然而仍然永远是负疚的心情，他是这种人之一个。不幸的地狱便是为这一类人而设的，虽然这事也只是此外的人才能看出，他自己是永远不会如别人看到他不幸分量之多。

他也如旁人一样，生活的转变是他所需要的，因为一切习惯是不可耐的，如沉在泥中，出气也渐近于涩塞。他又想到若干转变自己的方法，只除了结婚一件事不想。其实，则没有比这个更切要对于救济这时的他为有效了。但他不对这个事多想，就因为有所谓“俨然笑话”的嘲讽先对自己的心情加以攻击，到后他索兴不想了。

他无聊无赖，把脚跟打着地板，地板被触发出蓬蓬的声音，他于是又想起了买鞋，跟到女人背后走，走到了大东见到那女子与那舞场职员说话，就返身。脚下的鞋子给他的联想是慢慢使他惘然失神了，他以为若果是有这样一个女人愿意同他结婚，他无论如何要爱这女子一世，就是这女子再坏一点欺骗他同别人好，只要这欺骗行为不为他知道，也无关系。他所想到的女人不是在他生活情形下所找不到的女人。就再好一点，完全一点，也不是很为难的事。为难的倒是他并不将这想望与事实连在一起，故无从稍有结果。日常生活中，不乏社会上与他同样身分的女子，在极方便中在一处，到这时他想到的却是凡女子都很平常，人的生存总是为女子以外的，虽然他说不出为女子以外的什么。但在女子面前，他决不会承认自己有理由做成一个颠子模样来为女人难过，这是经过太多回数试验过的事了。另一时，他到路上去，为一些擦身而过的女人，都像被带去了一点身上所有东西，他是并不在人前否认的。总之他的事，是只有自己明白的，有时到自己也不明白，那就是这无所排遣的时候了。到了这种时候才觉得一切的智力骤然失去，心情忽然与年龄不相称起来，他就免不了把固定秩序破坏，变成世俗所说放荡人了。

人究竟为什么而生存？这时是在想，也想不通的。每到这种时候头脑中便仿佛生了若干刺，无从着手拔去，他隐隐约约看到这刺的锋芒，他隐隐约约仍然不断的用手去拔，手也仿佛到流了血。这时真能流血是好的。凡事到流血，比闷到瓮中死去好多了。到见血，那可以喊叫了，可以呻吟了，也可以用力来反抗了。但心被麻木了的人，他睁眼望到自己僵僵的与世界离远，他不能伸出手来打谁一拳，又不能把他所能在人面前做的笑脸给谁去看的。他这时不能做好人也不能做坏人。他只看别人在他身前骑马过去，看到那马蹄下灰尘飞起。他看到有些人眼泪流到虚荣与狡诈上，又看到有些人在他亲人前装模作样，撒娇撒痴。他看到别人的富丽词藻，与壮观的抄袭，使他目眩心惊。他看到口若悬河的辩士，站在高台上说谎，得到无量的鼓掌作酬。他看到日影在墙上移动。

日影在墙上移动，他看到这一点秘密，忽然有所澈悟，决定出门了，按了一次铃。

听差来了，这是一个瘦得可怜的人，用薄薄皮包着骨，手上的青筋如运河，起伏有序。他望到这听差的瘦身材不作声。进门了的听差，见主人无话说，知道是要出门了，就把帽子从书架上取下来，用袖口抹灰。到后又见到地板上的皮夹了，就弯身将那皮夹拾起。

“为什么我告诉你买那个药又不买？”

听差不答，就笑。

他又说：“是不是把钱又送到……”

听差仍然笑。

他把皮夹开了，取出一张五元钞票，塞到听差手中：“这次记到买！我担心你是害肺病。”

“前几天张先生不是为我验过了吗？他说不妨事，肺是比许多人还健的。我倒想，或者要……”听差说要的是什么他不听了。

他把呢帽接过手，皮夹仍然塞到衣袋里去，走出房门了。

二　街　上

到了街上，人很多。本来平时就极其热闹的大街，今天是更其热闹了。

三　书　铺

他看人。信步走了很久的时间，走到一个书铺了，就走进去看。书铺中全是买书的年青男女，望到这些年青的天真烂熳的脸，他只发愁。走到自己几种书的陈列处去，也堆了十多人在那里选书，大约是新年，这些年青人从家中亲戚方面得了一点压岁钱，又舍不得用，就相信了学校中教师的话来买他的书读了。望到这些人从袋中把钱取出，送给书店伙计时，他就想自己若有多钱，真应当印一万本书送给这类人看。望到这些人得了书还等不到拿回去，就在书店翻看，且有些嫌书价太贵，不能买，停顿在那书架边看白书，又不忍放手，他就想走过去说可以送人一本。

他看了每一个在翻他所有小说集的年青人的脸，心中有一种惭愧，觉得这些人真是好人。然而他又以为这些人很可怜，这样欢喜看这些书，却不知道这些书的作者就站在身边。

若果这些人，知道身边的沉闷萧条的他，就是这一堆集子的作者，将用什么眼光来款待这个人？他想到这件事，就走到两个中学生模样的年青人身旁去，看他们是在翻些什么书。书铺中伙计也无一个认识他，所以正在那里解释他一本长篇小说的好处给两个学生听，还把书送给他一本，意思是劝驾。

他望到手上一本自己所作的书，花的封面也是自己所画，且看看这书铺伙计的圆脸圆眼睛，和气得可爱，就点点头，要伙计把书包了。那两个学生见到他买了这书，才似乎下了决心，也选出两本书来给伙计，要伙计算账。他对这两个年青人笑着，想说什么不说，又走到别一处去了。

到了另一处谁知那个圆脸伙计又走来，拿他的一本书劝驾，说这书很好，很有销路，应当买一本拿回去看。他点头又买了一本。圆脸伙计真是会做生意的人，以为来买书的真信了他的宣传，对作者生出敬仰了，就将所有十多种集子各取一册来放在他面前，且一一为指点这一集内容是怎么样，那一集内容是怎么样，看那样子似乎这人全把这些书背得成诵，且与作者非常熟习，对于作者生活性情也非常清楚。

他只对这伙计笑，不说要也不说不要。为了信任起见，这伙计又由他自己的心里找出一些对作者高明的处所加以称赞的话，这生意是非做不行了。他到后就又答应了每种包一本，一总算账。

他问那伙计，“有多少钱一个月。”

伙计笑，仿佛忸怩害羞，问了两次才告说是“只有饭吃，到半年后才能每月有三元薪水。”

“你读过几年书？”

“小学毕了业。”

“也能看小说不能？”

“能。所有的小说看得并不少了。”

“欢喜谁的?”

“欢喜的很多，这个人的也很欢喜，我昨天还才读那……游记。”

“你也有空看小说!”

“是夜间，我同他们那几个人，（他就用手指远处的较大的伙计）全是看小说。我还见到过鲁迅先生！是一个胡子，像官，他不穿洋服!”说着这样话的伙计，自己是很高兴的。大约在平时是不容易有机会同人说这些话，所以这时就更显得活泼了。

他对这年青伙计是也只有笑的。

那伙计，一面写发单，一面还说那几个作家是穿洋服的，那几个又穿长衫，料不到这小小脑子记得那么多事情。看他年纪不过十六岁，就知道中国这时许多人物，到将来真也是了不得的人物！不过他想起这人在半年后才有三元一月的薪水，未免惘然了。那么对于买书人殷勤，那么对书的销数尽职，就吃老板一点饭，作为这诚实的报酬，中国的情形使他觉得有点难过了。

他看到这伙计用那小手极其熟练的把书包上，又把发单到柜台上去缴钱，心里莫名其妙的酸楚。在填写发单时，这小孩还关照一声，说若是作家来买，还只要七折，作家买自己出版书则对折，那是顶合算的。他并没有说他如今就是买自己的书。他只想到这年青人圆脸发愁。伙计把书同应还余钱送给他时，还另外送了一张上面载有他所新著未曾出版的书籍预约广告。

他以为是这伙计还希望他买一预约券就说：“我是不是还可以先买一预约?”

“慢一点再买也好，这书恐怕不能在下月出版。”说这话时轻轻的，说过后且望了一望左右。这伙计是因为作了将近十块钱生意，特意关顾起主顾来了。

本来这书还未脱稿，这时听到这伙计说慢一点买预约，他就想这书将来若写成，当写着特为给这小朋友的一句话了。他觉得这年青人是比起自己来还更伟大一点的，自己站到这洁白灵魂的面前，要多说一点话也说不来。他想到的是应当使这年青人知道自己的感谢，但他不说话，终于走了。

他纵能帮助这个人，也不知如何帮助，且好像还不配帮助。至于这伙计，却全无他望，这是很明白的。这个人，也不是求心之所安，已成天站到书柜边为他尽过无数日子的力了。他既无骄傲也无愤懑，日子过下来了。这个人若是也有所谓生活的梦，大约想到的，也不外乎是时间已即刻在半年以后，每月三元的月薪，可以处置新白布汗衣一事而已。当与这年青伙计同样年龄的他，身在乡下做一小饭馆的学徒时，那时所做的梦，尚不敢想到一月有三块钱的。再过十年也许这伙计也将因为一种奇怪的机遇，成为另一种人吧，或者聪明一点做了委员，直爽一点就被人捉去杀，想到此的他，觉得人事就是如此，多想亦等于徒劳，就不再在那书铺担搁，把书夹在肋下走了。谁知正在此时那卖书处起了争吵了，另一伙计与两个年青学生越嚷越凶，所有买书的都围拢去了。问原因才明白是因为这人买了书两本，到包好，算完账，却用不曾带多钱的理由退一本书，换一本书，然而伙计则因为发票写好不能更改，故好意的劝这人拿钱来取书。本来两面全是好意，不知如何却吵嘴了，他走过去看，就见到那两个人正是先前在翻阅他著的《血与水》一本书的人，就问这两个人要换什么书，可以到柜上去同他们交涉，不要同伙计吵。

“我们要他换ＸＸ，这伙计嫌我们麻烦了他，不肯换。”

“决不是。他们先又说要《血与水》两本！”伙计说给他听。

一个管事的过来了，正要说话，他把管事的拉到人身后去，告给了管事的他是谁，就要这管事的喊伙计将他所有陈列在书架上的集子各检一册包好，等买书那人出门时就给这两个年青人，说是作者送他们的。他把话说完，签了一个名在账房柜台的簿子上，就走去了。他不敢在书铺外边停留，因为恐怕那年青人出来时认得到他。他的心像做了一件善事，一旁走一旁好笑，以为今天做的事是顶痛快的事。他猜想这两个年青人必定还吃惊不小，或者不好意思要这书。他又想这事若为那圆脸圆眼小伙计知道，不知这天真烂熳的人将来对另一主顾又将如何去说今天的事了。

四 街 上

他走到大街上了，把刚才书铺的事放下，心中又有点空虚来了。他见到那样多的人同车子，见到那样多货物，与空中的电线，说不出的寂寞，又慢慢的加浓，觉得在大路上走也不成事了。

他想不如返家好一点。这样想，就回头走。走了两步看到路旁的车，他就不讲价钱坐上去，用手指前面，意思要车夫向前面拉。

这江北车夫太聪明了，看到车上人情形，以为是命令他向前赶车了，适巧前面走的是一部包车，车上坐的是一个女人，这车夫就回头向他会心一笑，一直向前面车子追去。事情显然是作错了，但他却不言语，以为就是这样办也未尝不可。车追上了前面的黑包车，女人返身望，望到他，似乎认识，不作声仍然把头掉过去，他觉得好笑。然而拉他的车夫见到这女人回头，却乐极了，以为得钱的机会到了，不知疲倦的紧追到前面车子，车略停时还回头对他作出一种丑相。走了一会女人又回头望了，似乎知道后面的车是特意追她跟下来的了，回头时就略示风情，他仍然只有笑。

为什么忽然作起这样呆事，并且为什么这女人就正是上海的坏女人，他有点奇怪了。他想这样走着还不要紧，一到了什么地方，可就有点麻烦到了。难道结果就像平常当笑话说的把这女人成为一件开心的东西吗？难道事是这样方便吗？就说真是这样顺利下去，到了以后，怎么样？

到了一处，前面的车停了，女人进了花店。他的车夫也把车停住，回头问：“……”

他答：“……”

两个人并不说话，他用嘴表示仍然向前走，车夫懂到这意思，然而一走过这花店前，车夫倒胡涂起来了。再向前，则走到什么地方去了？车夫这时不得不开口了，就说：

“去啥地方？”

“ＸＸＸＸ。”

“是ＸＸＸＸ？”

“是吧。”

车夫仿佛生了点气，就回头走，因为所取的道路应向南，如今却是正往北走。车夫回头走时便慢了，心中很不高兴。他倒奇怪这车夫生气的理由了。他想这总不外乎是因为不再进花店去使车夫也扫了兴，就要把车停止在路旁。他下了车，从皮夹里取出四毛小洋送到车夫手心，车夫无话可说，把两只双毫互相碰了一回，验明无误，拖车走到马路对过接美国水兵去了。他就站在街上，望这车夫连汗也不及揩拭的样子出神。待到那车夫拖了水兵跑去以后，他一回头，又望到那花店门前黑包车了。他忽然想就进去买一束花也不什么要紧，走进去看一看也不算坏事。

五 花 店

他到了这花店里面了，见到玫瑰花中的一个人的白脸。这人见有人进来也正望他。女人就是这在车上回头的女人，见到进来的是他，先笑了。他想回头走。

女人喊道：

“雷士先生，不认识我了吗?”

他痴了，声音也并不熟习，然而喊叫他的名字时，却似乎这女人曾在什么地方见到过了。他匆遽的就仍然回身来点头，把帽从头上摘下。他望女人一会，仍然想不起这人是谁。女人见到他发痴就笑了。

“你不认识我了。我看你车子在后面，以为你是……”

“车子在后面？——”

“是！我以为——”

“你以为我——”

女人就极其天真的笑，且走拢来。雷士茫然了。他想起如何无心的被车夫把他拖着追下来，又如何无心的下了车，又如何无心的进到这花店，且一时又总想不起这女人是谁，然从女人对他的客气情形上看来则又必定是这女子丈夫或哥哥之类如何与他熟习，为了女人在刚才行为中的误会，把雷士难过起来了。他觉得这误会将成一种笑话了，以为女子的心中，还以为是他故意这样作着那近于浪子的事，回去将不免对家中人说及引为笑乐了。想分释一句话，又不知如何说出口。

女人以为他是在追想他们过去的渊源，就说：

“先生是太容易忘记了，大版丸的船上……”

“喔……”

“是！秋君就是我！才是一年多点的事，难道我就变老了许多？”

“你是秋君！老了吗？我这眼睛真……你是更美了。”

“先生说笑话。……我在此知道先生是住到这里的。看报先生的名字总可以到书铺广告上找寻得到，不过因为近来也忙，又明白先生的地方是……”

“怎么这样说，我正想要几个客！我是无聊得很，一个人住到这里。你的名字我也仿佛常在报纸上见到！近来你是更进步了，你几乎使我疑心为……”

女人笑了，因为她也料不到一年前的自己与一年后的自己在雷士眼中变到这样时髦了。

因为面前站定的是唱戏的秋君，他原先一刻的惶恐已消失，重新得到一种光明了。他就问她现在住到什么地方，是不是还同到母亲在一起。

“母亲也在这里，还有……母亲她也念到你！雷士先生，你近来瘦了许多了，我先在车上是不敢喊你的，怕错。到后见你走路的样子，才觉得不会误会了。为什么近来这样瘦，有病吗？”

听到女人说到他瘦，他就用手抚自己的颊，做成消沉神气摇头，且轻轻的吁了一口气。

女人又问：“雷士先生，近来生活还好不好呢？……想必很好了。你最近出版那ＸＸＸＸ，还是昨天我才到ＸＸ书局买到，送给我母亲，她老人家就欢喜看这种东西，说是很好的！”

雷士先生只勉强的笑，站到那花堆边并不做声。

“今天过节啊！天气真好。”女人意思是说到天气则雷士当有话可谈了。

雷士先生点头，又勉强的笑，说：“天气真好。”

女人说：“雷士先生，回头预备到什么地方去？”

“到马路上去。”

“是买东西吗？”

“没有地方去所以到马路上看别人买东西。”

“怎么说得这样可怜？”

“……”雷士先生要答，不答，眼望到这女人的眼眉，神气惨沮。

女人似乎了解了，想了一想，就说：“雷士先生，愿不愿意过我住处去玩玩？”

“……”他摇头。

“既然没事就到我家去过节。我家中又并无多人，只我妈同我。吃了饭，我要去戏院，若是先生高兴，就陪我妈到光明戏院看看我唱的戏。”

他仍然不作声。意思是答应了，却不说。

这时女人对花注意了，手指到一束茶花，问雷士先生还好看不好看，他连说很好很好，其实这话是为预备答复那到她家过节而说的，这话答复得不自然，女人看出他的无主神气也笑了。但女人因为雷士说这花很好，本来不想要的也要花店中人包上了。后来又看了一束玫瑰，也包上了。女人把花看好就问雷士，“看不看过这地方的戏。”

雷士先生又摇头笑。

“也可以看看。这里戏院不像北京的，空气并不十分坏，秩序也还好。先生是写小说的人，也应当去看看！我们做戏的人有时是比到大学念书的人还讲规矩的，先生若知道多一点，可以写一本好东西！”

“我有时都想去学戏！我知道那是有趣味的。跑龙头套也行，将来真会去学的。”

“这是说笑话！先生去学戏他们书铺也不答应的，中国人全不答应的。”

“不要他们答应！我能够唱配角或打旗子喝道，同你们一起生活，或者总比如今的生活有生气一点。”

“还是不要上台吧，上了台才知道没意思。我希望先生答应到我家去过节，晚上就去光明看我做戏，若是先生高兴，我能陪先生到后台去看那些女人化装，这里有许多是我朋友，有读过高级中学的功课的女子！”

“好，就是这样吧。”

女人见他答应了，显出很欢喜的样子说：“今天真碰巧，好极了。母亲见到先生不知怎么样高兴！”

雷士见到这女人活泼天真的情形，想起去年在大版丸上同这母女住一个官舱，因船还未开驶即失了火，当时勇敢救出这母女的事，不禁惘然如失。过去的事本来过去也就渐忘了，谁知一年以后无意中又在这大都市中遇到这个人。先时则这女子尚为一平常戏子，若非在船中相识，则在每日戏报的一小角上才能找出这女人的名字，然如今却在ＸＸ地方成红人，几于无人不晓了。人事的升沉，正如天上的白云，全不是有意可以左右，即如今日的雷士，也就不是十年以前的雷士所想到，更不是一般人所想到。至于在他这时生活下，还感生活空虚渺无边际，则更不是其他人所知了。

他见到女人高兴，也不能不高兴了。女人说请他陪她还到几个铺子里买一点东西，他想起也应当买一点礼物送给这女人的母亲，就说自己也要买一点东西，不妨事。女人把花放到包车上，要车夫先拖空车回去，就同雷士步行，沿马路走去，雷士小心的与这女人总保持到相当的距离，女人似乎极聪明，即刻发觉了这事，且明白雷士先生是怕为熟人见到以为同一女伶走路为不方便，就也小心先走一点了。

六　街　上

“雷士先生，”女人说，因为说话就同他并了排。“你无事就常到这里大路上走走吗？”

“这是顶熟习的地方了，差不多每一家铺子应有若干步才能走过我也记在心上的。”

“是在这里做小说吗?”

“那里。做小说若是要到马路上看，找人物，那恐怕太难了。”

“那为什么不看看电影?”

“也间或看看，无聊时，就在这类事情上花钱的。”

“朋友?”

“来往的也很少，近半年来是全与他们疏远了，自己像是老人，不适于同年青人在一起了。”

“雷士先生又讲笑话了。我妈就常说，雷士先生在文章上也只是讲笑话，说年纪过了，不成了，不知道雷士先生的，还以为当真是一个中年人，又极其无味，又不好看，……”女人说到这里觉得好笑，不说了。

雷士先生稍离远了女人一点，仍然走路。心上的东西不是重量的压迫，只是难受，他不知道他应当怎么说好，他要笑也笑不出。

他们就这样沉默的走了一些时间，到后走进一个百货公司去，女人买了十多块钱的杂物，他也买了二十元的东西，不让女人许可，就把钱一起付了铺中人。女人望到雷士先生很少说话，像极其忧郁的神情，又看不出是因为不愿意同她在一处的理由，故极其解事的对雷士先生表示亲近，总设法在言语态度上使他快活，谁知这样结果雷士先生却更难过。

本来平时无论在什么地方全不至于沉默的他，这时真只有沉默了。人生的奇妙在这个人心中占据了全部，他觉得这事还只到起头。还不过三点钟时间，虽然同样是空虚，同样心若无边际，但三点钟以前与此时，却完全是两种世界了。

这女子若是一个荡妇，则雷士先生或者因为另一种兴趣，能与她说一整天的话。这女子若是一个平常身分的女人，则他也可以同她应酬一些，且另外可以在比肩并行中有一种意义。

他把这戏子日常生活一想，想到那些坏处，就不敢走了。他以为或者在路上就有不少男女路人认得到她是一个戏子。又想也总有人认识他，以为他是同女戏子在一起，将来即可产生一种造作的故事。故事的恼人，又并不是当真因为他同了这女戏子好，却是实际既不如此，笑话却因此流传出去，渐成一种荒谬的故事了。

女人见到雷士先生情形，知道他在他作品上所写过的呆处又不自然的露出了，心中好笑。为了救治这毛病，她除了即刻陪雷士先生到她家去见母亲，是无别的方法可做的，就说到龙飞车行去，叫汽车回去，问雷士先生愿不愿意。

“坐街车不行吗？”

“随先生的便。不过坐汽车快一点。”

“……”他不说什么，把手上提的东西从左移过右，其中有那一包书在。

女人说：“我来拿一点东西好不好？”

“不妨事，并不重。”

“雷士先生，你那一包是些什么。”

“书。”

“你那么爱买书看。”

“并不为看买来的，无意中……”

“无意中——是不是说无意中到书铺，又无意中碰到我了？”

…………

七　车　中

他们在汽车上了，用着二十五哩的速度，那汽车夫一面按喇叭一面把着驾驶盘，车正在大马路上跑。

雷士先生用买来的物件作长城，间隔着，与那女戏子并排坐到那皮垫上，无话可说。女人见到在两人之间的大小纸包，阻碍了方便，把它移到车座的极右边，就把身镶到他身边来了。然而雷士先生仍然不说话，心中则想到得是，“这女子，显然是同到别一个人作这样事也很习惯了。”望到这很秀美的脸颊，于是他起了一种极野蛮的欲望，以为自己做点蠢事，抱到这女人接一个吻，当然在女子看来也是一种平常事。女人这时正把双臂扬起，用手掠理头上的短发，他望到这白净细致的手臂，望一会，又忽然以为自己拘谨为可笑得很，找女人说话来了。

他就问：“除了唱戏还做些什么？”

“什么也不做。看点书，陪母亲说点笑话，看看电影，……我还学会了绣花，是请人教的，最近才绣得有一幅套枕!”

“你还学绣花吗?”

“为什么不能学?”

“我以为你应酬总不少。”

“应酬是有的，但明九是不许我同人应酬的。往日还间或到别的地方去吃酒，自从有一次被小报上说过笑话后，明九就说不能再同人来往了。明九他总以为这是不好的，宁可包银少点也无害，随便堂会是不行的。母亲说明九是书呆子，但我知道明九脾气，所以我顺了他。”

忽然在女人话中有了五个明九的名字，他愕然了。他说：“明九是谁?”

女人笑了，不做声。

“是你的——”

“我们是十月间结婚的。”

本来先又并无心想与这女子恋爱的雷士先生，这时听到这话，却忽然如跌到深渊里去了。仿佛骤然的下沉，半天才冒出水面，他略显粗糙的问道：

“是十月结婚的?”

“是的，因为不告给谁，所以许多人都不知道，报上也无人说。明九他是顶不欢喜张扬的，这人脾气怪极了，但是这是个好人。”

“自然是好人！他也唱戏吗?”

“那里，他是北大毕业的。原本我们是亲戚。我说到你时，他也非常敬仰先生！他近来是过安徽去了，不回来的。我到三月底光明方面满了约，或者也不唱戏了，将同母亲过安徽去。”

雷士望到这女人的脸，女人因为在年长的人面前，说到自己新婚的丈夫，想到再过两三月即可到丈夫身边去，欢喜的颜色在脸上浮出，人出落得更其艳丽了。

车走了一阵，到新世界转了弯，稍停，停时车略震，两人的身便挨了一下。

雷士先生把身再离远了女人一点，极力装成愉悦的容色带着笑说道：

“秋君小姐，那你近来是顶幸福了。”

“先生说是幸福，许多人也说这是幸福！母亲和人说明九也很幸福，其实母亲比我同明九都幸福，先生是不是？”

“自然是的。”他歇了一歇又慢慢的说，“自然是幸福的。”他又笑，“应当有幸福！”

“先生，你说的话使我想起你ＸＸ上那篇文章的一段来了，你写那个中年人见了女人说不出话的神气，真活像你自己！”

“你那样记心好！”

“那里是记心好，但我在你说话中总想得起你说的那个人模样神气，怪可怜的，你又不是那样潦倒的人，母亲也笑过！”

“我不是那种人吗？对了。”他打了哈哈，“你太聪明了，太天真了，年青人，你真是有福气的。到家时为我替老人家请安，这里东西全送给老人家，说我改日来奉看，如今有事，我要走了。”他见到前面路灯还红，汽车还不能通过，就开了左边车门，下去了。

女人想拉着他已赶不及，雷士代为把门关上了。女人亟命车夫下车为把车门拉开，走下车去追赶雷士先生。匆匆间雷士先生已走进大世界的大门，买了票，随到一群人涌进里面去，待到女人下车时，路旁已无雷士先生影子了。

八　大世界

他胡胡涂涂进了大世界，胡胡涂涂随到一群人走到一个杂耍场去，又胡胡涂涂坐下，喝着卖茶人送来的茶，心中酸楚万分。喝了一口茶，听到那台上奏戏小丑喊了一句“先生今天是过节，”他想起他下车的不应该，且忘了记下这女伶住址，又有点生悔心了。待到那卖茶的拿果盘来时，他从皮夹中选出一张一元中南钞票，塞到茶博士手中，踉踉跄跄的又走出杂耍场，走出大世界，到那先前一刻下车的地方了。他意思猜想或者女人就还在等候他，谁知找他不见的女人，已早无踪无影了。

九　街　上

他记到刚才那停车处，这时前面的灯又成红色，另一辆汽车也正停到彼处，他望到这另一车是两个年青男女，坐紧挤在一个地方，他几乎想跳上车去打这年青男子一顿。然而前面灯一转绿色，这车又即刻开去，向前跑了，他只有在那路旁搓手。

今天的一切事，使这个人头脑发昏。究竟是不是真经过了这种种，他有点疑惑起来了。他于下车时，无意中把从 X X 书店买来的自己几本书也留到车上了。他不能想象这时坐在车上的女人是怎样感想，因为再想这女人，他将不能在这大路上忍住他的眼泪了。

他究竟是做错了事还是把事情做得很对？

他恨那路灯，在车过身时却忽然成为红色。

他想仍然应当在此地等候，到天夜，从夜到天明，总有一时女人仍然当由此地过身，见到他在此不动，或者就会下车来叫他仍然上车去。

他想仍然到龙飞车行去，等候那女人的汽车回时，就仍然要那车夫再送一趟，则必定就可以在她正与她母亲说到他时，人就在门外按铃。

……还是回家去好，因为时间已将近六点，路灯有些已放光了。

他今天，若不出门，则平平稳稳的把这几点钟消磨到一种平凡的寂寞中，这一天也终于过去了。“也许这时回家，到了家，又当有什么事发生，”他正像不甘平凡，以为天也不许他平安过这一天，还留得有另一事在家中等候，就这样打量，跳上一部街车，仍然如先前一次叫车一样，呶嘴使车夫向前，当真回家了。

十　家　中

他这时又坐到窗前，时间是已入夜有七点了。

家中是并没有一件希奇的事等候他的。他在家中也不会等候出希奇的事情来。他要出门又不敢出门了，他想这一天的事。

这时泥蜂窠是见不到了。

这时那圆脸的卖书的小伙计，大致也放了工，睡到小白木床上双脚搁到床架上，横倒把头向灯，在那里读新小说了。

这时那得了许多书籍的两个中学生，或者正在用小刀裁新得的书，或用纸包裹新书，且互相同家中人说笑了。

这时得了无数礼物的女人，是怎么样呢？这事情他无法猜想，也无勇气想下去了。

他坐在那里，玩味白天的一切事情。他想把自己与这女人的一晤的情形写成一首诗，写一两张觉得是失败就把纸团成球丢到壁炉里去了。他又想把这事写一小说，也只能起一个头，还是无从满意，就又将这一张纸随意画了一个女人的脸，即刻把它扯成粉碎。他预备用笔来写一封信给ＸＸ书店，说愿意每月给五块钱给那圆脸伙计供买书与零用，到后又觉得这信不必写，就又不写了。他又预备写一封信给那两个青年，说希望他同他们可以做朋友，也不能下笔。他又想为那女戏子写一封信，请求她对于白天的行为不要见怪，并告给她很愿意来看她的母女。

他当真就写那最后所说的一信，极力的把话语说得委婉成章，写了一行又读一次，读了又写一句。他在这信上扯着极完满的谎，又并不把心的真实的烦闷隐瞒。他在信上混合了诚实与虚伪两种成分，在未入女人目以前先自己读及就坠泪不止。

没有一个人明白他伤心的理由，就是他自己在另一时也恐怕料不到这时的心情。他一面似乎极其伤心，一面还在那里把信陆续写下，钟打了八点，街上有人打锣鼓过去的，锣鼓声音使他居然一惊，想起写信以外的事了。他把业经写了将近一点钟的三张信稿，又拿在手上即刻扯成长条了，因为街头的锣鼓喧阗，他忆及今夜光明戏院此时的锣鼓喧阗了。

想到去，就应当走，不拘是如何，也应当到那里看去了。

十一　花　楼

他勇敢的到了光明戏院，买了特别花楼的座，到了里面原来时间还早楼下池子与楼上各厢还只零零落落，不及一半的人，戏场的时钟还只有八点二十分。他决计今夜当看到最后，且当为最后出戏场的一个看戏人，用着战士的赴敌心情，坐到那有皮垫的精致座椅上了。

一个买茶的走过来，拿着白毛绒手巾，热得很，他却摇头。

“要什么茶?”

“随便。”

“吃点什么?”

“随便。”

“要不要 X X 特刊? 这里面有秋君的像，新编的。”这茶房原来还拿得有元宵 X X 特刊，送把到他手上时，很聪明的不问及钱，留下一册就泡茶去了，他就随意的翻那有相片的地方看。

不到一会那茶房把盖碗同果盘全拿来了，放到雷士身边小茶几上，茶房垂手侍立不动。这茶房，一望即可知道是北派了，雷士问他是不是天津人，茶房就笑说是的。

雷士翻到秋君的一张照相，就说:“这姑娘戏好不好?”

茶房笑说:“台柱儿一根，并不比孟小冬蹩脚!”

“今天什么时才出台?”

“十一点半。要李老板唱完《斩子》，杨老板唱完《清官册》，才轮到她。”

“有人送花篮没有?”

“多极啦。这人不要这个，听别人说是嫁了人，预备不唱戏了。”

“嫁的人是内行不是?”

“是学生，年青，标致，做着知事。我听一个人说的，不明白真假。我恐怕是做县长的小太太多可惜。”

“她有一个母亲也常来听戏吗?”

“‘听戏,’这里是‘看戏!’他们全是说看的!”这茶房到此也忘形了，全把侉子气露出了，就大笑。

“我问你是这老太也常来?”

“今天或者要来吧。老太太多福气，养了小闺女儿比儿子强多，这人是有福气的人!"

"她同人来往没有?我听说好像相交的极多。"

"谁说!这是好人,比女学生还规矩,坏事是不做的,那里极多!"

"用一点钱也不行吗?"

"您先生说谁?"

"这个!"雷士说时就用手指定那秋君便装相的身上。

"那不行。钱是只有要钱的女人才欢喜的。这女人有一千一百块的包银,够了。"

"我听人说是像……"

"……"茶房望了一望这不相信的男子,以为是对这女人有了意,会又像其他的人一样,终会失望,就在心中匿笑不止。

这时在特别包厢中,另一茶房把两个女人引到厢中了,包厢地位在正中前面,与雷士先生坐处成斜角,故坐下以前回头略望的那一个年青女人,一眼就望到雷士了。她不曾告给她的妈,就打了招呼,点点头,用手招雷士先生,欢喜得很。她忙到她母亲耳边轻轻的告给这老人,说雷士先生就坐到后侧面花楼散座上。老女人这时也回头了,雷士不得不走过包厢了。走过包厢时那天津茶房才明白雷士问话的用意,避开了。

十二　特别包厢

他过去了,望到老太说不出一句话,他知道女人必已经把日间的事一一告给这母亲了,想起自己行动在这一个女戏子母女面前,这著作家真是窘极丑极了。

那母亲先客客气气的说谢谢雷士先生送了那样多礼物,真不好意思。且说秋君不懂事,却不邀先生到家里来过节,又不问好地址,所以即刻要她到XX书局去问,才知道先生住处。待打发车夫到住处邀先生来戏院时,又说不在家了。雷士又听到说这母女还到书局去问,还到自己住处去接,更不知道如何说话了。到此时他当然是只好坐到这里了,坐下以后又同这母亲谈谈若干旧事,这老人总不忘记帮助过她母女的雷士先生，且极诚恳的说到如何希望他身体会比去年好一点，如何盼望到见他，又如何欢喜读他的小说。女人则一言不发，只天真的伏在那母亲椅背，笑着望到她妈，又望到雷士先生的脸。

雷士先生像在地狱中望到天堂的光明，觉得一切幸福忧患皆属于世界所有人类，人与人，在爱憎与其他上面，原都是那么贴紧黏固成整个，但自己则仍然只是独自一人，渺不相涉。虽然在许多地方，许多人，是正如何对他怀念，对他关心，然而在孤独中生长的人，正如在冰雪中生长的虫一样，春风一来反而受不住了。他听到那做母亲的说到对他关心的话，就深深的难过。他听到那做母亲的把秋君的新婚相告，如告给一个远地初来的舅父以甥女适人的情形，他真要哭了。她还要告他秋君的丈夫是什么样人物，这次在安徽是做些什么事，幸好戏台上在打仗，披了头发赵子龙出了马门，一阵混战开始了，话才暂时稍息。

老太太去注意打仗的胜败去了，把话暂停，雷士得了救，极其可怜的望到伏在椅背上一对黑眼珠放光的秋君。秋君也望他，望到他时想起日间的事，秋君笑，轻轻的问，为什么日间要走，有什么不爽快事情。

“不是不爽快，我有事。”

“你的事我知道。在……上也有那样一句：‘我有事，’这是一个男子通常扯谎的话，不是么？”

“亏你记得这样多。”

“你是这样写过！你的神气处处都像你小说上的人物，你不认账么！”

“我认了又有什么办法？你是不是你所记得到的我写过的女子呢？”

秋君诧异了，痴想了一会，眼睛低下不敢再望雷士了。在这清洁的灵魂上，印下一个情欲自觉的黑色戳记了，她明白在身边两尺远近的男子对她的影响了，过了许久才用着那充满热情与畏惧的眼光再来望雷士先生。

“你这样看我做什么？”雷士先生说，说时舌也发抖。

女人不做声，却喊她的母亲。母亲虽回了头，心却在赵云打仗的枪法上。

“妈，”女人喊她的妈，不说别的，就撒娇模样把头伏到她母亲肩上去，乱揉。

“乖，怎么样？”

“我不愿意看这个了。”

“还不到你的时间！”

“不看了。”

“你病了吗？”

“不。”

“到那里去？”

“玩去，”她察看了腕上的手表一会“还有两点钟我们坐汽车到金花楼去吃一点东西去。”

“你又饿了吗？”

“不。我们到那里去坐坐，我心里闷得很，想哭了。”

“好，我们去，我们去。雷士先生不知道高不高兴去呢。雷士先生若是不想看这戏，我们就去玩玩吧，回头再来看阿秋的ＸＸＸ。”

雷士先生不做声回答那母亲去是不去，只望这女人，心中又另外是一种空洞，也可以说仿佛是填了一些泥沙，这泥沙就是从女人眼中掘来的。

女人极其不耐烦的先站起身来像命令又像自己决定的说“去。”雷士也不由得不站起身了。这时女人极力避开雷士，不再望雷士，且把眉微蹙，如极恨雷士先生，不愿意与他在一个地方再坐。雷士先生则只觉到自己是无论如何将掉到这新掘的井里了，也不想遁，也不想喊，然而心中怔忡，却仍然愿意自己关了房门独在一间房里，单来玩味这件事，或仍然在大街上无目的的行走，倒反而轻松许多。

十三　车　中

在上汽车时，雷士先生与那做母亲的坐在两旁，秋君坐当中，头倚在母亲肩上，心绪极其不宁，时常转动，不说一句话，像害了病。雷士先生也无话可说，只掉头从车窗方面望外边路上的灯。他除了这样办，再也想不出另外一种方法了。他有点害怕这事的进展了，他不避退是不行的。虽然退，前面一个深坑他仍然看到，那里面说不定是一窖幸福，然而这幸福是隐在黑暗中的，应当要用手去摸，所摸到的或者是毒蛇，是蜴蜥，也不可知。

他到这个时候又仍然不能忘记那个作知事的年青汉子，他且不能忘记自己的地位。他记到这母亲方才在包厢中提到那新夫婿时的态度，也记到女人在日里提到她丈夫的态度，想到这些他有点不敢相信自己了。在一切利害计算上神经过敏比感觉迟钝是更坏一点的，所以他又宁愿意仍然作为不了解女人的心情，那样来与那母亲谈话了。

然而做母亲的见到女儿心中烦躁，却不来与雷士先生谈话，只把女儿搂在怀里，吮女儿的脸。雷士先生就在那一旁懊悔自己白天做错了事，把一种机会由自己放去，为极蠢极无用的一行为。

十四　金花楼

到了金花咖啡馆门前，雷士先生下了车。其次是女人，下车以前先伸出手来，给他，他只得把手捏着，扶女人下来，又第二次把那做母亲的也扶下来，在这极其平常的小小节奏中，雷士先生的心正如一缕轻烟，吹入太空，无法自主。他仿佛所要的东西，在这些把握中就得到了。又仿佛女人是完全天真烂熳，早把在戏场时的事忘掉，因为女人一入这大咖啡馆，听到屋角的小提琴唱片，在奏谷弗乐曲子，又活泼如日里在那花店买花时情形，假装的病全失去了。

找到一个座位后，雷士先生为了掩饰自己的劣点起见，把忧郁转成了高兴，夷然坦然的去同那母亲谈话，又大方的望着女人笑，女人也回笑，意思是像这样一来大家也可以无须乎具有戒心，就纵或在身体方面免不了有些必然的事，在心上倒可以不必受苦，方便自由多了。她要雷士先生始终对此种心情同意，故向雷士先生说：“这里不比戏场，同母亲说话，是不怕为锣鼓所妨碍的。”

“是的，我忘记问老人家了，过年也打点牌玩吗？”

“没有人。白天阿秋不唱戏，我就同她两个人捉皇帝，过五关，这几天也玩厌了，看书。”

“我听说老人家还能看书，目力真好。”

“谢谢雷士先生今天送的一包书，还有那些礼物。我阿秋说这是雷士先生送我的，我见到这样多的东西时，骂阿秋不懂事。阿秋倒说得好，她说书应当归她所有，东西则算母亲的，好笑。雷士先生，我们真不好说感谢你对于我们的好处的话了，天保佑你得一个——”

“母亲，”女人忽然抢着了话说，“什么时候我们过杭州去？”

“你说十八到廿都无戏就十八去。”

“十八！”女人故意说及十八，让雷士先生听到，且伶俐的盼雷士先生，意思是请他注意。

雷士先生说：“喔，十八老人家过杭州吗？”

“阿秋说是去玩两天，乘天气好，就便把嗓子弄好点。她想坐船了，想吃素菜了，所以天气好就去。雷士先生近来是……”

女人又抢着说：“母亲，我们住新新，住大浙？”

“就住新新，随你看。”

女人又说：“雷士先生，近来忙不忙？”

“……什么忙？”

“事情多吧。”

“无聊比事情还多。”

“无聊为什么不也乘到天气好到杭州去玩几天？”

雷士先生不好如何说话。

女人又向她母亲说，“妈，若是雷士先生无事情，能同我们一起处，就好极了。”

“恐怕雷士先生不欢喜同我们女人玩。”

雷士先生就说：“没有什么，不过我……”

“十八去，好极了。雷士先生你不要同我妈说不去，天气好，难得哩。”

“当真去吗？”

“为什么不去，我说到杭州，是顶欢喜的。划船，爬山，看大红鱼，吃素菜，对日头出神。听钟，真好。妈，明九他若来，——”说到这里时，这女人望到雷士先生又把头垂下，住口了。

那母亲说：“阿秋，你今天又忘记写信了！我告到你是应当寄信给明九告他那件事！你今天因为见到雷士先生，就只知道同我说这样那样，也不知道疲倦。”

女人低了头，不做声，情形又像因想起了什么事头痛，心里不耐烦起来了。

雷士先生虽然无意中又受了一打击，然于女人举动是看得很分明的。看到女人不做声，骤又烦恼了，就觉得这事情真渐进于复杂，为不容易解决的一件事了。

女人愿意雷士先生同到杭州西湖去玩几天，这动机在女人心中潜伏了什么欲望，雷士是明白肯定再不容惑疑了。不过在她的天真纯朴的心上，也许以为这样作不过是一种游戏，就尽雷士先生在一种方便中作一个情人，可以在这游戏中使雷士先生成一个能够快乐的男子，却并不是怎样危险的游戏。

雷士先生则先看到这危险，故忧愁放到脸上，不快活的意思完全与这时女人因一种情欲骚动在心中而显出的烦恼为两样。他是不是要利用这机会做一点事业，他还无法决定的。他把这事答应了，就应当去，应当到那里尽他所能尽的一个男子本分，这种天与其便的事上得到分内的幸福，他再因循则可以说是一种罪过。不过事情还有三天，在三天中他若能沉醉到酒里，则或者容易过去，也不会别有枝节变故。若这三天尽这中年人来想，可不知道凭空要想出多少忌讳了。雷士先生知道自己的坏处是比别人知道他的长处还多的，他就不能有这种信心相信到三天以后真过杭州！他这时愿意，敢，到时也说不定又害怕，愿意仍然过安宁单调的生活于上海不动了。并且他又想，时间是还有三天，单是今天一出门，所遇到的已就变幻离奇到意料之外了，则三天尽事实可能，还不知如何延展这局面。也许到时他纵不缺少勇气，勇气却又无用处，事情变了。

同时，他见到这女人丰艳的身体，轻盈的姿式，初熟鲜果似的情欲知识，又觉连三日后也不可耐，只想天赐其便这时就能把这女人拥到怀中，尽量一饱。

他在意识中潜伏一种吃肉饮血的饥饿，又在意识中潜伏一种守分知足的病态德性。他尽这两种成分在自己心上互相冲突，意志薄弱的他就也不左袒也不右袒。惟其既不能左也不能右，要在言语上始终保持到他略无痕迹的自然，也就不可能了。

他又有妒嫉情绪，因为这妒嫉情绪，他就觉得血在心上涌，以为无论如何也要把这女人拿到手上一天或一分钟，要像他人那样看清楚了这女人一切才放下。到妒火中烧时他是完全不为自己设想也不为女人幸福设想，只想等待那机会一到，就将成为恋爱的人，使女人屈服，到后且不妨尽这作男子者知道有过这样一会事的。这也不过是“想”而已。若果想到的事全有危险的可能，则他稍过一时，又想到自杀作一悲剧完场，给这社会添一故事，那当然是更危险了。

他想的其实可以说是全无用处的。这时应当做的只是他来同这老太太说一点闲话，同时来用一些精巧的言语，随意把女人颠倒着，感动着，苦恼着，则雷士先生便不愧为男子，因为凡是男子应做的他已照做了。

他有理由说各样俏皮的话，也有理由说谎话，极不合理的就是缄默。他一面当用耳朵去作成小心听老人言语的神气，一面用眼睛极残忍的攻进他面前的女人的心中，极不应当低头去望自己的皮鞋。望到自己皮鞋的他，返忆到那从鞋店出来见到的舞女。他去想那舞女，却不能同眼前的女伶说话，真是无用的男子，另一时他自己也将无法否认的。

局面在沉闷中是雷士先生应当负责的。不过因为咖啡已来，大家就把注意力转到咖啡上去，所以雷士先生与女人皆得了救。说咖啡好坏是不至于抖舌的，他就不含胡的夸奖这咖啡，说是比大华还好。

“雷士先生到大华跳舞吗？”母亲说。

“没有，我是只到那里吃过两顿晚餐的。”

“为什么不跳舞？”女人说。

“不会。”雷士先生说到不会，意思就是问那母亲女儿会不会。

“据说容易学，我阿秋是会得不多的，要学就问阿秋，她是正极欢喜作人先生。”

“我想学唱戏。”

“雷士先生又说笑话。”

“不是笑话，我真愿意到台上去胡闹一阵。我看他们打筋斗的像很高兴，生活也不坏。”

母女全笑了，母亲说：“戏院可请不起你这名人。”

“正因为不要名誉，我或者就可以安分生活下来了。”

“你这样做社会不答应，要做也做不来！”女人这样说。意思是并不出本题以外。

“社会是只准人做昨天做过的事，不准人做今天所想做的事。”

“除了是雷士先生想到戏台上打筋斗，别的事是也可以作的。”这话是那母亲说的，好像是间接就劝说了雷士不要太懦。

“秋君小姐以为这话怎么样？”

“……”女人笑，咬了一下嘴唇，把话说到另外事情上去，她问她母亲，“那我将来真到美国去学演电影，妈以为好吗？”

“有什么不好。愿意做的就去做，就好了。”

雷士先生说：“真是，我以后也就照到老人家所说的生活下去，必定幸福。”

“是！幸福就是这样得到！但是为什么又……”女人不说完，又笑了。

“为什么？——”他要说的话只用眼睛去说，他望到女人。

女人不听这话，自己轻轻的唱歌，因为这咖啡馆这时所上的一张唱片，就正是她不久要唱的戏，她在避开雷士先生的攻击，然而在另一意义上她是仍然上前了。

……

十五　车　中

雷士先生用手捏着秋君的手，默默的到了光明剧场。

十六　特别包厢

陪那母亲坐到那里看秋君做戏，他下场时记不清楚同那老太太说了些什么话。

十七　车　上

仍然捏了秋君的手默默的送这两母女到家，自己才坐那汽车回住处。

十八　？

…………

本篇发表于1929年6月10日、25日《东方杂志》第26卷第11～12号。署名沈从文。

一个天才的通信

《一个天才的通信》1930 年 2 月由上海光华书局初版。为新世纪文艺丛书。

原目：《编者序》、《一个天才的通信》。

现据光华书局初版编入。

编者序

从今天起，这书上的“天才”死去了。

这一本书上面的文字，原是一塌胡涂，没有秩序段落也没有结构故事，譬如画，既不是线也不是色，却只是一些点，一些点儿当然不会成为佳作，也不消说了。然而死者似乎这样想过：在认识这死的“天才”的人读来，是可以从一种胡言谵语中找出一些东西的。因为这上面没有别的好处，却不缺少一个害热病的死前一月来近于疯狂的人心的陈列。世界上总还有好奇而又胆大的人，看一本书并不就想在这一本书上得一批有用知识与趣味滋补，这样人，可以配说是作者本书的献纳人。

死者是终于照到他自己预定那办法，用碎镜的锋刃把腕脉一断，流了一床的血死去了，这消息并在此作一报告。

六月末日

《编者序》为作者所作，系结集出版时所加。

一个天才的通信

一

先生，我答应你的事我必定做到。我想起我自己说过这话，所以此时坐在桌边了。我应当这样坐三点钟或者再久一点，这事情必定可以办完。我心里是很不自在，而且坐到这里也显出非常狼狈。这是早上，时间应当是八点，或者七点多，如今天气不同，当真太容易天亮了。我看到日头白白的照到对窗的红墙上，看到蚁虫飞，听到麻雀叫，鸡叫，车的喇叭叫。这时车在街上跑，大概是送学生上学了。我又想起绑票的事，据说这时也有绑票匪坐车到处跑的。今天天气必定是很热，我坐在这里虽然有风，到下午一定是大家全得出汗的。我说“大家”你们或者还不明白吧，我是说我同我妈，妹，哥哥，四个人的事。四个人都得流汗，昨天就是这样过了。到六月可不知还应当如何吃亏。这有什么办法呢，天气热，房子小，虽然承你们好意告给我社里可以让我作一个通信员，随便写什么，只要不批评政府，都得为我设法把两块钱一千字算数。而且不把空处除掉，不把标点除掉，一总算钱。我无时无刻不觉得你们对我的好意，家中人谈到这个事时是同样并不悭吝过从心上发出的感谢的。可是这有什么办法呢？作兴[①]你们一个月登载我三万字，许可我从支单上拿六十块钱，但我有什么方法可以搬一个家或者把生活

①作兴，索性、干脆。

整理一下呢。我们是四个人呀。并且是四个都有病的人。这个人咳完了那一个人又咳。夜里是仿佛警备什么总有一个人失眠的。今天那作哥哥的买菜不成，因为眼睛发肿，睡倒了。做母亲的倒在床上看书。但我不必回头也知道这个上年纪了的好人是在打算别的事情的。我从十天前起每早上晚上总得流一次鼻血。这血你是知道的，我在许多事上都提及，是长病，太衰弱了时，太穷了时，有这些纠缠到身上心上，血就很有理由的流了。如今自己不是无理由流血的。我的妈，见到这个事情了。要瞒也瞒不去。她因为这样也就很有理由来忧愁了。我尽这上年纪的人忧愁，也不说话，也不找话去安慰那可怜的心。我知道我的行为是无用处的。她看透了人事，一个有过五十多岁的人，三十年来把人生的灾难全接到手上过，她并不是可以用好话哄哄的小孩子了！就是小孩子，我那个妹，我告她，二哥的病并不要紧，过一阵什么书店想起了二哥，为寄一点钱来，二哥的病马上就好了。她也不会相信！我看到许多回数这小孩子就无理由的哭。她只借故说心中不爽快。小孩子，哭是应当的。不过一个十六七岁的姑娘，没有委屈，凭空哭，常常用流眼泪过日子，是为什么事？她看到上年纪的咳嗽，看到一面还把棉花塞到鼻孔里一面就在写文章的哥哥，走到另一个房间去，又见到一个躺到床上的大哥，她不哭哭怎么能把日子混过。若是我能够哭我也将成天学这个人了。我没有眼泪，也没有哭的需要。我是在这里硬起脊梁生活的一个人，一切要我，许多事非我对付不行，要想哭，也像把这空暇失去了。我并不觉得我这一家情形可怜可哀，有时倒只感到好笑。天气这样热了，不客气的逼着我们一家了，我自己是到了夜里把汗衣同袜子洗好，晒干以前无法出门的情形。咳嗽呀，流血呀，哭着嚷不爽快呀，一家还是活下来。另一面还有朋友们来问我借一点小款，虽然互相苦着脸摇头分手，心中抱歉万分，说不定这朋友还生着不必生的气走去。我想到的是我将用什么方法来使我这血莫再流下去。单是莫让这血给家中人见到，也就很好了。我是无权利在自己的病上增加家中其余几个人苦恼的。我愿意别的方面更损失一点东西，只要这血不再从鼻孔中淌出。神前是可用贿赂请求的，我愿意许愿，这愿心无论如何我总得设法了销。我并不在任何时逃避了灾难，可是为其余的人着想，虽然我应当接受穷，却想推辞这病了。到没有办法的情形下了，或者我真只有逃去一个办法。我不先来想象我走去以后这一家人的纷乱，仍然不能把这逃走勇气提起。自杀也不行。我是还应当把命运扔给我的一切，紧紧拿在手上，过着未来许多日子的。我还应当看许多世界上的事情。我还应当把流血与类乎流血的事苦恼到家中几个人，同时也望到家中人的病废情形度一些岁月。

有时，得到什么地方来信，或送一点钱来，家中人全有了生气，我也有向家中人扯谎的方便了，就说，“过一阵，总有书铺来问稿子的事吧。”“过一阵，我们也总能够得到一点钱做路费回到乡下去住吧。”日子过去了。都做不到。小至如每一月对付得上海的房租伙食过去，也像是做不到。虽然说你们社里就答应了我三万字的通信，只要有文章，通融一点，不加挑选的把六十块钱的支单附还，可是这三万字我如何能够写完？把我的鼻血滴到这纸上，一滴血是不能使你们承认的一个字的。血一流去，我的力，我的其他全完了。虽然你们那么慷慨的说过不拘写什么全行，但我若是成天写流鼻血，咳嗽，眼睛痛，流汗，麻雀叫，你们看来是要慷慨也不行的。读你们杂志的人有多数是盼望大名人来一点小巧讽刺文章，开开心，有少数是愿意我写一点《雨后》之类小说。你们不希望知道我的生活的一切，他们更不希望知道这个。凡是花钱买杂志的人一概是不能把钱花到无聊文章上面的，我写这些的影响是使许多有道德的生活健康思想清楚的年青人生气。他们是有理由对我所写的文章生气而对编者加以一种责难的，因为他们似乎觉得若果人的生活是如此，这平凡病痛的自曝是不可容忍的丑事。我说到我自己仿佛就侮辱了他们，说到自己的情形仿佛更侮辱了社会全体，与整个艺术。就是这样通信，里面没有革命故事，没有恋爱故事，甚至于连供人摹仿抄袭的假天才议论也没有，我明白，这无论如何是将增加一些对艺术过于热心了的人愤怒的。在另一时我把文学同生活放在一块，就有人因正义与尊严，在言谈上指摘过我的文章，虽然这些人是吃点心过日子的人，所有的议论不是胡说八道也总不缺少广东茶点气味，一个有眼睛的人决不至于上当相信，不说也可以了。

(总之他们是天才，我是从不曾想到与天才为难的事过，我对于他们也没有那些感想，没有牢骚。）我没有对你们说谎的必需，这时我实在也不曾想到其他人的议论的。我知道有些人吃过东西不说话是不行的，我如今是又近于为他们找说话机会了。我一面这样写下我自己的目下情形，一面是并不忘记你们所允许我两块钱一千字那个大数目的。这时使我这可笑的一家人获救，只是二十来块钱的事。我如今是不能在这时来特别看重我这身体的，当然将在今天胡胡涂涂写一万字。失去了你们拿这通信为杂志向外宣传的机会，我只好先在此告罪了。不过假使删去一些不顺眼的地方，可以使你们方便一点，你们就这样做好了，不必你们怎样解释，我也不至于说话的。在我能改业以前，我正计算如何就能同你们把这生意做成很愉快的方法，虽说一切尽我，实在我还是一切尽你们。你不要，退回来，我也无办法。纵退下次也还得把文章寄给你们编辑先生过目，五年来的经验我已把一个作者的义务全学到了。在另一地方我还应当由人把题目写出，再来如题奋笔这就是另一些人笑我的原因了。这笑是合理的。我自己也有时为这个好笑。我总想找出一个机会告给那些读过我小说而感到欢喜的人，明白我是在什么一种情形下把小说写成。倘若说我有权利使他们欢喜，自然我也有权利使这些人明白书店方面，对我“客气”到了什么地步。我感谢你们，由你们趣味命题，写成了快要到二十本小说，而这些小说居然有人爱读。我自然不去想假若纯粹由我自己意见去创作给人的又是些什么，我是不敢作这遐想的。在过去，凡是我自己的成分稍多一点的，你们就不要，试问，不要，我还有勇气写下去吗？我勇气纵不缺少，我不能让我家中人饿死，我自己又不能作别的事找钱，竟早像是为你们看得分分明明了。——我不写下去了，我得小心防止我鼻孔的血流到这纸上。

你们的编者读者，或者就有人可以把我这前面一句话当成笑话。因为这近于滑稽。这真是滑稽。一面流血，一面我仍然还得伏在这桌边写下去。我没有想到我应当写什么，你们又并不如其他杂志的编者那么命出题目，倒使我为难。我似乎只有写我这时节的感想。我为了这滑稽的生活的延长，莫名其妙的过了六年，其他完全不曾学到，倒把对于你们应当要好的客气学到了。你们向我称赞说“很有天才，”我不能不客客气气疑心这话是完全在写广告的话。你们说我是“作家，”依我看，这名义上的利益倒是在你们的杂志。一个像样的刊物自然是要大作家或天才的，所以你们就随随便便把我也放在里面了。天才显然于我没有用处，其他名分也不能使我超凡人圣。我要的是你们答应我那个数目，莫脱空。所以我这时在这通讯上面，是扮着所谓小丑却不红脸的。虽然“精彩堂皇”是每一个读者所等待的东西，不过若公开的把一个小丑装扮到台上时，总仍然有那种无聊人鼓掌，从我这通讯上得到另外一样趣味。大约你们也就想到这里了。先生，你试想想，我将对于我这通讯感到什么意味？我将感谢那些不吝惜精力的读者还应卑视那些闲谈？我们都是呆子！没有文字，我们生活到这世界上，或者真有那所谓“精彩”出现吧。如今是人人全靠在文字上找到灵魂的依据，许多人是把生活趋就文字，不是用文字解释生活了。我在此仿佛是靠给人欢喜而写作的一个人。我觉得我与读者都是呆东西，只有你们与愚蠢相反。我们都以为自己隐瞒得好便是全人，所以小丑的自己摧残看来都很好笑。用文字装饰了自己，把人格涂了一层金，那类人我们便称为领袖，只这一点人类的呆也就十足的出现了。

我为什么不去照那“完人”做着一切的事？想到这里我头昏了。我得睡。今早血又流得太多了。我不想它这样流，又没法制止。我合当好好躺到床上去，比我做工的时间还久，才有复元的希望。今天二十八，这一个月是三十一天，到了三十一晚上我想或者在写这通信以外还可以写两个短篇小说。先生，这小说，我同其他文笔一样，是永远保留那挑选权利给你们的，请你们到时去看，用得着，一块钱一千字也行，用不着请求你晚一点退还。你们是全都知道我的弱点，故意与我为难我也无办法的，稿退不退还在你。我这样不知制止的写作，是为什么？我并不能在此等事业上发财。虽知道有些老板是因此已发了财的，我可又不能为他人发财着想而努力。我想应当使上年纪的人快乐一点，使我这家中几个人过一天安定日子。我同你们说，凡是我的书全印行了，定价也不贱，销路也不坏，但我除了在每一本书上零星得一百来块钱外什么也不知道，我总成天陷到无办法情形中，一面把文章写成一面还得拿一件穿不着的衣服去当，才能有钱把文章从邮局挂号寄去，大致是没有一个人肯信的。我也并不想要一个人对于我这生活不成样子引为难受，只愿意一切远处年青人，想象凡是广告上说的是作家，全都成天享福，出入赌场跳舞场，一到礼拜又赴会入席，间或还谈谈女作家作为生活消遣，这些才真是上海作家的生活！我的话若还需要补充，我还得设法到那些地方去一趟，不然我是说不出那详细情节的。

我的世界是灰尘。……单是灰尘，便把我一家的肺结核病培养得很好了。我将用什么方法把灰尘与其他同我离开？我的工作只使我与疾病接近，与幸福分手。在我身边一切都无聊，我从不发现过一样使我倾心的东西。我脾气坏时除了打量如何更使自己受苦以外不作其他妄想。想起明天要给某处某处账项了，把笔提起，又同时记起“入选”的事，于是便写成一些为人所称道的文章了。我从不愿再把我印成书的东西再看一遍。就是这通讯，前面后面，将留着怎样矛盾的端倪，或者是不可免的事，落在我眼前的就是一串通俗的平常的字句。这时仿佛是有点着恼了，为了那上年纪的人的咳嗽，顽固的继续，似乎喉是被谁所扼，脸也发了赤。小妹把茶碗拿到另一房间去，茶杯掉到地上，从此只余一个茶盘了。眼睛发肿的那个哥哥低低的带着惋惜调子叹着气。鼻血滴到衣上的已成黑点了。这就是我的家庭琐事。这日子还不知将延长到何时为止。我一面在此等环境中呆下，一面还得抽出若干时间来感谢那使我活下的你们。我这话不是对你们生气。我没有理由生气。只能这样活，我就这样活下来了。就是这样毫无生气的活着，大概是不至于还搅着了谁一个向前的路吧。我从不敢在别人生活上加以讪诮，在目下，我心中最尊敬的，自然还是你们有权力可以支配稿件的先生们。

我头痛得不成样子，大约是血太流多了。说这个话不是要你们怜悯，不过你们觉得这是我向你们诉苦，而感到一种慷慨，我是无法来推辞这好意的。应告你们的是难得你们的同情，我这头还是要痛，血也还是要流，家中人也还是倒在床上不能起身。天气是已经像六月了。我想象在另一地方，总应当有不少作家，坐到电扇旁边看报谈天，或者一面吃冰果子一面在等候灵感。我是一面头痛一面还在这里写字的。这里所有的是产生一块钱两块钱一千字的一支笔，与那不值价的头脑，单是流点汗算什么事。我不能因为头痛就放手的。应当睡也不许睡。家中人的疾病何尝不是应当请一个医生来看看的事？我这时向谁去说这是“应当？”没有文章寄去，谁能有这种胆量先尽我拿三十五十稿费没有？我可以凭信用或其他向谁告贷一个钱没有？若有三百块钱就可以把我的一家从苦楚中救出，我从什么地方可以凭空写出三十万字文章？我是真也应当这样设法把家中病人处置一下的，其他应当的事还更多，这时只是头痛是我所有的财产。要我再写下去我看到的是一把壶，这壶若是可当一点钱，我已早拿到了当铺估价了。我用手抹头手上就是汗。走动时则地板轧轧作响。远处是有法国兵吹喇叭。整个的无聊。艺术离别人若是一丈远近，这时与我大约相去十丈了。

先生，可是我不忘记你的大方的嘱咐。你告我是可以一块到两块钱一千字，且告我在月底将这通讯付排。你的话，说得那样诚恳，我如何好意思卸责。这是我的责任也是我的权利。只有你们是使我可以生活的，我怎么好意思借头痛把工作放下。你说的，有人也欢喜读我的文章，这事是不是真我可不能过问。我并不是为他们欢喜而写的，却是为你们的要不要而写的。这当然是真话。你们不是很有理由把我的稿费还缩少到五毛钱一千字吗？你们自然是太对我要好了。我并不是不明白。先生，我说我是太明白一切了，所以我说的话反而暧昧，有时还容易得到误解。似乎我是在此一面涌着悲愤一面发着狂呓。若果你们在广告上说我疯狂，对于书籍的销路可以得到一点影响，你们就这样办去，我既然不能否认我非得你们的稿费不行，自然也不能否认我是疯狂的。凡是于你们方面有利益的事，我想凡是中国此时的穷作者，都得无条件承认。我不敢承认的只是我的“天才，”然而当一个出版人同买书人谈到我“天才”时，他在那里计划赚钱的事，我仍然只好不作一声默然走去。

我这时用拳打我自己的头。这不高明的头脑，别的一事不能作，只能写点既不属于人也不属于己的事情，是引起了我的愤恨的。我想到你说的两块钱一千字的通讯，无论如何我将写足一万字。停了又写，写了又停，字还不到一半，我仍然还不放手。我又看看周围一切，发现了新的事情了。我的家中人在谈话了。那上年纪人笑了，因为妹无意中在衣袋里发现了一张一块钱的钞票。她们欢喜到比得宝物还欢喜。人穷了就是这样小气。我告给你们这小气处，大约是有些人也很想知道，以便拿来作嘲笑我这一家生活的张本的。我看过那票子，是中国银行的东西，我的欢喜并不比家中老幼为小。我是变成于金钱更小气了的一个人，连自己也是莫明其妙，忽然非常悭吝了。一块钱！那怕是五角，也总不坏！我常常因为图省俭到处都是走路去的。我的哥更俭得可笑可怜，他从虹口到法租界，也走路。在另一时这个人却有名的豪放，作一张画得一百块钱不能留到第二天，但是，这是过去了，别人是只能见到他那小气的。未来是使我们一家全知道得靠我写一块钱一千字的通讯，而这通讯的一千字至少还得流五十滴血，作着用血换钱的交易，全家那么小气，不为无因了。连做梦，我是也很少梦到身边有四十块钱的积蓄那样的事，这样的我在什么地方可以看出天才，真为那些对我怀了好感的人奇怪！天才应当这样子吗？谁也恐怕不能轻于承认！很对不起，我疑心到天才只是值两块钱一千字的人一个题目罢了。

…………

耽搁了一天。头痛到不能支持，所以睡了。天气热，睡到床上流汗。听那有年纪的继续的作咳，我想爬起到一个书店去借一点钱买一瓶药，也做不到。我不会把等候我的稿件付排这一件事忘却。我又勉强起来写了。但一个字却写不出。我就是糊糊涂涂地把日子度过一天了。

今天又是早上了。我不见到墙上的日头，因为没有日头。感谢天，这样知趣，也让我一家人稍稍能吐一口气。我同时还得感谢隔壁的一个木匠，若不是他那么用力的捶打板壁，我不会头脑发胀，也不会就想起这未完工的通讯了。

我说什么呢？天气好了一点。咳嗽的躺到床上迷了。眼睛肿的人还不醒。我的妹上学去了。我坐到这桌边。今天是二十八。这“天才”想起过三天以后的房租，莫可奈何的叹着气。我是没有方法可以把日子挽留的。日子来了，恐慌也来了，饥饿也来了，而病，却并不匆促想离开这一家。夜里听到咳嗽的人喉中发喘。曾悄悄爬起来披衣走到凉台上去看天色。满天全是星，胡同上灯光白白的照着成方格三合土的地面，一些小虫绕了灯来去飞。在那种时候我像悟了一点什么。我一时并不进房。我伏到石栏杆上揣想另一个窗里另一人家的事。大致世界上人是有十分之九入梦了。这时在什么地方总还应当有一些人做着事情。我不知工厂中夜班是如何忙碌，但我想得到总还有些小房子里的学徒在一旁打盹一旁做事的。譬如铜匠，成衣人，印刷工人，他们大致是虽同我一样无从上床得到好睡，却忙碌到连想想自己是怎样一种生活也缺少空暇的。这些东西，身上是那么肮脏，走近人身边总就有一种极难闻的气味，半月不洗一次脸，手上全是油腻同铁锈，头脑又是那么蠢到无以复加，不单是不能说一句精致的话，连一句平常话也呐呐说不出口，这也可以算做人吗？见了这些人我是不能不生气的。就是想想，我也不能制止我这愤恨。一样的用血同肉做成的身体，为什么就蠢到这种样子了？……可是，我是不能再想了，我返到房中睡了。睡不着，我就听在另一房中我母亲的艰难呼吸，这声音完全像扯炉。我似乎是经过一点钟才睡去。

今天好了。天气不热。我说过这话两次了，大约还要说几次。一个天才的唠叨当然不是坏事。实际呢，你是告过我，“不拘什么都行，”我才这样把这通讯续下，到你们够用的字数为止。天气不好就得腐烂发臭，生蛆，全是可厌的事情，你们不止不愿意见，还不愿意提。可是我不想天气怎么行？我的一个兄弟这时正在湖北响枪炮的地方，他在革命，帮他们打仗，他学得是那一门手艺，会管理机关枪。这时说不定他就在那里腐烂自己腐烂别人。他来信说是无聊。我是说，无聊也就这样下去吧，武装同志！在这里的我，不也正是作着腐烂自己同别人灵魂的事业么？除了疾病找得了些什么？我在春夏秋冬四季用得着一天的日子做自己要做的事没有？我能用春天或秋天好好的笑过一阵没有？我仿佛嗅得出我已经腐烂了的灵魂的气味，我说的话便等于作恶心与打嗝。我这时是在同谁作战？谁是我的敌人？生活打着我的右颊，我又用手拍打我自己的左脸，我就为这意义把这通讯写下来了。天气热了，我得流汗做事，哥哥得流汗作画，母亲得流汗咳嗽，我的妹得流汗到织袜学校去实习。我大约还得等待自己的妹把第一双袜子打成才能换脚上的袜下水。我这样说你们若认为与天才的话有所冲突，你们还是勾掉吧，不过无论如何我一面力避与你们所谓“政府抵触，”一面我是要想到“腐烂”“发臭”“生蛆”那些事上的。

…………

又是一天，昨天写上那一点点就算了。昨天因为没有米了，没有烧饭的炭了，走到四马路一个主顾处去拿一点钱。信是四天以前送去，说过请他让我拿捌十块钱，像做好事，这个钱许我月底得到。办事人说不行。经理有话，说其他有人一个钱还不拿，这大约也应当是事实。据说这经理是只拿三十块钱月薪的，三十块这个数目还不够他打发汽车夫。经理是这样一种阔人，不消说认为不能拿钱给我是有理由了。所谓别人不拿钱的别人者，莫不身充教授院长，把我与教授院长同科，即饿死，也像应当的事了。告他们说这可不行，今天没有钱，就得挨饿，无论如何容忍，我也办不到空了肚子来等候同情的。并且挨饿的还不止我一个人。家中人虽病，还不成仙，饭是要吃的。这样那样说了还是不行。我呆站在那卖书地方有一点钟到一点半钟。看到人来买书，还有买我那些书的，他们从皮包里把钱掏出，这钱随即到了书店的柜台上去。大约因为我衣服穿得比这些十六块钱一月的人还不体面的原故，买书人还以为我是本店徒弟，要我取书目给他们看。这些呆子！他们以为做一个上等人是穿几件好看衣裳的事情。他们还以为来到这些地方花三块五块钱，买一包为油墨所脏污的字纸，拿回寄宿舍去一读，就变了满肚知识，从此可以穿衣吃饭，到老无忧。舍得花钱的多读几本书的说不定还时时刻刻皆得到一种自足。所谓精神充实，所谓头脑健康，就算不是呆到无以复加的谎话。一些人买书，一些人赚钱，另一些人在旁边肚中空虚，所谓新文学运动扩张，意思就是把这关系更显明的继续维持而已。到后我自然是走出书店大门了。空手而来还得空手而去。我走出了大门就坐到那门前石磴上，像一个买小书的人的姿势坐下来望街。为什么这样办我也不明白，不过我并不是故意。凡是于书店有妨害的事我决不作，我不能尽他们叫一个警察把我当癞子赶走的。可是，我那时不坐下不行。从法租界走到望平街，我已经走倦了。我还在书铺站了一点钟。昨天又还流血。我只有在那门前稍稍休息。先生，我在那里是见到不止一个百个年青人到这里来买书！他们至少也有十分之九的人见到过我。但他们不打量这里颓然坐到近于街旁的石磴上的一个人，就是你们所时时不吝惜齿牙称许的天才！有些人望我一眼，有些人望了我一眼还望第二眼，我不敢对他们笑，因为这个时候笑或哭都有让人疑我为发疯理由，把我拉到衙门去拘留的。大致我应当也坐了一点钟。先生，这个话是很可以相信的，我坐过一点钟，坐到使书店中人看来不好意思，一面怕妨碍了他们的营业，有一个熟人出来了。他告我这事情明天再来看看或者有结果，他们以为我是同他们生气，所以坐到大门前不走。这真怪事，我再不走可不行了。我走四马路过东新桥，路上有些地方已有灯放黄光，夜了。还不能走到家我的鼻子又破了。

今天是三十了。天气是使一家人又得流汗的天气。昨晚上幸得同住胡先生借了一块七毛钱。今早上，那上年纪的好人，悄悄的把所有头上的押发同妹的戒子，要娘姨拿去当了十块钱，直到把钱拿回时我才注意到母亲头上已换了那玉簪。那好人还安慰我说这总又可对付一阵，只要对付得下，或者仍然有救。这个话要老人来说，可想而知我这几天来的颓唐，怎样给了一家人的悒郁。先生，我虽然对一切不高兴，今天还是坐到现在写你答应我的两块钱一千字的通讯！有钱吃饭了，钱多一点我们还得吃一点药，这自然于我一家人是极其相宜。我得像你们所说的“刻苦努力”，成为“大家。”“大家”对我没有用处是极显明的事，只是我想如果我的文章写得再好一点时，销路不坏，你们不愿意我饿死，出于良心做好事的机会将多一点。先生，我说这些话时我是自己看了又看，看不出我有一丝一厘牢骚的。我心很平静。我不是生气的时候。我说的完全是实在的话。我的野心建筑在生活的必需上面，在过去另外许多事上你们都可以看得出。我把我想到的话都说到，这是因为你告过我“不拘什么都行，”才有这样大胆。一个天才，据说大胆是不可少的事，但我的大胆给我的教训是各处碰壁，许多地方先是要天才帮忙，到后感到难于对付，所以完全拒绝了。我如今只是大胆的照你们吩咐行事。你看，这里不是已经将近有一万字的地位了么？凡是名人他不会有一个字表示自己无用，他们对于如何防备落人把柄处，比如何真实从事于艺术还用心。我这一万字，却说了什么话！我就是那么生活下来的一个人。我的思想，我的脾气，以及我对于艺术的见解就只是如此如此。“一个天才，”你们居然这样慷慨在每一次信上每一次介绍上都那么说，如果天才还得另外做一些平常人不能做的事，譬如向你们用韵语恭维，颂祝你们健康一类事，大致这天才也不会摇头推辞的。

先生，虽然你答应过我，数这通讯的字数是空格也可以在内，这里已经是一万字了，但我得再写点，作为“补水。”我不是说笑话，这虽不是你们的利益，我仍然不好意思不多写一点。横顺在你们看来，我的文章是那么容易生产，那么不知节制，多写并不像难事。多写了鼻子又得流血是真事，可是不流血就拿钱，也像太不成话了。我是很明白有些人你们就看到他流血也不能把两块钱一千字这样大价钱给他的。我说我今日还得到那个书店去，或者还得站一点钟，坐一点钟。在这通信发表以前，我是有权利可以坐到那书铺门前看街的，因为谁也不知道是谁，书铺中人则大家见到这样子还正好笑。到这通讯一发表，我恐怕不能再到那地方去了。他们可以赶我，或叫巡捕抓我。他们乘此更一钱不给，我无法同谁争持。

今天似乎格外热，你们想，我老远走去，到了那里，很可怜同他们说一些好话，请他们打一个电话同那身在大洋行里办事的经理说说，回头就站到那地方候信，再过一会，消息渺然，无法了，我就坐到那书铺门前阶石上仰望过路人的上身，或俛视在水泥道上走动的人，车，马的脚。这天才的行为我想当然可以给一些上等人开心。为了不甚相信，为了好奇，为了自己太与此等生活离远，必定有些人来买你们杂志以后还走到上海四马路去看热闹在人丛中去发现这一类事。先生，我是不是因这些还应故意到马路上去闲荡一礼拜？夜里听到咳嗽的咳嗽，呻唤的呻唤，我无权利安睡一个时刻。我是家长，无从偷懒。夜里既不能睡，这是可不济了。我一面想到这生意是难得的一次，疏忽了以后生活即成为一大问题，笔一提起可仍然又放下了。我的头为“流血”“失眠”“着急”等等闹空了。

悄然的死去在我应当是一种幸福。我不厌世，不至于为一切所加于我头上的小小不幸作童养媳受屈以后的自杀。我一切看得分明。我愿意死了，只是疲倦。眼倦了，口倦了，手也倦了。思想更倦于集中某一件事。先生，你可以告我，如何于你们社里有利益，我试来照办，因为独你能答应给我那么通融，出大的价钱却买不挑选的稿子。

先生，天气热，窗外有太阳，麻雀就在太阳下叫得很热闹，我这时在奇怪这些东西为什么有这吵闹天才！又有小孩子哭，又有打锣吹号的过身。至于我家中人呢，这时我的妈正伏在床上呕血，妹躲到一旁流泪，我泰然坦然坐这里补足我这通讯的字数。我家中的事我并不看得是另一世界的事，这个也很平常。另一时，我或者也会为我这镇定而大大的惊讶，但我若是同时能记起你们告我月底就要文章而另一意义是文章一来就可以得钱，就不至于觉得我性情可怪了。我这时不放下笔去照料一下我那妈，恐怕是不行，所以第一次通信到此不得不结束了。

先生，我心上抱了歉来向你说我只能寄这点却要二十块钱。承不承认自然还是在你，我决不能与你为难，这是晓得的。我一时是不会死的，家中人也自然还可以延一些时间。夏天接着春天而来，秋天又在那里等候交代，日子推迁，总不能把我变成两样的人。我将永远把感谢存在心上，对你们作编辑作老板的人说那各式各样为你们所欢喜听的话。只要有人愿意要我的通讯。我或者一面用左手抵自己流血的鼻孔，一面用右手能写出很闲适萧散的通讯。先生，许不许可我在这里顺便提一提今天是五月三十，为英国人在中国地方杀死许多中国人的一天？我是知道中国的当家人已同别人讲了和，对于英国感到愤恨只应当是共产党，而纪念也是共产党一种人的事。可是我不过顺便提一提罢了，我是很明白在中国杀死一万人也不能算数的，中国原来不只是四万万人。

二

先生，你的信我读了。我谢谢你，言语的大量比稿费多到五倍，这个当然也是难得。你们告诉我上一次那通信只能作八千字算数，我不争持。这是小事情。我那里应当为这些小事情生气？完成一个天才是“奇变，”这应当对的。可是，我的奇变是些什么？你们意思是我这样还不行，顶好是尽我家中人死去一个，或者眼睛有病就索性瞎去，这奇变就成就我了。我不要这天才的完成！并没有人敢担保因此一来我的稿费可以提高到三块钱一千字的事，我是不能尽这奇变来到的。就是有担保，我也还得打量。

你们既然说第一次通信很好，我就这样同你们作几次生意吧。这几日来我头脑糊涂，想不出什么好事。我只想如果这“奇变”把我也放在内里，譬如说，要死吧，一家人全死，我看这个事于我是一种幸福于你们也不为损失的。你们不要信别人的话以为我的通信太容易写了，就觉得不减少稿费可不成事体。我自然是一块钱一千字也得答应你们，一家没有钱如何能生活，只是我并不敢胡乱写下的。我制定了写三万，所以今天又来动手写。

你们说，愿意我鼻上的病早好。可以告你们，请放心，血今天是不流了。若这个病再不客气的流下去，这所谓“奇变，”真会轮到我头上来的。若是死者是我，请想想，这事情如何结局。我不能先死这事是不必解释的。若一定是这样办这将成为一个出版家方面的累赘。我家中还有病人，到那时虽然并不是谁就应当帮忙的一人，但这好歹是累赘。有些好事口滑的人，也可以说着“这是出版家老板们用刻苦的办法逼死了作者”这样谣言吧。谣言虽是谣言，倘若没有那生植谣言的根基，大家是可以痛快的睡觉赚钱的。你们愿我病好这应是真心！我谢谢你们。我也感谢天，他并不把我引到完全绝望的路上去。我一面消极的无法振作，另一面总仍然是想要立志怎样救救这一家。虽然一年长病，也仍然还找得出理由活到这世界上一小地方！倘若我们这一家是住到中国一个内地极不开化的乡下，无意中被天灾人祸死去一个两个，自然除奇怪命运以外没有话可说。如今我是住到租界上。租界上是凡为中国的国粹如像赌博，吃烟，……我说这个干吗，是我错了。你们嘱咐过我我又忘记了。说一点别的是合理的。别的也没有可说，但既然是论字计数，仍然来说我今天的情形吧。我不流血却头痛。痛得不成事体。我怕这就是一般人说的那脑脊髓炎。这时，一摇动，一起身走路，头就像炸裂。这东西我疑心它终有一天是要炸裂的。家里人并无一个知道我为什么不起床。我睡到比平常任何日子还晏才爬起，起来就又坐到这桌边来。坐到桌边做什么？先生，你七号要第二次通信的稿件付排，要一万字，我这时就在这里很可笑的作着你所差遣的事，一面头痛难堪一面仍然为那一万字的完成而愉快。我为什么不欢欢喜喜的来写这通讯？这时最适当的事不消说要一个医生来看看，花点钱，把衣解开，给医生听听肺，还拿一次脉，试试温度，真有脑炎征象了，再多花一点钱打一针。你们听到我这病大致也将有这一种提议。这真是一种很客气的提议。我没有钱，却做不到这事了。这至少要十块钱，还得我自己到医院去挂号，等候一点两点钟。若是这医生懂事，看得出我的情形，随随便便说一阵，又随随便便为我配一点吃来无益的药水，倒是好事。若果不马虎，一定要把我一身的病指出，且照着通常医生口吻，说出那吓人的话，不是要住院就是要静养一年半载，而且药方一开，一小瓶就是十块八块，药方一开不吃就像更加危险，我这本来无害于事的病，倒恐因此一来完全糟了。把负债同负病的两事尽我选择其一时，为了方便起见，我是只能加一点病不能再加一点债的。

因为头痛，我的思想感情更不行了。我仿佛同任何人皆不能成一完全的友谊。我又找不出一个真实的敌人。眼前一切的事都使我厌恶，却从不恶声对人对物加以申斥。到街上去时，我坐到公共汽车上，我看到满车的人皆觉无聊。在那些地方，你们是知道的，很有不少生长得好看，穿衣服称身，脸上充满了欢喜的年青人物，看到这些年青人物，我就在心上生气。我听人大声说话也有不愉快在心。我见人吵闹或笑骂都感到烦憎。似乎从谁处听说过疯狂有沉静的一种，我应当是属于这一型的。我这脾气并不是从头痛时起，却是很有了一些日子的。为追溯这来源，这应当说是出于天赋。似乎从我只能模糊记忆那孩童时，我对于逃学的习惯养成，就是基于那疯狂的因子的。到后是讨厌家中同学校，作了预备兵之一名了。再到后，还是不能在生活的轨道上作我那六块七毛钱的事，耐心等候如一般人的发财升官，我转到屈原远游所到的沅州地方作收屠宰税的小职员了。收税又错了账，无法继续，再到后我又转入到作一个师部的书记了。……一直到如今，我还是对眼前的一切全无好感。生活的转变的机缘，就全是我这以身体太坏为解释而发的疯狂做成的。我讨厌一切事情，却无力堂堂正正的把反抗旗帜举起。我觉得革命是必需的事，但革命家同革命文学家都使我头加痛。我不欢喜同人应酬，可是每一个到我这里来的人，不拘是收衣柜租钱的人也行，我总得同他谈一阵天，而且在谈论到什么时我就从不见出勉强。我决计把生活转变了，今天可还是在此写你们所要的通信。先生，在我无法解释我自己心行不能一致的纠纷时，我只能把你们所随便说的“天才”承认了，一个天才他应当与其他人完全两样，我无论如何是同我另一时也完全两样的。在我的生活是求不出结论的。你们若还相信任何人生活都有一目的，那我这目的，是把我举起与生活分手，与世界绝缘。要是极幼稚的话也有供人讨论的一时，我可以告你们，我想到的只是杀一些人，这想象若是有了力量来帮助，我不能对我的胡涂加以惑疑的。然而人人是都有理由活到世界上的，我只不承认人人在有理由活下以外还有更好理由成天胡闹。所谓实行家就完全是一群无耻东西，成了伙去作着某一事，无耻与无用都是这些人格适当的赞语。那借了死去了的人与死去了的教训作着所谓大骗子的人们，他们是脸上充满了愚而虚伪的光辉，成天各处跑动的。先生，这些我不是说做官的人，你若一定要疑到我是说他们，你就执行你的权力把它删去吧。读文章的人是读半面就觉得好，全体看清就得失望的，删去这通信一半也并不算过失，你处处不应当把你的权力忘去，这才是一个好编辑。

先生，我头实在不行了。真要炸了。我实在愿意抄一点什么来补足这通讯字数。我的技能与其说是长于写作，不如说是长于抄录的。自然那些做文学论编讲义的人的功夫我一样也不能做，可是写字我是行的。一个有过六年司书生经验的人，你试去想想，应当是那一种耐心同那一种温驯？抄我没有可抄录的事，我睡下了。你们放心吧，这通讯决不是到此为止的。通讯的长短完全是你们，七号要稿付排，我不能因为头痛耽误你们杂志的出版！今天我且把这个放下吧。我是并不愿意休息，完全出于无可奈何，这是有请读者明白必要的。

可是我怎么能好好的睡一点两点钟呢？这是白天。街上车夫全在流汗，无价值的奔跑，近于呆愚的劳动。我想到这一些。同时，为对窗的吵闹生了大大的气。所谓对窗其人者，说是博士。这个似乎名片上也印得有一列长衔，但我明明白白知道他是在法国做过几年华工归国的人物。做工原是可尊敬的事，但认真的一个工人，一回国来就很雅致的印起博士的长衔来，且居然就挟了大的黑色牛皮提包到处上大学校去教课，作为绅士之一员，另一面，却把一“细君”留在家中，用大的高的声音与客人调笑，客人的模样又是“博士，”这就怪了。听到那些白脸长身衣冠如时的模范人物，同心协力联合大唱毛毛雨之类小女孩子所唱的歌时，我连在房中坐下的勇气也失去了。天气热是真的，不过另一种热是我所不能抵当的事，我只得出去。

我到了街上了。我坐到那没有太阳所晒的路旁旧木桶上，望望街景。我仿佛是非常狼狈。我的头在作怪，非长久的坐下来沉默下来简直无办法。过路人好奇的似乎全对我注了意。我感谢他们，这些人中总不乏觉得我是很可同情的人物。我想若果我能把帽子除下，翻转摆到面前，必定还有世界上所谓善人之流，不要我写诗，不要我写小说，也不要我写通讯，会慨然把钱扔给我一个两个的。小孩子见我这情形，虽然还不曾把帽子取下，已就因为好奇不愿意走路了。他们围在我身边站了两个，见到我掏手巾拭脸，就以为是要取粉笔在地面写字了，好意的告我这里不许写那些求人怜悯的字。我望到这两个小孩子好笑。我那里会这样做蠢事？纵当真要写什么，警察也不至说什么吧，我成天在这里附近徘徊，警察是已经与我认识得了。这时使我记起那些专在大路旁写字告哀的人物，这种人物似乎特别多，大致他们之中也就不缺少“天才。”先生，你觉得这街景的描画有详细的必要没有？你全事尽我，我就将不说什么了。我虽坐了两点钟，过路人不下一千两千，公共汽车以及其他载人载物车辆来往不绝，卖东西的全在一种沉闷下度着这初夏的午后。这地方这些种种只是整个的无聊。一切生命是在不知顾惜的情形下浪费。一切东西都因为热有瞌睡的趋势。虽然有麻雀在我坐的地方对面电线上打架吵嘴，看来南征北伐也并不比这个还认真，我仍然是不欢喜这些胡闹。我坐下，就把日子打发走了。我看到太阳从街中爬到对面墙上，我站起了预备走回家去。到了家我只听咳嗽，因为自己情形也显得十分颓唐，竟不敢到我妈的房中去看看。先生，感谢你的惦念，那个老人并不再呕血了！咳虽咳，血是不呕了。那眼睛痛的人还不能起床，他没有其他害目疾的人那种暴躁，我一回来见到他坐在床上，闭目不语，一个小的狭的瘦脸，一把瘦骨，脸色苍白得如一个蜡做的脸，如不是他那如扯小炉的呼吸，我几几乎以为这人是坐化了。我不作声，就坐到我的特有那张椅子上，看这个人在闭目养神的苦脸。我自己，却也是那么憔悴无生气。我找不出一点可以使我兴奋的事情做做。我因为在街上坐了半天，转来头似乎好一点了，望到桌上的笔，就又拿在手上。我也应当写一点大议论才是！一个天才，他不能就永靠这名义吃饭，事情是易明白的。我当然要做一点小说送到别处去，照到你们作编辑人的意思，用可笑的轻松文字，写一写我往年在军队中服务当差的故事，署上我自己的名，附加上一种希望不大的按语，寄到我所熟习的地方去，我就静静的一面玩弄着日子一面等你们高兴时给我点钱。有了文章虽一时不会得钱，我还可以自慰慰人，也还可以向债家扯点无害于事的谎，要米钱，要报钱，人来了，气势汹汹无法抵当了，我可以不红脸的说“这是平常的事，照例是他们要忘记日子，不然那稿费早应送来了。”我这样说时我会觉得完全不是儿戏，真以为连向债户抱歉也不必的。先生，照你们意思，一个有天才的人写一万两万字是极容易的事，不许懒，就不至于挨饿。我大致应该说是太懒了。我如今就一个字写不下去。我起了若干的头，却没有供我下笔的东西。我将说我亲眼看见杀过一千人，大部分是用大的锋快的刀子砍头，小部分是用枪打脑壳把脑髓倾出为度，又有一些是花样翻新，破肚开膛把心肝取出示众。许多人是没有学过屠户，居然能把一个人处治得如老屠户杀猪一样顺手。还有用刺刀剩死的逃兵，用火烧的土匪。但是我说这些准什么事？在另一些地方，不是成天还这样不断的热闹着么？这应当是可以夸口的事么？除了住南京，住上海租界，不是全都成天可以看杀人么？我说战争吧，这也是罔诞。大家从新的战争中过了日子多年，说这个只是无聊。我说饥荒，报纸上头号字载得是陕西甘肃每日饿死人两千，可是同一张新闻上特号字登载百龄机效果，背面则“开会行礼如仪，”天下太平。先生，凡事可以使你们吃惊的，如今是全不容易引人惊讶了。我们都一同生长到这顶精彩的时代中，我们单是“看”就可以过这一生。一切事千变万化，一切事仍然全无差别，不头昏已就见出好汉。我今天得一个朋友从杭州来信，他说是他在为一个日报馆作着五毛钱一千字的文章，成天写，大约每月写到五六万字则一个人房钱饭钱就不难找到着落了。这个人他并不是天才，但他能够写得出这样多，无论如何是可以佩服的事。我是不行了，没有可写的东西。我纵有，自己的，我是头痛，流鼻血，……鼻血流就得头痛。我说我自己的鼻子，说我哥哥的眼睛，说我其他家中人的咳嗽流泪，说来说去，与世无关，等于笑话。能够使读者找到笑话，这天才的通信意义就已完成了么？这缺陷的完成！

到近来，我的生活，就只是四堵墙。一个坐在四堵墙中央的人，久而久之是会到说自己也说不分明的一日的。我就每一天生点小气，走到街上坐一点钟，回来胡胡涂涂写一千字通讯，稍久因为头中空虚，吃一杯茶，再到咳嗽的人身边去，扯一阵谎，同时就仿佛把自己也谎过，再回头来苦笑，天色夜了。天才的培养是这样子做成，在我以前是无论如何也不至于想到的。先生，我这时只差一件事不做，我在这俨然绝路上还不曾当真吃过安神水之类。我成天看到申报社会新闻栏，总见到什么年青人，因无办法而背了人吃下过量的安神药水的事，这人真谨慎，同时总还不忘记留一封信，给他家中人。看到那些信，我就觉得这些人还如此恋恋于生，实在是无须乎开这种大玩笑于生路上的。我若是有一天也这样作呢？我决不留一个字。纵写好了我也将烧去。就因为与人无关我才死，在死后还替这人那人设想，以及作自己羞耻的遮掩，在我是不作的。为了什么就这样决然向死的门迈进一步，还想告人，这人死来真是太费事了。我若自杀是连悲哀也不至于的。我不愿同你们在一块活到这世界上，我就死了。先生，把我这个当笑话也是可以的，到一时，或者我将为否认我这“天才”，来作一种唯平凡人才能做的自杀而死的事情。我讨厌什么人也居然在世界上有声有色的活着，我也许就自杀。我爱了谁，唯恐我将来心会转一方向，为了这未来的恐怖，我也有理由自杀。如今是周围四堵墙，自杀的想象无可攀援，我看到咳嗽，眼睛痛，流泪，我心软如海绵，我要活了。我说这些话时我算定是没有一个人能懂我的。我自己也懂不了我自己许多。因为是你们说的将任我写些什么也不管，我的心，成为一匹马，跑到我所不知道的地方去是很平常的事。这时我写完一句就得伏在桌上一分钟，我是这样衰惫而又这样可笑的劳作。我这时想起我家乡的河，还有那个用着焚化字纸的塔。从塔上摔到水里，淹下去了，睡到河底石头上了，大的团鱼爬过我的身边来，我们纠缠在一块了——这是我的心。

身边的东西我都讨厌；那些血点，滴到地板上，成了黑色。那些纸，塞满了抽屉，没有一张写过一全页。那些信，说到钱，只使我同时记起我的许多债务。那些肮脏而又凌乱的笔尖铅笔墨水瓶，使我想起我生活的无望。门前走过一辆车，我的心就为这车带去一部分。我听到敲钟，我就觉得那钟的打击每一下皆落在我的心上。我无时无刻不像需要睡眠，我半月来却不曾得到一次好睡。天气热了，天气热了，唉，天气热了！我实在不能支持了。我只想把头伏到桌子上。虽然明天我得将这通讯完成，我仍然睡一会。我反对我自己结果，就是我讨厌那鼻血还得流一阵。先生，它一定要流，有了孔罅的地方，机会一来是不会放过的。这实在不能尽它放肆了，血太多了在我是讨厌的事，在别人则是好笑的事。把血流到这种事上，我已并不比一只鸡为有价值可言了。我休息一会，还得好好的有秩序的来写一件两件近于逗人打哈哈的故事，这第三次通信你们才有采纳的可能。我心里像有些污血在涌，需要呕去，我睡下稍待再说。

…………

我睡过了，且把饭吃过了，又坐在这里了。坐到这里听隔壁搳拳，拳拳中夹以四川腔的女人音。这就是天才的生活。坐到了桌边，还没有动手，得到了信。这是喜事。信从远处来，很客气的也称了我一句“天才，”到后来，说到文章了，他们盼望我寄三万或四万字的文章，照一块钱一千字抽版税先支。我还以为只有在上海方面的人聪明，谁知远在福建地方开书店，也居然知道这种条件为与己无损的条件。一千字一元，四万字就先可以拿四十块了，这真是一个吓人的数目。我应当好好的把这交易谈妥当我才能够活下去，这又是一个很可感谢的招呼。但是，先生，我不干。我这样直截了当的回了他们的信。我没有说出不干的理由。四十块钱给了另一个人或者还可以救活一个作者的性命，在给他们赚钱以外还同时作了一件功德。我如可能用第二个月预许的稿费对付目下的一切？我没有这耐心，没有这美德，也缺少这勇敢。过了一点钟，我把这来信扯了，同时又把自己写的信也扯了。另外写了复信，说，“先生，你们印书，用得着我的稿件，谢谢您。如果这稿件是必需的帮忙，那先请帮我一个忙，把钱寄一百块来，在六月十号左右我寄三万多一点字来，我得了钱你们得了版权，这交易应当说是痛快的交易吧。”这信我要人即刻就发，省得我再过一阵又生悔。同他们做这些事完全是要我的兴趣，我若能在这事情上再思索一些时间，说不定我将写一封复信去骂这些人的。信既已发去，我这时就又像在等候远处来钱打发日子的人了。我想意外的事也许他们竟会给我寄一点钱来，那么我将在字数上增加五千，表示这感谢，同时还得把挑剔的权利也给这有钱的人。是的，好歹我得忍耐，得客客气气的把这生意弄好，别人已经称我为天才了，我实在无理由再在价钱上有所争持。

我走到一个相熟的地方去，朋友说，你瘦了，怎么啦？我笑。朋友说，你脸上发黑，怎么啦？我说没有什么，说没有什么以后仍然是笑。到后我说我每天得流一次鼻血，大约流了有十天，这话倒使朋友发笑了。因为除了我自己，是没有一人知道我是怎么活下来的。我就悄然回家了，告人说这血是全不顾忌的只是流，流过了多年，以后还得流，别人不大愿意相信。我是并非要你们信以为真来在这通信上写这些话的。这时我就一面在用棉花抵塞一面写这通信，说出来自然有人以为这是一件近乎可笑的事。

我的母亲，那成天以咳嗽过日子的好人，近来一到下午就发烧。我有什么办法！我是连安慰的话也用尽了的一个人。凡是我过去说的不能兑现的幸福太多了。如今人在发烧，意思若仍把一点好话来作一种治疗，是绝对不发生效验的事情了。听到那咳嗽声音，我只想把耳孔用棉花塞好。我又生气。我像在等候什么地方从天而下的一点钱，我当真是在等候的，有了钱，或者就有办法了。但是，这钱决不会凭空飞来。应该给我钱的地方既皆无望，与我已无生意的书铺，自然更无关系了。他们在我这方面并无责任，也正像其余路人对我一样，我同任何一个人去说，告他们，若果我先能借一点钱，来把我一家人调理一下，到后来愿意把文章用极低的价钱补数，他们也没有承应这恩惠的必需。先生，我想到你所说的“奇变”了，一点不差，这奇变在我一家是非实现不行的。直到这时我还能从容不迫的一面拭汗一面写这通信，假若家中忽然有一个人死去，我或者仍然将不动声色把事情作好的。好像这话我说过一次了。我这时对于我的镇定有了新的认识，我的心不至于为灾难当前而摇动，这不摇动的创作的心，另一时，你们高兴，真又可以说是一种佳话！你们佩服我的天才，自己呢，为这漠然坦然的心情却大大诧异。就因为你们有理无理皆常常把我文章退回，因为你们的做事认真，因为你们的不儿戏，不通融以为凡不合你们条件的全不是佳作，所以我就被训练得如此规矩柔顺了，我应当在这事上感到耻辱也不感了。

我也想过了，既然办法一定要依样，文章写来非得合乎体裁顾全格调不为功，我何妨拿一本时下有销路的书来照抄。这样作去我断定是不会为人发现的，如今的人读书读过这一派的书籍时另一派的即无过问的兴味，我只要稍稍聪明，加以改窜就行了。先生，买这稿件的他们，是只过问名字以及书名，其余不再注意的。你们不消说是比他们为高明，因为我在任何处取不到的自由，却在你们社里这一方面得到了。然而我把一种改本送给你们时，你们保得不因为这名字而弃去么？

一个人说，我这通信，完全是一种平面的图案的东西，从这一直一横的反复里可以看出喜剧的意味。这话是说对了的。若果我同时还告这些人，说我写这通信时一面在行为上近于野蛮的自挝，对于自己的灵魂痛加殴打，不知道他们还可以得些什么意味。

今天想尽了方法还不能把我妈送到医院去看看，我算了一阵，看看有几个人我可以向他开口借一点钱，算来算去竟没有一个人。我若把这事去当一件正经事说，别人很可以有理由把它当笑话听。除非我这时有一部两部稿子，走到几个熟地方去或者还可以设一点法。我这时可是一样没有。我不敢想象这样拖延下去半月以后家中将成些什么光景。大家以愁脸相对是今天的事，到明天，恐怕还有比这更难看的样子。那眼睛有病的哥，虽然眼睛还不曾好，因为省钱，自己走到菜市去买小菜，回到家来，手为一车夫的拉手触伤，肿大了，本来脾气极好忽然也容易无端生起气来了。我那妹，因为晚上同母亲在一个床上睡眠，日来忽然不能吃饭，脸色苍白，间数分钟就咳嗽，也似乎非到医院看看不可了。我除了还是低头在这桌案边把这通信补完，我能作些什么有济于这一家的事？这时有一百元，这一家就有了生气，虽病者心上涌痰，亦俨然可忽告痊愈。一百元，这数目，在这世界上，真是多吓人的一个数目，也是多可笑的一个数目！我在前年的一种日记上，我就是对这样一个数目抱着可惊的顽固想望而不能得到的人，谁知直到今年此日还在同样情形下把这一个数目看得如此慎重！先生，我在此还起了一个不可恕的野心，我竟想就是这样在十天中写成我一部自序，我就可以得到有两个一百元的款项把我的生活整顿一下……

我并不要其他我不应当得到的幸福，我也不逃避我分内的灾难……只要我可以在我生存中找出一种意义，不含糊的刻苦生活是我所应当接受的赏赐。……无论什么人的命运，不是单得到疾病贫穷无聊而已的命运。……我写这些写了三行，这里每一行是将近三十个字，每一页字是七百到八百，十万字是三千行或一百三十页，眼前我对那所期望的数目，距离是如何远近，我应当明白了。我这时，告你们说我头又痛了，这与康健相悖的一种病痛，这过失只是我流血过多，以及守到这桌边时间过多。先生，这当然无妨于事。我也不过当笑话说说而已。我知道明天我就应当把这个通信寄给你们，误了期，我就把生活的依据丧失了。我在此努力，成绩不在纸上也在头上，头是还得难受的，我一面休息一面还是继续不辍的写下，看看已到了十一页，我心里很欢喜。我也不对照一下在这一万字上究竟说过了几件事情，“这是通信”，“值两块钱一千字”，“每一月可以写三千”，我就记到这些把它写下来了。到今天来写了三个向人借钱的信，这些人全是在社会上有声威的人，我总觉得只要一个熟人知道我这时在什么情形下打滚，能够答应我一笔钱，我这通信的第三次，或者就有许多精彩的不凡的描画，透明如冰如玉的理知，以及通脱不稽的诙谐了。我这时所有只是一片模糊，这模糊使我吓怕，我是在模糊中作着那种极愚蠢的想望，以为或者总有一个大胆的人能借我三百块钱，让我可以拿这一笔钱还一些账整顿一下自己的。这信即刻又发了。

让我算一算数：福建是一百二，这人三百，那人三百，另外那人又三百；合共是一千了。我有一千块钱的空空洞洞希望在心上，目下作着这一千块钱的梦既不算罪过，我还将告给那病人说至少有一半是有把握的数目。我的母亲只是对我苦笑，我把这谎扯给自己受用，母亲却从这些事上见出我的愚阇与天真混合。她要我莫急发信，但我同她说时这信已由我的哥丢到西门路邮筒里了。

我想起信上我所说的怪可怜的软弱如蜡的话，觉得十分伤心。我的信是那么写得明白，我的心正如摆在纸上，但是天知道，这个信，不正同我另一时为一个女人所写的信一样，看来只多加一种笑话的原料！我在把信发去以后一点钟，就在大悔自己的呆性格所遗下的笑话种子为如何多了。我想我将用方法否认这一件事，若果他们之中一人，因为体面的原故，又不大好意思使我失望，用着善人态度给我三十五十时，我无论如何将拿这个钱丢到大门外去。我们一家饿死病死是不必靠什么来赈救的，这样活并不是我所期待的活的办法。我无论如何是又做了错事了，我打我自己的头，诅我自己。先生，我这时是只有诅我自己一个办法的！天气热，我坐到这里半天，一面流汗一面想我写一些什么，人是疲倦到口中也发臭了。我这时太容易生气了，我的妹，一进房，望到那天真无滓的脸，我就想骂她。我的哥哥那眼睛这时也使我生气，他说什么我总不理，虽然是好好的同他说话，请他到我妈那房中坐一坐，但我的神气，几乎是在喊这个人滚蛋。先生，我的哥哥他是好人，绝对的好人，他因为家中没有了钱也像极容易发怒，但他望到我，他悄然无声溜出了大门，走到街头看过路车马去了。我看到那全身为病所苦的小身材人后影，想起我同他到奉天一带流浪情形，就哭了。

先生，你们若是有我那么一个哥哥，你在他面前恐怕也只有流泪的一件事可做。他那沉默，他那性格，全是这一世纪不能发现第二个使人哀悯的模型。他在我这里等待一点点船费，有了钱，他又将只身到东北雪里沙里去滚了。他为什么不到南方军队中呆下，一定得到东北冰冷荒凉地方赌自己的命运，这就是这人使人流泪的性格了。说到这人，我也只好说到这里为止了，因为我再说这个人好一点你们不能相信。天啊，为我保佑这个人，我们这残缺的一家，是不能把这残缺的人先失去的！

这时是天快要夜了。太阳照到墙上。太阳是如往日一般照到墙上。照到墙上的太阳是寂寞的。麻雀在屋角飞，衕堂口卖馄饨的用力打梆，木匠还在隔院钉板壁，……天一夜，这些东西都显得很寂寞！我走到凉台上去看了一下，想到我写的信可以在明天这时送到，明天这时别人就在这信上找着发笑的东西，我心凉了一阵。

先生，我过一礼拜再写我那第三次通信。这时我应当放手了。我支持不来了。我喉咙今天也极不爽快，捏抓皆无用处。……我骂我自己胡涂，实在胡涂，这通信是极不通顺，你们看来决不能从这上面了解我这时这疲倦的心的。先生，我过一阵再写第三次通信，你以为这样不行，还是你点题，我执笔。为了这生意与杂志永久，我如其他作家一样愿意由你命题。

身上发热，我想吃一点冰，冰没有来，鼻血又先出来了。先生，这无用的血！但是，在这纸上是不曾有红的点滴的，血到这纸上，成为另外一种东西了。

三

先生，你说照到第二次通信可不行，我明白了，我改。我是先就申明了没有人要明白我生活的实事的。没有人要知道疾病同血同泪，而我这通信在任何方法上总以给人快乐为第一义。先生，你们意思我是想透了，我那样写着长长的通信，虽然一半是在那种情形下只能做到这样事，但我先就想到琐碎是可以把我这“天才”成一种可笑的夸张，才好好写下去的。我写“日头”一连写三次，写“流汗”则每一页皆不缺少，这原来是我一种技术。我正要别人从我这唠唠叨叨中发现我是怎样的无聊，来承受这“天才”称呼而写两块钱一千字的通信一个人！你们说，凡是看过通讯的人都笑，这就对了。我是分明知道有些人的口除了吃点心说谎以外，就须要笑的，我不悭吝这方便，我写下这些那些，他们乐了，我的责任是尽了。“此后应当转了方向”，你们说的话，我照办，我就转方向。凡是可以增加你们销路的事我无时无刻不想到。我当然在得钱以外把帮助你们杂志发展为一目的，在这目的上我继续下去努力，至于价钱，先生，我说你们真太天真了，一切我并无争持意思。其他比这个还多十倍的数目，也从不愿多说一句费话，我那里会在这个事上不愉快的道理？虽然我是好像完全要你们稿费才能维持生活，不过你不能这样轻易给钱，我也不想来勉强你。你的意思是一个钱不把呢，明明白白的说，告给我明白了就够了。你也不必多费周折又说什么等一会儿啰，慢一点啰，赶不及啰，这完全不必。我们已经各人在日常生活应对下把生命糟蹋得太过分了，何必还在这些小事上来浪费？若果你们以为我是有意无意骂了你们时，我是可以赌咒盟心的。我有这样意思天会打我。你不信天却信党，我也可以在国旗前发誓。先生，因为你们的误会，我这时不客气的来请你们再读一遍我那通信。凡是我认为表示诚心归伏愿受调遣的地方，我都已经用墨线点出，你们不妨详细看看，或者会有“掯髯大笑准予入伙”的一日。我不想入伙，不过愿意把人家许我的拿到而已。

这十天来我告你们我做了些什么事，这可以吗？这不行，我就另外说。我打量在每一张纸上写一个事情，这事情或者是我所想到的，或者是我经过的，又或者……总而言之我就写下来吧。你们实在不承认这通信，那这一次就算最后一次。我可以并到这里说明白的，是我这时并无一个钱，我也将来痛痛快快的写这通信。你不能把这个作数，那拉倒，我不要了。我要这几个钱并不真能够使我永久不至于挨饿，眼前的事也不是你们的钱就能应付过去。我觉得这天才不做也行。或者这出我的一时性情，但无论如何，这时节，我是睁了眼睛清清楚楚说话的。我不胡涂，不故意，只是老老实实的说。你们能够把这个行市买我的通信，我们以后再把这生意继续；若再打圈子做事，你把这天才给别人，我不干了。我知道目下天才是很多的，除了我你不会找不到人。先生，我话就是这样说，一切说尽了，我因为能够这样痛快，今天我似乎特别欢喜。家中情形一切如昔，仍然不能禁止我高兴。我的血我将尽它流，在生一天我将为这一家人奋斗一天。我将在我的精力中找出一种结局。我不能使家中人就此消灭，如雪就日，也不能使我长日昏昏如醉。我要勇敢如壮士，向生活肉搏，掏骨抉肉是不可免的事。

说到这些话，应当是兴奋时候，但是我疲倦了，我得睡，因为昨晚上我守了我病危的母亲半夜。我这时写我恍恍惚惚的通信，虽像说得再斩金截铁没有，仍然人是非倒到床上一会儿不行了。唉，这通信！

我睡了一会儿。天气太热了，简直不行，人一睡就流汗。先生，我先写了些什么我是这时不负责的。我这时仍然是头晕眼花。我要好好的来整顿自己，我各处向人借钱，就为整顿自己同家中而起。钱呢，一个没有得到，他们写信回说比我还穷。话也应是真的。就是假话，因为应付一些来得突然的请求，每一个绅士不是都有说几句谎话的天分么？我自然不怨人天，只笑自己。还未使我完全绝望的是有了两处答应只要我一有文章就可以得钱。价钱不会在通信以上，我仍然也慨然答应下来了，我如今是同人做生意，别人是这样同我定货，我自然不能说我是在做生意以外还有什么。你们若以为这是笑话，我就在此来特别再说一句；我实在是同你们在此做生意，因为想到各处全是做生意，所以我才说，没有钱，我将不干了。

今天我不流血，就只头晕。我妈还是发烧，这老年人一到下午全身像燃，近日越加瘦得不像样子。我妹从织袜学校转来又到朋友处去学英文，大约因为从朋友处谈到她家天才哥哥的事，哭过来了，回家就睡，吃饭也不起床。我那哥，他眼睛好了，因为在家中呆不惯只成天走。我这几日来不出门，因为是无衣可穿。我的衣在一礼拜前就当了，当不掉就只是那一件单衫。若是一定我得出门，则我那哥就把他那一件不曾当去的衣脱下，尽我穿出去，事毕归来再脱。我的情形到了这种样子，我却反而没有牢骚，不生悲愤，因为我知道这也全是空事。如何能把我这一家援起，只是靠我来振作好好的写六万字小说。写不出也得缓缓的写好，文章写成就好了。我的文章没有不是在这样无可奈何情形下逼成的，并没有灵感，也没有其他高尚动机。“高尚，”这两个字只是那些上海新海派文人的事，他们平素既仪态娴雅，喝咖啡吃点心之余吮笔作文，自是佳作。……不说他们好了，他们是他们，我是无这说话的必需的。

先生，你说我做了什么不妨随时写下，使人读来感到真实。我写吧，这时我曾喝了一口茶，茶放得太久，成黑色，有点苦，我想吐去不能。我的朋友来，告我无论如何在最近得把房租送清，他苦了脸摇头走去，我就想，真想不到他也被人称为大家，也这样糟糕！

我再写下吧，木匠还在敲打地板。我听到小工在那新房顶上一面安瓦一面唱歌。我是赤膊在桌边写这通信，我的桌上全是灰尘。见到灰尘，我就想我自己也总是一天成为灰尘的。我不高兴了。我打了一面镜子，值一块八角钱，我把镜子打碎以后，捡了一块有刃的留到抽屉中，我意思是预备将来作为割我的脉管自杀时用。没有办法到不得不自杀时，我是再不同谁商量借钱这一类事，要干就干的。我桌上全是各处皆卖不去的别的朋友的稿件，望到这些稿件我就笑。隔壁有人唱《黛玉葬花》，欢喜听戏的人无论如何比欢喜读书的人多，所以我桌上这些稿子就盖上灰尘一层了。我真想把这些东西完全烧去，烧去了或者将来还反而有人对这些不曾过目的文章加以惋惜。我桌上有红骨刀一把，为裁书用的，物为一个书铺老板所赠。还有杯一个，为另一“天才”朋友所赠。还有壶一，到先施公司买得，似乎是二块四毛的定价。还有……

我若真能这样写下，这一万字是无问题可在今天写完的。我又想，我应当写一点别的才是事。我写我欢喜谁恨谁，大约许多人都愿意知道。我若说出我听过别人说的新鲜故事，这故事属于近人，包含了无耻的整个，有些人可以直乐得打哈哈，又有一些人就正可藉此把我大大攻击。我是曾经被人抬举，到后因不请这些抬举过我的人吃点心，所以有一些人因羞成怒近来总不忘记我的。这些不要脸的人，他们还非常高兴，吃完东西就批评，批评完了又吃东西。……不说这些了，有口福的上海的文人，说他也不至于使他们少吃一块点心！

家中人聚在一起了，各无言语。我就心想，我可不可以说我最近就可以得一笔钱？我想了一阵，看到他们也像在想事情。我的哥他只会谈乡下的事。他一定要到东北去，真是去找苦。我想让这个人去同上海白相人队里滚几年，他或者可以成一个名人。他一定是能在事业上有一种成就的！我有这种信心，总觉得这人并不是劣的。但这个眼睛鼻子，耳朵，口完全有病的人，他只想一些古怪的事情，想到荒漠中去奔波，想航海，想成医生，还有，他想他弟弟成“名人。”真是一肚子呆心事，我一见了他就要哭。我说见了这人就想哭，是第二次了，若是我有机会提到他一百次，我仍然不至于变更我的意见。

我若是做了一个官，这个人不知欢喜到成什么样子。他将成天去同人说，也许还将拿了我的什么东西到处去报告，这人我把他无法。先生，你们让我再说一点点就不说了，这是我的哥哥。我有理由把我这可怜的哥哥介绍给读者，你们若真有人敢冒险能同我这哥哥熟识，你们都得相信人类是可爱的东西了。我妈也是好人，但她昨天因为挂念到我不吃饭，劝她吃也不肯吃，这好人我又把她无办法。在不久时间内这些人都得死，才是奇怪的事！人是全都得死的。没有死以前先老，我如今也好像老了。先生，天才的老去是笑话吗，我故意这样同你们说，我想从你们回答中找到真理。你们的话是真理，这是我承认的，别人也不能反对。我流血了，吓，怪事，流得这样多。有多久不流，这一次应当是要多多流它一阵的。这时我头不晕。血发热，使人沉闷，把血一流，人清爽了。我是不吃药的。这理由是无钱；也因为穷人就大胆了。我是愿意看看我究竟要成什么样子的。若是可以看到我自己的腐烂，原是有趣味的事。我妈说，有趣味的事是小孩子过年，这个老年人还有童心，她说这个话时是同时提起“人到发烧就快了”的。我有什么办法？我不能生翅膀，也就不能凭空得一点钱，治理这个人的病。

我想我还是要死才好，不然无法应付一切。天才一到尽头，他走的路还是常人的路。万一因为我死了，大家看不过意，把我妈一笔钱，让我这一家人反因我的死多活一阵，这事才真是好事！这样人应当有的。总有买我书的人也愿出一点钱的。用我死来捐款，无聊的事，真可以给上海文人许多谈笑资料。上海文人才真多天才！他们有人说他们什么人的文章流丽可以作中学教本用，这广告气味扑鼻的批评似乎是赞美他的朋友。好文章只是做中学教本用的，原来如此，原来如此，这批评家真只有成天用点心塞口。事实呢，成天不至于，一个礼拜三次是有机会的了。这些人真是有福气！

先生，我似乎说完了。说到这些自然是真到无话可说的情形了。我又在生气。我以为生气或者是一个“天才”不可缺少的脾气。朋友朱湘也爱生气，但他对一切有自信，我对一切无自信。他因为身体不好爱生气，就发愤读书。我身体坏，我就恨自己，却又不能设法把这坏身体整顿。我该的账太多，也是容易生气的一种理由。流血不止我又生气。一切都像要彻底尽兴。我却只想做一个梦，在梦里把一切过去推翻。我这时就想推翻凡是我在这通信上说的一切话。我不负责，在言语同行为上都不负责。不负责。决不。无论如何不是这样我就可以做个新人了。先生，你们是万想不到我如何羡慕那从起码一点做起的新人！我活下来没有一天对当前生活看出好意，没有一天不觉得我做错了人，应需要来一个相反的纠正。日子从从容容走去了，我也就在日子中把自己毁了。我于眼前只是讨厌，这话下面我可加一万的数字的符号。天气热，流汗，我得在同样流汗情形中做与从前截然两样的人。我若把所有的账完全忘记或完全还清，我再不同人论文章的行市，再不写这个通信，就是新人了。

先生，我一面是想好歹得把我们的交易维持下去的办法，一面我要做新人，一样不干，或者死。我高兴活你们不许我活，我倒有点为难，因为一时改图不易。我高兴死你们可无法干涉我的。我这时就想死。大家说许多日子不吃肉了，自己不吃肉是自己知道的事，许多人这时是在吸我的血，我装马虎！我望到我自己是这样瘦，简直像有过半月不吃饭的样子。我还是来写这通信。先生，我说这些不是牢骚。我说的全是真话，写通信虽不费神，是只有使我消瘦的。你们是肥了。你们赚了钱，这当不是必须抵赖的事。你们是应当肥胖的。……奇怪，今天我听到猪叫，据说大猪有三百斤一只。苗里猪是黑的，江浙也是黑猪。江浙人会做官，又会革命，湖南人一革命就死，江浙人革命就做委员。过细想来也不是怪事，浙江人是聪明一点，血是有，可不流，至少每一个人都能找到不流血的方法，所以浙江人全是伟人，做大官，有钱，缺乏羞耻。无耻不算是贫，别的富有就够了。我想到奇怪的是我到杭州，看到庙宇特别多。湖南人完完全全是十足呆子，请一百人辩护，也仍然是十全十足呆子而已。(勾掉它呀。)

天应当落雨，落了雨，或者我隔壁的那些人就将出去玩，或者坐下来安安静静打牌了。雨不落，如今天气太热，他们像为天气所苦，吵得太凶了。我是不能恨这些人的。不知节制自己，这些人天真处是还很可以佩服的。一些吃饭的人！说是饭桶，他是桶，还有桶的含德。这些人只是“吃饭的人”。该死的一队，天不落雨我的气运是无转机的。

湖南人是呆子。不肯承认，如 X X X (你们猜这是谁?) 更是大呆子。将来共产党专政，你瞧吧，也将仍然是浙江人坐朝登基。总之，人聪明而已，湖南人不及，广东人也不及的。我这个话本是笑话，并非真事，我们不是近来又听到吴佩孚有起来消息了么？吴佩孚并不是浙江人，应是大家也明白的。至于为什么因缘这人就又将出山，那是不须追问的事了。先生，这几行你把它除去吧，这是笑话。为了许多原因我不知为什么总爱把所说的话当成笑话。我不是已经说过，我这鼻子的病也就等于笑话了么？我想转湖南去，又怕他们杀我，近来杀人又不要多少理由，碰到高兴，碰到不高兴，我都有危险。至于为什么一定有人要杀我，我是很明白的，事情很多，总而言之则是我不同他们合伙。他们也可以把我当土匪，共产党，逃兵——给我任何一个很好的名目杀掉。人心太杂，欢喜杀戮，也不止湖南人一省是这样子，所以许多人住租界。我不在租界就得活巴巴饿死，还不必他们动手！你们知道不知道这几年来湖南人的牺牲？这数目总是万以上再加一个数目。这全是中学教育以上程度的汉子。杀死你！要杀完才对，不然过三年又有变化，建设登基都不成。若果 X X 人真完全聪明呢，他们应当在提案上加一件杀湖南人的提议。

…………

我娘说：“我快完了，你想想法把我送回去，省得累你。”

我说：“在路上坏了怎么样?”

那老人就笑，说：“在路上也总比在这里方便一点。”

她想若果在路上坏了，就水葬，省事省钱，完全为我打算。我不做声，望到这老年人眼睛是湿的。我不能说明天我就有钱了。我又不能到书铺去放赖。我向别人借钱无一处有好希望。想起这为我而作的可怜打算，我全身发寒。我居然想照这打算行事了。若果有路费，尽这几个人转身，我就这样办。我也恐怕他们见我将来情形，一切更不方便。我说，九妹，你不妨哭一哭，热闹一点。她不哭。我又说，一定得哭，将来你流泪的机会多，这时可以无限制的练习，我不笑你！我当真不笑她的，看她哭哭倒觉得这一家有一个小孩子，知道哭，能够流泪，是难得的事。于是她真哭了，她望到我，指我鼻子，鼻子浴着鼻中淌出的血，一个有冤屈的鼻子！正这样一家人在一个房中谈话哭笑，来客了。

来就住在我这里，是我留他住下的。很平常的事。把我那哥哥的小行军床搬到前面去，我就伴客在我床上睡。来客以为我是阔人，至少是能够帮忙设法略尽地主之谊的方便人。他没有料到我是在从从容容同家中人谈论到葬身问题的。我一面同客谈话，一面就想我若是告这客人明后天就得死，这客人将格外开心的打哈哈了。人与人不相通原是如此，他是可以原谅的。我原谅了他，同他谈四年来他所住到的地方的一切，这些完全与我无关，到这种情形下我却反而把家中人忘记了。我只望到这为冰雪中风沙所吹的大而宽的脸盘出神。他来上海的意思我明白了。他也想成“天才，”且竟像是羡慕我在此种种消灾纳福，所以把原有的收入不薄的教职弃去，奔来找机会了，这呆子，我心想，这汉子身体健壮，或者真可以来此苦十年，为新书业作一蜂子。我听到他把意思说完，对他只有笑。我说，好吧，大家来刻苦，找出一种生存的意义，只要有耐心，这事是容易做到的。我们第一步是冬天且把饭吃过再说。说到吃饭，问他饿不饿，我哥哥把我叫下楼去了，问“米。”我说

“有。”我就穿衣。我预备到四马路去讨钱。我动身了，朋友以为我事忙，以为我到别处去赴席。我走了，走到四马路。用各样言语全不济事，到后是用沉默得到五块钱的。我本来还想坐到那书铺门前一阵，因为家中等米下锅，我才赶忙回家。这生活同人说来真是高雅。我同客谈到近于这样的事是在上海作“天才”的必须经验时，朋友摇头，因此朋友就说将来或者到日本国去的话了。他是从苦难中出身的人，可是我知道他想不到一个天才在对付生活上也应具何等手腕。天下太平，天落雨了。天气转凉，我妈不至于气喘，我不至于流血，一切人不至于长日流汗，真是好事情。夜里我同那来客谈做人方法，我像极懂做人，却不会做人。我脾气是不惯与人同床，但这脾气不为人所知，我就与人同床了。

一夜做梦梦到打死人，逃到山上去，似乎先逃到井里，仰天望到天空的星，且知道有人在井口下窥，开言道：“井中有人么？”我答应说：“没有。”那人又道：“我要稿子。你若是ＸＸ先生么？在井中写得有什么文章，就想法把它抛上来吧。”那人还在井边等候，大约不回话是不行了。我说：“在井中四围是冷湿的岩，脚下是泥同水，望到井口一片天，那里能有稿子？”那人又厉声说道：“为什么不做诗？在这样情形下不做诗还做什么？我知道你这天才是偷懒！”我生了气，不做声。那编辑先生却不再说话，也像生了气，走去了。

我又梦到是五个人请我吃饭，全是我认识的批评家，不知为什么原故，他们说要打我，我吓醒了。

我又梦到鲁迅做寿，有许多人都不远千里而来，穿一色拜寿衣裳，成天磕头，膝上全绑得有护膝。他们拜完了寿就听那老头儿说笑话演讲，大家觉得比吃寿面还好。大家说文艺复兴了，唱文艺复兴的歌，领班的是姓林的人。我到那里看热闹，我心想，莫非有人认识我，我应当好好躲藏起来才是事。我就躲到一个肥人身后从肥人胳膊下望去，很有趣。寿堂仿佛又是北新书局，那穿制服做招待员陪席的就是北新书局那些作家，到后来听人喊我的名字我吓跑了。

我又梦到涨了水，淹死了四个创造社的人，同时有三个活创造社的人，坐了船到处喊“到四川路吃咖啡去！到四川路吃咖啡去！”不知不觉我也走去了。路上有水，我是赤了脚走到那里去的。他们坐船自然先到，我上楼去时就见到那三个人坐到那偏僻地方玩纸牌，我忽然想起我没有带钱在身上，就又醒了。

…………

夜长梦多是实事。先生我是当真做过些梦的。做过这些好梦也无济于事，我一醒来仍然得想起自己这一家。

我总想不出办法把我家中有病的人好好处治一下。今天又落雨，木匠不做工，唱毛毛雨的博士在教学生的法文了，我心中还是发闷发愁。我是在追寻“真理”的，这真理是用什么方法我可以从别人手中把我所应得到的报酬得到（?）这真理无从发明，过五天我就得死了。我说我死没有恐吓你们意思，这并非你们应牵连的事。我想起在四川小河里船上时我对于生死的感觉，我那时还不到十七岁，因为军队移防，坐船过川东，到一个忘了名字的地方，天夜了，日头沉了，船傍到泥滩，我望到起了雾的水面发愁，就想跳下水去。在那时若我真下了呆劲，则十年来许多事全与我无关，不必说还与你们在今日作编辑的人做生意了。我另外一些时节也总想到死的，都不能做到，正如写文章一样，我并不曾认真写过一本书。这不认真又仿佛是抖气，太不值钱，我所以没有这认真趣味了。我这时是又有点悔当时不勇敢跳到长潭里去的。这时过细想想，我不能决心，还是有所爱。我憎目前却爱远处，所以我想得到许多不必想的事。先生，这些话若你看得懂，那你真是聪明人了。我自己是不大懂的，因为我想到什么说什么。我这时又想到肥大汉子，肥得要不得，大约吃点心过多的人都是这样。

我到了那与我有生意的书铺，说要钱，不得，可不行。“怎么样不行?”那办事人虽不说话，神气就是这样子。我望望这个人，我就仿佛软弱了，但想哭。我说：“凡是应得的我就要，别的无话。”他仍然不作声，神气却像在说：“一个钱也不行别无可答。”我真软下来了。我就坐到那书店门前看小报，我记起旧约上的约珥——以西结——保罗……管他是谁，好像有这样一个人，失了意，被人欺侮了，坐到沙里用手抓发的情形。我不抓发，只看报。报上说日来打仗用军费六千四百万，经手人自己向银行家报告的，这像做大生意，股本大自然无害于事。看了两份小报，街上走路人的泥溅到我脸上，一个天才他就是那么全不动火的站起身来走回家去。住在我家里的那客人他是不会想到做天才得有这些耐心的。我回来也不同谁说及，也不言不笑，把抽屉拉开了，我望见镜片。先生，放心，这里还不到字数，我不至于自杀的。虽充满了无聊，我还是坐到这里把我生活思想的片断巨细无遗抄下。我一面还在同客人说笑，一面是打量到这通信应当如何用我本身的行为来作一结束。

街上想必是仍然同样人多。我就是死了，也仍然大家快乐的过着日子。我妈她说还是回去好，要我设法。我答应这法就设。我真去设法吗？没有的事。我若有勇气，先生，我绝对做我这时想做的事情。买一瓶毒药，大家一喝全了事。我说这个大话也说尽了。我因为说厌倦了这话，才闻到我身上汗衣的不良气味，该死的，这也无办法。十年前我就是这个样子，汗衣只一件，到洗时，衣不干，不能下楼吃饭，就不吃。如今已成“天才”多日了，倒并无多大变化。这使我明白他们在我面前掩鼻的理由了。“倘若干净呢，不是天才也无妨。”哈，我这个人！我能够这样取笑别人么？

我一面写字一面打盹。我不能放弃一分钟。我在此是写“天才”的通信！木匠打起来，我又不能安静了。天底下的事都互相牵绊，我恨这些人吵了我，这些人可不知道，别人总也有恨我的，我也不知道。朋友不说话，但不走。我想睡，他一定要我说了以后才会出去的，我偏又不说。我担心别人疑我是故意疏慢。待人是应当好一点的，这是义务，无所取偿，总之是应当好一点。我是不能做坏人的，又不愿做好人，连时时刻刻自己也加以仇视，这样的我说是不愿有人来，这也不为过分吧。连家中人都想杀死，再不能于友人有所应对，这聪明的友人也总不至于不欢吧。然而假使这时朋友知道了我的心情，他仍然得不满意，因为他可以从行动上察出我对客人的厌倦，却不能察出我这无聊的心。北京路有旧马达卖，有钱，买一马达装到船上去，我去船上讨生活，是可以逃避一切负重与一切绊纽的。看报上有马戏玩，玩马戏的人大约很快乐，不至于像我这样为难了。

我又想，为什么不故意来同家人大吵一架，再乘此跑出或者因这一股气就跳到黄浦江去。我是并不放过这吵架的机会的，可是一家人在患难中总嚷不起来。越穷，家中人越和气，似乎都相信互相勉励就可以支持这局面转到光明。我抖气索性同家中人更好一点，同客人也更亲密一点，把日子打发走了。

天气热，人要流汗，我就想到流汗。天气转凉，有雨落，见到雨，我也就想雨。许多时候的雨都可以慢慢想起，想起心里又极不耐烦。我只能不想，谈话，劳作，笑，流血。流鼻血时我的的确确只能把棉花抵鼻孔，不想其他事的。先生，你们觉得这是对不对？我以为我不是成天睡就成天做事，这应当对。我的客他是曾经成天做事过来的，如今只成天睡。说这个才真无聊，我实在不想说下去了。

…………

我妈晕到妹身上两次，我不悲哀，这人可以死得了。我哥对我很可怜，似乎见到我这未完的通信。我想告他，这是两块钱一千字的事，写这样比写别的还是一样拿钱，也一样得费神，一样无聊，他耳朵好像只愿意听别人夸奖他弟弟是“天才，”除此以外他觉得应当有一点钱，此外不闻不问了。这有德行的人，真也只有饿死！

我仍然坐到那大路上去的，我看车子。我人又不发疯，我对这眼前事着什么急？我回去，见到妹眼睛红肿，很美，这人命运不及别的女孩子的好，作了这一家的人！

…………

在灯下我做了呆事了，第三次才有血出来。并不甚痛。这里只写到十二页为止，若明早上我还能拿笔，必定还写一点今夜的事。先生，告别了，这时他们在唱可怜的秋香，世界上的事真怪，他们唱到第三次还有精神继续唱下！我好像是在做梦，听到我哥来敲门，只装已睡熟了，这好人还要我安安静静的睡一晚！明天那住在我这里的客，回来时会吃一惊，你们看到这里也会吃一惊。但是，先生，一切完了，一个平常的结局。灯芯一捻，熄了。

本篇发表于1929年6月10日，7月10日，《红黑》第6~7期。署名甲辰。其中“二”在第7期上发表时篇名为《寄给某编辑先生》。

沈从文甲集

《沈从文甲集》1930年6月由神州国光社初版。

原目:《冬的空间》、《第四》、《夜》、《自杀的故事》、《牛》、《会明》、《我的教育》。

《会明》见第9卷,《短篇选》。

其余诸篇据神州国光社初版编入。

冬的空间

第一章

一

……心情到近来，软柔得如蜡，差不多在任何事情上皆不缺少融解的机会。

十一月了。冬天已到了我的住处。我看到了冬天，感觉到冬天，如今我还意识到，要用我这手抓住了这冬天给我的忧郁。

我或者会如一匹叶子，离了所在的枯枝。我的灵魂，——倘若灵魂还是我的一种产业，我还有权利可以放弃或保留，我将尽这风吹我到一个生地方去，落到人家屋顶，或是飘到小池小井里，我一点不留恋我的过去。我告给他们，我是活厌了，有风，我将尽他吹，我将因掉在一个举目无亲的世界里，因此死去，不再要人料理，也不料理别人，没有一个人肯相信我这话的真实。我如今不再向旁人说到这些愚蠢的言语了，我将怎么来挥霍我这日子，是我自己的事。

想起我自己是很蠢得可笑的。我总缺少使自己看得完全一点那种机会。我总嫌知道别人太少而别人知道我则更少五倍。我就只在一种憧憬的完全上系着我的哀乐。我要明白我自己，明白了，我似乎就能从此超生。心情的软弱，既全因为一切所谓彼岸的达到，明白了谁也无可援手，我就应当暗哑，诚实的做人，迈步的走上我的人生大道，但是——

一个完全无用的东西！一个在任何辩解上也是懦弱无力的小器，还从种种机会上，尽别人称为有恒性的男子，无耻极了。

——我的心，你使我蒙羞的机会这样多，你的所得是些什么？

二

“二哥，夜了！”是女孩子的声音。在向房中近身处的一个伏在窗边小桌上做事的男子喊着。

“你开灯。”男子仍然还是伏在桌上头也不回。“玖，莫看了，开灯！”

那个女子，捏着悬在床前的电灯开关按了两次，灯还没有光明。于是含着小小嗔怒的神气，用爱娇的声音说话，“讨厌的灯，这样夜，电还不来。——你写什么？”

“我写文章，”那人拍的把一枝捏在手上的骨杆笔放下了。“今天守到这桌边一整天，还只是五张。头脑乱极了。现在另外写点感想那类东西了。心中不很愉快。”

“吃了饭再写，我们出去看看。”

“快吃饭了么？”

“是的，有人在食堂中闹了。我们出去好不？”

虽这样说着，那说话的女子似乎也仍然毫不以黄昏的景色为意，还是坐在床边看书的。

天色渐渐暗淡下来。听到打第七次的下课钟声音，听到楼梯上有人忙乱的走动的声音，听到楼下食堂有人吵闹的声音，两人才各把工作放下，望到面前的小窗。看到窗外所残留的黄昏光景，那男子，用着很沉郁的调子说道：

“我们又过了一天了，玖。”接着且轻轻叹息，像是对这日子的消逝加以惋惜。

“快过年了。”女子说过年的话，表示日子过去也似乎仍然可以讴歌。

“是的，到过年，我们还不知道住在什么地方去。”

“仍然……”

“到这里行吗，我这工课教半年别人就早厌了。我很明白，别人不需要我，我们能放赖到这地方么?”因为这时说的这些话像是极不相宜，所以那个玖就另外说一种话。

“今天是礼拜三，明天我有法文。”

“有法文，你好好念你的书吧。我近来常常总感觉到缺少生存的气概，不知为什么，心软弱极了。往常见你因为很小的事就哭，一点不能节制自己的眼泪，还以为是女人，身体不怎么好，又任性，所以这样。你那性格我是在先总能原谅到后就会生气的，因为你如果懂得二哥生活的烦恼，如果还可怜二哥，就不应当常常无理由流眼泪。但我自己到近来，也成为女孩子了。一点不值价，眼前一切皆像在欺侮到我。”

“你莫多写字。妈就告过你很多次数了，医生又告过你。”

“那里是多?文章做了一天还是昨晚上那五张，照抄了一次。我这头脑一点也没有用了。往天写短篇，把神略凝，就看得一切清清楚楚，从从容容的写下，像最近小说月报的会明同菜园，全是那样子写成。虽改了又改，人总不胡涂。写成后倒到床上疲倦像死人，正好像与商务印书馆送我那篇文章的十六块钱报酬不相称，不过总是把心中的东西写出了。如今写不出，脑中塞满了一切杂乱的东西，不知道要怎么办。”

“你放两天莫写好点。你又懂劝我莫在生气时节念书，你自己一点也不讲究这些。”

“我能够讲究么?不写怎么了?快过年了。这里的薪水昨天算是反欠五十七块钱，真应当感谢他们，许可你学费也欠账。我们还答应为妈买药，并寄点钱给那可怜的老人家过年。我还应当退红黑的二百五十块钱。还应当退冰季的二十块钱。还应当把 X X 的八十块书钱送人。一啪拉写十五万字也不够。现在还应当在礼拜天就写成五万，好去同 X 先生说，他告我说过中华或者还可想一个法。两百块钱我们也仍然不能搬家。账真不是有方法还清楚的事。我们在缝衣店方面，也欠下好几块钱的账了。”

说着，听着这样的话与他二哥并立在窗前的玖，无可回答，把电灯开关一按，灯明了。全房中为新的光明充满，窗外的黄昏景致不能再见到了，二哥暂时不再说话，在灯光下看那自己所写的半张日记。

名叫玖的为一年约十六岁，有着俏丽身材，以及苍白秀美脸庞的女孩子。身穿浅蓝鹅绒的小袖旗袍，披灰色毛呢的方格大衣，因为先一时才一个人从课堂下课回来，房中又清冷异常，所以在房中也没有把大衣脱去。这女孩的头发留得很长，披到脑后非常平顺。神态凝静，仿佛有着一颗与年龄不相称的成年人的心。但长眉下一双微向上飞的眼睛，清明无邪的眼珠，却凝聚着一种爱娇，口辅微微开阖，从神情上所凝结成淡淡的忧愁痕迹即刻也就失去了。

被这美丽女孩子称为二哥的男子 A，年纪大约有二十七岁。是一个贫血人的白色瘦脸两颊略略下陷颜色憔悴的年青人。眉眼如女人却缺少光辉，口略向内收敛，平常人的鼻子与平常人的额角，若在一些大学生中站着，很难为人认识这是一个据说有着异样天才头脑的人物。这男子，身穿藏青色细哔叽长绒袍，身材很小，房之中有一大藤椅，当一坐到那有大的靠背的藤椅中时，人就沉到椅的中间去，有他人从外面走来，从背后望也就不会再发现得出这人的去处了。

男子 A 是这江滨私立 X X 大学的文学教授，女人为本校的英文系一年级旁听生。因一个熟人的原故，所以在本年秋季学期的开始，兄妹二人就一同到这地方来，同一些不认识的各地方生长的男女学生在一块生活，消磨这长的日子了。住处男的是在 X X 大学的教职员寄宿舍，女的则在女生宿舍中；现在的房间是这二哥的房间。因为房间是一些伶便聪明同事所选剩的一个坏房间，一些器具，一个床，两个又小又旧的白木写字桌，加上两扇旧糊的门窗，房中的情调任何时节总显得异常窘人。主人又正是一个不会使这房子成为体面的那种无美感人物，一些书，胡乱的无秩序的陈列在架上，一些学生文卷同各处年青朋友寄来商量的稿件，堆满了一桌，地下全是报纸同零碎字纸，素壁四堵，毫无装饰，一些很少用处的白磁金花的茶杯就占据在一个白木茶几上，如对主人行为加以嘲笑的原因张着口不动。

因为灯光一明，女人看到桌上的情形了。

“二哥，你不要理这些事，人既身体很坏，管这些闲事做什么。”

“不管怎么行？我是来教书的。”

“你上讲堂教书好了，为什么把精神耗费到另外一些事上。”

“我想或者还有相信我主张的人。有一个就很好了。我告他们试来开始努力，我要使他们对于工作发生兴味。”

玖就笑，说：“你发现了‘天才’没有？”

“我不许他们自信是天才，所以我看谁蠢一点就相信谁如何有希望。”

“但是在宿舍，我听到有人说到你的工课了。她们以为全是很可笑的话。她们都说，晓得那个人说什么怪议论，胡乱极了，自己也好像是不分明在说明某种意思。”

男子就笑了。他想议论应当是这样的，一点不奇怪，因为到堂上去时，在甬道中或者廊下，来来去去总是见到许多不缺少俨然极聪明的脸嘴，女人原是更多心窍玲珑的人，见到这萎靡男子，用着她们年青女人的本分，容易生轻视心也是当然了。他想明白她是怎样的女人，就问玖：

“那是谁？”

“不是你班上的，是四川人。”

“四川人就完全是有出息的人，女人是不消说了，我以后倒很想看清楚一下这些女人的脸目，因为不大注意过她们，失敬了。”

女孩子笑着，摇着那小小的头：“二哥，是高身材的女人；那不是美人。”这样说，仿佛是以为二哥纵看也不会吃亏，倒不如莫看为好。其实他虽说是倒要看看清楚这些女人的脸，却是并无必需知道这些女人的脸柔软粗糙意思。到了认真在一个女学生面前时，就是在本班上过课，他也没有那种闲情逸致来欣赏她们的美处了。

因为听到有女人在背后批评过这一类话，虽然心中仍旧还是坦然泰然，但对于自己教书的失败是又得到一种证明了。以他想，则像这样子每月拿这点点钱，除了上课改卷子，与同学们谈谈白话，还得尽这些陌生的人认识，且毫无责任的加以背后的嘲笑，是太大的一种损失了。他想不到教书就只是得到这些无聊，并且想不到嘲笑他的还是那并不美观的女人。

有人在房门外叩门，进来了，是校役问吃饭的时间。当那校役把门带上走下楼去以后，女孩玖在灯下轻轻的温习着法文的生字，男子为一个可笑的孩气的思想所缠扰，在一张纸上用笔写着："女人全是了不得的人物，那怕生长得极丑也很少悲感的机会，"但这人在心上却用血写着："我将使你们女人中最美丽的女人爱我。"

三

夜中很冷。因为天气的温度下降，各处皆显得沉静，宿舍各处很早的就毫无声息了。

女孩玖在七点钟后就回到女生宿舍从一个女同学温习英文去了，俨然作着生存中勇士的他，坐在那张小小的写字桌前，一个人就咀嚼着自己的寂寞，反复的埋在沉思里。

……什么事情使我软弱到这样子？我为什么就不能拿别的事上得来的羡慕引起自己的骄傲，很顽固的活到这世界上作一个人？我要做什么事，为什么不去勇敢的走我所能走的路径，到前面去发现自己的命运？

……我这书可以不教了，为了一些苦痛，我将牺牲了事业，也很应当。我文章也不必做了，倘若因为任性的原故，没有人再要我教书。我不活，不为母亲或幼妹活到这世界上，只要有机会，使我到羞愤失望死去的理由，我就应当死！

……我当肯定我的生存。活着，无可奈何，各以其因缘终不免有一种纠纷到身上来，我无论如何当正面去接受，去证实，去流血流泪。

……我逃避一切，世故的小聪明，以为所作所为总不至于是在危险地方散步，于生活不至于发生急剧的变故。我就因这原故还在另一时节不知羞耻的恇怯无用活到这世界上轻轻的呼喊"寂寞寂寞"。真是一点羞耻也不知道的不可恕的东西！

……不妨重新来做一个人。我找出一些机会来使一些人也来为我难过。不拘是憎恨，是愤怒，以及嫉妒与羡慕，在我总仍然比之于今日为多有所得。

……我应当使自己也觉得出自己是一个活人，凡是活人分内的幸福同忧患皆有我的一份。

想着，皆是一些气壮神旺的话，不过只须另外又想想“是别人的事!”心情于是更软弱了。一个能够在生活意义上加以分析的人，一生就只能分析，别的属于实际相去就更远了。“要我的一份”，能够说这个话是对的，但是若能详细看看，所谓分内的“一份”，不就已经得到了多日了么？作着那“我一定要”的任性样子，实则任何方法皆无法使生活的向前，这不轻易迈步的顽固精神，就正是自己所以为利益的精神。许多无用的人都那样对于生存抱有一种厌恶，且常常负疚发誓，否认自己，说是“明天”便应重新在做人的意义上另作一个估价，但是，这明天，就永远还是明天。终于日子悠悠的从容过去了。任日子悠悠过去，连向生活的正面作一度正视也缺少气概的男子，是面前纵有着所谓幸福的门，也仍然不能迈步撞进!

气候是冬天了，凡是春天夏天皆已缺少气概去做人的人，冬天的来临只增多生活萧条的方便。看看一切，木叶脱了枝，水面每早上皆结了薄冰，冷风使一切人皆缩颈如乌龟，已到了虫类冬蛰入土的节候，一个人所适宜的只是每天喝一点酒，找着那陶然微醺的机会，或围炉取暖，与朋友谈谈岁暮天寒儿童异地的回忆，使情感渐渐温暖，融解于生活调子中。既不能照到这样去享受冬天，又不能奋力使无聊的生活得一转向机会，只尽使野心扩张，在生活外作荒唐遐想，更毫无目的向自己痛加挞责，真是一个不知世故无用处的年青男子!

冬天使这男子心情萎靡，也使这男子双手红肿，缺少补充一个火炉的一点点钱，住处是大窗向北，校中书记也弃之不顾的一个最坏最小的房间，任何时节房中总似乎比较外面还寒冷侵人，他于是用厚的棉被垫到籐椅上，包裹了身体，坐在桌边灯下做事，且时时揉搓已经为三天来江风吹红发肿的手背。

他想起一些对他生活大有帮助的熟人，以及近日所欠的一些已经近于对不起人的旧债，望到桌上的那支三年来兄妹二人皆依靠它生活的粗大象牙笔杆，同那个脐形玻璃墨水瓶，又想着其他欲痴呆终无从痴呆的种种失败，叹着长气，眼睛凝着泪，颓然向椅后一仰，用那红肿的手背擦着眼睛哭了。

稍过一会听到有人进了房，轻轻的脚步，照着往日深怕吵闹哥哥工作的乖巧态度，站到椅背后，没有注意也知道这是玖。

“二哥，你怎么?”

仍然还是不作声。

在平常，女孩子玖因为体质的孱弱，非常容易哭，虽离开了妈在哥哥身边，为小小事情也得把眼睛哭肿。这哥哥，为了这事是常常感到十分窘迫，非用尽了所有对女人的温情，说着若干欢喜的话语，不能使这孩子心平气和的。朋友中有谈及这类事时，他总说写一万字文章是容易事，哄孩子真是一件伟大的工作。女孩玖的哭是使这哥哥成为母性，时时刻刻皆得具备对孩子的理解与同情，倒把自己孩子脾气失去了。但今天晚上是哥哥在哭泣，意外的惊诧给了这女孩，很难于处置的望着她的二哥。

他应当在这最亲近的最能用女人的同情待他的妹面前，任意的流泪，把所有挤压在心上的，流在血管里的，使自己中毒的一些郁结泄尽，但当女孩玖进到房中来站到椅后，毫无声息，稍稍过了一些时间，那男子不敢再任性，把头掉回，望到妹子却笑了。这时女孩玖眼中也凝了泪，因为见到哥哥的注意，勉强的装着微笑，即刻借故走到书架边去取书。

“玖，不许难过，我是故意这样子。”

女孩不做声，为着“故意”这种字言，也故意找架上的书。于是男子 A 反说，用同小孩子说笑话故事的神气。

“我往常小时也顶欢喜哭，凡是受小小冤屈，或者被人殴打，天生的柔弱又无法报仇，就可以哭一整天。到稍大，在警备队做正兵，仍然是常常有机会哭。到沅州屠宰局时，收屠税同一个屠户争持，也哭过。再后人越大，经过可哭的事情越多，我反不会流眼泪了。我在北京那样穷困，白天到头发胡同京师图书馆烤火看书，晚上用棉絮包脚坐到桌边为晨报社写文章，可不曾哭过。到后写信给郁达夫，这好人，他来我住处，邀我到北京西单牌楼四如春吃饭，又送我三块钱，我拿这钱到手上时虽异常伤心，也不能哭。到后来上海，流鼻血到江小姐看了晕去，也不哭。但今天可想试来哭哭了。我真是在学你行为了，想不到真很方便，一哭，什么也完了。”

“什么也不会完！”虽然这样答应着，且回头强笑，女孩玖的神气，却很惨。

男子A站起身来捏着了女孩的右手。

“怎么？不许这样子，使二哥为你难过！你这手也冻了。你应当把手放到衣口袋里去，不要到球场去打球了。你看，我手也肿了，去年不肿，房中有壁炉，今年到这地方来可不行了。明天我到会计处去再借十块钱去上海买手套。”

“我不要手套，你应当拿点钱把呢裤子取回来，这薄呢太不成样子。”

“怕什么，不会落雪的，今天这样冷，明天又会天晴。”

“这时北京或者结冰了，在北海溜冰真是一件快活事情。我们许多同学全会溜冰，听说一双冰鞋要二十块钱，燕京学校冰场男女通宵溜冰，真有趣味。”女孩玖似乎全是乖巧懂事想用言语挽救自己同二哥心境的下沉，才夸奖住厌了的北京。

“你欢喜仍然到北京去？”

“我不拘什么地方全欢喜。”

“我也好像是不拘什么地方全不欢喜。这里我还不到半年，又厌了。我想我到年底过青岛去，那里学校开学就不再回来，不能开学我到北京去。”

“你不是说北京住六年也厌了么？”

“北京住六年还没有住这里三个月厌烦。这里人太多了，我不欢喜那些年青男女。”

“那你到青岛不也是……”

“我一定过青岛，我不怕他们。你暂住留到这里，若是要学费缴不出，就到蔡先生家去住，她不会使你为难。”

“我也愿意过青岛去。”

“那就同时去，他们答应为我预备有住处，地方总还不坏。那里是海，你最欢喜看海的，又爱爬山，去了那里身体也会好点。”

“我这几天总不大睡得好。”

“你更加瘦了。一天吃那点点饭，见了你吃饭就使我生气。小孩子闹气，不相信二哥的话，使妈担心，使二哥也担心。”

“你也瘦了许多。”

到这时，男子A就摸了摸女孩玖的脸，又摸摸自己的脸，“我老了，像已经有了四十岁，一切皆缺少兴味。近来人真堕落了，什么也不做。”说着，到桌边，见到一堆本班大学生的文卷，摇摇头。“我到堂上曾生着气说他们一点不能刻苦。我自己是连享福也厌倦了的，刻苦更与我离远了。”

女孩玖这时正翻出一本书，就另外问他哥哥：“二哥，黄先生说XX那本戏剧要上演，她自己演戏，冯先生也演戏，就是演这个脚本。”

她就把戏本一页一页的翻着，又接着说道：“这里又是自杀，前天看那个也说自杀，戏里面难道除了自杀就没有别的事可做么？”

这男子A这时已躺在床上，听到说自杀，就说：“他们能够自杀，是为强干，不是为衰弱，因为XX是现在这世界上年纪虽老心却年青的作家，他看清楚了一切，在攻击一切，一点不妥协。那自杀不是那个洛凯士的最后一幕么？他把那人写得多好。如果我是那个人，我一定也那样自杀的。”

“他们要你演那你为什么不答应。”

“我去演自杀给他们看，拍手，喊好，那是再无聊没有的蠢事了。我是就因为不愿给那些讨厌的人看我的扮演，所以许多事都不去做，并且好像真要自杀也不敢了。”

“依我想，尽他们坐在下面的人看，是无味得很的。”

“可是你是年青小孩子，应当事事发生兴味。”

“凡是人多，我对什么也不欢喜。我只欢喜一个人到好地方去玩。我愿意到外国无一个熟人的地方去做舞女。我愿意去做看护。我愿意去当兵。——只是这地方读书我觉得无聊。”

“你同二哥一样脾气，想那些分外的事，以为那就是完全。二哥自己是现在明白了，真是呆子！先以为只要能够在大学校上一天课就好了，现在到这里教书还无趣味。先以为每一个月有三十块钱，我就将好好的活下去，现在十个三十的数目也仍然不够。事业同金钱都不是使人生活向前的东西。名誉也没有用处。玖，还是好好把法文念好，我们有机会就到法国去，不然你也可以譒点书，或把你二哥的文章譒成法文。在五年以内就要做到，不然二哥……"

"我欢喜去法国。"

"你才说什么都不欢喜，又说法国是欢喜的地方。"

"是这样想，到法国去，全是生人，全是生地方，一切习惯好坏一点不明白，一切规矩礼节都很新，一切——二哥，那地方不知道有梨子没有？"

"你是想吃梨子了。"

"那里，我一点也不！"

男子 A 从床上起来，跑到楼下消费社去买梨。梨来了，说是那里那里辩着的天真的玖，在二哥面前已习惯了虽到失败还不承认的脾气，见到梨一放在桌上，就不再客气，把削梨刀拿在手中了。

于是两人吃着梨。一面吃梨一面对于梨子说着种种话语。

"北京人宁愿意吃一个大柿，可不吃这大鸭梨。"

"这里值一毛钱一个，六年前在北京两铜元就可以买到。"

"我们那宿舍密司李，听到她说，哎呀，天津梨真好！我告她，这梨在北京本地方可不大吃，北京还有白梨同蜜梨，才算好梨子。她不相信。"

"远了点就贵，贵了点就好，一定的道理。现在我们吃天津梨也像很不错了。"

"我是成天吃这种梨的，也成天想吃白梨。"

四个梨子各人吃去两个。

把梨吃过又谈了些别的话，女孩玖，拿去了一本戏剧，三本其他书籍，又要返到自己宿舍去了，要二哥送她。

他们下了楼，不久就走到校中大坪了。时为月晦，坪中依约可辨途径，有湿雾下降，远地灯光所照及处皆是淡烟一抹。沟外小屋镇静如在睡眠中的小牛，绕校园树木皆如在打盹情形中的工人，白天挖泥，夜晚还忘记归家，微微的在寒气中摇动。天静风微，兄妹二人并排走过浸满了湿雾的空阔黑暗的广场。

把人送到篱笆边，纤长的人影已为宿舍房间露出的灯光所映照，分明的卧在地下，男子独自返身从原路回去了，走了数步，女孩玖轻轻的喊道：

“二哥，二哥，我告你，你莫要忘记医生说的话……”

男子A没有作声，匆匆的向广场走去，把身体陷灭到乳白的薄雾里。

镇上火车站很凄凉的敲着一段废铁轨做成的警钟，最末次由上海来的火车已快到了。

四

回到房中的男子A，翻了会所写的日记，看看不知是谁上年来就挂到壁上，因为记起日子来方便的缘故就没有为听差扯去的一张日历，礼拜二是二十五，忽然又想起了月底的事情，故不久就又伏在那小小肮脏桌上继续写着文章了。

第二章

一

大广坪上全是白霜。仿佛真是在昨夜就写到这广坪四周，在水沟内做挖掘污泥工作的工人，大清早就把工作疲倦到自己身体，已有许多人在担土掘泥了。打霜天比平时特别寒冷，太阳也似乎因畏避这早寒的原故还没有完全露出地平线上，在用工作使本身得到温暖的工人们，以及一个初从床上新棉絮中爬起，痴立在寒气中哆嗦的校役，口中皆出白气，像新加过燃料以后的汽管口端。广场一角正有几个特别早起的学生在练习篮球，广场中央有两匹不知谁家饭馆喂养的狗，仿佛所谓诗人那么很寂寞的在那碎白如盐的枯草地上散步。

有大霜太阳是必须出的。

知道天气情形，而在那里悠悠的唱着赞美这爽朗冬晴天气的歌的，在广坪周围树上有一些雀儿，在广场一端白屋中，有一个年纪青青的女子。

女生宿舍黄字四十号，二楼的东向一角，阳台上搁有一钵垂长缨花大如碗的菊花，在寒气的迫胁中，与房中一女人的清朗柔软歌声中，如有所感，大的花朵向着早晨的光明相迎微笑。

女人唱：

春天是我们的，春天是我们的，
看呀，你也年青，我也年青。
听呀，请你试规规矩矩听听：
一颗流星，向太空无极长陨，
一点泪，滴到你的衣襟。
相信我，这热情，这花，这爱，
这俄顷，一分，一秒，一刹那，
你应当融解，你应当融解。
还有那……

唱到这里时，在同房另一床上，有一个女人，用着同样的柔曼的声音唱道：

是啊，应当融解，应当融解，
我们的硝酸，硫酸，盐酸，
还有那——
还有那近视眼小胡子的今韵古韵，
还有那尚书的今文古文，
多极了啦，数不清，说不清！
我的天哪，你要我怎么同你拼命！

在先唱歌的就笑了，喊：“嗨，玉丫头，你就醒了？早哪。你诗才不坏，我看你还是做诗吧。”

把工课编诗的就说："是呀，我明天就做诗人去，赋诗赏菊，梦里好同陶靖节划拳照杯。我们的菊花近来开得太好了，见了我真有点诗兴。虽然只一钵，开花三朵，要做诗，大约也可以写一本诗吧。可是主任说：不及格，留学一年。我难道还应当在这里做一年诗人么？"

"是做情人不是做诗人。要懂诗。"

"那么还是不懂诗好一点，我是A教授在他班上说的'偷懒的人'，让工课麻烦一点还好，若是像××让恋爱麻烦，成天想躲避那蠢笨的脸嘴，也成天读那更加三倍蠢笨的信，不如选五个学分的物理，三个学分的化学，又来一个古代诗的分类，又来一个……"

"聪明人说呆话，你装什么道学，你的事我清楚极了。"

"你清楚极了，佩服佩服，你那么清楚我的事，你自己？你唱些什么？"

"我是'口上有诗心中无思'：生活作证。"

"'口上有诗，'多说得好听！可惜我不是（阿）……错了错了，打嘴打嘴。不过，五小姐，你这口上有诗，这句话以我照化学的公式分析分析，好像不是应当向我说的，也不是你口中说得出的，这字面是'男性的梦呓'，你说！"

"我说啊！我说你口上有青酸，除非……才能融解与中和。"

"青酸，有毒，也不是你向我说的，让我想想：是了是了，'口上有诗'，真是大作家的精粹言语！可惜诗是有——你也有我也有，……错了错了，打嘴打嘴，我口上是不会有诗的。要美人才不缺诗趣。五，我真恨我为什么是女子，你那可爱的小小唇上的诗，就不能拜读。"

"我说你口上有青酸，身上也有。"

"或者是有一点儿的，就因为不能拜读那一首'诗'。"

唱歌的女人不愿意再说什么话了，把一双柔软手臂从湖色的绸被中伸出，向空虚攫拿。又顾自又唱歌道：

消融消融，融入伊柔波似的心胸！

那名玉的女人嘲弄似的也唱道：

> 做梦做梦，我的梦！
> 我睁大了别的人所称赞我的流星的美丽眼睛，
> 看你逃去方向的脚踪。

那在前唱歌的又忍不住要说话了，她说：

“诗人，要寻找牧童的脚踪，你找羊的脚踪吧。”

“五小姐，我佩服你！我记到旧约上好像说过：一个有恋爱在心上燃烧的人，他一切行为皆是诗。你瞧你这样善于比拟，顶不会疑心别人的我也不免当真要疑心了。”

“世界上有一个顶不会疑心别人的玉丫头，居然也就要疑心，奇怪得很！不过旧约我在慕贞读过三年零六个月，没有这句话。你记错了，那是一本名叫ＸＸ之爱一书上的话语！”

“好记忆，一百分，你说你不看那些书，你倒记得到那些书，‘天才’的女郎，无怪乎逗人怜爱！我若是男子，我一天得写两封信给你。”

“不是男子也未尝不可以写，写好了，请我转去，我这人很高兴为你服务。放心我去同小羊说，小羊是又乖巧又天真的人，她也愿意有一个像你这样的……”

“我拧你的嘴！五，你坏，我是纵明白你嘴上美丽有诗，也要拧的，小心呀！”

“正是！一切都得‘小心’，不只是拧嘴唇，别人听得出，玉丫头！”

“应当要让别人听得到，你不是这个意思么?”

五小姐忽然把被盖一掀，坐了起来：“起来，不许懒惰，要做事去！”

随着就拥着一件大衣下床了，短大衣下面露出细长的一双白腿，如霜如雪。

二

在盥洗间，各处是长的头发同白的腿臂，各处是小小的嘴唇与光亮的眼睛，一个屋子里充塞了脂粉腻香，大的白磁盆里浮满着肥皂白的泡沫，年青人一面洗脸一面与同宿舍中的女子谈着这一天关于工课的话语，或者还继续在床上的谈话，说着旁人纵听到也不分明那意义所在的笑谑。

这时节，大广坪已有许多年青男子站在早晨的太阳下念书，挖泥工人也已经为工作所温暖发热流汗了。

女人玉与五在一排洗脸，从外面来了女孩玖，穿着男子式的米色细羊毛短绒衣，拿了手巾同牙刷，见无空处，就傍了玉的身边，等候机会。玉抬了头，见到玖了。

“玖小姐，你早！”

“不早，太阳在我床上半天了。”

五把手正擦满了一脸肥皂沫，也抬起那可笑的脸来，向玖招呼：

“住处好么？”

“好极了，晚上清静得很，天亮了，不是太阳晒到床上还不会醒。因为很舒服，见了太阳也还是不忍起床，所以才这样晏。”

“我恐怕你还不曾醒，所以不敢过你房中吵你。”

“我很醒了一会。这里早上空气真好。今天打了霜，更加冷，但是太阳美极了。”

“若是十二三，在房中看月出也有趣味。”

玉这时已把脸洗毕让出了位置，且为女孩玖倒水。

“谢谢你，玉小姐，我自己会倒。”她把壶抢在手上，不让玉做事。

玉把壶给了玖后，就捏着玖细羊毛绒衣的肩膊，很亲爱的说：

“这点点衣不怕着凉么？”

“很暖和，我在北京住了一阵，过了两个冬天，到这里来一点不难过。”

“可是你手肿了。”

“那是到坪里打球风吹红的。”

“谁给你做的这好看衣服？母亲么？”

“一个朋友，二哥相熟的女人。”

女孩玖无意的说着这样话语，毫不为意认为还必须在这话上解释女人是有四十岁左右的女人，因此这话使玉同五皆有所误会，心中皆如失去了一种说不分明的东西，正把头低到水中的五，接着就羡企似的说道：

“玖姑娘，你真是有幸福的孩子。”

这时的玖已把从热水中起出拧着的大白牛肚手巾覆到脸上，就不作答，心中好笑。

玉说：

“A 先生待玖姑娘真好，使人羡慕。”

玖仍然笑，搓着毛巾，想起昨晚上同二哥说的同往青岛的话了，就问两人：

“放了假，你们到什么地方去？”

玉说过ＸＸ，五说留到这里，且接着说若果留到这里能同玖在一处，真近于幸福的话。但玖却告她们，说不定明年又得离开这地方到别处去。两人皆诧异了，其中五的平素以美自骄的意识尤其近于发现了一种损失。她稍稍沉郁了一点，说：

“为什么原故？”

“说是身体不很好，脾气也坏得很，所以改一个地方。他性情是那样，就因为脾气不好，所以我母亲才回到乡下去养病，不然本来是说到这里找一个房子住的。若是我母亲到这地方，那就有趣味多了。”

“玖小姐舍得母亲么？”

“没有法子，二哥也是舍不得母亲的。我们在一处住不能活下去，所以母亲回到乡下去。还说明年想法回去看看，我二哥也有十年不到过乡下了，可是又说过青岛，我不明白究竟是到什么地方去。”

听到女孩玖说的话，两人就都不做声了，各人在心中有所思索。玖因为记起青岛有海水，风景很美，就又自言自语说道：

“我真奇怪海水，深得底都好像没有。”

玉想走，五说：“小姐，你又忘了你的东西，你的心真不知跑到什么地方去了。”

因为不愿意再说什么话，女生玉仍然不理走回房间去了。走到廊下时还听到五的声音，“小羊是天真快乐的，放心吧。”然而说着这话语时节的五，已经不是早上唱歌时节五的快乐，从语气中也可以听出是无可奈何聊以自解的意思。

三

第一班淞沪火车像平常日子一样，在三等车里带来了一车蠢人，就是身上肮脏，言语朴陋，成天各以其方便做事，用工作使身体疲倦，晚上又从工头处得三毛五毛的报酬回家去睡觉的下等男女。另外是在二等头等车厢里，载来了一批有学问，皮肤柔滑，身穿上等细软材料衣服，懂许多平常人不能明白的事情，随随便便谈一点什么就可以在签名簿上画一个到字，于月底向会计处领取薪水的大学教授。这些教授到了车站，下了车，随意又坐到一辆人力车上去，即刻有一个同工人差不多肮脏不体面的汉子拖着车把就跑，于是不到十分钟后，车夫还没有出校门十步，这些教授就站在讲堂上用粉笔写那些问题，同一群年青人谈着完全与“天气”“工人”“车夫”无关系值四元一点钟的话来了。学生呢，为学分原故耐耐烦烦听着的也总有人，很有心得那种样子忙忙的写着记录的也有人，把心思想到工课以外，或者是一封信，一首诗，一块钱与一件蠢事，也仍然总不缺少这种人，但是课堂外面太阳底下的薄霜慢慢融解又慢慢的化作白烟的事，是没有人想到那美的。挖泥的人跌到沟水里去，爬起时全身浆着墨绿色肮脏东西，也是没有人想到那寂寞的。天空蓝到像海，一个人向天空想到海，心也近于像海一样的寥阔，无边无际，这更不是年青学生有分的事了。学生们全到课堂上做转贩一个上等人的知识去了，只留下两个小饭馆中送早面到宿舍收碗回去的邋遢孩子，在广坪中让太阳炙着破棉袄绽肉的肩背，对于天气以及天底下的情形出神，其中一个在回头发现了曾偷过鸡头的狗也在那里很悠暇神气散步时，很不平似的拾起石子奋力向狗身上掷去，被石子打中臀部的狗，一面嗥着逃走一面回头望着打它的仇人，似乎从那扁脸小鼻子上认清楚了是合兴馆的伙计，同时也记起了偷东西吃那一回事，于是不再做声，窜过干沟，跑到枯根株还未拔采的棉田里去了。

四

在上海方面，装满了整船的丝绸，茶叶，桐油，鸡蛋等等向海洋浮去的大舶，皆乘早潮满江时节出口，船皆傍江边南岸行驶，大而短笨常常画着一面旗式一个狮子一颗星的烟筒，冒着淡淡的青烟，间或还发着比山中老虎嗓子还沉闷的短促声音，从一里外的 X X 学校大坪中看来，是仿佛这船是在岸旁或竟是在岸旁旱地上慢慢的行动，且如大声呼喊船上人也当能听到。其实船在江中行驶，去岸尚数十丈，若在江边散步，就可知道船去江边已经如何相远了。

青年 A 无课、又不欲作其他事情，大清早就在江边玩。看江上潮涨潮落，目送全身以钢铁作成俨然是蓄藏着无尽的生命之力，顽固的转着转着轮叶向大洋浮去的轮舶，望着那庞然巨物过去后，尾部机轮所激起的大浪，涌到江边堤脚，作生气样子，以及被这余浪所摇撼，如为一双大手所挝过因而发昏东歪西倒的小舟，心中总若有所失，非常寂寞。大的船，悍然毅然勇敢的向不可知的海洋走去，靠一点人类经验，风涛暗礁皆无所避，终于把责任尽过，再休息到一个新的日光下面，船真是可佩服的东西！所谓巨大的人，所谓将向人生大道走去的人，不将也应当如此悍然毅然竭尽生命之力，用着顽固的不变的姿式，一切无所恇怯的活着下来么？

见着大船的过去，以及小舟的摇摆，青年 A 站在那石堤上，目送着汤汤而去的铁体钢心的怪物，就心想：这真是一个人生最好的对照，这些浮在水面的东西！人是浮在比水面还轻柔的一种生活上头，因为缺少力，我的心，就只能在别人生活巨浪后面摇荡如醉。我从没有去自试向我所欲达到的方向驶去的气力，也缺少这近于吓人的雄心，因为心的柔软，到近来，就索性连平凡的欲望也没有了。

他于是在堤上追跑着，似乎只要能追及那船，就可以请托这船上人带他到所要到的一个地方去。但是这船毫不留恋的走远了。他跑了一会才不再跑，喘着气，用着神气颓唐的眼睛，望着在太阳下所照的一切世界。柔软无用的人！新的日子原是就可以带他到一个新的天地去，但他只凝神到空虚，这空虚是连幻象也缺少的一片茫然漠然的蔚蓝。

过了一会，自言自语说：

“我有我的方向，应当载满一船劳苦与眼泪，卸到我那彼岸的货仓！”

他走回去看下课了没有，在学校长廊下见到了玖同另外一女人站在那里品评一钵菊花。

“玖，你上课又下课了？”

“接到又有。你难道已经到过江边了么？”

“我玩过了一点钟。”

这时另外有一个女生走过身来问 A 的考试问题。那同女孩玖在一起的约莫有二十岁左右的女子，就轻轻问玖，“这是你哥哥？”女孩玖也轻轻答应，且悄悄的笑，因为见到与二哥说话的正是校中顶不美观的一个女人。好像有许多话还说不完，到后是无话可说了，就又向玖说话。接着噹噹噹上课钟又打着了，许多穿衣服体面的学生好像很为自己一件衣服合式满意，腰梁骨笔直的竟向各人课堂走去，许多女生也同男子一样的很匆匆的从廊下走去，并且有全身是粉笔灰的教授夹杂在学生中，凭了那好酒好肉培养而成的绅士神气，如鸡群之鹤矫矫独立，与 A 认识的总同他略略点头，或者说一句很平常的应酬话。男子 A 同玖离开时，那与玖在一个班上读英文的女人，回头望了 A 一眼。

“真是怕人的世界，这样多年青人！”这样想着一面低了头向长廊东端走去的男子 A，为了天气，为了在这好天气下所见到的一些年青人，心上觉得异常寂寞。因为在众人中，许多人皆能为一些很愚蠢的知识所醉，成天上课，吃饭，厌倦了也不妨发点小小牢骚，间或到毛厕去用小铅笔之类，写一点近于泄怨的幼稚可怜的话语，就居然可以神气泰然的活到这世界上，处处见出愚蠢也处处见出这些年青人的生气郁勃。自己却无时无事不在一种极偏心的天秤上，称量自己生活，就觉得年青人的天真烂熳完全无分，想抓到一个在基本心情上同类的人竟无从找寻，孤立的而仍勉强的混到这些人中间，生存的时代与世界皆有错误样子。但是刚走到长廊东端，又给两个女人拦住了，男子A神气略显得窘迫，用忧愁的眼睛望到这两个女人，想明白是有些什么事必须到这些地方来商量。

女人是早晨在床上唱歌的玉同五，两个因上堂的ＸＸ教授请了假，这时来找A问关于考试的事。女人五说：

“没有什么事，想向先生借一本书，我们买书不到。”

玉也说：“我只能抄点笔记，怎么办？我也没有。”

“不能够请托一个人去买这样书么？”

“是买不出。已经买过了，卖完了。”

“那到我房里拿去，可是过两天也得退我，因为同学太多，让大家看看。”

他们于是到了A的房间，说着“真糟真糟”一类话，把桌上杂乱的书一面整理一面微笑着的男子A行为，使二女人见到感觉得出一种温情的动摇。游目检察一房的所有，唯一的女孩玖的一个十二寸半身小影发现到书架上层。五把相拿在手上，“先生A，玖姑娘真是个有福气的人。”听着这话的A作着微笑，女子玉却因见到这情形也用另一意义微笑着。五又说：

“这真美，像画上的人。”

“像一匹小羊。柔和天真到这样子，不是像羊么？”玉意别有所指把话重复的说着，尽五白眼也作为不知，到后就走到书架边低头找书，取出了一本皮面金花的小小圣经，“A先生，你是教徒？”

已经把书整理过后，倚身到桌边，以背向窗的男子A说：“天国的门不是为我这种人开的，要有德行同有钱的人，才应当受洗。我是把圣经当成文法书看的，这东西不坏。”

因为看到女子玉把圣经翻着，念着第一页上面用蓝墨水写上的话语，男子A又说道：

“这是一个女人送我的。我住北京时病到医院，医院照例什么都没有，就只放一本大字圣经，我就成天吃黄色药水，看约伯记历代志过日子。有一天，又躲到床上看圣经，读雅歌，这女人是教会的什么长，来各处病房安慰病人，到了我房里，看我正在很吃力的把一本圣经搁在枕边翻，女人就取到手上看，见到我在圣经上批的对于译文方言解释，就大喜欢，用中国话问我是什么会里的教友。我告他不是，这女人看了我两眼，抿抿嘴走了。但第二天又来，我们就是朋友了，她因此就送我这样一个小字本精致东西。到去年，我同我妹去一个教会的办事处找过她，圣诞节且送过玖妹一件很值钱的羊毛短衫。"

两个女人听到说及短衫，心中皆略略感受小压迫。但男子 A 接着又说：

"这女人初看很怕人，似乎真像小物件上小学校的女管理先生，一副冰冷脸孔，竟与她的事业完全不相称。但熟了以后，才明白年龄同宗旨皆不能拘管她的天真童心，一个四十岁的人，吃宗教饭也有了二十年，却看我的小说，很有趣，以为在暑假中当译一些心中所欢喜的给她的国内朋友看。真是了不得的人，若不是因为玖妹身体不济，我将送她到这老女人处学 X X 去了。"

女生五在早上不忘记洗盥间的谈话，这时无意中听到这话，血管子里的血畅快了许多，望到 A 的瘦脸，复望到桌上的许多稿纸："A 先生，你又在做什么文章了呢？"这样说着就到玉身边用手暗拧了玉的肩部一下，"密司 X，你的诗怎么不拿来给 A 先生看。"

玉说："我是赏菊的诗，学究气免不了，看了也头痛。我记到你好像有一本山歌是看牛看羊人唱的，不是有这样一本书，你告过我，还要我写一个封面题字么？"

男子 A 不知道这话是一种属于私隐的嘲谑，就说："既然写得有这样多山歌，想必一定有不少好作品，若果作家高兴，我倒非常想有福气看看。"

一种与聪明完全相反的话，使两个女人皆失去了拘束大笑不止。

五

把两个年青女人打发走后，一个人站在自己房中书架旁，手翻着那册刚为女生玉看过的小小圣经，心上发生一点极暧昧的动摇，又旋即为另一种懂世故的理智批驳着，摇头做出很凄凉的苦笑。这日的事在日记本上，他应当加上这样一点旁人不会明白的话：

她们以为我是先生，居然敢在我面前不红脸的走来走去，说笑话，真是胆量不小的女子！

一切有福气的女子，也正与其他一切有福气的男子一样，又聪明，又乖巧，大概总应当逗一些人怜爱崇拜吧。

这泪中微笑的心情，是女孩玖也不会了解她的哥哥的。

两个女人皆俨然各有所得的回到住处，一面各在自己写字桌上翻看新借的书，一面各人在心上想起一些年青女子所仿佛能理解的荒唐事情。像平时作论文一样，年青人，有着一颗聪明善感的七窍玲珑心，看书一遍即可按照堂上题目写成一篇有条有理的论文，如今是这两个女人用一些印象作为根据，在心上另外作着一种通畅清顺醒目悦心文章的。

六

一个钟表里面机械之一那样脚色，大鼻头为早风刮得通红，站到教务处门前看一只衰弱苍蝇在窗上爬生大趣味。办事人则坐在大办事房柚木写字台旁边，低头烂脸填写一种极麻烦琐碎的表册，不三分钟又抬头看看壁上的挂钟。下课时间到了，就在房里喊一声“打钟！”于是人在外面用着元气十足的声音答应“嘛！”于是那陈列在大礼堂附近，用木架悬高，成天为那红鼻子校役拉着振子敲打，即刻发着噹噹的又如因为被北风所吹，害小伤风，因而声音略哑的校钟声音响了。于是一群年青人很奋勇的悯无所畏的大踏步从课堂中跑出。于是教授们很和气的到会计股同主任谈天去了。

每一堂工课，皆不缺少一种学生头痛。每一堂工课，一些作教授的，皆总有些对于自己工课感到无聊或非常得意的人。时光为教务处壁上的钟摆一分一秒所啄去，到后是教授与办事人轮到休息，照例的午饭时间已到，绕学校附近各小饭馆的大司务，同提竹篮送饭，见狗就想拾石子掷去，一见纸烟上小画片就捏在手心当宝物的江北孩子，以及馆子里打杂的伙计小二，倒忙起来了。教授们拿很大的一种数目，选一本书诵读给年青人听，大司务为三五毛钱的原故，手执大锅铲，在灶边一点不节制气力的炒菜。年青人真是一副率真，每天一早起来就知道洗脸刷牙齿，肚子空了晓得先吃一点早面，上课就笔记照抄，上毛厕就在板壁上写一点近于发泄的言语，读英文又很勤快的认生字，到午了时，一窝蜂皆来到饭馆了，于是吵闹着，欢呼着，用着对于这一顿饭“催促”或“讴歌”任何一种理由，毫不受教育所拘束，使所有供给大学生吃饭的地方皆成为有生气的地方。又间或就在饭馆动起武来，破皮流血，气概不凡，从精神上看来，完全看不出学生为国文系治音韵学的大学生。

大广坪四围沟边就只剩下一些黑色污泥，成小堆，为太阳所晒，放出微臭的气味，在下风远处走过的学生们，皆用手掩鼻匆匆过去。一些为手捏处放光的铁铲铁锄，大的竹箕，古意盎然的缺口土窑水壶，散漫的卧到沟中，沟上烂泥处蹲得有一个看守家伙的粗蠢汉子，口咬短烟管一支，让大暖的太阳熬炙肩背，引为幸福。

远处兵营一大队新兵，正分班蹲在地下，吃带黑色发过霉劣米煮成的饭。

到了下午没有工课的就在大广坪中踢球，毫不悭吝气力，当圆的球无意中落到沟外时，挖泥人总欢欢喜喜的代为把球掷回来。

仍然到了夜间，仍然是一些很有希望的生命力极强的年青人，从课堂涌出，转到笑语嘈杂金铁齐鸣的食堂。工人皆背了锄头筲箕回家，兵营中吹起喇叭，声音融和在暮色中，柔软而悲哀。淡白的日头沉到地平线下去。没有一个人对这各样情形加以综合生出空漠感想。

开回上海的火车，把聪明人同蠢人仍然带回去了。

七

仍然是灯下，男子A同女孩玖，在一个房中做事。

“二哥，你说写穷人，从反面写也行，我如今试来写正面。”

那二哥似乎并不注意到这话，所以女孩玖又说：

“二哥，你也仍然正面写过了，你ＸＸ不是完完全全的写？”

男子A说：“什么正面？”

“穷人，贫苦的，被忽视与轻视的，肮脏愚蠢的人。”

“只看你写的态度，同你文字上的技术，只要写得好，反正无关系。文章太坏，有好主张同好思想也是不行的。文字完全，把极平常的人物也能写得感动人，这完全是艺术。”

“那我不写了，”接着，女孩玖就抓起自己面前一张写了将近两千字的稿件想扯碎。在没有扯碎以前为男子A所抢去了，就轻轻嚷着，“不行呵，不行呵，我不许你看，写得太坏，不许看！”

“这脾气是不对的，玖。我说过一百次，文章写了不许扯，写成了也得给二哥看，你又这样发脾气！”

“为什么我把写得不好的文章留下来给人看？”

“别人还有勇气印，你连给二哥看的勇气也缺少，这是正当脾气么？”

“退我呵！我不欢喜这样！你不退我我就不管。”

“不要你管，”男子A就一面把那创作稿件就灯下看着，一面笑。

女孩玖又说：“我不答应！我不答应！你笑我，以后我不写了！”

孩子气重的女孩玖站到一旁放赖，男子A把文章看完了，站起身把文章递还给她，“你写得好，并不坏，就写这穷人如何无望无助的到江边去，以为她在晚上做的梦会实现。她在江边等候梦中的放光耀目东西，但是只见到来来去去的船只。她就数这船只的数目，一，二，三，二十，三十七，一直数到她生活上从没有经过手的数目上去，到后就把这数目记到心上，回家……你有天才，很细心，听二哥的话写成就送到小说月报去。”

女孩玖一面看着自己文章一面听男子A说话，最后咬了一下嘴唇，说：“二哥你说怪话，你笑我，好歹我不写了。”

男子A就仍然把自己的文章接写下去，一面摆头表示女孩玖的话不应当这样说。

过一会，有人在房外叩门。男子 A 漫声的答应，说："请。"门外的人仍然不推门，又叩了两下，男子 A 第二次又说"请。"还是在门外剥剥的叩着，男子 A 稍稍生了点气，站起身来拉门。门开了，一个女子，点点头，害羞样子微笑，怯怯的走进来，见了女孩玖在此，仿佛放了心，也不再顾及男子 A 了，就同玖去说话。

"她们找你开女同学会，快去！"

女孩玖说："我不去，先就同玉小姐说过了。"

"不行，玉小姐说不行，要全体，有要紧事商量。"

"我不会商量什么，玉小姐知道我！我说明白了，怎么又要我去！"

"我不知道，是她要我来的。"

"我请你说说，我要做点事，到我哥哥这里，不能到会。"

男子 A 就从旁说："玖，去去也好，你应当习惯这些事情。"

"我不高兴去。"

大家无话再说，来的一个女子也好像找不出话可说了，就望这房中的一切，望了一会，又怯怯的望到男子 A，忽然说："你不去，那我要走了。"

女孩玖说："密司朱请你同玉小姐说，对不起。"

那女子点点头，向女孩玖不自然的笑笑，又向男子 A 笑笑，走去了。

男子 A 把门掩上。

"玖，这是你同学同班上课的么？"

"是的。人老实极了，为班上长得顶好看的女子。"

"我倒不觉得这女人有什么好处。"

"久看看就会发现。清秀得很，这人工课都好。"

"女人照例工课都好。"

因为这话是近于说"也不过工课好罢了"的意思，女孩玖稍稍不平了，便说：

"这人思想也不坏，我看到过她书架上有许多新书，社会科学，国际问题，新艺术理论，……比同学都多。"

男子A想到另外什么事上去似的，不再说话，仍然坐到桌边了。坐了一会，一个字也不再写，温习到一些为女孩玖所不了解的事情，到后忽然说：“我们到江边玩去，怕不怕冷?”

女孩玖说外面一点也不冷，于是两人不久就出了学校到江边去了。

江面全是薄雾。

江里帆船在雾中，隐约闪着小小的红风灯。正涨晚潮，微浪啮堤，正因为这细碎声音，一切空间反觉得异常寂静。

循薄明的长堤石道上走去，走到男子A日间追大船处，男子A想起日间的事，不动了。

“二哥，你倦了?”

男子A摇头不语。

第三章

一

女孩玖很早的起身，邀约朱到球场习网球，玩了一会，又邀同伴到她二哥房中去取书。用着稍稍不安静的心情陪了玖到教员宿舍去是朱这个人。到宿舍了，女孩玖也习惯用手叩门三下，没有答应，又看看天气，已经是二哥起床以后的时间，就轻轻的推门。门开了，房中空气极坏，电灯还放黄光，男子A躺到床上，衣也不脱，皮鞋也不脱，被盖还未曾完全拉开就随意的搭到身上，房子中地下无数碎纸，显然是主人夜来睡得极晚。

女孩玖与那同伴女子皆涡住了，女孩玖轻轻的走到床边去，很忧愁的望到男子A憔悴的脸，长的发，以及一只搁在被外瘦小的右手。

“二哥，二哥，……”

男子A似乎并没有酣睡，一听到女孩玖的声音就惊醒了，爬起身来睁着充满了血的一双失眠的眼睛，望着妹子勉强的笑，且一面说着“真太晏了晏了晏了”的话，作一种在妹子前面自责的神气，想将昨晚上的一切遮掩过去。但女孩玖摇摇头，把脸背过去了。男子 A 明白玖要做什么了，就说：

“玖，忘记你是大人了么?”

女孩玖，听到男子 A 的话，且记起在房中还有朱，是没有正式介绍给二哥的客，就回头装着笑脸，勉强对男子 A 笑：“二哥，你为什么又这样子?”

男子 A 也装着笑脸：“不是通夜不睡，是起得太早了，到后又倦得很，所以成这样子了。”说到这里男子 A 已望见电灯，还有光，没有熄灭，就赶紧把机关拍的一按，且如往常情形，一面捡拾桌上的稿件一面说话。“写得很有头绪，做文章真是天气早好一点，不为旁人吵闹，清清静静，……”

女孩玖心里就想：“你完全说谎，对于我同客人。显然是在夜间过度疲倦了这身体，所以到这个时候来说谎!”但是她却说：“二哥你真勇敢。”

“我们的文章在下礼拜成就了，我以为这篇写得很好，你看了也一定欢喜。”

“好是一定的。你是不是还要我题几个字?”

“自然的事！你为我写章草好点，不要钟体，你写钟体不大好，因为汉隶太无根据。”

“可是笔真不行，我得借笔来!”

“好，你借一枝好笔来，并且随意画一个封面画。”

他们俩在客人面前互相谎着，且都用着笑脸，又皆明明白白这谎话背后所蕴藏的眼泪。女孩玖且正式把女生朱介绍给这说谎话的二哥了，男子 A 望到朱，很勉强的点头，且更勉强的找出一些话语来同那女人接谈。他问到女生朱同乡，又问到朱选的课程，以及从 X X转学以来对于这新学校同旧学校的趣味差别，竟像非常想明白这些事情那样关心。女孩玖则从旁代为解释，好像男子 A 要在女生朱生活上写一篇小说的原因，所以同时把自己对于朱的长处也说及。她说到朱的工课，说到思想，说到人，其实这些话昨晚上在堤边就像已经全说过了，如今又来在朱本人前面重复一次。

本是怀了稍稍不大安定的心来到这房里的朱，到此见到这兄妹二人情形，话更不能多说了。她用着聪明的眼睛看望对她说话的人，拘束的不自然的回答着，又在女孩玖的赞美言语上，做出害羞的笑，她也有一些说谎的精神，就是一面觉得男子A近于可怜，然而她说的却是“非常欢喜看A先生作的山鬼。”她在对谈上也找出了许多近于客气的言语，可是主人的笑她看得很清楚，那是一种与叹息并不两样的东西。她知道第一次谈话最相宜的还是赞美，所以赞美了男子A文章，还同时赞美到女孩玖的美丽和天真。她本想说“做文章身体太坏是不行的，应当为一些人爱惜自己一点，”但她仿佛为了大家“安宁”起见，却只说出一些平常客气的话。

预备铃摇过了，女孩玖同客人已把书拿走上课去了。男子A坐到自己床边，想着昨晚上的工作，想着这时上课去了的有着柔软的心的妹子，又想着这使女孩玖同客人皆似乎极其难过的情形，工作结果只是一些什么意义。

二

吃过午饭以后。

“你哭了！”

“那里有这事。睡不好，眼睛就这样子。”

男子A不再说什么，只想着一切。因为不愿意使女孩玖伤心，就说别的话。

“玖，为什么大清早就引客人到我这里来？”

“我以为你早起来了。”

“人家看到我们房里这样子真会笑话。”

“那里，她们才不会为这些事笑你！”

“你不是说四川人就说过我吗？”

“但是我听到那四川人她们常常说到你，可见得并不是很讨厌了。”

“我倒以为单为这些原因明年也不再教书了，我不愿意让女人说到我。我倒并不想要这些女人欢喜我。一些年青的人，天真烂熳的吃饭上课，莫以为我爱做文章说得可怜，只想一个女人援手，就以为我在她们面前也会感到可怜!"

女孩玖笑了，不做声，然而又轻轻的像不让二哥听到一样，说："人家崇拜你那有什么办法?"

"我才不希罕这种东西！若果是靠到这些意义，就有理由安分知足活下去，那我不写文章也够了。我是还担心那些女人以为我平常很随便，就以为是想要使她们看出我的可怜，因而在我面前更加矜持小心起来的。"

女孩玖仍然笑，摇头，表示意思是："我猜不会有，这些女同学全老实极了。"

但女孩玖并没有老老实实把另外一时节女生朱同她谈到的近于老老实实的话，告给男子A过。她只另外谈到工课，谈到试验，谈到在试验时一些学生与教授故意麻烦的情形，也不再说到女人，也不敢再问到昨夜究竟为什么写了一夜文章。

这时第二十一教室，正坐满了一室年青男女，看着讲台上讲比较文学教授抄引的作品。那教授引的是男子A文章的一段，抄满了一黑板，一面抄一面又回头说，"不要把标点加错，"大家就笑。这是一句话，在凡是这教授所担任的工课上面，遇到抄引笔记时，他总不忘记这一种责任内的嘱咐，为了重视笔记起见这人有时还观察学生的笔记册，因此学生中有人就在笔记册上也写上那一句话，好让教授见到的。

把黑板写满，应当是教授说话的时节了，这就凭了一点在另一时节所知道男子A的种种，解释这文章以何因缘写成，以及内容的揉和情感与理智表现的美处。

在讲堂下最末排坐的是十个女人，玉，五，朱三人成一线坐在角上，正如其他同学一样很随意的领会到先生的分析。到后听到讲"天才"一定是有，且把如何生活就算天才的话期望到同学，学生全笑了。第二次又返身面向黑板写字时，玉就同五说话。

玉说："听这个讲不如找小羊来谈天还有趣味，她讲这一课比大教授高明多了。"

五说："小羊应当也来听听这一课，好多有一个机会去谈笑话。"

玉又说："她今天好像哭过一会，我上午在第七教室见到她，问她为什么不愉快，不做声，微微的笑着，走开了。"

五又说："你应当安慰她，她是你的——"

"你要我打你了？"

"你自然有权利这样做，因为假若你是……"

坐在一旁的朱听到这两人说的话心中匿笑，装着一点不注意的神气抄录笔记。先是不懂所说"小羊"是谁，到后清楚了，她同时还明白"小羊"哭泣的原故，下了堂，就走到黄字宿舍去找那所谓"小羊"。

三

玖尚没有回宿舍。宿舍中只有另外一个同学，正在翻着 X X X 那本书。朱走进房去。

"珑小姐，她不在这里么？"

"好像是上课去了。"

"我下堂没有课，她下堂也没有。"

"那是到她哥哥那里去了。"朱想走，同房的珑于是又说，"这孩子不知为什么原故，今天哭了一会。"朱答着"哦"字，仿佛这事情完全不是自己关心的事，很匆促的走下楼梯，到了楼梯却碰到女孩玖。她们暂时皆站在楼梯口边。

"我到你房里找你，不见你。"

"什么事？"

"同你玩玩去，我引你到好地方去。"

"愿不愿到江边去看看船去？"

朱正望到这女孩玖的微肿的眼睛难过，一时不遽回答。

玖就又说："欢喜去就等我一会儿，我换件衣，我二哥也在外边等我。"

朱稍稍凝神，想了一会，本是预备邀玖去玩玩，以为可以安慰这女孩，现在反像是被玖所邀，故忽然说不去了。她说，"我不去，"也不再在奇突的话上加以"我记起了"或是"我几几乎忘了"

那类话语解释，说过不去，并且即刻就走了。女孩玖一点不曾注意，匆匆的跑上楼去换衣。女子朱走出屋外，就见到男子A站立在路上，军人风度的姿式把两只手插到衣袋里，忧郁的向她招呼，这女人脸略红，点点头，从男子A身边走过去时，柔驯得像一匹小猫。

男子A望到这女人在大广坪中走着的背影，完全没有想到这是最先抱着“怜悯别人”的心而来，到后却又抱着“缺少别人怜悯”的心而去，一个非常寂寞的女子。

女子朱一个人返到自己住处，同房一女人正在念李商隐《锦瑟》诗，见到了朱，就询问她李义山诗是不是平素欢喜的诗。女子朱正为一种心上小小纠纷所苦，就很奇突的说：“我什么都不爱。”说过后，坐到自己床边，一事不作，痴了半天。

四

天气已经到了将近深冬，虽然是大日头成天从东方跃起又从西方坠下，在日光下还有人晒杂粮，打赤膊作工也很平常的事，但那只是一些无教养愚蠢顽强的下等人的行为，在ＸＸ学校，办事的地方，全在那里安置预备过冬的煤炉了。肮脏汉子三三两两扛了竹梯，铁筒，铁炉到了教务处又到事务处，满校各处跑，大钉锤随意的敲打，从讲堂外边过身时也大声说话，若不是为安置这铁炉的原故，这样放肆的行为，恐怕罚一个月薪水还不容易使教务长快活。这些做工的人因为安置炉子，并且也居然有机会躺在会客室沙发上歇憩了。并且一出去，也居然同学生一起涌到吃饭地方坐下了。不过年青人虽然同到这些汉子在一处吃饭，却都明白这些是无知识无身份的人，都懂到顾全身分，也不再用同他们说什么话，也不问问今年煤炉比去年煤炉价钱如何不同，也不必知道这些人每一天做工有多少钱收入，他们因为是读书的子弟，吃饭以前上四堂工课，吃饭以后又得上四堂工课，他们就只记到工课的内容，或单记着工课的名称，以及担任这一课的教授脸孔。他们还有间或还在僻静处写写标语的人在内，这些上等人，全都明白身分这样东西有怎样用处！

因为听说新装了煤炉且新升了火的会客室，很暖和宜人，下了课后，许多学生皆在会客室中围炉取暖，与同学谈天，仿佛对于因为有了这炉子，这一天就过得特别舒畅。其中有人轻轻的唱歌。有人打呵欠，很愿意就在那炉子旁边睡一中觉。有人先尚发牢骚想到第四阶级，因此一来也成为自由党了。

另外有两个男子，在会客室的一角，辩论到目下流行的“艺术问题”，各人凭记忆在一些看过一遍两遍的新书上，各举出了一些连自己也不很分明的例，又说诗，是情绪，是情感，是节奏，又说艺术方面，是革命，是下层的呼喊，是力，其实到后是说到两人皆有点找不出头绪，不知道应当如何来解释了，所以不得不结束了。两个年青人皆各看了一本《女神》，一本《呐喊》，订得有《小说月报》同《语丝》、《北新》，又另外看过五六本翻译的书籍，又听过名人演讲，又能标点不错，又能做点小说。这两个很有作为的青年谈到很激烈时，几几乎真快要决裂动武，若非两人皆想到主义以外的学谊，恐怕两个天才皆炸裂了。把话变换方向，两人就说到一个女同学身上去，同在一条战线了，是一同皆觉得女生五生长得不坏，有理由使人想起时心跳，他们于是各尽所知推测到这女人的未来情人。

这时节，男子A同女孩玖，正在车站上遇到了五，五在车站送一个人，因此同这兄妹二人同时回返校中。会客室窗外是路，来去人皆可以望到，年青人照例是一见到女人就有感想，且能在一个女人一言一事上造作出若干谣言若干幻想，就感觉到全身松快。男子A同女孩玖等三人走过那路边时，是已经为一个英文系二年级，头发很长，西装整齐，单是那样子送进当铺也可作一个艺术家的估价的大学生见到，这已经很像个艺术家样子的人，止把脸贴在玻璃窗上看外面天气，忽然见到五同A在一起从外面走来，心里一跳，就呱的一声，正说到五的两个同时就向窗外一瞧，居然就毫不对于自己所见加以考虑，便认为应当要用一个平常男子所有的妒嫉了，各人骂了一句野话，就凭空猜想了一些谣言，且为这自己所幻想的事情烦恼着，于是就无条件认为社会非革命不可。两人故意走出去，因为可以试试五看她还有所畏惧没有，在大廊下他们遇及了，女生五仍然傍到这兄妹二人，男子 A 一点也不明白自己有这样两个敌人，他只在这两个大约读过一本莎氏比亚戏剧因而就有骄傲颜色的大学生脸上加以小小注意，除佩服这种年青人耳大头圆相貌是很有福气的气貌以外，别的全不留意走过身了。

这两个宝贝这一来像很受了侮辱，居然不再到会客室去取暖，走到一个空课堂去了。到了那课堂拾起地下碎粉笔头来，用英文各写了一句骂女生五的话语，才算稍稍气平。

世界上发生的事情原就全是这种样子，女生五是毫不为那两个同系的学生设想，就走进了男子 A 住处的。然而 A，又毫不为五设想，谈话总像一个在讲堂上的教授，完全不体会到对面女人是如何愿意有了解那心上蕴蓄的人。但正因为这无拘束，随便谈了许多话，且更无拘束的是女孩玖，用着最天真的态度待人，女生五到后仍旧是俨然若有所得的回到宿舍去了。

五

日子，另一世界这时或者正糟塌到战争上去，或者正糟塌到酒食上去，或者谋杀，或者啼喊，或者肉体的陈列，或者竹木的殴打，一切虽不同，夜却一般又来到了。

天夜了，在兵营里的兵士，还成队的在操坪里唱歌，正如这白昼的埋葬，须要这世界上顶可怜的愚蠢人类唱着喊着，夜之神才能够凄然的抓一把黑暗洒在地面。

第四章

一

过了十天。天气变了。日里大风从北面吹来，使着有力的呆气，尽吹到晚还不止。大广坪中正如有无数有脚东西在上面跑过，枯草皆在风中发抖。傍晚时大广坪除了间或见到一二小馆子送饭人低了头走过以外，一个人也没有了。到了黑夜，傍学校各人行道电灯皆很凄凉的放散黄色的暗淡光辉，风在广坪，在屋角，各处散步，在各处有窗户处皆如用力的推过，一二从廊下走过或从广坪一端走过的人，皆缩颈躬背，惟恐被风揪去的样子畏缩走去。

男子A因为心上燃烧到烦恼的火，煎迫得厉害，想起女孩玖的被盖太薄，恐晚上天气寒冷失眠，便把自己所用的羊毛绒毯送到女生宿舍去。到了那个地方却见到朱，朱正在同女孩玖谈话，见了A来很不自然的笑着，这还是十天前那是微笑从A身边走过的最初一次。因为本来只要稍稍有意见面，只要一到玖这里就决定可以见到A了，但朱是为了一种很心乱的纠纷反而有意常常避开了A的。她知道A常常在玖处，所以玖处也不敢来了。她知道玉五两人是有一种关系同玖比自己与玖还要好的，因为怕玖同玉五提及，所以与玖上课也不讲话了。她因为今晚上风大，以为决不会遇到A，才来到玖处谈话。

无意中仍然在一处了，女子朱没有话说就想走。

男子A说："我妨碍你们了，很对不起。我是要做事去了，我还是先走，你们可以多谈谈话。"

女孩玖也说："不要走，你应当再玩玩，回头我又送你回去。"

女子朱不得不坐下了，男子A虽说要走，却一时也不能走。女孩玖问他关于新妇女问题假使写戏剧应当如何表现，想请他代为解释，并把一个解决方法见告。这件事正是男子A来此以前朱同玖讨论的问题，男子A想了一会，摇摇头笑。

"怎么样？告我们一点。把你意见告给我们。我们正议论到，不懂方法，应当如何描写，如何把全局延展成为一个完善的剧本。"

男子A说："密司朱意见以为怎么样？"

"我是没有意见的。我以为"她说的好像是本身，"悲剧不一定是写人类流血的事，这个不知道是不是，请A先生指示。我以为男子在工作上当顽固，女子在意识上也不妨顽固。若是有一颗顽固的心，又在事业欲望上处处碰壁，她当能在新的道德观念内做一个新人，然而自己又处处看出勉强，这心的冲突，是悲剧。"

女孩玖说："这话我一点不懂。"

"你小孩子要懂这个做什么？"男子A说着，又换语气同朱说，

“你说得对极了。悲剧不是死亡，不是流血，有时并且流泪也不是悲剧。悲剧应当微笑，处处皆是无可奈何的微笑。”

女孩玖同女子朱皆当真在微笑了，但女孩玖仍然不懂这些事，她于是读起剧本上的话来。这时因为听到这一边有人说话，五同玉借故过到这房里来了。玉问女孩玖是讨论到什么，那样热闹。

大家仿佛毫无拘束的谈到新妇女的话，在男子A议论中三个女人皆在心上各有所会，很小心的避开这言语锋刃，用一个微笑或另外一个动作遮掩到自己的感情。到后与女孩玖同房的那女生也从别的寝室回来了，这是一个相貌极其平常的女人，沉默娴静，坐在自己床边听这些人谈话，说到自己仿佛能理会得到的话时，也在那缺少机心的脸上漾着微笑的痕迹。

男子A忽然想起自己到这里无聊了。他要走。他用，“要做事去”一个不可靠的理由离开了女孩玖寝室，走下楼到了大广坪，穿广坪走去。风极大，路旁电灯幽默如磷火。男子A因为想从近处走过这黑暗无人的广坪，所以从草上走过。坪中五步外皆不见人，走到前面，却分明有人从前面窜过去，受了惊骇样子，且飞奔的向校外走去了。前面是球门的木柱所在，隐隐约约看得出有白粉笔写上的字句，男子A心里清楚了，觉得一个年青人能看清楚了自己方向，只要是自己所选定，不拘写标语，散传单，喊叫，总是属于可佩服一流的青年。因为觉得这年青人也有认识的必要，所以就装作神气泰然的走到学校门边传达处，作为看有无信件的神气等候着，看看这敢在十点钟以前写标语的，究竟是怎么一个人物。很等了一会，果然有一个人从校外扬扬长长的来了，若果男子A还能记得到同五在一块从车站回到那一次，到长廊下时曾有两个年青英文系的学生迎面走过，还在心中暗暗佩服这年青人品貌过的事，那就会记得到这是其中一个青年了。但男子A只认识得到这是一个英文系学生，且曾看见过他用英文与一个同学说话，如今见到还敢写标语，就认为这一定是个有思想的人物了，他就预备以后同这个人认识。那男子却没有料到男子A是想同他认识，且料不到有人疑心他是刚才用粉笔写过什么的脚色，堂堂的回到宿舍去了。

二

女子朱一人从黄字寝室回到自己寝室时，也得横逾广坪的。因为是大风，孩子脾气的玖，一定要送她到大坪中心，两人才分手各回寝室。这任性的提议自然不为朱所答应。到后是从五处借来一电筒，披上玖的一件大衣，一个人从大坪里走去了。照规矩一个女人胆小便不会嫌路远，应当遵平常径赛的跑道走去，因为傍跑道有一些灯。但同样是因为风大的原故，且手上有电筒，无所畏惧，所以到后也如男子 A 所取的途经横穿大坪。球门木柱上的粉笔书无意中也见到了，用电筒一照，歪歪斜斜一行字，这样写着：

教授 A 同本系五姑娘是情人，（皆）打倒。

大约皆字应当为“该”字，聪明的大学生错了。看到这样标语的朱，人痴了。这类标语正像是为她一人而写的一样，她稍稍迟疑了一会，匆匆的走了。但走了几步又返了身，把所有木柱上的字擦去，才废然回到宿舍。心中一面想起这些男子或就是在另一时写过许多信给自己的无聊男子，一面又不忘记到那话语，且想起过去五玉称女孩玖为小羊，又如何对小羊要好的情形来了，心中十分难过。写过这标语的大学生，正神气清爽的在宿舍中得意，以为第二天大家见到时如何口呼同志，料不到这文字除朱看来有另一意义似乎用血写在心上外，这粉笔字当时就擦去了。

三

“一切年青人的事皆无分贪图了，只有工作是我自己本分上的东西。”

男子 A 这样想着，坐到自己房中正想开始来写一个短篇，就以年青人，苦于政治烦闷，因而很勇敢悲壮的，在半夜里到各处写标语一件事作为主题，刚刚写下一句“晚来风大，”门外有人敲门了。

“请!”随了请字进来一个同事，大学二年级英文教授，年三十一岁，扁脸短鼻头，因为新西服的原因把脊梁骨挺直，走路非常有西洋人风度的一个ＸＸ省人。是大约为慕名那一类情形，因此常常来到男子A住处谈话了。照例男子A与同事学生，皆无差别的待遇，一来就床上坐，有东西就吃. 没有东西时热水也不为客照料，话则毫无拘束的随意谈去，所以来的人纵非常拘谨，到过三两次也就仿佛极熟了。这英文教授是每次来时总先说一句“在著作么”似戏谑又似敬仰的话语的，答应说“没有,”那就坐下了。答应说“做一点小事,”那就说“不要太做长久，我来换换你的方向。”怎么样换换方向?是得A来听听这教授很精彩的自白，如何读书，如何教书，又如何也常常用英文写文章，只是不大好，说时且露着一点对于“博士”一类人英文程度的不平，对于名人的不信任，这样那样而已。虽然也常常觉到无聊，但有时又觉得在烦恼中得此“有志气”的人谈谈也是好事，所以这人就常常有机会来了。

人如今是进来了，破了往例，不问“在著作么”这一句话。

“先前你灯是熄了的，到什么地方去了?”

“到女生宿舍才回来。”

“你们著作家是……”他意思是用着敏感的正确的头脑，要说“女生总欢喜你们”但又立刻觉得这话不大好，所以不讲下去了。

稍过了一会，这教授又换了一个方向，用着全然外行而又不服气的神气说道:

“你到了这里，我们学校可以给了你不少小说材料!”

男子A笑，心中想:“自然我就是找材料来的。”

照例男子A与同事谈话时节，有许多机会是得受窘的。譬如做文章，他们总欢喜很客气的谈到一点外行意见，同时还不忘记供给一个故事的胚胎，如谁人爱谁，又如何爱，谁又被抢，到后闻抢劫的匪徒拜了把子，再不然则说“我的生活直可写一本名著，奇怪而且伟大”，他们就以为这是一个作家需要的好材料！学生们写文章呢，大体也是这样子，用五百字或一千字，写一个故事，非常吃力的写成，自己看来就常常感动得很，于是很规矩的抄出，缴卷了。整个的天真，使人完全无办法，分辨解释皆简直全无用处。遇到这情形，男子A就只能点头认可，微笑，或者说“很对很对，”于是同事中觉得这年青教授还有趣味，本来先虽是很看不起写小说的人，到后也就不什么讨厌了。这英文教授，是很相信每一次谈话总对于一个作家有大影响的，所以且常常当笑话那样子说，“不要把我写成书上的人物！”听过这样话的男子A，仍然只能作苦笑。

这时英文教授在房中走动了，皮鞋橐橐地响，似乎不能忘记先前的话，就又问男子A：

“我们校里女生有不有天才？”

“我不知道。女人照例是聪明，当然不缺少很优秀的女子。”

“当然，（点头科）不然，（摇头科）我的意思是作家也应配作家，才能相得益彰。你说是不是？”

为这雅谑，男子A无话可说了，从这话听来才明白平常自己常常到女生宿舍，已经就很为这些有知识的大学教授注意了。他心想，同这些人说话是很难的，讽刺他又不懂，不做声则他就以为是心虚默认，且更不妨造作一些谣言，流传到学生中去，想到这里稍稍觉得一些东西可怜了，因此男子A说：

“我也是这样想过了，一则找材料，二则找女人，就来到这地方了。”

教授一点不觉得这是反话，就很关切的轻言细语问男子A：

“是谁？告给我。”

“当然要告你，再过一会吧，我还要有许多事请你帮忙，你大概高兴？”

“自然效劳。有什么问题我总可以解决。不过你得防备XX先生，人坏极了，各处造谣言，一个礼拜上八点钟课，总有二十四点钟批评别人的事。这人真是个不敢领教的人。”

对于XX先生的切齿，显然是曾在一些男女事上吃过XX的亏了，男子A猜想一定是这人曾经爱上谁个女人，所以这样高兴谈到女生的天才。他于是问英文教授：

“你说天才，你班上有没有这个女子？”

这汉子不做声，就望到男子A呆笑。

男子A又问：“告给我，是谁，你一定是发现多日了，两年来的你当然比我多知道许多。”

仍然是呆笑，因为愉快得意，脸也更其扁圆了。

男子 A 不再询问时，这汉子却轻轻的说道：

“他们都是说 ×××全校第一名。”

这汉子，原来是心上有伤的人，虽天生一个应当本分一点的脸孔，却蕴蓄了一颗不能自甘平凡的心，毫无问题是爱到学生 ××× 了。男子 A 因为想起了一切男子的无用处，所以听到这亟于找寻哀诉机会，又浅薄又可笑的行为，心里也很难过，不能再嘲笑他，又不愿意再问到他了，就不说话。

“她又选有你的课，多幸福！”这教授于是又这样说了一句。

男子 A 只能望到这大学教授作苦笑。因为这无理的可怜的妒心完全不必有，自己就是成天成夜在为一个女人害相思，也决没有想到这学校中任何一个女子来的。但待要同这种蠢人解释，说是请同事放心，来此认真说只是生活，既不是想从同事领教找寻创作材料，也不是想同女生中什么人恋爱，这话是万万不会为这教授相信也很分明了。到后他就敬了英文教授一支香烟，代表了他的同情。烟雾的圈在那越看越扁的脸上，作一种轻轻的摸抚，旋即散开了，教授夸奖到烟好时，男子 A 在他那脸上看出人类悲剧的一个最好范本。

因为不忘记吸烟时节那扁脸，男子 A 一个人独自伏身在桌上，心的边缘像为一种忧郁所啮食，先前预备写下的文章也不能再写了。想到写标语年青人的行为的悲壮，想到扁脸人又愚蠢又庸俗的爱恋的煎迫，男子 A 到十二点时还没有脱衣睡眠。但是另一个小房间里的扁脸教授，已在新制棉絮里，梦到一拳把同他抢女人的男子 A 打倒，跪到 ××× 前读求爱的英文诗了。

四

黄字宿舍女生五，在烛光下写了一封长信，写成了，没有发去的勇气。

第五章

一

女生朱觉得非常寂寞。特别是同女孩玖要好了。然而与女孩玖在一处见到男子 A 时，总即刻借故有事走去。间或也问到过玖是不是欢喜五，玖的答语多是小孩子的话语，一点不注意到这些，所以同时也说到二哥性情是并不欢喜同女人来往的性情，听到这话的朱总若有所失，沉默很久。

有一天，在男子 A 班上，讲中国新兴文学方向与进展，因为引到标语文学，男子 A 说到另外一些写标语的人的心情，在用一种比譬的解释，说是欢喜在厕屋一类地方很不节制的写上什么的脚色，若果艺术一点，是可以成为诗人的，说到这个时大家全笑了。其中有曾在那厕墙板上用铅笔写过几字的人物，脸上泛着微红。男子 A 又说及如何的对于那类人敬服，坐在学生席上的女生朱没有做声，也随了众人微笑，下堂时，遇到玖，就说："A 先生还不知道别人写标语骂过他同五小姐。"

女孩玖说："是谁?"

"不知道谁，半个月前的事。"

"说什么?"

"说 A 先生同五是一对……"

"好笑极了，二哥，自己一点也不知道。"

"恐怕谁也不会知道，因为我当时看到就擦去了。"

"我要告给五小姐去。"

"嗨，不行。莫告她，这是不能随便说的事情。"

"那你同我又说了!"

"你真是小孩子。"

朱走了，玖到她二哥住处去。男子 A 正在批改一个卷子，桌上还堆有许多卷子没有看过。

"二哥，我听人说有人写标语骂你。"

“那算什么事。这是大学生的长处。”但是，改了一些别的人的稿子，就又问玖：“听谁说？”

“是朱。”

“在什么地方？”

“不明白，她好像说是十几天前，见到了这文字，是用粉笔写的，把你同五写在一处，说是一对。”

“这是极不通的谣言，恐怕还是近于像由女人造作的。”

“女生那里有这种兴味。”

“五知道没有？”

“好像不知道，朱同五并不好。她并且不许我告五。”

男子A就笑了。他想：“一定的，女人的心，不是浅薄，是太敏感了。”稍过，就说：“玖，朱还另外问过你什么话没有？”

玖说没有。玖因为怕妨碍她二哥事情，告过了这话就走去了。男子A想必定是玖说了一些很天真的话，并且估计这话在五同玉同另外许多同学皆说及的。因为似乎是一种足把自己位置到可歌唱处的好地方去，男子A对这些女人是感到一点愉快的。但是假若这学校真有那种天真烂漫的大学生，凭了小小的聪明，在上课以外还要散布一些谣言，使这谣言在一切人心中，作一种荒谬的发展，嘲笑和妒嫉的继续，在男子A方面仍然是一种不可忍受的痛苦。

好像无论如何，纵写下的标语仅仅是朱一人见到，只要是居然有人感到这需要，把一些很觉可笑的话语，写到大众可以看到的地方去，也就可知一定是还有不少其他年青人，在心中蕴蓄这谣言的种子多日了。为了这件事，是不是应当筹付所谓对待方法，或者当真的就去爱，尽一些人成天就书也不再念的去“不平”，或者离开这地方，让一些年青人也有些女人可以倾心，得到心跳红脸的机会。这些就是方法了。用这样方法那样方法皆可以变更自己这时的地位，也同时能变更一切人心上的位置。但他两样事皆没有作，他以为若果五有这欲望，那将给五培养这欲望的好机会，若完全没有，那就将给朱也有些机会做别的事。

一本五的卷子被翻出来了，一页一页的检察，除了聪明的痕迹外露，一点没有其他什么隐衷。他把卷子抛开了，在心上自言自语说："这是不会的，我不能尽这谣言滋长，将在一件事上使这女人永远站到她那毫无机心的态度上做人！我得让一些常常在身边的人知道我并没有为谁倾心，也没有为谁痛苦。我是不能在你们这些年青人面前有可怜理由的。我若是有一天自杀，也只是厌恶一切，不高兴同许多人活在一个世界上，凭这理由我也许自杀。到了我真活得不愿意时，我是正为有什么人在爱我这一类原因，我或者跳到江水中淹死吧。但使我厌世的女子，在这个学校是还没有！"

但是这谣言如何使其不再盘据到某种人心中，男子 A 是不是去想那解决方法的。

二

只是一个原因，男子 A 欢喜在一些人事上分析，这结果是虽然一件可以泰然坦然处之的事仍不能完全放下。在学校的小球场男子 A 见到了朱，朱很窘的神气，想走去又不能够，似乎很可怜。

"朱小姐，我听到玖说及你告她的一件事。"

女子朱红脸说不出话来，把眼睛向地下望。

"当真是有这事么？"

"我没有理由造谣。是半月前的事。"

"他们真太可怜了，我真觉得他们可怜得很，再有一个月我离开这里，大约大家全快活了。"

"若是走，全快活……自然有人很快活！我想是这样。"

男子 A 笑，女生朱就觉得男子 A 的话与自己所说的话，皆可以使自己心变软弱，到不能不哭地步，不再说什么话，点点头，飞跑到球场另一端女同学群里去了。男子 A 忽然觉得当真有亟于离开这地方的需要了。就为了自己一点自私，似乎以早早离开这个地方好点，因为一切必然的进展，完全把自己陷于不能自拔的情形中，平素把一颗心拘于自己工作上，拘于自我的悲哀欣赏上，一旦在这些男女事情中还得来负下一些不必负荷的义务，生活是更多烦恼了。

但到这来的男子 A，这样天气还是无法在住处安置一个炉子，写成了的一部小说是已经被人家用一种很客气的理由退回了，把她送到另外一个地方去，第二次失望也得到了。现在各学校皆只有一个月就得放假，书业既极其萧条，相熟的地方无从拿一点钱，换一学校又不相宜，若是仍然搬到上海去住，则用什么来对付房钱同伙食？上海不是北京，一住下来可以半年不名一钱，北京既不能凭空飞去，租界上那里找得到生活？并且不大明白自己性情使他来到这里教书的人，还会以为年青人毫无恒心，见异思迁，把固有的业放下又去流荡各处敲诈，为不可救药。自己生活虽不一定当在完全处努力，不过把这误解的方便给人，也仍然是一种痛苦。还有，穷使他在过去成为许多人不欢喜的人，如今是仍因为穷无法在生活上认真了。

看了一会在球上发生兴味的年青人的行为，又看了一会以看球为乐事的旁观者陶然自得的种种平凡的脸，男子A感到心上积孽的烦累，觉得用他人作榜样这幸福是永远不能达到了，就一个人回到住处，在平常拿来写字用的小桌边坐下了。

因为不许这心上的东西扩张，看一本古子书寄托到自己这颗无没落的灵魂。

三

这些人一吃了饭全到玖处。在玖同五同玉面前，女生朱极其不自然。做人的义务是这个女人比其他诸人为多的。她多知道了一些事，就为这些事情把如量的烦恼得到了。玖见到朱的沉默，只以为是心中有别的事，就说：

“朱小姐，你这样子像观音了，听说观音是又和气又忧愁的。”

“我忧愁什么？你小孩子说的话不当数。”

五会心的笑，似乎知道这沉默理由。然而以为朱只是因为别一个男子心上有所纠纷罢了，就率真的问朱：

“是不是为了一个人？”

朱作为不曾听到这话的意思掉头同玉说话。她说：

“玉小姐，你看完人心没有？”

“人心那里会看得完？”玖是这样挽着嘴。

“我是说莫泊桑那本小说。”

玉说：“看得一半了，还好。”

“你看完了或者会以为更好。但那上面的女子是太过了。那恐怕是法国女人。”

“你意思是中国女人应当怎么样？”

“中国女人我并不是说我很懂。不过中国一般女人是——”

玖正把一个木匣给五玩，木匣开时作大声，众人全惊了一下。

玖说：“这匣子奇怪得很，它只差不会说话。”

“小孩子，”朱轻轻的说，把匣子抢到手上看。“若是会说话，你会更欢喜它了。”

五说：“会说话，它就可以说‘我讨厌你，恨你，’你不相信就问它。”

女子朱脸上显出可怜的神气，把匣子交给了玖：“正是！有口了，就聪明得很，会说许多话。佩服极了。好极了。可爱极了。”

女生玉望到这说奇怪话的两个人憨笑，也说道：

“口不是说话的东西，记得到没有？”

玖说：“那是吃梨吃糖的东西了。”

另外三个人听到这话皆觉得好笑。玖因为说到糖记起了二哥在前天到上海去询问稿件时买回的糖，从床下箱中取出那个纸盒来请大家吃糖。把糖拿到手上最先的是玉。女生五说道：

“玉，你口为什么又吃糖？”

玉不做声，把一块赭色咖啡糖掷到口中慢慢嚼着。到后是五也照样把糖吃过一块了，想第二次再取，玉才忽然想起一件事的神气，把五的手拖住不放，说：

“我是说你的口不是吃糖用的，让你吃过一次，还不节制这分外的好处，不行的啊！”

“好利害的嘴！真会骂人！但是糖我还是要吃。”

“偏偏不许吃！”

于是抢着，各用着女人任性的样子闹着，到后是气力大一点的玉把装糖的盒子抢去了，站到房之中间，无可奈何的是五。玉揶揄五道：

“五，你的口赋闲了，应当赋闲！”

五不答不睬，想心上的事样子，轻轻的叹着气。

玖却说：“这里还有一个更好的东西，”她把抽屉里剩下的一种香糖给了五。“试试这个，吃过了你满口会香！”

女孩玖并且把这香糖也分给了站在一旁微笑的朱，朱摇头拒绝了，用“不能再吃”作为理由，意思却是“这糖只有五一个人有分能吃。”玉也拒绝吃香糖，说是“那个并不是人人有分的东西。”

五就一人吃香糖，神气很自然，说：“我吃了看你们怎么样！”

玖一点不觉得这些女人为什么说话行事必须这样难于理解。她当真是一个小孩子，在这些情形中，仿佛不能了解这些女人很快乐健康生活，到了二哥面前，谈谈故事时，二哥因为这话所生的摇动，这孩子也没有见到。

四

四个人不到一会就走到上课去了，与女孩玖同住一房特因为有朱等来此才走出到外面花圃的那女人，回到房中，看着满地包糖花纸，摇摇头，就拿起一册放到女孩玖写字桌上男子A所作的ＸＸ小说来看。她很懂这些女子同玖能要好的原因，她虽与玖同房，却反而没有什么话说了。

这人是数学系二年级学生。一个看来也不讨厌也不使人特别欢喜的女子。年纪是二十一岁。看样子是规矩中人。男子A间或来女孩玖房中时，这女人总是很少说话，沉默的坐在自己位子上，看看书，或假装看书，听玖同她二哥说话，男子A一点也不会想到这是一个了不起的女人。

这女人这时看了两页书，心中仿佛非常烦乱，不能自持，放下书，伏在自己的字桌上来写信了。到听打下堂钟为止，把信写成了，又把信藏到衣箱里去。

到了晚上。男子A同玖把饭吃过后。

“玖，你认得这是谁写的字？”

男子A把一个信封给玖看。女孩玖看了一会，就摇头。“认不出，又好像是熟人的笔，非常熟，就说不分明是谁。”

“你看是像朱的？”

“不，朱的字体很写得长，我看得出。”

“像不像玉的？”

“也不像。”

“像五的？”

“更加不像。”玖肯定的回答了她哥哥的询问，又把那信封拿到手上反复的看，“二哥，为什么得这个信？写些什么话，让我看看好不好。”

“不送你看。这奇怪极了！上一次我接到了一封也是很怪的信，里面只说一句话，说得很怪，在一张纸上写上：‘你真是有幸福的人！’我先以为是一些学生做的事，很平常，把它扯了。今天又得一个信，字迹似乎同前次的一样，写的话是女人口气，你说怪不怪。”

“写些什么？”

“写得很可笑。但这个人我觉得是很可怜的。这人以为我当真是有幸福的人，并引了我写在 X X X X 上的两句诗。一定是女人，信上就是不说是女人，也可以看得出是一个女子的口吻。”

“也许是男学生胡闹，开这样玩笑。”

“上面又并不是玩笑，我猜想是……”

“我看朱——”

“可是你说不是朱的字。并且我决定也不是朱写的，因为语气近于同我并不很熟的一个人。”

女孩玖在心中揣想一切同学，想了半天，想到另外一些事了。到后忽然说道：

“二哥，你实在是有幸福的人，别人说得不错！”

女孩玖的笑话，使男子 A 沉默了许久。

晚上到后落细雨了，男子 A 把玖送回宿舍，过玉五房中说了一会话，吃糖，说女人在新的世纪里应当如何多明白认识自己那一类话，雨大了，借伞回去，说是不必送回，明天自己来取，那是女生五的话。

女孩玖回到自己房里去时，见到同宿舍的同学女人正把脸伏在枕上，像是在哭。

“什么事？人是不很愉快么？”

这女人见到女孩玖问她，就摇头，且作苦笑，稍过一阵，就聊以排遣的样子唱起上一天所学的一支洗衣人歌来了。

同样的是这冬天晚上细雨霏微里，被饭馆主人用懒惰的一种原因打了一拳又踢了一脚的送饭江北小孩，拭着眼泪提了饭篮正从广坪走到女生宿舍楼下，很寂寞的捡拾女生们把饭吃过放到楼梯下的碗盏，把碗碟相磕发大声音。为女生服务的妇人，以为是狗来了，开了门就想把手上的木槌掷去，见到是送饭孩子，就说：

“多福，我差一点把你当狗打了。”

孩子什么也不说，不管当狗当人，只望到栏干上一顶红纸做成的高帽子出神，因为这帽子是在日里学校比球时学生们戴到头上的东西，这时却戴到上楼梯的栏干的木头上了。

第六章

一

女孩玖在男子A的房中低低的哭泣。男子A一脸是血，静静的躺在床上。满地是血染。桌上一条用为擦手的毛巾，也全染成红色了。

窗外落雪了，小鹅毛片样子正在落，从窗上望去，望得见两个相叠的红色屋顶，上面匀匀的铺着薄雪，把屋顶渐渐的变成了白色。

房中还无火炉，故清冷异常。男子A是从早上流过许多鼻血以后还不曾起过床的。

“玖，什么时候了？”男子A幽幽的涩塞的声音问，见女孩玖不作声，就叹气，说，“什么这样子？我不是说过我们应当好好的活下来么？”

玖用那因为流泪已略显得红肿的眼睛望到男子A，男子A就又说道：

“怎么这样子？眼睛又肿了！别人笑你！二哥这点点血是不会死的。纵要死，也不是哭的事。我算是尽过我的本分了，天使我到这种情形，应当想想哭以外的法子！前几天不是同二哥说到要做男性的女子么？如今是时候了。如今还是应当努力，譬如二哥，不工作，怎么办？工作结果虽仍然像这样子，没办法了就流点血，但是我们总算活过一段了。”

女孩玖仍然不做声，不哭了，坐到平时二哥做事处桌边，只痴痴的望到窗外的飞雪，为男子A的病心中难过，热的泪还是沿了脸上流下，滴到前襟。直到男子A想把身体竖起，恐怕又得流血了，才很轻的说：“你不要起来，再摇动是不行的！”

男子A就仍然躺下了，问：“雪还在落么？”

“落得很大。”

“你穿这点点衣，冷不冷呢？”

“很好过。”

“很好过，可是不许为我这件事哭泣！”

女孩玖就把脸背了男子A：“这样流，怎么办？”

“我这点血毫不要紧，你不能随便哭！你这时节没有在你二哥面前流泪的权利，因为你知道我病。你自己转到宿舍去看看书好了，你或者就坐到这里看书。我明天一好就又可以写更好的文章了。我记到每一个集子我总有一篇文章是流过鼻血以后写成的。流过血一次，我就又有精神了，或者明天，或者后天，一定可好。他们既然说文章要篇数多，才能照得行市算钱，我就写许多短篇出来，同他们再做一次生意，让这些人刻薄一次。有了钱，我们可以办一个炉子，买点药，把你衣服赎出当铺，还了这里伙食账，病也不怕了。”

“但是这时节怎么办？我想可以到上海去向蔡小姐借一点钱来，你还是到医院去。”

“医院有什么用处？我这样子你以为我可以坐三十分钟汽车么？”

“请江边的医院医生来也好。”

“莫做这呆事情。医生这东西不是为我们这种人预备的！你让我静静的躺一天，不要为我担心，你要玩就同五她们玩去，你昨天不是说朱要你到她那里去吃从家乡带来的菜么？仍然还是去好。”

“我不想玩。”

“那就在这里看书。把我告你那本书念过再玩，你应当照到我说的话，书念完了做点记录，你不能又借故不做。”

“我不欢喜那书。我现在来为妈写信好了。”

“好，就写信也好，只不许哭。你要校役把地下血点洗去，把手巾也搓洗一下，这时不流了，我自己很明白。”

女孩玖就走到门边去叫了两声用人，返身到桌边预备写信。男子A又嘱咐：

“不许说身体不好，不许说又流了血，应当说一切很好，知道么！”

女孩玖点头，把一张信纸开始写着“近来我同二哥身体很好……”一面把不能制止的眼泪滴到纸上。过了一会，男子A问：“好了么？”女孩玖说：“好了，你不要看，我念给你听。”她就对那仅仅写过一句话的一张信纸，读着许多使男子A听来愉快的话。

二

在扁脸教授的房中，照料宿舍的长头校役正把白铁壶中的沸水倒进热水瓶。

扁脸汉子说：

“A先生在住处么？”

“在。”

“有女学生么？”

“没有，你家，他病了，从鼻孔中流血，今天爬不起来了，你家。”

“哈，有这会事？怎么不请医生看？”

“今天是礼拜，校医到上海去了。”

“病了没有人来看他吗？”

“就是那个小姐，他的妹妹吧，你家。”

“别的传染病?”

“不是，是老病。”

“鼻子破了吃三个蜗牛会好。”

校役把水瓶灌满了，所以不说蜗牛应当如何吃，只说“先生还要水不要水?”扁脸教授于是仍然说“把蜗牛三个敲汁生吃，治百病。”校役出门不久，这教授就到男子 A 的房中了，最先就问血是不是还在流，还不让男子 A 抽出回答的机会，就又把蜗牛的方法告给了男子 A，一种天真的热情见出这人的肝胆。男子 A 倦怠不能支持，卧到床上，不作声，然而点头，意思表示感谢也表示一切领教了，对于这方法将来是总得试试，就因为这丹方新奇，说来也很动听。

扁脸教授在房中各处望了一会:“A 先生，人病了，寂寞不寂寞?”

男子 A 说:“并不寂寞。”男子 A 这意思是“纵寂寞也是当然。”但扁脸教授却以为这样话极中肯了，他得到一个方便把一个女人的名姓提出了，他问男子 A，有学生来看过没有。

告他没有谁了，就又露出不大相信得过的伟人神气，“我好像听到 X X X 在你房中说话，”这样说时且悻悻的笑，把一个俗物的脸更夸张的摆在 A 眼前。

男子 A 望到扁脸教授，心里想:“你这呆子，凭什么理由总得来我这里谈一个与我毫无关系的女人?”可是男子 A 也并没有说出口来，沉默的态度倒给了扁脸教授一种同样的领会，以为男子 A 同自己一样对于 X X X 这个名字也能悦耳适心，故第二次这女人名字提出时，且附以由自己感觉到的猜想，说是“有人造谣言说 X X X 同你很好”这样荒谬绝伦的话，男子 A 分分明明看得出这谣言就只是这俗物的谣言，所以说:

“既然有了谣言，将来或者就特意来把这谣言证实一下，也是很有趣味的事。”

“可是我不相信，因为这属于不可能。”

“你怎么不相信?是可能的。”男子 A 看不过这人的样子，所以故意说出这话来窘这扁脸教授，“本来是谣言，但我这人的趣味是不避谣言，却常常把生活跌到谣言里去，以为这至少也可以使一些造谣的人又开心又不舒服。”

“你这个人这样可真不得了，太浪漫了！”

“本来不浪漫！”

“但是谣言算不得什么，我们生存有一个更大目的，不是与谣言这东西反抗的。你这样一来不是太浪漫了么？”

“本来是严肃的！”男子A几乎是在嚷了，因为很奇怪某一种人耳朵对于言语的解释特别。

但扁脸人还是说教授样子以为不能浪漫。“太浪漫了就要病，我听说，你流了许多血，可了不得。”

男子A忽然又觉得同这种人说话为无聊了，就把脸掉到另一面去，对墙装睡。

扁脸教授似乎为怜恤天才的原因，叹息了两声，轻轻把门带上走去了，男子A想到这俗物又单纯又狡猾的心事，哭笑皆非。可是想不到是这人回到他自己房里时，就告给校丁即刻应当为A教授找寻蜗牛的话。他似乎想从这些事情上尽一个朋友的义务，使男子很明白XXX是有了一个爱人，而这爱人自己虽间或是造点谣言，是不许谣言从另外口中发生，也不许谁证实这谣言的。男人A在流血衰惫中静静的体会到面前活跃的一切人行为心情，但在另一空间的人事男子A完全没有猜中。

三

女孩玖到了自己宿舍，一双美丽的眼睛显得略肿。对于玖的注意，是近于与玖同房女人的义务，已经有许多日子了。那女人每见到女孩玖一时非常天真的笑闹，一时又很可怜的样子坐到自己座位上，半天不做事，总觉得有一点不安。本来不欢喜同其他女人说话的性格，在与同房的女孩玖是应当把脾气稍稍改正了一点的。但因为女孩玖还是另外一个人的妹子，那女人，为了一种隐匿在心中深处的罪孽，虽同在一个房间住下，同玖也不能说多少话语了。

这时这女人见到玖眼睛是哭过的眼睛，就在心上猜想这红肿因缘。

另一个女子来邀玖到ＸＸＸ去开ＸＸ会，本来是先两天答应了的期约，现女孩玖却说不愿意同去，因为身体不好。那来邀玖的女人走了，同房的女人得了说话的机会，“是不是有病。”

玖不做声，想了一会。到后才说：

“我哥哥鼻子坏了，血流了许多。”

同房女人听到这个话，脸色白了一点，好像是这鼻血同女孩玖的眼睛，皆由于自己所作荒唐事所成，神气很不安定，到后破了例，一个人披了大衣，走到江边去了。玩了一点钟才回来，全身是雪，回来时，见玖同朱正把头聚在一处念书，心中若有所失，第二次复又离开宿舍到图书馆去。看了一些宗教神学的书籍，一些在图书馆看杂志的男子同学，皆估计这女人是一个努力读书的好女子，她自己则一点不曾注意到书上的文字内容指示的是些什么东西。

到晚上，因为玖的原因，朱同玖曾到过男子A房中坐了一会。晚来雪更大了。然而天气转比白天暖和了许多，所以到病人处谈了一会以后，朱仍然伴女孩玖回宿舍，两个人毫无顾忌的谈到男子A的病中情形。年青的玖，忽然说到他二哥接到的信那件事了，她说：“不知是谁，写这样信给哥哥。”

朱说：“那容易明白之至，决对是远在天边，近在眼前。”朱的意思指的是玉同五。

女孩玖摇头否认：“不是的，决不是。”

朱说：“这人倒聪明！是应当明白的了！人家那样热情，不是……”

女孩玖好像想起了一个人，把话岔开了，她说：“落雪了，朱小姐，我们做罗汉，罗汉是不要热情的。”

朱说：“若是要融，还是缺不了热。”

“融了就完了，有什么用处？”

“你只晓得雪。”

“难道你说的不是雪吗？”

朱点头复摇头：“玖，今夜雪太大了，我不去了，好不好？”

“好极了，我们明天可以在坪里堆一个大雪人，每天可以见到。”

与玖同房的那女人又想披了大衣有出去的样子，为朱见到了。“这时还有事么？”对于朱这样询问只用一个使人不愉快的摇头作回答。这女人走到另外一个宿舍去，一直到熄灯时才回来，回来时衣也不脱，就把被盖搭到身上睡了。这是同谁在抖气，做这样任性的事情，女孩玖同女生朱虽同在一个房间，完全没有明白，就是这女人自己，也仿佛是说不分明的。

四

一夜的雪把世界全变了。这雪真似乎是特给了许多人堆雪偶像的方便而落，到第二天早上，平地已有雪六寸厚了，天色还晦暗不明，有要把雪再添六寸的神气。酿雪天照例无风，天空全是厚的灰色云，落了雪地气特觉暖和多了。从上海开来的八点钟火车到站时，三等车中仍然是一些肮脏的蠢人同一些兵士下车。蠢人各以其方向，到了站，把车票递给一个查票员后，就把肩膊缩拢，从积雪的小路上走去了。兵士们穿起庞大臃肿与身体不相称的军服，用大的竹杠，抬取由火车运来的军米，吵吵闹闹的在雪中走着。穷学生也夹杂到这些人中，穿薄薄的夹衫，飘飘然如学道之士，从上海赶回学校。

二等车只有三个体面人，穿厚而柔软的皮袍，外加毛呢大氅，挟大皮包，从家中吃了白木耳之类清补的早点，赶到学校来上课。这些上等人下车了，一群车夫皆围拢来找生意。

教授之一是哲学家，对雪生了诗意，于是说：“好雪呵！好雪呵！自然之神秘美丽使人赞美佩服！”

另一教中国诗的就吟柳子厚“千山鸟飞绝”的五绝诗。

又另一经济学教授，就提议踏雪走去，以为一面是欣赏美景，一面也实行平民生活。

虽车夫如何谦卑客气的请坐上去，说是雪深路滑很不好走，终于没有坐车，三个体面人就在一切穷人蠢人所走的雪路上走去了。

因为好雪，雪的美，给了许多人以新鲜的喜悦，壮观的感动。

守在车站边以为星期一生意一定不坏的车夫，完全失败了，无一个人坐车，大家皆失望得很，火车且即刻又开回上海去了，就觉得非常寂寞，相对无聊的笑，且互相用一种下等人的野话嘲谑。

雪一落，于是各处皆有雪的偶像产生了。在车站边小屋子中住下的路工，把大的铁铲铲取站上路轨旁的积雪，在车站旁堆起大雪人来了。学校外小馆子送饭小孩子，把路上的雪扫除的结果，也在饭馆前堆起雪人来了。军营中兵士，把营部操坪的雪铲成一堆，也砌成一个雪人了。X X 学校的广坪，则有了三个白雪作成的偶像。学校中雪人也比其他地方的稍稍不同，就是纵然这东西不过积雪所成，全身的装束也俨然体面许多。学校的雪的偶像，在坪中三个以外，又有几个为女生作成的，女生宿舍附近的园里，女生五同女孩玖等一共七个女人就合作堆了一个极美观的雪像。五同朱用刀削刮雪人衣服同肩部，站在一旁袖手旁观的玉却这样长那样短的指挥。把雪人作成就以后，因为没有眼睛，不活泼，女孩玖就回到自己房中找出了两粒黑色圆纽扣，陷到那雪人的眼眶里去。

雪人精神极了，大家皆拍手笑，且邀约站成一字，排排向雪人行礼。站在一旁的玉，看了雪人一会，却故意装成惊讶的样子，同女孩玖说话。

“玖小姐，怎么把扣子放到眼睛里去？应当换一种东西才对。”

“只有扣子像眼睛！”女生甲说。

“还有更像眼睛的东西。”

女孩玖就说：“玉小姐，你说换什么？”

“换糖好一点。”

“糖要融。”女生乙说。

“难道雪就不融么？眼睛应当是柔软的，是甜的，不应当像纽扣那样子无味木强，明白我的意思了么？”

玖是对于玉的奇巧提议完全赞同的，正想当真去取糖，五却说道：

“玖小姐不要听诗人的话！诗人只会口上赞美同铺张，总是不动手。……你要甜眼睛你自己去要，怎么指挥玖？”

玉说：“玖小姐，你还是去取糖来，莫听她的话。”

女孩玖当真就跑上楼去了，取来了糖，很有兴味的把那两粒纽扣挖出，除了嵌两粒糖到雪人眼眶内里，其余还给大家吃。女孩玖完全是个小孩子，见雪人已成就，欢喜极了，就把糖分给众人，说：

“你们大家吃眼睛吧，味道不坏！”

虽然禁止过玖取糖的女生五，见到糖，也仍然不反对放到口中了。

大家笑着吃糖时，与女孩玖同宿舍的那女人，正独自在楼上晒台间看到下面。

五

望到屋顶斜面一片白，男子A心情拘挛着，为这眩目的东西所摇摆，想出去看雪。加了一件夹衣，戴了帽子刚要想出宿舍下楼梯，扁脸教授却从后面追来，很亲洽的把手搭到男子A肩上。

“老A你这血我晓得不要紧，鼻血不是病。看雪去么？我两人去看。外面坪里好极了。文学大家应当不缺少赏雪雅兴。应当有诗。听人说有学生在造偶像。”

男子A站在楼梯边却不动了。

“我不是这些人的偶像，我何必下楼去。”心这样打量时就停顿在楼口边了。

“怎么？不是预备要下去看看么？”

“我还有事情，”男子A就回头走，一面说，“我不想去看偶像，”一面返回自己房中，嘭的把门关上，下锁了。

这扁脸教授就一个人下了楼梯，口中吹哨子唱歌，毫不以男子A行为觉得奇异。他走到学生们所堆砌的一个雪人面前时，看到有学生用雪砌成的皮匠两个大字，就纵声的笑，以为这雪人不是一个皮匠，简直是一个教授，因为肌肤轮廓皆是一个上等人模型。可是完全想不到堆砌偶像这些人，也完全是把一个日常所见到的上等人作为偶像胚子的，但略有嘲弄的意思，却把一个社会上极下等的不尊贵的名义给了这偶像了。

在大的雪偶像前面，用着佩服的神气，对这东西加以敬异的，很有一些人。这些人，就是所谓生命力外溢时时不能制止自己的胡闹，成天踢踢球或说点笑话就可过日子的大学生了。另外也还有人在心上想着“过三天我看你还能如何伟大”的不平神气，对这三个雪人看望的。还有人抱了“太阳一出雪就消融”的乐观与悲观心情，所谓今古君子之流，在那里步章太炎原韵，或仿十四行体，做咏偶像诗的。但是机会使各处雪人到了下午皆更夸张的把身体放大，因为天上的雪又在落了。

男子 A 第二次鼻血是在吃午饭的时候。这时外面雪正大，大广坪里还有许多的年青人堆雪人玩，互相在雪中追逐，捏雪团对掷，使送饭的小孩子发生大的兴味，忘记了篮里汤菜已经冰冷。

因为出血，正在一旁吃饭一旁说到女生堆雪人故事的女孩玖着了忙，把碗放下了。她照到她二哥说的话到楼下去取雪来止血，把雪用盆装来了，男子 A 的血便滴在这白雪中。一面把雪敷到鼻部同头部，一面躺到床上去，被上也全是血污了。女孩玖不知所措的在房中各处转。

“玖，不要紧。你吃饭吧。冷了是不行的！”

女孩玖没有做声，摇摇头。

“你吃饭，听我的话！不听二哥的话我可要生气了。我们不能同时有病，还不明白么？”

女孩玖又点点头，刚把碗拿到手上，见到血把男子 A 手染红了，又放下碗来照料男子 A。

“不要你管，不要你管，自己吃饭！你不吃饭我当真要生气了！”

女孩玖仍然拿了碗，背了男子 A，装作吃饭的姿势，大的泪落在碗里，到后把一个为母亲赠作十六岁生日的碗，掉在地板上打碎了。

男子 A 不再说话，因为两面鼻孔皆堵塞了棉花，血仍然在鼻腔里涌，到后是从口中喷出血来了，血喷到面前盆里，所有一盆白雪皆成了红色。

六

下午三点在ＸＸ小医院里住下的男子A，躺到床上毫无生气。女孩玖坐在床边照到男子A意思给一个书店主人写信。信成了，轻轻念着：

> ＸＸ先生：我的病又发了，毫无办法，如你所知道的一样。现在住到ＸＸ院里，自然是不会即刻就到危笃。但人一病倒，书是教不成了。请你告给我一个消息，是我那一本书究竟要不要？若是要，你就即刻为我送点钱来。我的情形你明明白白，学校方面是一个薪水也没有剩余，所有希望只在你书铺一方面。
>
> （署名）

念完了信的女孩玖，把信放在膝头上。

“二哥，是这样子写么？”

男子A在那瘦黄的脸上漾着可怜的微笑。声音极低的说：

“玖，你写得好极了。”

“那里！我不明白像不像你口气？”

“你比我写得还好。我是一为这些人写信就得生气的。你坐五点钟车把信自己拿去，送到他经理处，若是不在家也就回来了，不要太晏，天晚了很麻烦。”

“我想一定要找他拿钱来，不然我到蔡先生处住一晚，明天总有结果。”

“住到上海也好，不过实在没有钱，就到蔡家借点钱也好，我恐怕他们近来也很不方便。”

“我去看看再说。我赶得及就回来，赶不及就不回来，你在这里总不怕什么吧。”

“一点不要紧，你去吧，车差不多会快来了。”

女孩玖就走出房到待诊室看了钟，还差二十分，又走回病房来。

“二哥，若是见到ＸＸＸ得了钱，我一定回来。”

“你回来这里也关门了，不如到蔡先生处住一晚也好。你放心，我自己晓得这时血不会再流了。”

来了一些年青男学生，女孩玖不再说什么话，披了大衣出了病院到车站去了。

年青人来看男子A的病，其中一个学生甲，用着近于好奇的神气，说：

“听A先生流了吓人的血，这时好了吧。”

男子A点头苦笑。心里想想：这是吓人的事，倒想不到。复次年青人中又有一个乙说话了，他说：

“这是火气。”

男子A仍然只有点头苦笑。见到这情形，就有另外一个懂事一点的学生丙，用现在中国所有批评家神气，在同学乙言语上加以指正。

“鹭鸶，什么火气水气，说这样无常识的话！”

“怎么不是火气？血属金，——”

“博士高雅，博士高雅，什么血属金，念你妈的灵光经！”

那被同学取绰号名为鹭鸶的，很不服气样子，也不问地方，大约是天真烂漫习惯了，说话非所长，就想捏拳头打。

学生丙躲到男子A床边去，似乎求救。

学生丁，一个小脸小鼻大麻子的人，说：“怎么打起来了？要打就出去，这是医院，是A先生病室，这样放肆真应记大过一次。”

还有戊已不说话，只是笑，且摇头，仿佛意思是说“真不敢当”。

男子A见到这情形，觉得年青人真是很痛快的活到这世界上，使人羡慕不已，然而也很受窘了，见戊不说话，就问戊：

“你们是从什么地方来？”

“从江边。因为在路上听到有同学说到A先生今天因为鼻血流得太多搬到了这里，所以邀来看看。”

“今天雪真大！”

“是的，大极了。江边很美。”

“你们真舒服。”男子A说着就叹了一口气。

丁就向丙说道："A 先生说你真舒服，团头团脸，有官像，听到么？"

丙说："听到了，你的恋爱要我讲给 A 先生听没有？"

甲说："只管讲！"

乙说："老甲，你的事我清清楚楚，我明天还得到同乡会集议席上报告，不要以为自己干净得很！"

大家随意在病人床前说着笑话，且似乎是这些话是正为男子 A 是教授的原故，才处处还加以剪裁来说的。本来再玩一会或者就当真会听到许多据说极其动人的恋爱故事了。但学校的大钟一响，年青人皆记起吃夜饭这一件事，觉得有应当赶到食堂争夺一个好位置的必要，所以一窝蜂走了。

甲乙丙丁离开病人时，就同时说道：

"A 先生，我们明天又来看你！"

男子 A 很忧愁的说："好，你们明天又来看我！"这些人就走了。人走了后，男子 A 心想：一些有福气的人。……学文学，自然会要产生无量数伟大作品。……还有先生咧，教英文，大约恋爱之类，还会用英文写情书。……毕业了，也去教书。……一些宝贝。因为家里有钱，或者从更苦的阶级里爬到这里念书，穿新衣，开会，吃茶点或写报告，快活了。……有理由天真烂漫活到这世界上的人很多？……

不过任如何为这些人着想也很无聊，因为这些年青人，到食堂把座位占据到后，也就正在男子 A 病上作一种猜想，甲乙丙虽各有所持，总而言之则以为男子 A 是为女人而病，大家皆以为这猜想绝不会错。幸好蒸鱼到了桌上以后，大家意见才能统一，异口同声说是近来食堂蒸鱼味道总是太淡，再不注意真得另外换一个馆子包饭才好，把男子 A 开释，继续谈鱼肉的事了。

七

在 X X 书店编辑处的会客室里，女孩玖站到那堆满了书像堆店一样的地方，等候经理的回来。经理为别的事出门了。一个平时很风流自赏的小编辑客客气气的把女孩玖让进这会客室，拿烟拿茶，非常恭敬。但女孩玖没有下车时见到车站上电灯已经就放了光，这时还不见经理回来，一面挂牵到病院里的哥哥，一面肚中有点饥饿，对于书店那小编辑的殷勤一点不能领情。那编辑问了许多话，见女孩玖不理会，抖气到另一房间吃晚饭去了，女孩玖就一个人在这会客室中，很无聊的等候着。小编辑把饭吃过，似乎仍然不能忘记会客室的人，又走过来了，虚伪谦恭的询问女孩玖是不是吃过了饭。女孩玖只是摇头，也不答应什么，且样子十分轻视这男子，小编辑觉得在女孩玖前面失了尊严，心里很难受，就说：

“Ｘ先生今天不一定会回来，因为往天总不到这时就回来了。”

女孩玖听到这话，想了一想，好像等候到这地方，同这讨厌的男子谈这样那样也无聊，就把男子A给这经理的信封上，写了几个字，告给这人说是明天一早九点仍来等候回信，把信交给那编辑，离开这会客室了。

把女孩玖送出门外，痴痴的看到女孩玖背影的风流自赏小编辑，回到编辑室，把没有封口的信取出一看，知道是男子A的信，且猜想女孩玖一定是男子A的妹子了，颓然坐下，先本还想写情诗的勇气完全没有了。

出了ＸＸ编辑所的女孩玖，想到既然明早还得来此等候回信，返校是办不到的事了，就搭了公共汽车到蔡家去。

到了蔡家，约有七点半钟样子。

那男主人是男子A的朋友，女主人则另一时曾教过女孩玖的半年英文。是一对从大学毕业以后就住在这里靠翻译书籍为生活的夫妇。男子如今正有事情出去了，只女主人在家中楼上，一人吃晚饭。见到玖来欢迎极了。房中有炉子，非常暖和，就忙为女孩玖脱衣，一面问吃饭了没有。女孩玖说还没有吃饭，即刻就同在一桌吃饭了。姨娘下楼去取碗筷时，两人就谈话。

“学校也落雪么？”

“大得很，比这里好像还大。”

“冷不冷？”

“不冷，落了雪就不冷了？”

“炉子?”

“还没有升。”

“怎么还不升炉子?”

“钱又用光了。”

“怎么一个人来?”

“二哥病倒了,流血不成样子,现在住在医院里,所以我下午五点钟来取点钱。”

“呀,又病了!”

“流得血多,到后没有办法了,才到医院去。”

“得钱没有?”

“没有。人不在家,明天再去。”

“我这里拿三十去,昨天我们才得一点钱。”

“那我现在就要回去,因为我告给了二哥,一得钱就来,我还要到院里去看看。”

“这个时候怎么好去,到这里住明天再去!”

“不,若是蔡先生这边可以拿点钱,我现在就回去好一点。”

“那怎么行?车恐怕赶不及了!”

“赶得及!”

“赶得及也莫去,天气冷,病了也得你二哥担心。”

“不,我应当就走。”

“吃过饭好点,天气这样冷!”

“不,我回去吃。”

“我看还是明天去好点。”

“我心里慌得很,要走。”

姨娘把碗取来了,听到说要走的话,就留客:“玖小姐不要走,又在落雪了,夜里怎么一个人坐车?”

“我就得走!”

也不问女主人怎么样,站起身来取大氅,女主人知道女孩玖的脾气,且明白男子A性情,就不再说什么了,从箱中把钱取出,把三张十块的票子给女孩玖,自己只留下几张一元的钞票。

“那你们又怎么办?难道不要用了么?”

“我们还有零的，你拿去好了。”

“我拿二十就有了。”

“全拿去！明天我可以去为你到ＸＸ书店找经理，把图章留在这里好点。若得钱我就要夕士送来，或者我自己来，就到看你哥哥。”

“好极了。不过我还是拿二十去。”

“拿三十去好，小玖子怎么这样奇怪，二哥病难道不要钱用么？若是ＸＸ取不到钱，夕士或者还可到别处拿点，不要着急！”

“那明天如是ＸＸ得了钱，你来我学校玩玩也好。我们那里天气也并不很冷。”

“好，得了钱我就来，车是九点ＸＸ分，人少一点么？”

“这几天车上全很清静，你来我那里吃早饭好了，有鱼，是广东味道，也有辣子，自己买的。”

“好得很，我来吃鱼。”

两个人下了楼，开了门，望到弄堂的雪了，站在门边的女主人，捏着女孩玖的手不放，说：

“雪这样深，真是好事情！”

“是的，还在落，明天会有一尺深！”

“再落真可以做罗汉了。”

“我们已经堆了一个，还是用糖做的眼睛，他们说眼睛应当是甜的。”

“什么人说这种话？”

“是女同学。顶会说怪话的一个女人。”

“同学还好没有？”

“全是很好的，大家成天上课玩，有什么不好。”

“你们雪人大不大？”

“不大，很有趣，你明天可以来看，我们那地方是顶方便作这东西的。大家都不怕冷，大家动手做。”

“玖，那你还是明天去好一点，明天同我两个人一块儿去，你为我引路，不然我找不到你们，又不知道医院在什么地方。”

女孩玖站到雪中想了一会，忽然听到一个人家的挂钟响了八点，记起二哥这时候还大约在病院中没有睡眠，觉得无论如何要走了，就说，“我要去了，我希望明天蔡先生到我校中来，若是十点半钟的车，我就到车站等候。”

女孩玖到街口等了廿分钟的公共汽车，到 X X 换电车往车站，赶到火车站时是八点三十五分钟，到学校时是九点三刻左右。

八

女孩玖回到学校时，因为时间太晏，不能再过病院去了，就回到宿舍去。

女生五同玉听到女孩玖已经返这宿舍，就过玖的房中来，探听男子 A 的情形。玖告她们是才从上海方面回来的，因为谈到上海才记起自己午饭同晚饭完全没有吃过，问玉同五有没有可以充饥的东西，玉为玖就在火酒炉子里煮了些西米粥，五给了玖三个橘子。

X X 学校熄灯时候，正是上海方面蔡姓夫妇被租界上中西巡捕把房屋包围搜索的时候。一些书籍，同两夫妇，姨娘，皆被横蛮无理的捕探带进了租界捕房，把人拘留在极其肮脏的一个地下室中，暂时也不讯问。女孩玖，却正同五玉等说到蔡家女人的思想如何新颖，夫妇如何二人到这上海地方与生活作苦战，且告给她们，明天这很可爱敬的女主人就会到这里看我们同我们所堆的雪人。几个女人都觉得这样女人真不可不认识，嘱咐了玖无论如何得留到这里吃午饭，五同玉就回去睡了。

女孩玖没有即刻睡眠的需要，虽然累了一天，来去坐了半天车，这时才来吃东西，但想起二哥平常时节，这个时候却正是低下了头在灯下用发冻的手捏了笔写那三元一千字小说的时候，如今纵是躺在医院里，还不知是不是还在流血，纵不流血了，也总还是没有睡觉，以为在最后一班火车或者没有玖这个人，因为想起二哥的病，仿佛非常伤心起来了，就在桌边对到一支小小蜡烛流泪。

同房另外那女人，本来已早上床睡觉了，这时却悄悄的爬了起来，披了衣，走到女孩玖身后，把手放在玖肩上。

“玖小姐，你不要这样子，可以睡了。”

女孩玖头并不回，却说：

“密司 X，真对不起。我没有什么，因为刚才吃东西太饱才暂时不睡的。”

“你才从上海回来么?”

“是的，九点的车，因为忙到想回来，不然是在上海朋友家里住的。”

“听说——A 先生病了住到医院?”

“是的，鼻子流血，到午时又特别凶，所以到后只好到那里去了。”

“为什么要流血?”

“是老病，身体太坏，做事情太多，就得流。”

“这里难道工课也忙么?”

“不是工课是自己写文章。”

那女人好像是在想一种事情暂时沉默，女孩玖就站起身来，这时那女人把女孩玖的手握住了，稍稍用力的捏着，显得极其亲爱。那女人说：

“你手都肿了，怎么手套又不戴?”

玖听到这话略显得忸怩，微笑的说：

“没有手套。”

“我明天为你打一双，我剩得有很多细毛绳子，你欢喜什么颜色?”

“我明天去买，方便点。”

“我一天可以成一只，也蛮方便!”

玖不知道如何说话，就不做声了。

桌上的一枝蜡烛，摇摇的枣子大一点光辉，照出两人并肩的大影子在墙上，那女人见到这影子，心里似乎极其快乐，又依着体质的关系，对于所憧憬的一种东西发愁。

因为一定要见到玖睡下才肯上床，所以一面看玖解衣一面仍然同玖说话。谈到病人的病，玖就说：

“依我说是迁到上海住方便得多，因为这里并不好。”

“是一定要到上海去住么?”

“我是这样想，不过我们眼前办不到，书卖不去。”

“难道 A 先生那么多书全不能拿版税？”

“卖的卖去，拿版税的也拿到不少，现在是要新书才行的。”

“这边学校欠薪么？”

“那里，一到这来就用了两百。我们太用钱多了，是这样脾气，很难说。”

“玖小姐，那你母亲在那里？”

“在乡下小地方，七月去的。”

“母亲人总好极了？”

“母亲是好人，有病，若不因为病是不愿意转去的。”

“挂牵母亲么？”

“母亲若是知道二哥这样子，还不知道如何着急咧。”

…………

九

“听到你妹妹说你流鼻血，好了吗？”

“好了，谢谢你的惦念。玖妹得你给那手套，说不尽的感谢。”

“那里，一点点很方便的事！玖小姐真好，大家全那样欢喜她。”

“小孩子一点事不懂，我希望同房的同学代为照扶，有时候，好像还很顽皮，要打一两下手心才行吧。”

“那里，她很乖巧的。”

玖来了，如平常神气，进门时用跳的姿式，见到了二哥在房里，就又把那手套给二哥看。“这是她送我的，暖和极了。”

“玖，你是第三次同我说到这事了。”

“我还要第四次说到。二哥，你也应当有这样一双，不然手冻得不体面，上讲堂，用这样一只手抓粉笔写字，真有人笑。”

“那你为我打一双。”

“请密司 X 打，不知高兴没有？”

“好极了，我试量量尺寸。”把手拿着了，“这样小就行了，真小，真好笑，……”

绒手套即刻就起了，代为把手套拉宽笼到手上去，姐妹样子的亲热，玖却站在一旁看。

玖的话：“合式得很！二哥，你不觉得合式么？”

男子A笑：“真是定作的，谢谢，谢谢，手可不再怕冷了。”这样说，且把新的手套放在颊边荡着，“玖，来，试试，我手热极了。密司X，不信你也试试，我手热极了。全得这一双手套！”

“怎么，你手套上又是血！”

“那里，先有的吧。”

“那里，身上也是！”

“哎呀，可了不得，玖你赶快下楼去抓一把雪来。”

“我去我去，密司X，你帮我看到二哥，我去找医生。”

“你快去，你快来，我会手术，你快去……”

各处全是血。

“怎么还不来?!”

“是的，你安静一点。”

“你摸我手，热得像火。（把手捏紧）你怎么也这样热。你怎么红脸。你的脸红得奇怪。你让我摸摸，呀，也热得烫手。可了不得，害病的是你！”

女生X于是仿佛自己是躺在床上，男子A却坐到桌边充看护了。医生没有来，玖先来了。玖说：“二哥，你说搬，东西已经齐全了。”

到火车站边送行，车开了，车叫了，人去了，一切完了。

女生X梦里醒来时，正是一只海船乘晚潮下落出口的当儿，只听到宏大而短的汽笛，时时的叫着，天还没有大亮。

记得有一首短歌，是给梦的歌，说：

> 梦，你要骗我也尽管照你的意思做去，
> 只是不要太匆匆忙忙。

想起似乎有谁这样用忧郁的笔写到纸上的小诗，女人X惘然的望到返荡微光的窗纸，不知何处有鸡叫了。

第七章

一

女孩玖大清早就起身到医院去。同房的人，一句话不说。睡在床上打量一切。听到女孩玖在楼下面锐声的喊女生五同女生玉看雪人，又听到女生五走到晒台边去同女孩玖说话，且听到五说：“玖，这样大雪，路上全满了，你那鞋子怎么行？快上来把我套鞋穿上。”不知玖说些什么，就听到女生五笑着赶下楼去了。她猜想，这一定是玉争到把套鞋给玖的事，想爬起床来看看，忽然又想起昨晚上可羞的梦，索性把袖蒙头睡下了。

女孩玖走到离学校已半里远近的医院，见到两个年青看护女人正在那小园里扫雪，也似乎要预备堆雪人样子，就问一个昨天曾见到过的看护：

“密司周，我哥哥醒了没有？”

男子A的住室是第七号，是对到这小小花园的一间，那看护正要说话，里面男子A就在按铃了。玖随了看护的身后，到了男子A住室。

“玖，是你么？”

“你醒了！”

“我醒了，听到有女人说话，我就猜到是你来了，所以按铃。”

“睡得好么？”

“很好，晚上吃了药，睡得极舒服。你是昨晚上回来的么？”

“是晚上九点钟车，赶到这里快十点，所以不能来看你了。昨天碰不到那老板，不得钱。”但是女孩玖一面这样说时 一面却取出那三十块钱来，交把男子A。

男子A还不悟玖的意思，只说是那书铺只送这点点钱，所以玖不高兴，就安慰玖，说：“这点点也好了，感谢那老板，居然肯送我三十块，听说许多人卖了半年稿子还拿不到一个钱。我们得这个，可以对付目下，也算罢了。”

“不是那书铺的！是蔡先生的。她今天要来看你，说是还可到 X X 书铺为我们问问那信的结果，若得钱就一起拿来。她要我留图章，我说不带图章，她说他认得那老板，不用图章也总可以。我昨天拿信到那里等候了一点钟，还不见回来，所以到蔡先生处去，她留我住，留我吃饭，说到你病，要钱，她就说 X X 昨天才从一个书铺拿了三十块来，还没有用，就取送我。我得了钱，恐怕你念到我，所以饭也懒吃，就回来了。”

“看到蔡 X X 没有？”

“他有事去了，恐怕是开会去。”

“他有什么会可开？”

“他不是 X X 么，我以为——”

“你小孩子知道什么，莫乱说。”因为那看护正在房中整理东西，所以男子 A 就警戒了女孩玖一下，然后就说：“玖，早上吃了东西没有？”

女孩玖笑了。“昨天我饭也不吃过，还是回到校里五小姐为我煮粥吃的。今早是一起床就跑来的。”

看护出去了，男子 A 想了一会，忽然说：“她们知道我病没有？”

“知道。”

“知道怎么不来看先生的病。”

“你当真要她们来么？我就……”

“不，我是说笑话的。”男子 A 知道玖的脾气，止着了玖在这件事说话，又转问玖：

“还落雪么？”

“不。早就不落了。我们堆的那雪人，胖了许多，有趣味得很。”

“太阳一出这东西就完了。”

“不容易！我听五说过。浇一点水在上面，凝成冰，就不容易融了。”

“你开一下窗户。”

“不怕冷么？”

“不要紧。”

女孩玖到窗边去，用手推那窗子。左右上下全无办法了，就使小脾气自言自语说道：“在那里，在那里，怪事！欺生的东西！”

看护从房外进来，拿了盥洗器具，放到床边小凳上，就含笑的把窗轻轻一推。窗开了，冷的风从外面吹来，看护想把布幔拉下。

“让风吹，不要紧的事！”

“不怕么？”

“我还要到雪地去，怕什么风？”

看护出去拿牛奶去了，男子A勉强的把身体竖起，洗脸，漱口，听到火车站方面敲打废铁轨声音。

“玖，你说蔡先生什么时候来？”

“十点来，方便吃早饭。到时我将到车站去接她。”

“我也去。”

“你怎么能去？”

“我今天要转学校里去，这里我那里能住得惯？”

“什么意思？这钱不是够住几天么？”

“那里，——我不愿意住，我要做事，玖，你难道不明白么？”

“可是怎么能走动？他们不会放你出去。”

“把我留到这里不过是为他们要钱的原故。两天已经去了八块，昨天打针施手术又是十块，还得赏一点钱给他们，这是规矩。三十块钱已经快完了，不回学校去，别人恐使我们下不去。”

“今天蔡先生会有办法！”

“他万一拿不到钱，有什么办法？”

“到学校同校长去说说。”

“你记不到他们对于你学费的催促情形么？”

“不过多住两天才行，没有钱也总可以欠到一下，他们知道你是教书的，不会脱空！”

“但是快到十二月了，我们的希望，还是在我的这一只手上！”

女孩玖不敢说一定莫出去的话了，就改口说：“蔡先生来我们商量看。”

牛奶由看护送来了，看护见到男子 A 问女孩玖想不想吃一杯牛奶，女孩玖点头又摇头，就说，“我再去拿一杯来，”当真拿牛奶去了。男子 A 独自喝着牛奶，望到窗外廊下为雪所映照的强光，想到远处以外什么人样子，玖也觉到二哥的神情，就说：

“二哥，这雪若是在北京，会将到明年三月才能融了。”

“我想到妈去年在雪里为我流血害病的事。”

“但是妈现在不见到，人是快乐的。”

男子 A 恐玖哭，改口说：“玖，你们雪人我要去看像谁。”

看护为玖把一杯热牛奶拿来了，玖就拿糖放到牛奶里面，男子 A 望到玖这方糖，想起有人说眼睛应当甜软的话了，问女孩玖：

“玖，你糖吃完了没有？”

玖不听到，因为这话问得很轻，以为是说牛奶，就回答说：

“二哥，这病院真方便，好像一个旅馆。”

“那我们是住到这里来赏雪了。”

望到妹子呷牛奶的孩子神气，且听到二哥的话以后憨笑的神气，使男子 A 心中酿着淡淡的悲哀。

二

女孩玖一人在车站旁月台上等候第三次到站的火车。在雪里，虽使孩子心情活泼，到处皆为一种新鲜的光明与圆满，然而当七个车厢为一个小车头拖到了站，看到许多人下车，看到火车又掉头从另一岔道开走到前面与向南的车箱衔接，却不见蔡先生这人，所以在失望中心里有点难过。火车稍停一会就开走了，所有上车下车的人皆离开这月台了，摇旗人也走了，脚夫也走了，就只剩女孩玖一人站到那已为许多人踹踏得稀烂的雪地里好一会。

她到后又想安慰自己，以为或者是到 X X 书局事情耽误了几分钟，赶车不上，所以到十二点才能来了，又想或者是因为吃饭的原故，所以下午才来了，一面想一面沿铁轨向东行，再过去两百步转弯走四十步，病院的大门便到了。见了男子 A，这孩子，似乎非常失望的样子，说：

“等候了半天，还不见下车，车又开走了。我想她必定有事情，不然她在平时从不对于时间马虎的。”

男子A则说：“或者不会来。”

“怎么不会来？我到十二点第四次车又去接她。……二哥，莫非下错了站，到XX就下了！”

“玖，我知道你，又想一个人走到XX去玩。不要去，还是上课吧，今天不是有法文么？不许耽搁，应当就去，你不能因为我有病就成天玩！”

“恐怕她来了找不到我。”

“第二趟车来你再去接好了，这时上课去。”

“我去我去。”

女孩玖走出病院不久，又回到男子A房中来了。没有等二哥说话，就告说：“今天先生缺席。”

“你难道就到过学校了么？”

“我到外面碰到我同房的那个人，她告我的。”

“那女人倒雅兴不浅，一个人到处走。”

“她昨晚上说要送我一双手套。”

“怎么别人又要送你东西？”

“那我怎么知道。”

“你应当也要送你同学的东西。”

“我请他们吃过你买的那糖！”

“糖！他们全是吃糖的！”

女孩玖不懂这话意思所在，不再作声，男子A便在那苍白的脸上，荡着忧郁的微笑。

女孩玖怎么会在车站边碰到同宿舍的女生X，真好像是一件奇怪事情。火车既开去不久，大雪天要玩也各处可玩，这女人却一人跑到车站是为什么事？并且当时见到玖了，就红脸，女孩玖也不注意。问到“有法文么？”答说“先生告假。”又问到“为什么一个人来玩？”答说“因为……”又转口。“玖小姐，你是不是就要回学校去？”女孩玖却不作声，向病院方面跑了。若果这孩子懂事一点，就可以看得出那一人的心事，是怎样愿意借一个故同玖在一起到病院去，又在一起回学校。但是玖却一点不疑心旁人，只顾走到病院告二哥不上课的消息去了。

那女人见到玖在雪地里放步跑去，从路旁新雪上踏过，留下狭长的脚印，就痴立不动，数到这脚印的数目，惘然如有所失。到后走到江边去，寂寞的站到堤上的高阜处，对汤汤江水出神。天色深浅不一的灰色。各处一望白，泊到江中不动的船只也有白点白线。且望得到五桅船有人烧火船上出烟。

女人 X 想起许多别一人不明白的心事，就觉得自己软弱得不能支持，但从另一端长堤路上走来了四个女同学，女生 X 怕人疑心，取小路转学校了。另外四个女生到了刚才女生 X 站处，望到那雪中脚迹，就说笑话。甲说：

“莫非是预备投江的同学，见我们来才走！”

乙更出新意，在这话上加以纠正和补充。“她一面是怕水冷，一面只舍不得学分，所以才回了头。我敢打赌说这个女人我们一转学校，可以到图书馆找到她。”

丙不服，丁也不服，同说绝对没有这样事情，于是这四个年青有福气的女人，就约下了一点东道，她们都认得女生 X ，是穿绛色衣服长脸窄眉的女子，她们到后当真到校中图书馆找她。丙丁认输了，因为一进阅书室，这人就为众人发现了。

她看的是妇女的故事，一个美国女人的，那著书上就告给他们女子如何去做人，举了四百多例，有十个是中国的新例，可是她却并没有知道在这时另一些女人就正在她身上赌下东道的那么一会事。四个聪明女子把甲乙的猜想证实，欢欢喜喜到消费社去了，女生 X 取了一本杂志到手上，仍然随意乱翻，心中很觉凄凉。

三

在租界的特别犯待审室里，蔡某夫妇各占据一条长凳，分吃着用一块钱向便衣买来的一个梭形面包，时间为被捉来的第二天十点半。

不许说话，两人就也无多话可说。昨夜来就如此关到这地方，到今早还是如此。两人只拥在一块稍稍迷了一阵，喉中为悲愤所隘，到天快明女人已经冷醒了，开了眼睛，望到屋顶上一个靠近天花板还另外用铁丝保护的小小电灯，记起被捉的一切纠纷了，轻轻的问男子，“这些蠢猪狗！把我们捉到这里来是什么事？”男子说，“我疑心是被诬告。”女子又说，“这决不是诬告，显然是有意义的事，我看到过有许多年青人在别的室里。”男子略显得愤怒了，“这是狗的事！我看他们怎么样。”“我们ＸＸ呢？”“不会知道的，决不会！”

坐堂了，正默默吃到面包的夫妇两人，皆被带上楼，进到一个巡捕长之类的小办公室去问讯。问过了姓名，籍贯，年岁，职业等项后，又把男子带出隔离，先问女子一些话。话问之后，女子走出，男子又到里面去了。仍然那外国人用法语问了一些话，由翻译说明，男子某的答话，则记录到一个簿子上，令巡捕把人带回到待审室去。男子某不动，用英语质问被捕究竟，那警探长之类法国人，估计了一下，翻开簿子，在另一条上，也用英语朗朗的念着：

“蔡某某，夫妇二人，住……从ＸＸ来，翻过……平时行动尚无危险处，惟所译之过激思想书籍，实为有系统的介绍，显然……”

男子某稍显得轻蔑那堂上人神气，说：“就只是这样一个可笑的原因么？”

那西人笑了一下，点点头，把身稍稍站起，表示这对英帝国语言说得如此流利的男子客气，男子某无话可说，由一个巡捕带回住室，回到住室却不见到自己的女人，问那汉子，那汉子不作一声，訇的把小铁门带上了。

蔡某夫妇分开坐在地下室，听到捕房的屋顶大钟响十二下，许多黑色的人脚一一从小窗前过去时，正是女孩玖第二次从火车站失望回到病院。坐到男子A床边小椅的时候。

男子A问女孩玖：“没有来么？”

“车上全是一些蠢人。”

“他们必定有人请他们吃酒，所以忘记你到车站上去接的事了。”

“我想下午我仍然到上海去一趟，看看那个钱。”

“不要去，恐怕下午他们会来。”

“我等候一点的车又去接他们。”

“你欢喜踹雪，就去吧。我实在想出去了，这样好雪我可住不下这病院。”

“一出去又流怎么样？”

看护拿饭来了，女孩玖也一份。在吃饭时，玖又说：“这真是个好旅馆。”

四

因为等候下午一点的车，女孩玖在车站上遇到了正想过上海去的女生朱。“玖小姐，到这地方等谁？”

“一个朋友，答应早上来，一直候了三次，还接不到，很奇怪的事。”

“A先生有课么？”

“那里，哥哥病了，在东边那个医院里。”

女生朱稍稍惊讶：“怎么，害病？”

“鼻子的旧毛病，血流得不成样子了，到了病院，打了针，血才止。”

“我去看看。”

“你不是到上海去么？”

“再下一趟去也不要紧。”

“那我们等候一下那个人，这是个很好的女人，是我的先生。”

“是你的先生，是女人！在什么地方念书？”

“不念书，同到她男子住到上海，翻书过日子。”

“呵是有丈夫的人！”

女孩玖不注意到女生朱先一句话的微带惊诧，所以也不注意到这一句话的语气可笑。火车站在这时一个短衣工人打了一阵响板，火车再有五分钟就到了。

“朱，你到上海做什么？”

“想买点书，还正想买A先生的《废屋》那本小说，因为听许多人说过，没有见到。”

“我要二哥送你一本。前一会正从书店拿了十本来，预备有谁要就送谁，不要花钱买好了。二哥说他的书全是不行的，没有一本完全的著作，因为全是为自己写的，不是为别人写的。”

“那是他的谦虚。”

“朱，你欢喜看小说？”

“是的，你呢？”

“我看翻译，中国的不看，二哥的更不去看，所以别人说到二哥的文章，我一点不懂。”

“那是因为有好哥哥原故。”

“是我懒惰。”

“是你幸福。”

“我尊敬别人有学问，我太不中用了。”

“你将来也一定会成为……”

有另外一个女人，从轨道上过来，要朱援手才能上站台。朱就去拖那同学。拖上来了，朱问那女人，“你到上海去么？”

“是的，我们同在一路了。”

“不，我不想去了，有点事。”

“什么事？”

“我不想去。……车来了，快去买票吧。”

那女人买票去了，女生朱同女孩玖，就站在一起，望到那小胖子女人的匆忙背影好笑。

车来了，下来了一些人，上去了一些人，五分钟后又开走了。

两个人没有把客接到，就到病院去看男子A。

坐了半小时，要走了，又坐了半小时。在男子A处女生朱说话极少。临走时，因为女孩玖同在一起，到路上，女生朱问玖，“有谁到过这里没有”，玖摇头，女生朱正握了玖的手走着，就把手更握得紧了一点。

他们俩返校中时，到女孩玖房中去取那本名叫废屋的小说，女孩玖且在那上面写了一行字。女生朱把书拿走后，与玖同房的女生

X，问玖“是不是下了课回来，”玖却说，“刚与朱到医院才返身。”

女生 X 说：“朱这人真长得好看，使人欢喜。”

玖不懂 X 的意思，就笑，老老实实承认了这个话。因玖的缺少机心，说过带了一点嫉心的话的 X，到后反而觉得心中更凄凉了。

五

在病院中的男子 A，当女孩玖同女生朱离开房中以后，心中想到前一些日子朱说到五的情事，又从自己体会上，玩味到女生玉的种种。

血的贫弱使这男子头脑异常清明。他觉到自己到这地方来别人感到的意义也觉到自己到这地方来的意义。工作的前面，等待他的是什么，他是非常清楚的。至于人事，在每一个日子的递变下，将如何进展，他像不愿意去了解了。但日子去假期只三个礼拜，下星期即将预备考试，结束这半年工课。人事应当怎样来作一结束，他不能不想想了。

他想了一点钟。

想了又想，叹叹气，一切毫无结果，按照一个贫血人的脾气，用一些空梦使自己灵魂俨然轻举一阵，到后来，则一个小小问题，一件顶平常的事，把它分量压重到这病的灵魂上面，倏然坠下，希望便粉碎了。

男子 A 就在一些希望的碎片上，以及使希望构成的一些人的纠纷中，把下午度过。

六

女生宿舍用糖作眼睛的雪人，不知被谁把头打碎了，最先发现的是一同参预过这工作的女生甲，时间是晚上六点钟样子。这消息到后为女生五知道了，到玖房中同玖说，她猜得出这个人，她意思指的是朱。

玖因为雪人是自己费得气力顶多，所以特别生气了，说：“你以为是谁?”

五却说:“我知道是她,是女同学。”

“若是我知道这个人,我一定要当面骂她无耻,因为一个人她没有权利做这件蠢事。”

“不过许多人做的事是不问权利的。”

“你告我这人是谁?”

“当然是只有一个人。”

“是玉么?”

“怎么是她?”

“那是……,是……,是……。”

“通通不是,我猜这是我们的熟人,怎么不想到就是——”

伏在另一桌上读书的女生X很不安定的样子,站起了身。把书一推,显然是要说话的神气。但玖这时却说,“是朱么?”女生五却说“除了她没有其他的人,”女生X颓然坐下了。女孩玖因为已见到了女生X要说话的样子了,就转口同X说话。

女孩玖说:“X,你瞧,有人把我们雪人的头也打碎了,这真岂有此理!”

那女生X作苦笑,“雪人的头那是不要紧的事,另外做一个吧。”

“说得好容易!这样大冷天气,几个人作了半天,手都肿红了,还有那眼睛那,那糖做的眼睛——哈,必定是这个人想吃糖的原故,才做这件事!五小姐,你以为不是这原故么?”

五说:“自然是为糖的原故。”

玖说:“五,那我们两个人去问她,问她凭甚理由不先来讨一点糖吃,就贪图那两个眼睛。”

玖说到这里笑了,五也笑,就是女生X也不自然的在笑。

女孩玖到后邀五到朱宿舍去时,五以为天气冷,只适宜于在房中说点笑话,不适宜于吵嘴,所以不去。玖则孩子脾气,非问明白不可,所以一个人就走到朱住处去了。

女生朱正灯下用小刀裁那本《废屋》看,见玖来,欢喜极了。玖很生气的样子,问朱道:“朱,我们雪人被人悄悄儿打了!”

朱“呀”的一惊，因这一惊孩子脾气的玖也看得出这事朱是无分了，就告给朱以种种事，却没有说及五会疑心过她，只说自己还以为若果是熟人胡闹，一定就只有朱才有这胆气。

朱说：“我恐怕有胆气也没有功夫，我一回来看这本书，刚才把饭吃过，又开始来看。我正看这书上你的影子，很有趣味，还看到 A 先生说他自己小时候顽皮的事情。”

“可是我们倒应当明白一下，现在是谁在顽皮把雪人打碎的！”

“我想这一定是男子作的事，男子是照例有理由做这些下作事的。上一次我说的那柱上写的字，除了男子谁个女人会那样写。”

玖心想：“倒像是仇人，五说你你又说五，”想起这些时女孩玖好笑。

朱也正想到五，问玖：“五知道了这事情没有？”

玖不能再隐就说：“五还以为是你做的事，所以我来问你！”

女生朱听说五有这种猜疑，心中很难受，问玖：“玖，我问你，他们有人说 A 先生在爱五，你不相信么？”

玖说：“这件事我怎相信？”

“那么就是五在爱 A 先生。”

“或者是那样，我仍然也不很清楚。好像他们都欢喜同哥哥说话。”

“都？什么都？五同玉两个罢了，另外还有谁么？”

“好像……”玖只这样说，就用微笑作收束，因为她要说的是“好像你也并不讨厌我二哥，”但忽然明白这个话不能说出，所以笑了。

女生朱似乎也悟出了自己说话的不检处了，也干笑。在干笑中她注意到玖的神气。女孩玖，过了一会，问朱是不是欢喜郁达夫的书，因为看到了朱的书架上有一本达夫代表作。朱告玖的话都是另外一个关于下雪的故事，因为男子 A 的《废屋》一书上，有好几次是用雪地作为背景的东西，玖虽非常明白那雪地的乡村，可是无一点趣味，所以仍然答非所问，又说到另一件事上去了。

女孩玖被女生朱留到住处同睡。熄灯后，还没有听到玖回宿舍的声音，女生五在隔房问女孩玖是不是已经上了床。女生 X 虽听到这话，也不代为答应一声。到后五同玉说话了，说到关于女孩玖同朱日益亲密的事，女生 X 听得到一些，就把这点话语合揉在另外一些见闻中，断定了朱同玖的关系，是为什么原故如此亲密，这理由，不消说是还有男子 A 在中间了。

这夜里，一个住在校外饭馆里，被赌博所欺骗的中年厨子，忽然悄悄的走到江边用绳子自缢到船埠铁柱上，死去了。

第八章

一

天一亮，饭馆中人就起身了，不见了厨子，各处寻找没有发现。同时有车站中人到江边去看江潮涨落，发现了这雪地里的尸身，腰间的油腻围裙，以及宽盘的脸，估计像是一个饭馆中掌管锅铲的人物，所以即刻到学校来报告。饭馆中老板同到送饭的江北小子去看，看明白是大师傅，吓慌了，踉踉跄跄奔回铺子，把已经开过的铺板门重行关上，已经淘好的米放在一旁，到镇上禀报去了。

到了应当吃粥时，许多年青人仍然如往日一样，走到馆子里去吃大师傅两只肮脏肥手搅成的粥。粥吃不成，倒知道了出了人命，一传十，十传百，这新闻即刻就普遍及学校了。凡是听到这消息的，本来无意到江边去散步，因为事情新奇，也邀约去看，所以男女学生皆谈到这件事情，住在 X 字宿舍里的女孩玖同朱，还正在分吃一碗面，听到隔壁有女生到过江边来的说到这件事，吓了一跳，以为是同学自杀。到后又听到说是厨子，放心了，因为女孩玖说八点钟那蔡女士会来，就一同出了校门向江边走去。随即就忘记了。

在去车站的路上，她们碰到了女生 X 。

“ X 到车站玩去。”朱说的话非常自然，略无其他意思。

怀了成见的女生 X 侧立在大路一边，做着很难看的神气：“你们是想去看死人吧，好兴致！”

女孩玖诧异了：“怎么，死人死到车站么？”

女生 X 似乎也为女孩玖的话诧异了：“难道不知道这件事么？”

女生朱说："我们是预备到车站去接玖小姐一个朋友。你是看过死人来了，怎么样？是兴隆居饭馆里厨子么？"

"我……一些聪明人全在那里看热闹！"

"去，密司 X ，同我们到车站玩玩，今天出太阳，多暖和！"

本来怕见朱同玖的 X ，听到朱的话，又不能不随到这两人走了。

她们一起在车站等候第一趟车，见到许多同学从江边回来，皆各人用着一个从戏场出来的神气，讨论着这件事情。又有些还坚持一个谬见，以为这人死得岂有此理，因为这类人大体是纵感觉到要自杀，单用着天气寒冷一个理由，也会把这牺牲精神失去的。又有些女子，则又很满意见到了这样一回事情，本来天生一颗容易感动的心，若果是死者为同学死的理由又是恋爱，那她就无论如何也要同情了。又有在学校会做情诗的学生，都觉得这题目只给了做旧诗的人一个好机会，新诗可无处下笔，所以就放弃了这个不愉快的故事，同朋友另外批评人生去了。一个学校有六百人，大约到江边去看看这个死者的当有一半以上，其中还有职员，口中含烟，数目不计。

还有兵营中的兵士，就是成天吃小米饭，挨打，到屋外空地上拉屎，到雪里做工的那类蠢东西，刚刚挨过打的，也仍然到江边去用着"怎么会死"那种天真烂漫的眼光看了一会，且在那胖的印象上，与同伴作点嘲笑，全身发松回到营里去报告这事。

女孩玖问 X ："究竟是什么原因，大家皆仿佛这样高兴！"

女生 X 说："我是并不因为要看这死人到江边的。"

女生朱不做声，就望到这些从江边走回的女生心中好笑，心里想这真是一件奇怪事情，上一次校长陪拉拉博士来演讲，听讲的人就没有这样多。其实则这个一点也不奇怪。年青的人，会欢喜新鲜事情发生，就是那么点点理由，也就够使全个学校得到一个爽心的刺激了。

也有因为赶早车过上海，车没有来，所以抽空跑到江边去看看这大师傅新奇的死法的，回时就在那月台上同人谈论各样死的姿式。

火车到后，下来了一些，候车的争先上车，机关车头一掉，四十分钟这消息就被带到上海各报馆里排字间去了。下车的人仍然没有女孩玖所要等候的人，车走了，玖看看天又看看回身的列车，无望了。

“人又不来，奇怪的事!”

“你们有课么？我可要走了。”女生朱说了想走。

本来无课的女生 X ，也作成走路的姿式，从月台向低处轨道跃下。

女孩玖说：“朱，不能陪我到医院去看看我二哥么？”

朱摇头说不去，似乎是因为 X 的原故，心有所怯，故愿意转学校去。

“你没有工课!”

“我旁听有课。”

女孩玖就向女生 X 说：“ X ，你可不可以同我去那里看看我哥哥，回头又一块儿回来。”

女生 X 低头不能答应，玖就说：“ X 有课我知道，还是朱你同我去。”

朱还是因为 X 的原故没有答应。见 X 没有走的意思，就先走了。女生 X 见到朱已走，自己不好意思不走了，就沿铁路向南走，玖不作声，看到这两个女人从烂雪路上走去，心中以为朱是不愿意同她到病院去。走了三十步，快转弯了，女生朱忽然又回头喊女孩玖。

“玖，小孩子，莫生我的气，我要有事情!”

玖不做声，朱又借故跑回车站，一面跑一面说：“我知道你生了我的气，我知道你生了我的气——”

走到玖身边，把玖拉住，就向病院方面走去，仿佛完全只是一个不得已的理由，就因为不愿意使女孩玖难过，才委屈的随了这女孩玖的意思，勉强的做一次奉陪的人。女孩玖回头望 X 时，朱也就回头，且问 X ：“高不高兴一起去？你不去，玖小姐会生气!”

但女生 X 站到那雪地里，摇摇头作了一个苦笑，拒绝了。她想起随了这两个人来到车站，仍然一个人回去，第二次的笑了。第二次笑时只有自己知道，因为并肩行去的玖同朱，很快的就转入一个红墙后面，不再见到人了。

二

十点钟车来了两个拜访男子 A 的客人，两个人一前一后皆到了 X X 大学的传达处，放了一个名片。知道了人是住在去校不远的 X X 病院后，那其中一人就到病院里去了，其一个则另外说可会女孩玖。到病院的男子，是 X X 书店的小编辑，就是在前天下午为女孩玖所窘的那人。在女生会客室见到了玖的是男子 A 友人之一，这人特意前来报告蔡某夫妇被捕的事情。X X 书店的小编辑，到了病院，见到了男子 A，最先很客气的把书店经理给男子 A 的稿费一百元从皮夹中掬出，数点了一下，送给男子 A，且戏子样子说话，从“久仰大名熟读著作”起始到“听说贵体违和”为止，说了一篇文法不错的客气话以后，就说到前一天女孩玖到书店的事来，言中表示对男子 A 无限羡慕。到后就呈上新著一本，说是请求赐教，把话说完，还不走，其用意是很难索解了。

男子 A 间或就在一些杂志上见到过这新诗人的名字同诗题，如今却想不到这就是据说新中国的新诗人，且把新诗也献上了。因为这人好像还得谈谈“文坛”的问题，如其他拜访的年青人一样，或者还得来一点褒奖才能痛痛快快打发回去，所以男子 A 就同这人说到一切近日上海刊物与出版业情形。这编辑非常愿意把话延长，则意外的事或将在机会上发生，方不辜负今天老远坐火车来的原意，所以说了这样又是那样，总似乎非常关心这些事情，一回去就将写文学史那种样子。当这编辑兼诗人自己发挥主张，洋洋洒洒像做文章的谈到一切，且述及其自己同生活奋斗的经过时，男子 A 就唯唯否否，答应着这编辑，一面心中打算一百块钱将如何支配到朋友同自己债务的偿还上去。

不久女孩玖同另一客人来到病院中了，玖先进房，见到玖用跳跃急促的姿式跑进房来，正想说话又忽然凝住了喉咙不再说话，这编辑以为是女孩玖在他面前害了羞，就心惊肉跳，感动到全身是诗。

男子 A 见了女孩玖，就告她：

“玖，他们送我钱来了。”

玖不做声，望望二哥又复望望那ＸＸ书店的俗物脸嘴。

男子A还以为是玖因有人在此的原故不说话，故又说道：

“你说蔡先生会为我们拿来，她还不来，我们或者还得为她送去才行！”

女孩玖几几乎是呻吟的样子在喉中噢了一声，走出到房外同客人说话去了。

“玖，你怎么又走？你得今天到上海去为我还蔡先生的钱，还得买一点药来，不要走！”

女孩玖即刻又进房来了，后面跟了朋友周君。那小编辑站起来了，男子A在朋友周走到床边来握手之后，不得不为周介绍，“那是ＸＸ，诗人，那是周，周ＸＸ，”这样一介绍，那编辑就想把那诗手伸出来准备捏，但周却无心做这件事，坐到床边一张藤椅上了。

“见到蔡夫妇么？”

这男子就望到玖，稍稍迟疑了一阵，才含含糊糊的答应了一句话。

男子A又问：“你是不是蔡告你才知道我这病？”那男子仍然还是含含糊糊的应了一句。

因为在先本意来告A，商量关于蔡夫妇二人的事应如何对付，到这里时先见到玖，一谈到A的病，所以同玖商量却只能把这消息再隐瞒一天两天为好了。男子周不能把话只维持在朋友蔡夫妇生活上面，所以看到了床边一本新书，还以为什么好书，就随手拿起翻了一页。他不知道所谓诗人就是身边的先来的客人，问A：

“是谁的诗？这东西也拿来印。”

男子A说：“周，诗人就是面前的人，这本诗应当是一本好诗，应当多看看再说话！”

那诗人编辑听到周的话稍稍在脸上发了点烧，但疑心周即是编大文月刊的有名批评家，就在男子A说过话后说道：“这拙集倒想请教，不知周先生是不是高兴看看？”

男子周说：“失敬了，想不到今天在这里见到诗人。”

那编辑听到批评家称他为诗人，全身皆热了，就很谦卑的问及一切文坛事情，且随意批评一下新诗，虽极谦虚的说这是一种胡诌，然而为了表明这胡诌也仍然是有思想有头脑的东西，所以他很矜持的说了一回后，又在各人作品上作一个小小估价，又骄傲又可怜的情形在周面前裸露无遗。

男子周只点点头，笑，女孩玖站在床头，也很好笑。

到后大家全无话说了。玖就问周，什么时候大文第十期出版，有些什么文章在上面。男子周知道玖的意思所在，所以告玖月刊文章以外，就同玖来讨论杂志最近的种种问题来，消磨这一个崭新的日子。

那编辑若非另外又来了扁脸教授，一开口就说病人不应当时时刻刻有客的话，他不至于即刻就站起身要走了。既站起了身，还没有想走的意思忽然又很冒失的问男子 A“这里看护是男子还是女人”那样新奇的话，男子 A 不敢再同这诗人说话，就任他走去了。

诗人走了，出了病院，就像一个失恋的男子一样，自己明知道对女孩玖是无望了，就想象周如何在女孩玖面前献媚的情形，觉得非常可恨，恨不得有机会雇人打他一顿，但还没有走到车站，他的思想又改了方向，凭记忆想起大文月刊的通信处详细地址，以为明天即应当寄一本诗给这个有声望的名人，期望到那有名的批评了。

男子周临走时，男子 A 托他，为蔡带三十块钱回去，另外又还蔡二十。正正想来到这里同 A 借钱供给蔡夫妇狱中费用的呢，完全把上海方面的隐瞒不说，拿了钱，看看表，只差二十分火车就要到站，嘱咐到 A 安心再在这院里住三五天再出院，就要走了。

“不坐坐么？我明天就要出了这个地方，我明天要到上海去。”

女孩玖听到这个，就大声的很惊诧的样子说：“绝对不能到上海去！”

“玖，那你去吧。我们应当要安置一个炉子，还得买一点吃的东西！你去为我买吧，只看你自己会不会做这些事。”

“我完全会，你只不要即刻出院，我一切去办！医生告过你说血分太坏，缺少凝结成分的胶质。还有，一出去，就——”

男子周不让他们说话到最后，就浑乱了这谈话，一面说要走要走，一面向女孩玖示了一个意，再同 A 握握手，很丈夫气的走了。女孩玖送了周出到门外，很忧愁的说：

“我怕瞒不了他!”

“不行,他今天无论如何不能因为知道这个消息,耽搁了他晚上一晚安静的睡眠。”

“我怕他要问我!”

“你不要一个人再在他这房里陪他了。你当借故说学校有事情非做不可,就返到学校里去,也不要为这个事担心失眠。这个是可以水落石出的事!一点不要紧,你就照到我的计划去做,隐瞒两天,到他可以抵抗身体上的衰弱时,我们再告给他就无害于事了。”

女孩玖当真即刻就离了二哥的病院,一个人很寂寞的返校中去了。下午一天没有见到二哥,男子 A,尚以为一定是又在学校因为想起病人的事情在泣,眼睛哭肿了,既不敢到堂上听课,也不敢到病院中来。女孩玖的哭是当真的,因为想起二哥,也想起平素教过英文的蔡夫妇,为巡捕捉去,在狱里床也没有的情形,所以心上就软弱得很,不得不哭了。

三

到了晚上玖没有吃多少饭。因为五同玉的不了解,以为眼泪的多同食量的少皆为二哥的病,又因为不愿意为同楼的五与玉不了解的安慰,所以仍然走到女生朱处去读书。

“玖,你又哭,这真是不对的!你又说要学做一个大人,你看大人有成天流点泪的义务么?”

“是的,我忍了,我也骂我自己,这是不对的事。”

“我也明白是你心上的软弱。”

“只有你同二哥能明白我这个不可治的病。”

“应当要克服到自己,并且把身体训练得坚强一点,才能做人。”

“朱。你不知道,今天的事是我有理由哭一会儿的。”

“什么事?”

“我明天后天会告你。”

“为什么又要几天以后才能知道?”

“我答应了别人。”

“答应了谁，哭也得瞒一天两天吗?”

“不是哭，是因为隐瞒那件事，我才哭!”

“是家中有信来么?”

“不是。”

“是哥哥病得很坏么?”

“也不是。”

“是没有钱用了么?”

“今天 X X 还才打发人送一百块钱来。”

“那是为什么?”

女孩玖就含泪微笑，掉了头看一本书，改口问朱，文法的前置词变化的各式，应当在什么例子找到最好的例。

女生朱，不便强玖，就要玖最先是把这件事告给她，因为她自信在一切事上，不致误解了玖，使玖感到难过。玖就点头答应了。

女孩玖到朱宿舍的事，与玖同房的女生 X 是明明白白的。不知如何这人却无端恨起朱来，以为玖的哭与 A 的病全是为朱，因为玖那柔软可怜样子，女生 X ，在夜里，一个人睡在床上，在朱的印象上，作下了许多增加灵魂罪恶的奇梦。女生朱也同时梦到 X ，不过是梦到 X 因为性格的阴郁，不高兴再活，跑到江边淹坏了自己身体，到后是如日间大师傅一样，陈列在石堤上大路旁，成千的大学生，皆去看过一次，这样与人无关系的自杀而已。

四

可是玖所要隐瞒的事，到底失败了。男子 A 在下午七点时候，从一个看护讨来了新从上海带来的一张小报，在灯下消遣，却无意中发现了蔡某夫妇被捕的新闻。先是以为今天上午与蔡夫妇时常见面的周，到这里来时还不曾提起这件事，可想而知是谣言，完全不能凭信了。到后却过细一想，想起了今天玖的神气，以及玖下半天不来的原因，又想起周来时问到蔡夫妇二人事情生活时的含浑，隐隐约约明白今天周是先同玖商量好了的骗局，一切只是为病人撒下的大谎，心中便了然一切了。

男子A当时想出院回到自己宿舍去，因为想起同时在狱中忍受苦寒的朋友蔡夫妇，觉得还仍然住在这病院，尽看护当老祖宗服侍，真是一件近于无耻的事情，所以一定要回宿舍了。

但院中规矩，无论如何得经医生签字才能出院，如今则医生已坐了他的自备汽车到上海去，虽然心乱得很也仍然得住下了。

男子A在夜里，到半夜还不能睡眠，完全出于女孩玖意料以外。

五

男子A留下了一个字条，告给看护稍稍到外面去玩玩就回，大清早悄悄的离开了医院，回到学校了。

到了女孩玖宿舍时，却不见女孩玖，心中稍为吃惊。女生X正在梳理头发，想到一切自己无分的机缘，忽然见叩门进来的正是A，像是A已把心事看透，脸绯红了，一句话说不出口。

男子A一点没有注意这女子的神色有何不同。因为要明白玖的去处，是不到了上海还是早起过别处去有事，就问X：

“X小姐，我想问问你，我玖妹到什么地方去了？”

“我——”

这女人心中为一种莫名其妙的东西所塞，心中有许多话不能说得出来，只能对A做出一种似憨笑似羞怯的样子，很可怜的望到A。

男子A仍然没有注意到这情形，因为见到询问无结果，就想走，预备到五处问问，因为女孩玖有时是到五的桌上念书的。但待到男子A要出去时，女生X似乎知道了男子A一定要到隔壁去，所以又低低的呻了一声，待男子A回头，这女人就轻轻的说道：

“她们是不知道玖小姐到什么地方去的。”

这话意思好像是“你要知道还是只有我明白，”又好像是因此一说A就不会再到五的房中去说话。果然男子A就下楼去，听到橐橐皮鞋的下楼梯声音，女生X心上好像损失了很多贵重东西。不可追悔，使自己生存的勇气荡然无余，倒在床上两手蒙了脸痛哭了。

“为什么我不要他坐下，即刻为他把那孩子玖从朱处找回来？为什么不问问他病，且告他……”

凡是使这女人想起的，全是一种不可追悔的过失，而这过失的成就又是完全由于自己的软弱，女生 X 看明白了这一点，就更其伤心了。

但所谓不可追悔的事情，第二次却给了女生 X 的方便。男子 A 因为恐怕女孩玖回时听 X 说自己从病院回来找她，以为有什么大事，且告给她要若是到病院找寻不到就是往上海去了，所以第二次又转到楼上来写一个字条。到了房里，女生 X 正是为自己柔弱痛切的流泪的时候，听到 A 的脚步，听到 A 走到玖的写字台边取笔写字，不知为什么原故，先前所许的大愿，方以为无论如何要做到的，又无勇气提出了。

男子 A 把那字条写成，望到女生 X 伏在床上的优美姿式，心中以为这女人先一刻尚好好的在看书，这时就居然装睡，一个女人的做作，使 A 记起许多女人给他的恶劣印象，怀着稍稍不快的反感，又走去了。

到了楼下，想起女孩玖所说的雪人，就绕到花圃里去看。女生五正一个人在那里用小铲把雪堆到雪人头上去，像很费事的神气，见到了 A 从楼上下来，心中一惊，对男子 A 用惑疑的眼光望着。男子 A 说：

“五小姐，你不怕冷！”

“怕冷吗？（做了一个微笑，孩子气的否认。）我听玖小姐说 A 先生病倒在医院里，好了吧。”

“人的病绝对自然会好。”

“是的，绝对——也不——”

男子 A 见到五的说话神气，记起了从前朱所说的木柱上字句，心中稍稍有点摇动了：“我听说这雪人眼睛是用糖做的，怎么又另外做头？”

女生五不抬头，把铁铲在雪人头上打了一下：“他们把它头打破了。”

“幸好打破的是头。”

“那么打破身上就好么?”

“或者这样有趣味一点。”

女生五若有所会心，斜睨了男子A一会，灵魂觅途逃遁了，把话支开到另一事上去了。她问A,“见到了玖没有。”告她没有见到，五就说“玖一定是在朱处住，因为朱这人欢喜玖，玖也欢喜朱。”说到这个话时，不消说一个女人的心情，从男子A方面领略得十分清楚的。男子A听到这个话，心想女人的聪明，总是在这些事情上面给人知道，就觉得好笑。

稍过了一会，男子A忽然感到无聊，就走了。女生五望到A所走的方向，把一个堆到已具眉目的雪人头，一铲打碎，把铁铲一掷，惘然若有所失回到宿舍。

玉正在写一个家信，见到五的样子，放了笔：“小姐，为什么做那难看的样子?”

“因为是不会写情书。”这样说着嘲讽了玉一句。一肚闷气还说不出口，就又走到玖房中去找一本书。一面找书一面喊玉，“玉小姐，你那情书不必写了，做点别的有用事情吧。”

女生X以为是五有意伤了她，更觉得伤心了，但五即刻又匆匆忙忙走回房里去了。本来是无事不谈的五同玉，虽然像生了气那样一点不节制到自己的言语，但一回到房中，说了其他一些话，两人就又大笑起来了。两人的笑声使女生X听及，更以为女生五所说的话就只是专为自己而发，而纵声的笑，那理由也只是讥诮到这一面呆处的暴露。女生X想到另外一种事，不流泪了，样子忽然一变，一面拭泪一面坐在桌边写了些什么，写好又扯碎了，就痴痴的望到窗外荒田的雪。

上课钟一响，这女人看了看贴在墙上的功课表，取了一本书，下楼上课去了。

六

在雨操场男子A遇到了玖同朱正从宿舍出来。

“呀，二哥，怎么出来了？”

“怎么出来，不让他们见到，就溜出来了。玖，你来，我问你，昨天周同你说了些什么话？”

“说……”

“你瞒我！蔡先生夫妇被捉了，难道周不知道么？”

玖听到这话，心里酸楚不能忍耐了，眼睛有点红了，就拔步跑到操场中间去了。男子A因为朱在身边，就问朱：“玖昨天是不是到你宿舍住。”

朱点头，又非常温柔的告给A，说及女孩玖昨夜晚就哭过的事情。女孩玖站到远处招手喊朱，朱点点头，也跑了。因为看神气来显然女孩玖很明白这事情究竟，所以男子A就赶到了大坪中心，拉着了眼睛潮红的玖，询问她在昨天周来时怎么样同她谈到了蔡的事。

“他只说人已经提去了，就只为几本书的原故。因为恐怕你睡不好，又流血，所以不告你。另外不说什么了，——他还说，你还他的钱正好用，因为要三十块钱才能从里面借两条棉絮拥身，不然再有几天会冷死了。”

听到玖的话以后的男子A，反而显得沉默了。迟疑了一会，就告玖，即刻为他到医院去算账，并且嘱咐玖说是有要紧事病人非过上海不可，所以走了。玖点点头，拉了朱同走，朱好像不很愿意，但又因为玖的原故不得不陪去，三个人一齐匆匆忙忙的走出校门。预备到课堂去的女生X，与几个人当面碰了头，女生X只作着似笑非笑的样子为男子A点点头，站到一边，让三人过身走去了。

在路上，男子A想起先一时在玖房中见到女生X情形，同玖说：

“玖，你那同房同学真怪，一点不和气，一个样子并不很坏的人，倒有一个那么不同伴的脾气，怪极了。”

女生朱说：“这女人好像是有痴病，功课好，身体也好，可是我同她说话，总常常是答非所问，还仿佛是不理我的神气，我倒不明白有什么事得罪了这个人。”

女孩玖说：“她常常半夜里做事情，又常常哭好像一个疯子。”

A说：“这人是有病，不知道为什么事情使我一见到她总觉得可怜。”

玖说：“那种人二哥你以为适宜于做什么？”

“适宜于同你住在一个房间里。”

“这是说她爱哭我也爱哭吗？”

“不是，是说你们可以互相参考。”

“二哥，我不同你说笑话。我以为那种人适宜于做诗，你说，是不是？”

“许多人都说诗是血泪两种东西拼合的，大概要做诗人，也做得去了。”

“A 先生，这时火车不来，怎么到上海去？”朱因为看到江边的一只轮船驶过，所以想起火车。

男子 A 似乎不大注意到这一句话，女孩玖就代为回答：“到吴淞去坐汽车。”

男子 A 因为看到天气太好，就要玖送他到吴淞去，问玖愿不愿意。玖只欢喜走雪路，朱没有拒绝的理由，三个人就走同吴淞去了。

在路上，男子 A 稍稍走到后面一点，望到与玖并肩行去女生朱苗条的后身，想起与玖同房那女人的矫揉做作，间接像是把男子 A 的自我尊严损失了许多，这时却又像在朱的身上找回这东西了。

七

男子 A 在 X X 会里的办事处，晤到了周。

初初见到 A 的周，显着惊讶的神气，问 A 为什么就出了医院来上海。

A 像有点生气了：“周，你为什么这件事也瞒我？”

“不是瞒你！你那样子知道了这事有什么用处。”

“我也知道我是没有用处的人，如今这里是还剩得有点钱，你看，怎么用就怎样处置吧。”

“医院呢？”

“还有三十，差不多够了。”

“你应当转到医院住几天，你脸上颜色不行得很！”

“我怎么能再住到那里？我问你，他们可不可以去看看？”

“只能打发书店里小孩子去，因为恐怕是另外有种事情发生。娘姨听说已经放回来了，我只见过一面，问了他一回情形，要他仍然住在家里，不要乱走，我们这时也以莫去蔡家为好。”

“你把钱怎么送去。”

“钱是托小孩子送到一个安南巡捕三黑手上，他为转送，另外把了他五块。听说得了钱，把棉被也得到了，就睡到那凳上。还算好，两个人不受一点虐待，也不挨打，比真六君便宜多了。”

“你不好好防备一下行么？”

“我不会，在ＸＸ刊物做过文章，同你在新月上做文章一样，就得了一个稳健的证明，法租界同公共租界皆不足害怕了。”

“你们杂志好像许多地方就查禁过。”

“其实那上面的诗，就有些是发表到ＸＸ月报上面的诗。现在是许多向前激进的东西，反而要赖到一种近于政府公报一类的刊物上面发表宣传了。因为凡是这些编辑只看姓名，这看姓名的方法可又与别的编辑两样：别的刊物编辑采用作品，把凡是小有名的人稿件提出尽行刊登，名字不大熟习则内容照例就糟，所以弃掉了。革命报则是完全相反，看作品，凡是名字很生疏，他就看一段两段，倘若你写得的诗前两段中了编辑先生的意，你的名字又无色彩，生疏得很，此后就不必多看，也就用红笔写登载本刊第……期的字样留下了。现在我们还得感谢那些编辑，尽一个粗糙的思想在那正宗的刊物上活动，中国情形仍然还是很可乐观！”

“但是蔡，他们怎么又……”

“那是钱，顶简单一个理由！那些巡捕同本地流氓，知道我住到这里，敲索过四十块钱，这些狗，就知道我是好人，同我认了交亲，不会到我这里来麻烦了。”

“可是他们的事我们应当怎么？”

“应当吗，我又许了钱。再有八十块钱可以悄悄的销案放了。”

“难道这是巡捕的职务么？”

“中国人聪明，很懂到小费对于一个仆人的意义，所以一进捕房久一点，多懂事，又多学过规矩，一个租界捕房中的探捕，每月的正项同别项收入，合并算来总比一个大学教授为好。若是没有这些好处，那里还会有许多新从山东天津搭海船来到的年青巡捕，窜到捕房去学做那种一板一眼的站岗人？”说到这里周声音也粗糙了，像一只生气的狼，耸着肩，捏紧了拳头，“这些是狗，是使你生气也感觉到多余的狗，凡是狗，只要有东西给他，那尾巴并不是专为西洋人开心而摇的！”

“你说要八十块钱，我这里有五十全拿去，若不够，我就到医院去再坐几天，把那应当送的三十块钱抽出来花用，再商量别的方法。”

正因为说到侦探一类由租界当局豢养的东西，引起周的愤怒，周就用他那平素为大哥的态度，盛气凌人的说道：

“你这计划真只是同你玖妹讨论的小孩子话。你自己还是回去，不要你担心。你可以不要到这里，不然身体又坏了。快一点回去，也省得医院里看护受处罚，你是住病院，不是住旅馆，应当要受一点拘束，不能任性！也不要让玖为难，事情不应当这样做，一个病人，好好养息，事情不是干着一点急就可以了事。我们两个一起走，我到 X X 去商量，你自己转去好了。”

被周强送上火车以后的男子 A，从车窗孔望到月台上搓手的周，低了头叹了一口气走去了，就明白这完全是周为自己担心的原故，心中觉得颇凄凉不乐。但是这男子周，是有另外感想在心上，因为他听到一个谣言，说许多青年在租界内被捕的，几几乎全有被警备司令部引渡的消息，因此虽然有钱有时也无办法，想起蔡夫妇的未来，这男子却无把握了。

八

男子 A 仍然返到医院住下，因为坐了两趟火车，一下车时头发晕，也想不起早上已经要女孩玖告过医院结账的事了。到了病院才知道所有东西完全还在院里，看护妇一见了男子 A 就埋怨不已，医生生气样子走来按了按脉搏，又试验了一下温度，猫儿脸样子摇头不已。

“怎么?”

“不行呀，这样子可不行！再坐一趟车这血还得流出，不相信我的话我也没有法子了。”

“我头有点晕。”

“是的，这是一定的，你还不止头晕，心也衰弱得很。为什么一定要到上海去玩一趟?”

“我实在不是玩!”

医生像是不承认自己说那句抱怨话了，就说：“不必说了，我的先生，来一点药吃吧。”一个人就走到外面药架上倒了一些白色粉末，到一个小玻璃杯内，再倒了一些好像白兰地酒一类东西，杯中药便发小小泡沫，送到男子 A 嘴边吃了。看到把药吃过以后的医生，也用着一个不大体面的医生做事完功的神气，眼睛瞪瞪，对看护做了一个干燥无味的微笑，离了病人，换衣去了。

九

当黄昏时女孩玖同女生五女生玉女生朱一起皆到病院看男子 A。正谈到女人蔡被捕的事，几个年青富于同情心的女人皆觉得非常心里难过。到后又说到热天如何可以江边游泳，忽然听到有人到病院门前说淹了一个学生的话，大家皆一惊，站起身了。原来是病院的一个厨子，才从江边得到这消息，就赶回来报告，这时正被一些看护同一些办事人包围到那厨子询问情形。

只听到谁问：“是什么时候?”

“是刚才的事。”

“是什么人?”又有谁这样问。

“是学生!”

“是什么学校的学生?”

“是 X X 的女学生。”

几个女人正在房中听到这个话，哎呀叫了一声，一窝蜂跑出到院子中来了。

女生玉到那报信人身边去：

“是ＸＸ女学生么?”

“是的，有许多人在看，听说抬到学校去了。”

女孩玖赶即回到房中，告男子A，声音也打着抖。

“二哥，学校有女同学投了江，真吓人!”

“是女同学么?”

“那人说是的。”

这时五同朱也进来了，就同声说道：

“真是不得了的事情，投江的事!”

玉也进房了，说：

“我们转去，看看是谁，就去!”

大家都觉得应当赶到学校去看看，但几个人一出病院，看到有十多人从江边大路绕向病院来了抬了一个人来了，走到前面一点的就嘶声的说可以救还可以救的乱喊，女孩玖等让到一边，死人就抬进了医院，看护们忙着乱跑乱叫，到后是把人安置到一个空房间里，驻院的辅助医生匆匆忙忙从人丛里拿了一些瓶罐挤进了房，又挤出去找到了一个电炉，第二次奋勇的挤进去。医生且帮助了看护把所有人皆赶出房外，才赶紧脱解了女人所有全身的衣服，做着一切应做的事。

在男子A的房中，女孩玖等皆全身发抖，一句话说不出口。女生玉为人强壮好事，就一个人走到人丛里去，乘到另外一个看护拿了东西进房时，就一挤也进到那病房里去了。但不到一会这女人像癫子一样又走出来回到男子A房中了。

“哎呀！哎呀！不得了，不得了，是密司Ｘ！是密司Ｘ！”

“呀，是Ｘ吗?”三个女人皆同时如一条弹簧惊起。

“是你们楼上那个Ｘ吗?”男子A也大惊了，还以为是另外一个Ｘ。

但女生玉却答应：“是的，我看到她的脸，我看到她的衣服，是她！是她!”玉说到这里就哭了。

一房中人皆觉得为一个炸雷所打击，大家第二次又喑哑了。

女孩玖哭了。

女生五同朱也哭了。

在男子 A 的心中，忽然悟到了什么，把手肘一撑，一个搁在床边小茶几上的茶杯跌到地上了。

这时大约学校方面已经得了信，赶来许多人看热闹，一个院子塞满了人，喧嚷不已，且争想要到房中去看看究竟这女人是谁。医生满脑是汗，从窗上伸出一个头来，极力节制到自己的愤怒，说：

“先生们，请你们把闲杂人赶出去，我才好做事！”

于是看热闹的人一哄皆出去了。但是学生还是越来越多，稍过了一会，医生第二次又从窗口伸出头来了，很忧愁的说道：

“先生们，先生们，如果你们还想你同学，能够有希望再来活到这个世界上，同你们一样呼吸吵闹，请你们暂且出去，不然实在不行！”

于是有几个人记起了是吃晚饭的时候，不能再耽搁了，就大声喊道：“全体出去，全体出去，不出去是龟子！”大约因为谁也不愿意被这一句话侮辱，谁也不能牺牲一顿晚饭，所以像散戏一样全体络绎退出去了。

因为听到院子中转成清静，男子 A 从床上爬起，披了衣走到院子中观看，才知道医院大门已关，所有看热闹人皆回校吃晚饭去了，就走到那投水人房间窗下去听了一会，只听到里面医生气喘的声音，以及骨节转动的声音。男子 A 仍然回到了房中，望到四人还在抽咽，皆没有眼泪了。

女生朱坐到一旁望灯，玉同五也望到灯，玖则还在拭泪，大家皆觉得非常凄凉，说不出一句话来。男子 A 就说：

“不要这样子，玖！有救，医生还在努力，大概稍过一会就会活了。”

女孩玖愀然作苦笑：“二哥，她前天还说帮我打手套！”

女生玉就说：“不知道这女人为什么原故要这样死去。”

女生五说：“我看到她那性格，就疑心过她。”

女生朱好像独独非常清楚这件事情的因缘，就对到男子 A 苦脸的笑。

病院外有人拍门，门开了，一些吃饱了晚饭的大学生，听到这件事，兴致很好的随了校中办事人来到医院，又把病房包围了。

到后来就有学生因为想喝一杯茶的原因，到男子A房里来看先生的病，因为见到有许多女子在房中，就借故说了半天的话，四个女人方记起也应当吃饭去了，所以告辞。男子A告她们可以开出很好的饭菜来，本来玉五是无可无不可的人，玖是自家的，朱则同玖仿佛一人，所以饭本可以到医院吃，到后却见到那男学生还没有走去的意思，倒是玖不愿意，所以四个人就走了。

男子A告玖，仍然到朱处去住好一点，这话给那在房痴坐不走的男子，保留在记忆中，第二天就把它在学校里造起一种浅薄谣言来了。

十

在病院中的女生X，经过医生用人工呼吸法救治了许多时候，到八点时人已经醒来，到八点半则已完全清醒了。这女人第一件事就是要医院派人送她回学校宿舍，当然这事是做不到的事。医生因认为这时候非到医院安静的睡眠一晚，不易恢复心上的疲劳，且认为在这时候接见任何人皆不相宜，就嘱咐门房任何人皆不能见病人。到后就为这女人打了两针，又给了些温牛奶同一粒药片就尽其睡眠了。

那帮同施手术的女看护，到九点时来男子A房中换热水袋。

男子A问她："人活了么？"

"好了。"看护轻轻的说着，语音很觉沉郁。

"为什么事知道么？"

"为什么事谁知道？一个女人，要这样子任性，总不外恋爱一件事罢了。"

"你看到许多女人是这样自杀么？"

那看护，一面做事一面摇头，到后又似乎以为摇头是错了，就又懒洋洋的说道："这大约是有先例的事，女子就只会这样做人，虽说平时很聪明，到了这些事当然仍旧是愚蠢了。"

男子A似乎很觉得害羞，为看护的话把男子骄傲打倒，不能再说其他的话了。当这看护带门走出时，就心想：若果你这看护能勇敢的爱，又因我误解了你更勇敢的去自杀，我将毫无留恋的陪到她死去，还是毫不关心的尽其自然？

在睡以前，男子A也曾追究到过这自杀者的心情，以及使她自杀的各样因缘。他在那另外一时节所得的信上，仿佛看到了女人X的悲哀所在，但在平时常常见到这女人，就从没有可以证实那猜想的事情，所以到后还自嘲神经敏感，近于病态，不得不好好睡了。

十一

女生X很早的由一个看护陪到了自己宿舍，把箱子中几封信取出来，擦了自来火，一封一封点燃烧掉了。整理了一下所有东西，把一封退学的信交到门房，又即刻同看护回到医院去了。

十二

在病院的院子里，从学校返身的女子X，遇到了早起的男子A。两眼相对望了一会，女生X似乎想要说一句什么话的神气，又似乎是等候男子A说一句什么话的神气，游移了小小时间，到后却惨然一笑回到自己所住的病室去了。男子A觉得心中全结了冰，不能再在这院子里发痴，就走到江边，看到有几个学生在堤边一个地方指指点点，看那地方雪地践踏得稀烂，晓得那一定就是昨夜这悲剧发生的地点。

他以为这女人若是恋爱自杀，必定是想到一个极完全的年青男子。他居然就这样起了一种空想：“我是不会有这种女人来爱了！”并且记起了刚才在病院所见到的女生X，一个柔弱得如一朵百合的身体，心中非常悲哀起来。

本篇收入《沈从文甲集》以前未见发表。

第　四

前年在北京时，我曾在一个作客的筵席上，遇到一个哓舌的人。这个人那时正从山西过北京，一个又体面又可爱的人物，在 X X 人最粗糙的比喻上，说那人单是拿他的脸，或者一张口，或者身上任何一部分，放到当铺中去，也很容易质到一笔大数目款项，原是不为虚誉的。吃过了饭，我们坐在东兴楼那北房老炕上，随意喝茶吸烟，又一同欣赏壁上所挂的齐白石山水画，这朋友就谈了许多画家与作品，谈得使在座的人皆不欢而散，因为一切话皆说得非常中肯，非常有趣味，本来即刻应当回府的我，也不能不为他那俊辩雄谈所影响，脱身不得，到后外面可落起雨来了。

今年八月间在上海，又无意中在一个朋友处遇到这个人，因为是旧识，虽仅仅是那么一面，但这朋友竟非常痛快，一定要我跟到他过杭州，看浙江伟人所提倡的国术比赛。我告他说去杭州未尝不可，但我决不花钱看他们比武。他笑了，他说，我们难道当真去看比武么？在北京天桥丢三个铜子到圈子里，看一次摔角，还有人搬板凳请坐，我早看够了。我只是邀你去那里谈谈天，我们一面玩一面谈话，我可以说几个很好的故事给你听，你一定能够把这故事写下来，成为一个小说。我想了一会，看到这朋友又诚实又孩气的脸，虽然那时正在为一种债务所逼，非赶急整理一些文章不可，到后就仍然答应他了。我们是十一号的八点快车动身的，到了西湖就住到内湖的新新旅馆三楼。从上海北站一上车，这朋友就谈话，过松江就说鲈鱼，到长安就说潮，下了车站就又谈各地方关于检查的差别，跳上人力车又说各地方的车子的性质，落了旅馆又说天津南京苏州广州各处旅馆的故事。总而言之这人的口若非常有一点东西来塞住它的时候，他的话是永远不会停止的。他即或吃到一口汤或一口香蕉，那仍然也不至于妨碍他谈话的方便。我是在许多人事上皆发现过“天才”的，但在谈话上，只遇到这样一个奇怪的人。

到了西湖，正是杭州人赶中秋节的时候，据说赔了钱的那个博览会快要开幕，从上海方面来的人较多，湖上也忽然显得比七月间活动了。我同那个朋友，就按定了我们在车上时所说定的计划，白天爬山晚上坐船，另外一些时间，就用在湖上公园一带来去，看那些坐船游湖的人。

我们先已经说定了的，到一个好地方，必须留连休息时，就听这朋友说一个故事，我就用铅笔把大体记下，方便在回到上海时删改。在朋友的健谈中我总是飕飕的在我那记事册下画上一些符号，我还常常利用一种小小的停顿，抽出一点时间，来为一个游人的俏脸或知客僧的圆头，作一种很诙谐的速写。存记到在净慈寺的后殿，朋友曾说了一个近于鬼魔的故事，在烟霞洞旁他说的是两个轿夫的故事，在虎跑他告我另一朋友投水被人救起以后的情形，……差不多所有好地方这朋友皆说了一个好故事，所以本来应当即回到上海去的我，到后也承认且留到西湖度过一个中秋的提议了。

朋友是一个哓舌的好人，可是这哓舌的方向和嗜好，却在三天内为我看明白了。以一个那样年青那样体面的人物，谈了三天话，尚不说到男女恋爱的故事，这个是我从来没有遇到的。有些人是一见面说过三句话，就会把话的方向引到男女关系上面来；还有些人除了说恋爱就没有话可说。我这个朋友，那么适宜于与女人纠缠的性格，倒像本身是有一种隐疾，灵魂也同时有一种隐疾，才不能在男女事上感生兴味了。因为我觉得有一点不平，有一点“岂有此理”的疑问，所以有一天，我们到玉泉看鱼时，坐到那大水池边，掷大饼给鱼吃时，我就问他，为什么从不听到一个女人的故事在他嘴边逗留。朋友就笑了。过了一会儿，朋友不说话。

到后他说：“你看这鱼！”

我以为他在作一种遁词了，就道：“我不是问鱼，是问女人。”

“正是女人！女人就像这里的鱼，一尾一尾排列这水池里，作各样颜色，在各种颜色中若我们喜欢那一种，掷一点面饼，就过来了。有面饼，又当鱼是需要面饼的时候，我们只嫌鱼太多，不容易选择，难道会有失败的事么？”

“鱼恐怕不大同女人！”

“有什么两样？我倒欢喜听听你这个大作家的妙论！若一定要我说出它的不同处，我只好说女人比鱼还容易捉到手，养鱼要许多的活水，对付一个女人，却并不需要许多爱情。”

“这个话或者是对，我就无条件承认了吧。只请你把故事说下去，且告给我你的故事中的女人怎么样；我要听的是‘实在的现状’而不是那‘抽象的批评’。我实在愿意尊敬你是一个对女人的英雄，因为你并不缺少英雄必具的身分。”

“好，你这样会说，我当然要告给你一点。”

“莫说一点，说全部。”

“可是你错了，全部是有时间限制我们的，你瞧，这时已经四点半了，我这对于女人的故事说五天也不会说完！”

“那你就说一个最动人的关系，我来记录。”

“你得相信我这故事的真实。”

“我完全相信。”

我开始把那一本记事册搁在阑干上，静候我这漂亮朋友的开口。

下面这个故事就是玉泉鱼池旁所说的，因为到后把故事编号，所以就列到第四。有些话不是一个人口语所常用的话，那只是我的记录的失败；有些话稍稍粗野了一点，那是我保留那朋友一点原形。这故事我应当担负那不良的批评，而让好的奖誉归给那个一切体面的朋友。

他说——

我不欢喜谈女人，那是你所知道的。但一个最好的猎户，决不是成天到大街上同人说打虎故事的打虎匠。一个好厨子只会炒菜。一个象棋圣手或者是一个哑叭。这是什么原故？他们都不需说话。我懂女人，何必要拿这个话各处去说？即或是我的特长，是天赋，是可骄傲的技能，我也只能运用这技能，取到我分内应当得到的幸福，所以我从不同谁提起，也从无兴味说到这些事情。

我若果把这个说及与人有一点益处，也不会吝惜不说。一个厨子是可以告人怎么样在火候以及作料上注意的，我这话比炒菜复杂得多，所以说也无大效果。

不是说瞎话，我是天生就一种理解女子的心，凭了这天赋到任何地方总不至于吃女子的亏的。并且我觉得天下的女子没有一个是坏人，没有一个生长得体面的人不懂爱情。一个娼妓，一个船上的摇船娘，也是一样的能够为男子牺牲，为情欲奋斗，比起所谓大家闺秀一样贞静可爱的。倘若我们还相信每一个人都有一颗心，女人的心是在好机会下永远有向善倾向的。女人的坏处全是男子的责任。男子的自私，以及不称职，才使女子成为社会上诅咒的东西。你瞧，近来一些男子，一些拿了笔在白纸上写字做故事的文豪，谁一个提到女人，忘记了凭空加上一些诬蔑的言语？所有的诗人，在他的作品的意识上，谁一个把女人当人？我们看到他们那种对女人的赞美，那谬误的虚谀，同时也自然就看到他们的失恋忧愁或自杀了。他们把女人当神，凡是一切神所没有的奇迹皆要求女子的供给，凡是神生气的事皆不许女人生气，正因在某一层阶级中有这一类男子，或做诗或不做诗，所以女子也完全变成可怕的怪物了。

我不是对女子缺少尊敬，我不过比别人明白一点，女子在什么时候用得着尊敬，以及女子所能给我们男子的幸福的阔度是到什么尺寸为止。我把女人当成一个神，却从不要求她所缺少的东西。我对于女人有一种刻骨镂心的嗜好，但我的嗜好是合理的，不使女子为难的。许多人都说女人会说谎，这些蠢东西，不知道他的要求如何奢，如何不合理，女子既然没有那些出于男子口中的种种，她不说点谎怎么把事情做得完全？

我听到许多男子皆说到“相思”或“单恋”这样一个怪名称，说是一种使人见寒作热的病，一种使人感到生存消沉得利害的病。真是奇怪的事。为什么有这样使医生也束手的病？不过是无用处的男子汉，在他无用的本分上，取出一个要人怜悯的口号罢了。天下大概是真有一种男子，就是纵见到一个放荡的妓女，在他面前用最猥亵的样子告他怎么样可以用她，这男子也仍然还是要害相思病的。正像天生有一种人有这样一种病根，那是一匹阉割过的雄鸡，是除了喊叫而不能够做其他事的一种人。我是永远不害这样病的，我只要爱定了谁，无论如何她总不会在我手下滑过。

我并不比别人有值得女人倾心的社会地位，并不比别的人钱多，我样子也并不是完全中各种妇人意的体面，让我再说一句野话吧，我气力也并不比起许多人为强壮！同一个女人相爱完全不是需要这些的。妇人中有欢喜水牛的怪嗜好妇人，可是多数却全不在乎此。一切的夸张，常常只是一个笑话，对这夸张感到完全的妇人真是少而又少！我还从没有见到一个妇人选择男子，是照到男子们所猜想的标准下手的。大多数的女人需要男子，她们是同吃饭完全一样，只在方便中有什么就吃什么的。在吃饭时节，我们是还没有听到谁因为菜饭太坏，打过碗盏的事，事情也总有欢喜丢碗碎碟子的人，那是必定有一种原因；或者是娇养惯了的小姐，或者是吃饱了伤食，或者是害别的病受了影响，所以脾气就坏了。但是，就像这些人，饿一阵，她也仍然很随便的下箸了。我所知道的，是妇人对别的事或者不通融，对男子是一点不生问题的。

为什么我们常常听到把一个美妇人比作冷如冰雪？那其实却是男子的过失，男子的蠢同男子的自私，美妇人才常常为一类最坏的男子所独占，而且能够贞静自处。任何一个美貌的女人，是都很愿意（或者说不拒绝）有几个在身心方面能供给一切愉快的男子作为情人的，全是男子太不懂事，太无耻，还有的就是男子太像一只阉割过的公鸡；徒有金色炫目的毛羽，徒能扮戏，使女人感到快乐而不受拘束，总办不到，所以许多本来天生就一个放荡性格的女子，在这种社会上也变成圣洁的妇人了。女人在恋爱方面需要的原是洒脱，一个已经懂到数一百小制钱不会错误的女人，就明白在男女关系上应当作一种打算，若果是在情欲的悦乐账上支下过多痛苦的息金，那她们自然是不干的。但是如这事情是一件洒脱不过的事情，她们就找不出理由拒绝同你恋爱了。我们所夸奖的女子的长德都是不得已的委屈，所以我们不要太把能够保持这长德的人加以不相称的敬视或畏视，若是爱了她，你只要把“我是最洒脱不过的人”这一种意义表示得明白，她的贞娴自固的门栏，是会完全摧毁在你那一个态度上的。

我先是说到妇人是饮食一样的需要男子了，就是那样子，我们就来注意一下烹调，注意一下对方味道的嗜好，以及胃口的强弱。自然我们随时皆不能缺少处事恰当的聪明，我们要一种艺术或者技术，我们不能缺少自信同自卑，不能缺少勇敢又更不可缺少软弱，总而言之凡是字典上所有的种种名词的解释，我们皆能够运用和理解，才是一个最好的情人。要耐烦、耐烦、耐烦，且得拿这一方面长处给那女人知道，到后纵是圣玛利亚也会对你含笑。你得把你当作一种蔬菜送给那女人，且必需尽她知道这菜蔬是她的蔬菜，那原因只是差不多所有女人都是一个自命不凡的厨子，有顽固的自信，以为若果这一样菜由自己意思煎炒，不怕她的手段怎么不高明，由她自己吃时总仍然心满意足，或者还觉得这蔬菜的适口，与到胃里以后的容易消化。你若要爱一个妇人，就用这种方法，使她明白你是她一碗由她意思炒成的菜，她因为不好意思，就也得挟你一筷子。

女人都差不多，倘若吃你的原因只是“不好意思不吃”，你就让她有第二个“非吃不可”的机会，到后是她就“非你不吃”了。许多男子是因为好像不愿意自己在女人勉强情形下被吃，所以永远不会得到女人的爱情的。所有害相思病，发狂，跳河，抹脖子，全都是那类不懂女人的男子做的事，这些人幸好是死的死去，发狂的发狂，都不会再麻烦女人了，不然若是尽他们永远在妇女们身边，女人真不知要怎么样受冤受屈。因为这样事许多男子都怪女人，这些尚未完全发狂的男子，不消说全是一些呆子呆心事，因为他们只知道用他们从老辈传下来一套对付女子的方法，时代既然不同，他们找不到爱情，就把发狂的机会找到了。他们也可以说不是想真心要同一个女子要好的人，因为无一处不是有许多非常多情的女子。这些男子只有一个方法，是使女人变成可诅的东西，这些男子自己就发癫狂苦恼，过着出乎上帝意想不到的坏生活。

有人说，女子的心像城门，关得严极了，到了那里大气力是无用处的，捶打终无办法，所以费尽了气力的男子才发疯变癫子，做出吓人的事。凡是门，有不开的么？不过人心上的门那里是“打”开的东西？若果这里用得着“气力”，那门也是一种不必要的东西了。门是“拍”开的。凡门无有不可设法开，就是下了锁，也仍然是一种容易方便事情。轻轻的拍，用你口轻轻的采取各样方法去拍，凡是女子全身都无有不柔软如奶如酥，难道心子这东西会特别硬朗，抵抗得过既会接吻又能说谎的男子的口。

（这里我催促了他一次，我要他把故事说及，少来一点议论。）

是的，我莫说我对于男女的感想好了。好在年青男子永远是蠢得很的一种东西，受最完全的教育，得过教育部的褒奖，得过学位，也仍然不会了解女人。女人则又永远是女人，永远是那样子容易同男子要好，只要你欢喜，只要你觉得她什么地方生长得好看，中了你的意，你那言语行为放在一个恰当的表示上，她检察了一下，看看是有利益而不受拘束的事了，就会很慷慨的将你所注意的给你的。或者她也能够用那个本来只适宜于擦抹胭脂吃零碎与接吻的口，同你说话，告你她是爱你一点或全部。要紧的是无论如何你得相信她所说的话毫不虚伪。一个女子是永远不说谎话的，除非你处处行为上总明明白白表示不相信她的样子，又或者你原本是一个欢喜听谎话的人，她觉到毫无办法时节，才会按照你的兴味制造一点谎话。现代女子是只因为自己的利益的拥护，才像这样子很可笑的活到世界上的。她们哭泣，赌咒，欢喜穿柔软衣裳，擦粉，做怪样子，这些专属于一个戏子的技巧，妇女总不可缺少，都是为了男子的病态的防卫。男子们多数是阉寺的性的本能的缺乏，所以才多凭空的惑疑，凭空的嫉妒，又不知羞耻，对于每一个女人的性格皆得包含了命妇的端庄同娼妓的淫荡，并且总以为女人只是一样东西，一种与古董中的六朝造像或玩具中的小钟，才把这些弱点培养在所有妇女的情绪上，终无法用教育或其他方法，使女子更像一个与人相近的女子。

我奇怪世界上不懂女人的男子数量的吓人。他们中还有许多在那里毫不害羞的扮戏，充一个悲剧中的角色，而到结果又总是用喜剧收场。他们以为学问是帮助了解女人的一种东西，所以也常常用着他们的学问，谈新妇女的一切，又稀乱八糟写一点文章，或写点诗，这些男子就算是尽了他们做男子的责任了。他们爱女人，也就只是在一些机会上，给那所爱慕的女人一点麻烦，还不让女人有一个考虑的机会，或者说还不让女人有一个印象，他们先就在那里准备失恋发疯了。一个女人欢喜一个男子，这中意的情绪的孕育，除了在一个时间的必须距离外，还有的是应当培植到男子的行为上，到后来，才会到两方面恣肆的任性的一同来做一些孩气事情。但是我们所见到的年青人，就永远只知道一个打门的方法，永远用同样一把钥匙开那女人心上的门，女人也看新书，看新的诗集，明白体裁同标点，明白新的诗人形容女人的典故，就好像只是拍门的永远是那一把钥匙，所以不得不特意来制造一把锁，好尽年青人不完全失望的。他们到近来是居然有人在这方面成功了，但是爱情转到这些人还只是扮戏。他们那种不健康的身心，离开了情欲的饱餍到玩弄风情，他们本来都不配恋爱，因为他们的了解建设在一个虚空抽象的倾心上。只有唱戏扮皇帝，才是可以由那些本来无皇帝福分的人上台，如今的知识阶级恋爱，不过是无数既不热闹又很勉强凑成的戏文罢了。他们是太监扮的皇帝，是假的英雄，他们连唱带演，也玩弄许多名词，使两方面互相心跳脸红，互相哭喊狂笑，到后就用一个至上的“精神恋爱”结束了一切惭愧，弥补了一切不可找寻的损失。

(到这里我是又催过他的。)

好好，我就不说废话吧。故事中的废话太多，即或是怎样切题，你们总不大欢喜。不过若果是同女人恋爱，就是说当我们把一个“故事”归还给“事实”时，差不多所有女人，皆需要一种废话敷衍的。若果你们懂“心上空间”这一个名词的意义，你会相信这所谓心上空间，是只有男子的废话可以作成的。“多情的鸟绝不是哑鸟”，做一个情人应当学到若干悦耳的叫声，废话说得适当，恐怕将来所有的中国女人慢慢的就都不再会流眼泪，要眼泪也不容易像现在那么随处可得了。因为有些女子最先感到男子的温柔，是常常在一堆废话中检寻出一个最合乎她趣味的话，把它保持到永久的。

我说那故事，莫再耽搁时间了。可是不谈我的故事以前我得先告你一点我的心情。

我是不晓得什么叫失恋的。我要的我总得到。这个话说来不是使我自觉骄傲的意思。我不把这个夸张放大到熟人前面，因为说谎只是虚荣的维持，我是用不着这“恋爱天才”绰号的。我只是使你明白我身心的强健。

我的脾气是爱上了谁一个女人，我总能在一个最短速度内，使女人明白我在爱她，到后又使她知道我的需要，再到后是她就把我那需要给我的。我听不得谁说到某一美丽女人在极坏相极俗气丈夫身边安静过日子的事情，这些贞操我看得出是一种冤屈，同时感到一种莫可名言的悲愤，觉得痛苦了，我就非得去爱那个女人不可。我这孩气的也可以说是侠气的行为，只像是向俗见作一个报仇的行为，且像是为女人施舍的一种行为，这里我是很有过一些牺牲的。听到这女人生活得不合理，我就找出一个机会来，把我这鲜明年青的身体，慷慨赠给这女人，使她从我身体上得到一种神秘的启示，用我的温柔，作一种钥匙，启开了这女人蔽锢的心上的门，要她有一种年青的欲望的火，要她觉悟到过去一切的不合理，从新的获得上，发现那老公牛占有她是一种耻羞，一种切齿的冤仇。

事情是在ＸＸ的那年，我在担任一个汞砂场的技师职务。有一天，到去市约四十里一个地方去找寻一个朋友，坐了那地方最不体面的长途公共汽车去。在路上我就遇到一个妇人，一个使我这人也大惊讶的美丽妇人。那个优美的在浅紫色绸衣包裹下面画出的苗条柔软的曲线，我承认这是一个天工自己满意的工作。那眼睛同眉毛的配置，那鼻子，都无可批评。这个人正像有心事样子坐在我的前排，我心里奇怪这地方会有这种妇人。从衣服及头发上看，我难于估计准确这女人的身分。我想这应当是我的灾难来了，我又应当在公司的职务上另外找出一个尽责的理由了，就存心看到妇人从什么地方下车，若果中途下车，我就随到下去，问问她是在什么地方住身，是做些什么事情的人。我平时是不容易对女人感到多少纠纷的，既觉到可爱，我就不能放弃这机会了。

但是一直到了最后一站，这人才下车，我就想做一点呆事，跟到这妇人走一会，且莫到朋友处去访朋友。但最坏的气运因为我自己作成，没有到朋友处来时恐怕找不到朋友的住处，先一日曾写了一个信通知给朋友，这时朋友却正在停车处等候，一见我从车门处跃下，那在他身旁的朋友的长女，望到了我，就走拢来抓着我了。因为这小孩子一闹，因为携了小孩子走到朋友身边去，同朋友握手，再回头找寻，女人已经不知什么时候到什么地方去了。抱了小小怅惘的心情随了朋友到他的隐居，同朋友夫妻两人谈到一些留在国外熟人的生活，看看就夜了。因为我照例不欢喜谈女人，所以我那朋友夫妇尊重我的意见，也不提到这小市镇的关于妇女的话。我也不破例，去把车上所见质问我那朋友夫妻。不过在吃晚饭时节，那在车站上迎接我的朋友的长女君子，忽然向她妈说道：

“妈妈，我今天在车站接叔父，又看到那穿紫衣的女子，美极了。”

“你又见她吗？你为什么不喊她？”

“我因为接叔父，所以忘记了。那真是画上的美人。”

君子只是六岁的一个小孩子，提到这美女人时居然也不缺少欣羡。

我就问朋友，所说的女人是什么人。

朋友原本是认为我对女人无兴味的，就说：“ＸＸ若是你觉得这女人还美，我就为你想一个法介绍给你，好使我们君子也得常常见到。君子是见一次总说一次这女人的。”朋友这话显然是立于一个玩笑的意义上，因为他一点也不了解我，他虽然相信我一切使女人见爱的资格不缺少，他总以为我是一个快乐健康的人，说简单点他是把我当成一个孤高独身的男子款待，在说话行事各方面，对我是总不缺少一种含蓄的怜悯成分的。为了这个对手，我可不愿多说话了。

但是，稍过了会，朋友的妻，像是明白我一点，就告给我关于那女子的许多事。我从君子母亲方面才知道那美妇人是一个牧师的夫人，因为君子间或由她母亲带到ＸＸ的教堂去玩，所以认识了这妇人。君子母亲另外所知道的只是这妇人在ＸＸ女校毕业，去年才嫁给ＸＸ的牧师，牧师比女人年长十五岁。听到这些话后我心上有些为朋友夫妇料想不到的变化。在我面前又像来横列一个仇人，我幻想这牧师是一个最坏最卑劣的人物，我估计他们的婚姻完全成立在一种欺骗上，我不相信这女人心上没有一种反动。机会给我一个牺牲自己的时间到了，我到后陪了君子母女两人到教堂花园看白鹤，牧师不在家，那紫衣美妇人出来招待我们，我有意在那花园里逗留了许久。

我自然就同这牧师夫人认识了，我自然非常懂事在一种初初晤面下，把一个最好最完全的印象给了她。回到朋友家中时节，我与那妇人最后的点头，最后的一瞥，我相信自己做了一件伟大的事业，在路上君子的母亲问我，这女人是不是很可爱，我说我将把自己来放到一个危险局面下玩一玩，君子母亲懂我的意思，她对我的了解比她丈夫为多，就笑说一切皆欢喜帮忙。

回到朋友家的书房中，躺到特意为我布置的一个小床上，想一切突然而来的事情，想未来，想这时那妇人的情形，全身发烧，可是我仍然用自足的意思克服了这心的驰骋。我明白我应当安安静静在这个小书房睡一晚，把精神留给在明天。心急是只能做出一些愚蠢的事情来把问题弄糟的，女人最害怕的就是男子性急。一个聪明的男子，他的聪明只在怎么把意识的速度，维持到事实所批准的情形方面。他明白遐想的无用，他就不应当在孤独的时候去猜想那两人以上关系，因为这猜想照例是非常容易把自己安置到一个与事实相左的谬误情形上去的。

第二天我携了君子去，见到牧师也见到了那牧师夫人，我只同牧师谈了半天话。我同那个靠叫卖圣雅各养得健壮如一匹大袋鼠的人谈神学与宗教学，我同他说中国各派教会事业的变迁，我同他谈洗礼与教会中慈善事业的各样问题，到后还同这袋鼠谈到圣经。幸得是我，才能有这样多废话可说。不消说在牧师方面，在一个长时间的散步中，我就取得了我所需要的。我让这骗子爱我，让他把我的可敬重处告给那个太太，第二天我就做了这点事情。

第三天，又是同君子母女两人去的。朋友这太太当真履行了她的约言，当我同到那叫卖圣雅各名分的人物继续讨论一切重要问题时，君子的母亲就同那太太讨论我同牧师。

事情的锐变使我自己也吃惊不小，还只第六天，这个美丽妇人，就仍穿了她那件紫衣，一个人留在我朋友那小书房中，同我谈爱情了。

一切由她明了了的所需要的我自然不能吝惜。我将我所有的全部给了她，尽她在一种崭新的享受中，用情欲与温柔有意义的消磨了这初夏的日子。

我在我朋友家住了半个月，这妇人就到过那里五次。我回到ＸＸ，妇人又到过七次。我的行为使我那个朋友吃惊，这好人，他倒奇怪，一个学自然科学的人，倒以为我是凭了好的命运成就的事。他仍然得使用一个好朋友的嘲弄，说我在幸运下赌赢了一注财富，在这些事上我当然是用不着分辩的，因为直到如今他还是对我的“科学方法”加以惑疑。

你是很明白的，两个年青人的恋爱，先是大多数维持在一个恣肆的行为上面，到不久，这游戏就转到了严肃的情形中了。我们的接近，因为距离发生问题了。我不能把朋友的家作为一个晤面的根据地，又因他种关系，要我搬到ＸＸ去也办不到。而且我们同时皆不满意现状，我们皆得再进一步，费一点气力，抱一点决心，牺牲一些必须牺牲的幸福，才能达到完全。

本来对妇人只抱了复仇性格的我，在同那妇人以前所遇到的女子，我是照例只同她们在一个恣纵中过一些日子，到后又仍然因为别的事情终于分手了的。我照例同到女人要好，慢慢的看出她的弱点，慢慢的明白了她的个性，在什么生活下就非常幸福，我就总费了些气力，把这人转给一个最恰当的丈夫方面去，我尽他们在要好中把我慢慢疏忽，我尽他们成为一对佳偶，这样人是很有几个的，可怜我这时不能为你说及。但是，自从我一同到这牧师太太恋爱以后，我就觉得我应当结婚，而且结婚的女人除了她没有第二个了。我真正为了那不可当的温柔，以及不可当的热情投了降，把一点理性完全失去，要作那使袋鼠祷告上帝处罚我的事了。

我们不顾一切，计划到离开ＸＸ的生活，甚至于把必须的向社会的辩诉也准备好了。

但是这是一件事实，不是一个驾空的故事，我们仍然因为一些使人不相信的新事分手了。为一个比见面更突然的事所打击，她因为到我住处往返来去的长途汽车上，翻了车，一车的人皆连同那一辆汽车摔在路旁，小河里面，这意外事情的发生，只去我们离开ＸＸ两天以前，我在第二天见到当地报上所载的消息，计算时间正是她坐回家的一辆车。我赶忙坐了车到ＸＸ镇朋友家去。一见到君子母亲，我就知道她也早已知道了这件事。那朋友，还料不到我们的情热，料不到我在两天后就准备要带了那牧师女人逃走，仍然是那科学家样子冷静，而说出玄学家的话语。他说：“你的气运触了礁石，昨晚应当做了一个恶梦。”我不理他，就问他太太知不知道是住在什么医院。君子母亲说听他们说到是住在家里，伤处不大，正想等你来一同去看看。

我们不久就到了那教堂旁牧师的家里，在门前小廊下遇见了那牧师，好像是镇夜没有睡眠，心绪非常芜杂的样子，坐在那小椅子上调一碗粥。

自从我同到那女人要好以后，我是只到过他家四次，如今已经有十七天不见到了这博学牧师的。他看到我来了，所以非常激动，他一点也不明白我同他太太在他背后作的事情。他还以为是我看了报或到朋友家听到君子母亲谈到，才邀来看他同病人的。君子母亲问了他一句话，他即刻就引我们到那妇人的住房去。他进了房，很忧愁的走到妇人床边去，温柔的喊妇人一个奇怪的名字，像是父亲称呼最小的儿女一样神气，告正闭了眼迷着的妇人，有朋友来看望。妇人像是知道来的是我，没有把眼睛即刻睁开，轻轻的叹了一口气。我明白这叹息上面所隐藏的意义。我知道那丈夫的温柔使我难过以外，也使这妇人有一种惭愧。到后把眼睛开了，在那薄媚的脸上保留着惨惨的微笑，我们都没有什么话可说。只听到那袋鼠牧师，说了许多废话，他说到当他听到翻车的时候如何惊惶，到后知道了她在车里又如何着急，到后把人用汽车送来又如何忙乱，他且在这些叙述中，不忘记告我们他对于医药的知识与看护的知识。一个牧师天生就是口舌叫卖的脚色，但我还没有遇到第二个牧师有这个人的博识，且把这知识有条有理的倾泻给人听。当牧师说到一切时，躺在床上用绷带束了头部同臂膊的受伤人，她只是用一种怜悯的眼光望到半秃顶的丈夫。她的皮肤为倾跌所擦伤，她的心为那丈夫也擦伤了。我看到这情形，我想说出几句话，就全没有相宜的话。我平生第一次感到软弱，我不能救济我自己，我看明白有些地方我不及那袋鼠，我懂到女人在某一种情形下会生出一种牺牲自己的心情，因这个突变的事情，我将在一个失败的局面下过日子了。

我有些地方，只有承认我那朋友的不科学见解，命运的手抓着我时，尽人事的摆脱，终归无效，我就只好屈服了。

回到朋友家时我感到消沉。我看出我的失败。虽然仍旧不忘记尽人事的种种必需办法。

（到这里我曾问到他的理论。）

理论是不适用了。理论的失败在事实的特殊。我听到这丈夫是一个医生，我就得承认我们的逃亡是只好当成一个将来的可笑故事讲讲了。我那时恨我不是学医的人，因为除了我是一个好医生，我没有方法可以把自己在这个时候战胜那牧师了。我是在任何事情上不忘记“时间与空间”的一个人，在恋爱的成败上我尤其明白这时空的影响。这时她病倒在自己家中，这家中即或是仇人的家，服侍她的即或是她平时所认为仇人的人，因为时间使她的心上勾出了空间，她将在一些反省上看出自己的过失。她将为一些柔情体贴所征服，觉到生活的均衡为适用，而把冒险的热情消磨在回想里。要想她仍然如往日一样，同我在一种昏瞀情形中背了那丈夫逃走，或者离婚，这妇人有考虑的必要，而且这考虑结果，她将按照一个妇人的本能，愿意在平安中保持现状，不愿意向新的生活作一件冒险的投资了。

当夜我住在朋友那小书房中，为了恐怖自己为自己的幻象所苦恼，我同朋友谈了许多另外一些关于学问上的问题。我避开女人的事情不提，仍然像平常许多时节的我了。到后我仍然好好的睡了，因为我需要一个更明澈的头脑，预备在明天再到那牧师家中去看看，或者新的日子能够给我一个新的希望，我不承认我的惨败不可收拾。

第二天我一个人到牧师家中，还是早上，仍然在那病室中，听那个牧师谈关于女人晚上发烧的事。那太太，静静的，柔弱的，躺在床上，一句话不说，间或把眼光同我作一次短短接触，那眼光中充满了的异常的忧愁。牧师到后很机警的把我拉到外边，向我说，“她发烧，她昨夜说了许多梦话，全是很可怜的一些言语。你来得正好，我希望你陪到她坐坐，谈点话，解解她的闷，我到ＸＸ有一点事去。我无论如何要下午才能回来。我这个提议你一定不会拒绝。”把这个话说完，我们对望了好一会。这是互相人格的了解的对视，不是嗔恨，缺少恶意，我从我的对手眼睛里，望得出一种悲悯博大的精神，我明白他所听到的梦话一定有我在内，我明白这个人虽明白了这事也仍然是毫无芥蒂，且即想在这个错误上加以一种最妥当的补救方法。他理解我而且信任我，他很费了一些思索才会说出这样话来。他一定已经同妇人说了什么话，将给我一个机会同妇人商量处置的方法，他且告给了我下午才会返身，是明明白白说到有许多话许多事情是可以在他没有回家以前办好的。我懂到这个人的意思，平时哓舌的技能，一切皆在一个奇怪的敌人面前失去了。

我想他既然这样了解我，我也不能再在他面前有所掩饰了，就一句话不说，同他紧紧的握了一下手，这牧师，用他慈悲而又羡慕的眼光望了我一眼，抹抹那秃头，走出去了。

我等了一会，才走到女人房中去。

“X，XX先生走了，要我留到这里陪你。”我说过了这话，就坐在床旁一张椅子上望到女人的脸。

妇人想了一阵，像是对于我这句话加以一种精密的分析，又像是在另外一件事上作一种遐想，到后才轻轻的说，“你过来一点。”我坐近了一点，把一只手放在那女人嘴边，女人吻了我那手一下，低声的问我，“XX同你说了些什么话？”

“他告我你晚上发烧，说梦话说得很多。他似乎完全明白了我们的事情。他好像一夜都没有睡觉。我不知道他怎么样虐待了你。”

女人说：“他虐待我吗？是的，这真是虐待！他知道我们要逃走，他是并没有说什么重话的。他并不向我说过一句使我伤心的话。他只说人太年青了，总免不了常常要做一点任性的事情。他说年青人永远不会懂老年人。他说我的自由并不因为嫁了他而失掉，但应当明白的做一切负责的事情。他说你是一个好情人，他毫无干涉我们接近的意思，他只愿意我们不要以为他是一个顽固的老年人，对于他抱一种误解的责难，就够了。……他对于我就是这种虐待。”女人说过后，就哭了。

我也被这老东西的话虐待了。我的聪明，我的机智，我的种种做人的进取的美德，为这个精巧的谎话所骗，完全摧毁无余，想拥护那个三日前的主张，无论如何也不能够了。

我们逃走的计划，自然是办不到了。我因为这突然的转变，我感到应当牺牲的是我自己了。

我终于在这个牧师回家以前，返到朋友家中，稍稍坐了一会，就转ＸＸ去了。

(我说，那你就这样输给那牧师了么?)

我输了。只输过这样一回。因为这次的事情，使我的性格也大变了。我懂女人，越懂女人也越不能把自己跌在一件恋爱上，所以现在真就成为“素人”了。

那女人我到后是仍然见到的，她还来找过我一次。可是我感到一点伤心，我好像只是用一种热情来把女人的身体得到，那无限温柔的心，还仍然是那牧师的。我对于那牧师，在我心上增加了一种惭愧。我没有理由再到那里去了。这人第一面似乎就明白我同他谈话，就只是为得同他年青的美丽的妻亲近。他早就看得出我的目的。他早知道他的妻会同我做出一点不检的事。如今听到要逃走了，仍然毫不激动，只以为应当看清楚周围有非逃不可的时候，再来计划到这与社会习惯相违的行为。他知道怎样采取了最聪明的方法，使我们毫不因为这发现感到难堪。这成精的人，这有道行有魔力的男子，在他面前他使我自己看出自己的愚蠢，我一个人终于逃走了。

当朋友把故事谈到最后时，我笑了。因为我不相信这故事的发展与结束。我说：

“一个那么长于理论的人，在这件事上，是还缺少一个必需失败的充分理由的。”

“要明白理由么?我先前不是说过，我总是把我所爱的女人，为她选上一个与她最相宜的男子这件事么?我是一个好情人，却并不是一个好丈夫，我不能在恋爱上扮小丑，就只是这一个理由，那女人我就再也不见面了。”

“难道就这样结束么?”

“你以为应当怎么样结束呢?”

…………

到后我们出去时，走到山门边，买桂花栗子，朋友正弯下腰去捶栗子，见有一个年青女人正想下轿，后面一个轿子上的中年男子，像是那女人的父亲，就用北方话说："天气夜了，不要看那些鱼。"两顶藤轿就从山门外走过，向岳坟路上，消失在那几株老栗树后了。那时天气的确已经快要断黑，天上的霞已经作深紫色，朋友忽然像有了心事，问我是不是常常为一种天气把自己的性格变化，我说这变化是有的，但只是暂时，不是永远。他却说，他是与我不同的。因为我那时在吃栗子看天上的霞，他也在吃栗子看天上的霞，我们就没有再说什么话。

回到旅馆朋友说明天想返上海。因为什么意思我是不明白的，当时我曾用笑话说："是不是仍然还得过ＸＸ去作那牧师座上的嘉宾?"朋友点点头，接着就狂笑了许久。

早上看时报，看到ＸＸ通讯，想起那正是朋友所说故事发生的那县份，我生发一种莫可名言的兴味，过细看了一下内容。上面说：

> ……ＸＸ牧师，被十七夜的窑市变兵戕杀后，已有三名变兵被七营捉获解省。

当时把那报纸剪下，想到去问问一个与那朋友常常通信的熟人，问了许多人皆说听说是在唐山煤矿公司总务科做事。我正想把这剪下的报纸寄去，朋友却正从北平来信告我，最近已经同一个协和医学院的女生订婚了，这独身的计划的变更，是完全在玉泉谈那故事以后望到天上红霞所生的新的生活态度。看了那个信，我把它连同那一片剪下的报纸一起丢到火炉里，望到它燃过后作浅蓝色火焰，许久未熄，我心上像完全为什么所蚀空的模样，仿佛成为一个悲剧的中心人物，痴了许久。

本篇收入《沈从文甲集》以前未见发表。

夜

大约是一九一九那年，我那时正在湖南边境一个小市镇上住身。那里去贵州不很远。那地方名字是榆市，通常又多喊作榆树湾。那地方的一切情形，风景同生活，我是在我写的许多小说里都提到过的。就是近来一篇取名叫做“我的教育”那样回想的文字，那背景，也就是与那榆树湾相距约四十里一个比邻的市镇的。我在两个镇上皆住了一些日子，学到许多人事的乖巧。所不同的是我在槐化时节，我的名分是一个正兵，编在补充营，每日的事情提要记录出来，是擦枪，看杀人，炖狗肉吃；这三件事。但住到榆树湾，我高升了。我已经从值六块钱一个月的兵士名位上，被那个就只会拷取口供的军法长，拔擢我到司令部做司书生，薪水加到九块三毛钱一月，名册上写得是上士，名义上我已经是师爷了。感谢这大人，把我从擦枪过闲日子的生活中，换到与副官处几个吃闲饭的副官一处坐到方桌旁边吃饭，又给了我许多机会让我写字作画，且使我养成了呆坐在桌子旁永不厌倦的脾气。若详细的追究我这生活的转变机缘，怎么样我就成为今日的我，那一段作司书生的生活是值得作一度深沉的回想的。就是那个军法长，那个不缺少可爱敬处的无赖，那个只知道用苦刑拷取无罪的平民招供，刽子手的伙伴，对于我的帮助，也是应当永远刻在我的心上的。我会从一个兵士被人青眼擢升为书记，一面自然是我那时太欢喜写字，为他知道了，一面还是另外有一个原因。把这原因提及，使我自己也常常对于那军法长失去了感谢的私心了。

那原因是正当那个时候，我们的军队扎驻到那小乡镇上，大家都把“看杀人”同“杀人”当成生活中的一种至上的怿悦，忽然在ＸＸ的民政长兼靖国联二军总司令的张某，用二军名义命令我们的队伍，限定日期把枪械表同名册造去，以便在辰州的军事会议时提出，不然将来便不能为政府承认这是正式军队。随了命令来的是许多张用桂花纸画成的极大极复杂的表式，完全是我们清乡署秘书长书记官所不见到过的东西。似乎把所有部中有知识人物聚在一处，对于这上级官署新颁的表式也感到束手了，束手的事情不是部中缺少明白这表用处的人物（虽然是那样稀糟的部队，里面从高级军事学校出身的人物是并不缺少的），为难的只是麻烦。似乎从民五讨袁成军以来，就从没有遇到过那种讲究认真的上司。名册虽是每月皆得造就一份，连同领结赍去，才能把应得的饷项领到，但上面的人数与枪数，照例就是极其敷衍不落实际的。这次可真出奇了，枪支表上的举例，是连式样号码出产地与子弹一切详数皆得登载的。命令到时去下游军事会议的日期只两个月，所以无论如何一切表册皆得在四十天造齐送去，将来才不至于剿匪的军队本身变成土匪。我们部队平时报告上去虽是三团，实际上恐怕人数不会到一千六百，而枪支实数又不会过一千。一千支枪的数目并不多，可是这表册将怎么见人？并且既然一切都那么详细，若不是把部队一一抽调来点验，就是派人到防地周围近百里内检察。调防是做不到的事，到后就决定派人到各防地去填造这表册，困难就发生了。造表的事是属于参谋与司书合作，参谋是很不少的，因为各处得同时派人，书记的人材可不够了。把所有部中书记分派出去后，部中还得要人办事，我忽然被军法长想起，所以我就成为那清乡司令部的师爷了。

我作了司书的第三天，司令官忽然要驻槐化部队同榆市部队换防，清乡公署也移过榆市。这突然的变故是大约与下游派来的点验委员有关系的。榆市的一切完全与槐化同样，所不同的是镇上多了一个邮政代办局同一个小福音堂。我们仍然驻到一个祠堂的戏楼上，把床靠墙接连的铺好，把办公桌皆放到戏楼窗边。

初作司书是不寂寞的。每天坐到白木桌子旁边，用桂花纸印红格的公文纸临灵飞经，有命令时写命令，把事作完，就又拿了司令官画有虎字的原稿上草字临摹一通。不高兴时把笔抛了，我就看上司们下棋。秘书处是同参副各处在一个楼上的，因此我又得了听这些上司说话的方便。他们都不吝惜对我的夸奖，一个成天到传达处烤火的我，得到这些人的奖励，不消说我在职务上，到后就成为一个最能尽职的好司书了。

榆市也有场，逢四九是热闹日子。虽然作了司书，我是仍然在逢场时节，被提拔我那个同乡法官，用一种鼓励，要我拿了钱到场头上去买狗肉回来炖的。当时我没有明白他那鼓励的背面是含有自私的意义，我总是仍然极其高兴的把狗肉买来，拿到大厨房去把狗肉的皮烧焦，再拿到小溪里去刮，又拿到厨房里砍，加作料为那法官炖好，供这个上等人的贪腹。我的趣味在别的习惯上也仍然保留了许多，就是说我的坏处并不因为作了司书就完全去掉。我还是常常到连上去吃饭，间或同兵士到乡下人家喝一杯酒，或者到溪边看女人捶衣。除非正在写一件顶要紧的公文，我总得抽空去看看，看到底有人割心肝没有。割心肝的事我是一共看到过十一次的，还看到一个人把胆取出用细碎的银子从小管子里灌进去，据说银末到胆内以后就化了，这胆比熊胆有用，它的用处是治心气痛一类妇人阔人的怪病。不过，我看割心胆是要看那些火夫把心肝怎么样下锅炒吃的。全只是听到另外人说过一句说，说是心子在锅里还是活的东西，跳得很高很利害，其实看到后才知道这话一点不可靠。这些蠢东西，活到世界上时，如果心子是一种活动东西，就不至于尽人把大刀在颈脖上尽力的砍了，既然全是那样容易死去，从不曾设法去砍别的人，心子不会在锅里跳跃，也是自然的事了。但年纪很小的当时的我，所有幻梦以及研究兴味，是总不能离开我生活的周围另有发展的，我曾听到一个传达先生说他吃过一个妇人炒舌头的故事，他说到这个时完全不是儿戏。他告我一个朋友怎么样同他相好的妇人反了目，这妇人怎么样先同他要好后又同一个锡匠要好，妇人想那锡匠把朋友谋害，锡匠不答应，到后这话从锡匠方面漏出了，朋友就走到妇人处去，如何把妇人的舌头勾出，割下携回来下酒，正当那个时候传达走到了那里，朋友就说：请吃一杯。但这传达不喝酒却吃了一筷子菜。到后来才知道那是一个妇人的舌头，呕了半个月还觉得心里不爽快。吃人并不算是稀奇事，虽然这些事到现在一同到城市中人说及时，总好像很容易生出一种野蛮民族的联想，城市中人就那样容易感动，而且那样可怜的浅陋，以及对中国情形的疏忽。其实那不过是吃的方法不同罢了。我是到了现在，还是不缺少机会看到某一种人被吃的，所以我能够毫无兴奋的神气，来同到一些人说及关于我所见到的一切野蛮荒唐故事。

我的司书作了二十天以后，有一个营里因为所造的表册不对，还得派一个人去那里另外抄写一份。因为那个营部设立在距镇上约有二十五山里远近的一个冷僻岩上，第一次去过的那书记，为那讨厌的山路吓怕了，很聪明的同我打了商量要我替他做这件不讨好事情。他知道那营长是我一个亲戚，我没有不愿意去玩玩的道理，就在参谋长面前举荐了我。他对上司说出我应当去做这件事的好几种理由，且在那理由中说出只有我才能够胜任的荒唐话语。这似乎又像实在的话。因为他说只有我懂枪，才不至于再把那些应有的注解忘掉，此外还有就是我应当在这时候出一两趟差，做点事，才不至于为其他书记处同事看轻。这真又是一个会说话的骗子，他的话中煽起了我许多虚荣和欲望，直到后来我还为这同事用言语相激，做了许多对于目下性格有关系的呆事。

我那时写字是一点不高明的，当然不会比一个做了多年的书记师爷在行，但说到造表册，对于这新的表上填上检验的结果，把种种名称填到表上去，我的确是比那些长了胡子的师爷多懂一些的。当时我还能用我在小学校认到的英文字母以及拼音方法，在表上填明白那些枪的出产地厂名与名称。

既然这件事轮到了我，当天即刻就得动身。我仍然是穿的那件棉布长大军服上路的。我什么也不必携带，实在说我什么也没有可以携带的东西。我只把一条洗脸用的毛巾扎到皮带上。我把那在ＸＸ营里领来的洋磁碗带走，这碗是每一个兵士皆有一个的，用一根红绳子穿起来挂在腰边，吃饭喝水全就是它。

时间是烧夜火的时候，镇上到别一个地赶场的人都回来了，因为有同伴正要过ＸＸ去，我不得不即刻同到他们动身。同伴是四个人，四个有枪的兵士。因为这四个人正是今天来到这里领饷回去的兵士，有了四个人上路，使我放心了许多，虽听说去ＸＸ的路上有一个高山，有豹子常常在山中石洞里发吼，也毫不放在心上了。四个人中有一个是班长，这人是很可佩服的。

天气是一个阴郁沉闷的南方二月天气。我们五个人走出街口时，已经就看到有人吃晚饭了。可是天气坏到出人意料，我们先还以为走十五里才会断黑，就点了火把走黑路，但是还刚走到距离榆市十里的十里桥，天就全黑了。我们到那桥旁一个卖糍粑的人家里烤了一会火，吃了点茶，吃了点东西，把火把同马灯点燃，仍然走路。

在那地方山道中走夜路，手中熊熊的火把毕毕剥剥爆着大的声音，从大而危险的石旁搽身过去，从深涧石梁上过去，从流水潺湲的溪涧里过去，因为人多，一路上我是毫不寂寞的。我把我自己放到这四个年青人中间，前面两个后面也是两个。我感觉到一种美，使我忘了长途的疲倦。这美的感觉是到如今还不完全消失的。那山路是常常变化的，有时爬上了岭脊，两面皆下陷无底，忽然又蜿蜒下降，入一个夹谷，在前面十丈仿佛即已到了尽头。随处是高耸的石壁同大而幽僻的树林。从一些废油坊同废院落外面绕过时，望到这些工程伟大的长围墙，使人想起数年前这主人的光荣，总不能不把火把向那黑暗的冷落的空地照照。一切皆是这样不可形容的怕人的出奇的情景，但在这些情景下，几个在军营中滚着日子的年青人，心粗气壮，平时大量的吃酒吃肉，这时沉默的或大声歌唱的走路，从这些人行为上使我心上的畏惧毫无长成机会，我就反而为那动人的美所醉了。

在 X X 的山路，我不明白是用何种方法计算那长度的。我们这二十五里好像走了一个上半夜还没有得到。我把我们要到的目的地问过了那个什长，他没有说明究竟还有多远，他就只把应走过的地方名字一一数给我听。从他那语气上我才明白我们走了半夜还没有走过三分之二的路程，所以慢慢的也就不免有点疲倦了。

走到一个溪边，溪水涨过了跳石，汹汹的流，加之因为是夜间，不知道这水究竟有多深，为难了。若是在白天，就是再大的水，我们也可以想法渡过这横断的溪河。凡是镇筸人很少不会泅水的兵士。可是现在是有四支枪在身边的，还有四百块洋钱，同各人身上的子弹带，天气又是不适于同水抖气的天气，所以就不得不想另外一种办法了。这地方照例是缺少船只的，另外的办法当然不是从渡船着想。我们经过了一种商议，就沿河走。那熟习道路一点的班长主张向下游，因为从下游可以有机会找到一只小船。有三个兵士皆主张从溪上游走去，以为或者可以发现一个窄一点的地方有一个桥，纵缺少这种好气运，上游一点必定还有那类日夜碾米的水碾子，可以从碾坝上走过去。并且到了实在无办法的情形中时，我们还可以到碾坊里去过一夜，不至于彷徨到这河边让风吹，不消说这意思是就先有了在这乡下住一夜的意思了。说到水碾子，使我想起了八九岁时在碾房过夜的情形，同时我们又正听到一种仿佛距离很近至多不过在半里以内的奇怪声音，这声音是只有水碾子同油坊两种地方才会有的，所以我也倾向了多数，说是大家从上游走去是好办法了。那班长见到坚持自己主张没有效果，所以就用着“尽你们干”那种放弃责任的神气，答应了这提议，大家一起向上游走去了。

我们就沿了溪旁的小路走去。从上游直溯，我们究竟将走到一个什么地方，是谁也不很明白的。我们都不是本地生长的人，其中最熟悉地理的还只有什长一人，但他也是只来回走过十次左右的正路，其他路径全然是茫然的。可是我们全是年青人，全都相信这地方不会有土匪三十五十来抢枪的事，全都不怕鬼怪或猛兽，所以大家一任性，就毫不想到恐怕那类事情了。从溪的上游走去时，我相信是我们曾经有过很多的机会，可以从溪的南端越过到北岸的，倘若我们必须这样作时，至多我们只会把水湿到大腿的。但我们好像觉得越走越与我们所听到的那种声音距离较近，我们已经走了两个钟头或三个钟头不遇到一个活人以及一间有灯光的房子，夜行的空洞寥阔心情，太需要一点温暖以及一个休息的地方，同需要一个生人说两句话了，就都没有下水的意思，那什长也不说一句话，独自在前面把一个火明在黑暗的空间里摇着尽火星爆着，像烟火中的李逵发疯，走了又走，我们的不可免的恐慌忽然为一个同伴发现了，我们所有的火把，所剩的已经不能再走三里路了。我们五个人在这样坏天气下，是决不能靠一盏提灯走路的。我们因为先前太不知道节制照路的火把，到这时候困难可发生了。没有火，在ＸＸ时，像这样夜里摸十里八里黑路，是寻常的事，可是那道路可不比这地方。这时我们所走的是我生活经验中最坷坎的路，一面是溪流，一面是荒山，路既高低不平，最难防备的还是那路旁的空陷处，多到不可思议。这空陷是陡然而来的，是一不小心就把人吃了的。小的较浅的或者尚无妨碍，有些大而深的里面全是积水，在我前面一个兵士有一次若非得我的援手，跌到那窟窿去是不是还爬得出来我可不知道了。

因为照路的火把所余有限，几个人对于路的恶劣，感到诅咒骂出野话了。几个人皆抱怨自己的主张错误，有点后悔任性的失策了。但在最前面引路的什长，却一句话不说，他只沉默的扬起火把向溪的上流走去，间或前面有了麻烦，才说一声“弟兄小心。”什么事使这什长勇敢向前呢？因为我们要知道的那声音更近了。

随了这有毅力的什长又走了约一里路样子。溪流向左转，使我们更失望的是转出了左边山角，我们明白这声音是一个水车的声音，而声音所在的地方毫无灯光。若果水车处有碾房在，既然水车还在转动，则碾房中决不会全无灯光的。我们既已转了山角，水车声音距离我们已经不到半里路，我们赶到了那水车处一看才看出是一个接水灌山田的庞大竹子水车，完全不是碾房推动石碾的木叶水车。这打击使我们五个人皆骂了一句娘。我们是被这东西所骗了。看情形使我们明白附近不会有一个人家。我们先前能够前进，完全是为得有希望的声音所鼓励，我们各人皆悬揣到在那声音下面的各样趣味。我们的同伴，一个在任何时节总不忘记谈到女人的小黑脸青年，先还做着无涯的好梦，同我们谈及他在某一个碾房里所经过的一种奇遇。但是，到了这里，一切都完了。再想前进谁都缺少这种勇气了。退回原路则又仿佛不是几个年青人想到的事。我是虽想到也不好意思说出的。我们的火把恐怕向后转走到原地方也不能够支持的。我们除了一种神迹发现，简直几个人非在这溪边过夜不行。

这情景，若果先前我所赞美的不是虚词，则在这时节我也应当找到一种最恰当的恶骂机会了。因为我们用尽了方法，想找寻一点可以当作火把照路的都没有得到。那水车，看那样子在平时溪水干涸时节，一定是已经不再转动，悬在空中，那一半竹杆编排成就的身体，是可以拉下来当作最好的引路火把的。只要拉下那东西一根肋条，照三里路也是很平常的事。但这个时候，这东西在溪流中慢慢的转动，全身已为溪水所湿透，发出大而可恶的声音，似乎把我们骗了还在那水中嘲笑我们这一群年青人是呆子。

还是什长可爱（这什长到近来是早已腐烂了的，愿他安静，不要为我这个故事扰乱了他的被世界遗忘的灵魂!），什长见到我们的同伴想用枪托去筑那水车的基础，大声的制止了这愚蠢孩气的行为的继续。他告我们，谁同他爬到山顶上去看看，或者看得出一个村落的方位。他说这是我们唯一的一种希望，若是没有结果，我们就准备在这河边过夜了。什长的话使我们生了新的勇气，五个人皆愿意到山顶上去看。五个年青人，只有我们年青人才做得出这种事情！我们要爬的山是一个红石的荒山，我们既决定了到山顶上去看看，就开始从那水车所灌引的田塍上爬过去。那山田里已灌满水，水且从低处溢出仍流到河中去了，我们明白这水车若不是因为涨水的原故，也不至于使我们受骗的，因为水车接水的枧还没有搁上，水道也没有理好所以水就溢出了。

山顶是好像并不很低的，不过因为我们几个人完全为这唯一的新的希望所支配，也顾不得什么，四个还各背上一支枪，到后仍然爬到顶上了。到了山顶以后各处一望，望了许久，山后的灌木林后面远处，被我看出一点火光了。我们大家注意到这相去一里以外的小小火光。我们看了一会，证明了这决不是磷火一类骗人东西后，取上山时相反的路径，不顾一切向火光处走去。前面一点小小光明使我们忘了一切危险，我们随从什长越过了许多阻碍，越过了许多有水的湿地，又从一些灌木林里奔过去，居然下了那山到一个小坡阜上，把火光认清楚了。这时什长忽然机警起来，恐怕前面等候我们的是一种深不可测的危险，变更了我们前进的计划，他要我们在后面二十密达距离，莫用火把，只把提灯的火捻得很小，能够照路，跟在他的后面，他独自上前去作一个寻路的人。他且把枪支同子弹带给了我，要我背上。又走了一阵，已经走近那火光，看得出是一栋孤孤单单的房子了，我们各把枪实了弹，各取十密达距离蹲伏守在各处，什长拿了火把高高的举着，使火把散开，加强了燃力，一直向那小屋里跑去。

我们在任何情形下本来皆缺少吓怕的情绪，经过了许多的危险，且常常像这样子在深夜包围一个匪巢，这种情形并不是第一次了。但到了这时，各人的心仍然好像是绷紧了，若果我们看到什长的火把一灭，或者听到一声喊，或者一种突起的呼声，最先开枪的必定是我。因为我在那时节忽然想起了施公案一类故事，以为在那里一定是一群强悍凶狠的人物，且想起我们营里不久日子才捉到那匪头被镇上人破腹取心的事，以为这屋里若是一群土匪开会决议报仇方法，我们什长这一去，不到一会就应当破腔取心作醒酒汤了。我这样思想时并不是怎么害怕的，我的同伴当然也不怎么害怕，我们各人有一支单筒盖板枪，有一百六十粒子弹，在任何情形下都很有把握可以凭这点东西换他们二十条性命。不过时间与空间放到那地方那种情形下面，使我们各人皆有理由为这寂静的沉闷攻袭，心上感到冰冷，几几乎要放声长嗥。

我只有到那种情形中才能有异常清醒的头脑。我好像能在那一分一秒上看尽了世界一切。我手捏着冷而潮湿的枪，蹲在一株桐油树的后面，眼睛望着什长的火把。我听到离我很远的几个同伴兵士的出气。

看看待到什长要走近那人家时，同伴之一，低声说，师爷，你预备，不要心慌！我也就说，我是从不心慌的，我有过四次的经验了。

我们看到什长走近那人家了。

我们看到什长在拍门了。

我们听到什长在同人说话以及一只小狗的吠声了。

一切完了，一切预期的危险完全没有，我们反而似乎失望了。因为听到拍门，就明白是可以不必开枪的生意，到后又听到小狗的吠声，更明白是平安无事了。一个匪巢是不会把大门严闭一直让人到他的门外拍打的，一个匪窝更不会喂养一只小小的无用处的狗，这就是我们对于从经验得来的知识。我们用了这知识，证明了先前戒备的多余，各人皆在一种又羞愧又欢喜的情形下把身体站直，同时什长在那里喊我们了。

我们自然再也用不着什么惑疑，就向那灯光处跑去。走近了一点，我们看见什长正同一个老年憔悴的男子站在那大门前，我们欢喜得要骂娘了。

老年人看了我们几个同伴一眼，很忧愁的样子，把我们让进大门，进了大门又走在我们前面引路。那小狗项上挂了一个铃铛，在我们脚边嗅闻一会，好像明白了我们是好人，也跟了它的主人跑着引路去了。我们进了大门又走过一个大而宽的土坪，我心里还有点不甚高兴，因为看那老东西似乎对于我们的来很有不欢喜的神气。我一面仍然不忘记人肉包子迷魂汤一类故事上的危险事情，独自走在最后一点，以为若果是前面的人一落了陷阱，我即刻就向后转。我没有进门以前一切虚实也看过了，在退路上我已经留下一种记号，默数着脚步，自以为谨慎到可夸奖的程度了。但是，进了屋，还有出人意料的事！这目睹的种种使我惭愧，我所担心到的老者家中，原来就只是一栋三开间的房子，正中一间挂字画，点了一盏灯，一个桌子上摆了一本大书，一个茶壶。左边像是卧房了，有一扇门半掩着，右边是灶屋，有一个大水缸，放到门边，正屋的那盏青油灯的暗淡的黄色灯光，照到那厨房水缸上，映出凄凉的微弱的光线。老人家中的简单同干净，忽然又使我疑心我们今晚上所遇到的是神仙了。因为听到窗外遗在地下的火把残余的爆声，我赶忙走出去看，想用脚踹熄，我走出时一个兵士也同我一块出来，我们两个人就走到那好像卧房的一边窗下望了一下，只望见里面像是有一个床铺，又像是有一个人睡在床上，听到什长在那里喊我们，我们才匆忙踹熄了火把的余烬，返到屋里来了。老年人把灯拿到灶屋，引我们到烧火间，告我们可以自己烧火热水。

问到了这里地方，我们才知我们今晚上所走的路已去正路十里，再有两三里且到另外一个名叫金狗寨地方了。他就告我们且住到一夜，到明天再走，因为夜里纵有火把同引路人也是常常容易走到一个岔路上去的。他问我们是什么时候从什么地方吃得晚饭，知道我们这时还需要吃一点东西时，就拿了灯，引我们到灶屋里去，指点我们那个灶屋靠后一点地上，可以烧一点干柴根取暖，且告我们若是要睡觉，就到正屋后面仓上拉下一点稻草来垫到地上。他又回到房里去取了两升米同十几个鸡蛋来，要我们自己办一点饭吃，因为他自己有点不便。又指点了油罐盐罐，且用木叉把挂到堂屋外边廊檐下的两尾干鱼取下来，同一些辣子，要我们自己照到所欢喜的口味做好。因为取干鱼我为他掌灯，回到堂屋时我就把灯放下，察看了一下这人所看的是种什么书，我这行为完全只是出于好奇，不知为什么我当时总觉得在他脸上看出一种非凡的光彩。我明白他的书是一本《庄子》，知道了神仙决不去看《庄子》，但我总仍然以为这个人是一个稀奇古怪的人物。我当时也不把这个话去同他谈及，也不把这心事同我那几个伙伴说明，只是在那老人面前，表示出很懂得他很尊敬他的意思，一句话都不说，以为他一定在这个时候会像黄石公向张良说的“孺子可教”一类话来。我把英雄的梦转到神仙的梦，这梦是始终不曾为四个同伴知道的。

老人虽说一切要我们自己动手，但他仍然是拿这样取那样帮助我们做这一餐夜饭的。我们把饭办好，坐在灶间那火堆边小板凳上吃饭时，老人就坐在火边低头像是想心事。什长问了他许多话，可是老人所答的在我听来，总似乎明白他是另外有一种隐秘。我的观察人的趣味，是从更小一个时节就养成习惯了的，看得出也听得出这人说话时的闪烁恍惚，我猜他不是一个神仙也一定是一个隐者。我因此对他更显得诚实一点，这诚实只是使我不能多向他说一句话，探听他究竟为什么住在这穷乡里。最可气的是什长，在路上一切布置，似乎都是一个有作为的聪明人，到这时，却对于这穷乡中隐士一点不生出一种合理的疑心，一点不想在那老人神情上，以及家中情调上，加以一种无害于事的探究，问明白为什么在此住家的理由。可是我自己为什么又不问问呢？我自己为什么不来同这有年纪的人谈一点学问呢？我为什么不自炫于这伟人怪人前面，让他看出我是一个可救度的孩子呢？我是在那一顿很舒畅的晚饭上，也就在心上起了许多争持的。大概我的性格，对于一个人格的倾心，像恋爱中的情人一样；使我聪明的是心窍的明朗，使我愚蠢的是口齿的胡涂。正因为这性格的生成，我不知吃了多少女人的亏，以及失去多少好朋友。可是，在当时，我是又常常为这性格不惜加以自赞，因为我又觉得我所敬仰的神，是只有用我的愚讷才能与他接近，用我这沉默才能同他握手的。这一个谬误的主张另一时用到恋爱一件事情上时，我就作成了许多做呆子的机会。

不过我还有另外一点顽皮的合乎身分的对于这老人的厌恶，因为他把我们款待到厨房时，他是俨然对于我们存一种戒心，好好把他自己那个房间扣了一把铜锁的。

当时我们把饭吃过，大约已经是半夜的时候了，因为缺少铺盖，新稻草使人身体发烧，我们即或相信这老年人所说的话语，告我们这地方如何荒僻，决不会发生意外事情，但按照我们规矩，他们四个是不能同时把子弹带解下躺放在席子上睡觉的。什长是一个受过严格练训的军人，就提议说大家应当莫想到做梦一类事情，应当一同围到火堆边过一个夜。我是没有反对理由的，自然答应了。其余三人也答应了。老人见到我们说要在火边过夜了，就又走到他卧房去取了一棕口袋风干栗子同一箩红薯，他像是也愿意同我们坐一会儿的样子并不去睡。什长说，老人家可以睡去，我们不应当吵闹你。老年人就摇头，惨惨的笑，说是你们不来我也不睡的，你们到了这里，我倒很好过，好像不是我陪你们，是你们陪我！这话是什么意思，无一个人懂到的。

六个人围到火边坐下，一面吃栗子一面说话，说了一阵，我忽然想出了一个计策了，我提议每一个人讲一个本身所经过的故事，轮流讲下去，消磨这长夜。我这提议是为老年人而发的，我想这样一来他必定就能明白不是肉眼，我又能明白他是怎么样一种人物了，所以我且声明若果是大家高兴作时，我可以起头说我家中人一个奇异故事当作引子，以后再大家依秩序继续说去。几个兵士当然没有什么不答应，我见到老年人也笑了一下，我就开始说了我祖父年青时杀长毛的一个故事。

我的故事不消说是随随便便说的，是不完全而又不可靠的，我只依稀把父亲在我很小时节学到的故事，无头无尾的说了一阵。因为说到的是我祖父如何同一个高身材长毛杀仗，祖父敌不过，从水里逃了去，那长毛看到祖父踹水脚，水只齐腰深，就扑到水中去擒祖父，但是这长毛一点不明水性，一下水就陷灭到水里去了，祖父看到，回身来把长毛头发揪着不放，将长毛淹到水里十来次，长毛吃水已够，到后就把人拖上岸来，割了头，悬挂在马鞍上，回营报功，因此就得了云南昭通镇。我所说的故事，一面是在几个兵士面前使他们明白我祖父的英雄，一面是注意使这隐者知道我是将门之后，不把我看成像兵士一类的平常人物。小小的虚荣还使我在另外一些事上像一个呆子，是我到如今还免不了的。

我的故事说过了，因为那是引子，不算数，第一个又轮到我，我就又说了一个鬼怪的事情，一个我所见到闹假妖的故事，把它修正成为真的故事那样说了一阵。大家是全不见到过鬼也不怕鬼的一些人，但一听到我说在客店中遇到的僵尸，仍然像是为故事造成幻影在心上扩大，故事一毕大家纵声的笑了。

我注意到在火旁的老人的神气，老年人听到我说这个时，也微微的笑了一下，我以为这是这隐者同我要好的一种证据，又以为是这隐士了解了我的假处，所以使我稍稍感到一点羞愧。我作为全不注意到他的神气！就催促在我下手的一个兵士快说。

我的同伴，就是那个最爱谈到女人的黑小胖子，坐在我的下手，就说了一个关于他自己同一个苗女恋爱的故事。这故事是一个喜剧的起始，而得到一个悲惨的结局的。他说他在沙罗寨曾认识一个黑而美丽的妇人，每夜总邀了一个同伴去那家人的屋后山上树林里相会，妇人有一个丈夫作巫师。这样事自然得瞒到那成天头缠红布手执牛角的丈夫，因为那地方规矩，是作丈夫的若不能用酒肉款待妻子的情人，他就一定预备了一把刀或一根矛子，作为款待他仇人的东西。有一天晚上，又照了约定的时间去会这妇人，因为忽然想起了一件事，事又非办不可，又怕那妇人盼望，就请求那同伴先去告给妇人一下，这一面把事情一作过即刻就跑去，到了那里，凭藉月光，看到妇人同朋友在一株大树下搂在一处，像没有知道他会来，心中非常气忿。走拢去一看，才吓慌了，原来两个人皆为一个矛子扎透了胸脯，矛尖深深的固定在树上，两人皆死了。他不由得惊喊了一声。那个凶手，那个头缠红布同鬼魔常在一块的怪物，藏在林里阴惨的笑了。像一个鸱枭，用那诅人的口，向他说：“狗，回到你的营里去，告给他们，你那懂风情的伙伴，我给他一矛子永远把他同妇人连在一块了。这是他应当得的一种待遇。”他先是为那奇突的事情所恐怖，到后是为这暗中的嘲弄所愤怒，且明白那伙计是在一种误会中代替了自己遭了这苗人的毒手，他就想跑进深树林去找寻这个东西。但是，进去时，已经不知那鬼在什么地方去了。他走回营去报告时，这人家已起了火，火焰烛天，这火就是那巫师放的，他完全明白！

兵士这故事说得极其动人，其次是轮到一个脸上有一点不雅观记号的兵士说了。这人是大冈寨的人，那里为四川贵州湖北湖南四省交界的地方，高山四合，常常出虎。他就说了一个关于虎的故事。那故事就同他脸上的记号有一点关系。他说他十八岁时一个大冷天，在一家族长处剥桐子，到了半夜要回家睡觉，得走一个长垅过身，垅旁是溪涧。时间是冬天落雪过后，溪中水是早干了。那天有朦胧月亮，所以一个人洒洒脱脱的沿了那小溪涧旁的窄路回家。出门时，因为月亮，景致很美，心中想到的不免是一些年青人快乐的事情，譬如在白天打斑鸠同山鸡一类合乎天气的行为。一面走路一面想到明天的种种，忽然一个花尾在溪涧草里一动，他的心也就一动。溪涧两旁是长满了茅草，草旁又压得有雪，所以本来很窄的溪涧显得更窄了。因为正想到山鸡，就心想莫非当真这山鸡见到月亮，被走路的声音一惊，想逃走么？年青人欢喜生事，对这起花的曳在雪里的尾巴生了大趣味，不知不觉也跳下了溪涧进去了。那尾越走越快，追的也几几乎忘了形跟着上前，但一到前面，溪涧一放宽，看看手可伸及时，忽然听到一声短吼，那东西跃上了坎，一个小牛一样大的老虎呈现在面前。人吓得向后一仰，脸便为一个水杨树枯桩所刮伤了。老虎是很大量的走去了，回到家里一脸的血。问及是什么事，才晓得遇了老虎。

第三，是家在地地村渔船上长的人，他学了一个打鱼的故事。故事是一条大蛇，在他网里，这蛇大到吓人，当得到这蛇时是在夜间，所以众人还以为是大鱼。到后见到是蛇，大家皆想弃网，但这时的说故事人就拿了砍鱼刀在那东西头上连砍三下，蛇就死了。

第四是什长了，什长说的故事只是最近遇到的一件事情。他告我们一个荒唐的冒险，因为上两月他被人捉到洞里去，到后仍然想法离开那地方了。他说他所靠的只是一点自信。这人是非常能够自信，又能稳重的处置一切的。

到后来，轮到主人了。我们都愿意主人说一个我们所不知道的好故事。尤其是我，先相信了这老年人心上有一种秘密，先相信他是一个不平凡的人物，我真亟愿从他口中，探听出一点真相。我只要明白一点点，必定就能从这一点点线索上知道全体。我当时一面是这样见老尊贤，一面又是那么自己相信聪敏识人，全是太年青了。

老年人因为大家的催促，就想了一会，摇摇头，说：故事没有，快天亮了，我们多加一点火，可以放一点到灶肚里去预备热水洗脸。我对于这话是反对的，我特别热心听他的故事，我要他无论如何说一个给我们见识见识。他望了我一会，就要我再说一个。我那时真胡涂可笑极了，我以为这是这神仙奇人的试验的第一次所以毫不踌躕答应了。我接着就学了一个本地方在大街上拿刀互砍的故事。老年人听到这个时，似乎很有趣味，就笑了一笑，说：故事不坏，再来一个。我不消说就又来了一个。因为越看那人越是有根基的人，所以待到后来，我说的故事也仿佛更有精彩了。我还相信他试我的最后，他纵不开口，虽一定对世界抱一种悲观，而对我总可以独把亲切的友谊建设到一个无言的启示中。

可是，说来说去天已亮了，荒鸡在远处喊了，我把故事说完时，几个听故事的同伴已无心再谈故事，大家皆需要打盹了。我独显得精神十足，极恳切的要求老人家的话语。我要多知道他是怎么就成了他的过去。这老年人望了火堆一会，望到四个兵士皆低头无语，就说：“我到我房里去看看，你若一定要故事，你随了我来。”我当真跟到他走去，他开了锁，我欢喜极了。我以为他一定是有许多宝物在房中，并且一定还得传授我什么秘法同到兵书，因为我从他的神气上看得出他那种不高兴人间世的样子，我就觉得这真正隐者的态度可以原谅，恭恭敬敬的跟到他后面，进到那小房里。

可是我失望极了。房中除了一些大小干果坛罐，就只是一铺大床。这里床上分分明明的是躺着一个死妇人。一个黄得黄脸像蜡，又瘦又小，干瘪如一个烤白薯在风中吹过一个月的样子的死人。

我说：“这是怎么，你家死了人！”

他一点不失却见时态度，用他那忧郁的眼色对我望着，口中只轻轻的叹了一口气。

我说："这究竟是什么要紧事，我不明白！"

"这是我的故事，这是我的一个妻，一个老同伴，我们因为一种愿心一同搬到这孤村中来，住了十六年，如今我这个人，恰恰在昨天将近晚饭的时候死去了。若不是你们来我就得伴他睡一夜。……我自己也快死了，我故事是没有，我就有这些事情，天亮了，你们自己烧火热水去，我要到后面去挖一个坑，既然是不高兴再到这世界上多吃一粒饭做一件事，我还得挖一个长坑，使她安安静静的睡到地下等我。……"

我惊讶得说话不得，想到老年人昨天的神气，以及把门倒锁的种种类乎悭吝的行为，这时才明白这一家发生了这样大事，老年人却一点不声张的陪我们谈了一夜闲话，为了老年人的冷静我有点害怕了。

当我把水烧热，嗾醒那几个倒在火堆边睡觉的同伴兵士洗脸时，我听到一个锄头在屋左边空地掘土的声音，无力的，迟钝的，一下两下的用铁锹咬着湿的地面。

天已经亮了。

本篇收入《沈从文甲集》以前未见发表。这是作者以《夜》为篇名的作品之一。

自杀的故事

一九四〇年的达芝先生，常常同朋友们欢喜讨论到死的事情。这脾气的养成，是很需要一些解释的事了。一个信托公司的会计，人肥，平时又绝对小心（不做标金生意，不做大条，不买卖九六，不谈七长）；总而言是一个稳稳当当的人物。每到月终则自己签好一张知单，写上月薪的数目，送到经理桌子上去，再签一个字，拿下来，取了钱，放到皮包，匀出二十块，回家时就把其余一百八十送把人才贤惠的太太保管，这样一个人物，要他厌世自杀那自然是很不容易了。自己既少自杀的理由，又爱讨论死，那最好的解释，就是要消遣，方便的原故，所以常常谈到死了。

这个人据说是曾在年青时节，亲眼见过用刀砍头一千人，用枪打死四百人，用其他方法开腔破腹取胆割肝一类事情又五百人，所以纵然每天与同事们谈到死的问题，也好像这故事绝对不至于重复，仍然非常动听的。他告给朋友，一个用刺刀扎胸脯的人将死时如何好笑，一个不懂规矩的乡下老被杀时又如何好笑，一个把大腿砍下的人仍然是如何好笑，说到这些时，他自然自己不会发笑，但听到这个故事的人却不得不发笑了。听他故事的人就是在公司里的同事，营业部，地产部，国际汇兑部，这里那里所有的同事。全是我们所尊敬的社会上有学问的人物，从欧洲大陆，从日本，从国内各大学，受过完完全全的教育，学过商法或高等数学，穿衣服很体面，同外国人能够自由谈话，办事一点也不苟且的有职业人！这些人照例的办办事，按月领薪水，按收入租房子住，平常办公以外，休息时节，就各以报纸作根据，对于政治胡乱下一点批评，对于女人又加以一点意见，为一种小事情共同打着哈哈，再此外就是听达芝先生说死亡了。

提到死亡时，这些上等人也常常有把上海报纸上社会新闻栏所见的自杀一栏消息提出，作为大家谈论中心的。到这时节达芝先生可不及一个学统计的同事了。这同事能够把每年的每月每天的自杀作成很好的统计，什么日子适宜于自杀，什么时间有谋杀或自杀，那个人却知道得非常清楚。不过其余的同事，既不是讲学，又不是算账，要明白那枯燥无味的数目字有什么用处？所以达芝先生的故事，就仍然可以继续学下去了。

有这样一天，达芝先生到一个朋友买办家去喝酒吃饭。坐过席，散席了，大家吸烟，我们是不必哓舌，也知道照老规矩这些有身分的人身体大多数是很胖，而买办家的沙发又照例是柔软和舒服的。达芝先生用一个胖子的体裁，拉斜躺到那客厅中柔软大椅子以后，是开口的时候了。

有一个同席吃酒的商人，就向达芝先生领教。他说：

“大爷，你顶会说我们这些人欢喜听的故事了，但你只是说别人的故事。你是不是也可以告一个你自己的故事？”

许多肥大的巴掌一拍，达芝先生估量了一下那问话的人，团头团脸，从那色气上看，却看得出这人是在交易所一类地方失意人的样子，就说：

“老板，你是不是要知道我死后的经验？若果是这样，对不起，我不能把这个事情见告。”他这样子一说就讽刺到了那投机商人的末路。

一九四〇年是中国商人也懂到了讽刺，比十年前大学生艺术了一点的，于是那胖子红脸了，分辩说是“我只想知道你是不是也想到自杀。”

许多肥的巴掌又拍了一通，达芝先生承认自己也想过这事了。

下面是那故事。

他说：我是想到过自杀的，且几几乎也真去自杀的人！十年前我是上海 X X 学校一个商科学生。我家里情形并不坏，每年除了分三期汇六百块钱给我以外，还另外有四十块钱医药费。为什么有这样一个奇怪的名分？那是因为家里有钱的一个顶可笑的理由罢了。那一笔费用是要我按到节候买一点鱼油参茸丸之类吃吃的，我是不是当真把这款子用到补剂上，那看看我这时身体就可以明白了。我这时还并不十分结实，这就可知当时那一笔钱是消耗在另外事情上去了。

一个大学生，用钱的方法还会有许多种么？一个一九二八年左右的大学生，若是还有一点儿钱，还有一点儿头脑，不消说，是并不落伍在时代后面的。我也就是这样把这钱用得很恰当，制了很体面的几身衣服，很好的鞋帽，因为这体面装饰，我人自然也不见得什么不体面了。

那个时节的中国ＸＸ一隅，论到学校保守方面，恐怕是只有我那学校的。为什么以我这样的人当时进到那个学校，现在想起来也似乎很奇怪了。不过比我还标致的似乎还有人，那理由，或者就是那学校的工课好了。我如今的本领你们都得承认是我到那学校学来的，就是“保守”，当时觉得不大合式，如今上了年纪，在这有秩序的生活上，也觉得应当感谢那学校给我的好影响了。

保守，这意义要我来说，就是我那学校对于男女事情，稍稍给了我们一点“限制”。这对于一个人自然是很有用处的事，因为当时风气是使一些懂事的教育家，全明白限制是最贤明的措置。当时其他的不限制，本来使他们上年纪一点的人摇头的事也太多了，据说有些那学校是专靠到“不限制”得到很多的优秀青年的欢迎，学生特别增加的。不过限制是虽然限制，我们学校的人数仍然到一千以上，这数目，自然并不是一个颇小的数目了。并且一个聪明一点的学生，对于校规这样东西，正如同一个社会上的聪明人对于国家法律，只要明白，就不会被那东西拘束的，我当时，自然就是一个不大受拘束的学生了。

我到那学校，第一年，可不行，我的工课使我常常连好好的打一个领结的空暇也没有。我得学许多必修工课，先得把这些工课名目完全弄清楚才行，这个不是笑话，有些人是永远也不会一目了然这些名称的。法学通论，史学常识，文字学，伦理学，商法，英文，高等代数，妈妈伯伯，你瞧，到这时要背诵这些名称也不能记得完全了。一个大学生你想想多苦，你在任何时候皆不需要的也得记到，把名称记清楚了还得研究内容，有月考、有季考，这意义就是说一个大学生好歹要经过这些好像不很合理的训练，能够把所有注意力集中到这些东西上面，逢考时，做出很好的答案，就是好学生，一百分；若是你不愿意这样照规矩生活，要毕业就难了。一九二八年左右“大学毕业”这意义是很深的。当时教育家也好像很有些聪明人，明白这个不实在了，但是他若果是聪明，就只有更注重秩序一个办法去了，因为大学这意义，在当时是指的养成社会上合用的一种东西，那个时候中国很有些优秀的军人，常常打一点仗，且用很好的名义使青年人勇敢的去牺牲，那是需要大学生的。租界上外国人的投资日益加多，需要许多中国人帮他们办点事情，这个也是大学生的出路。教会事业的发展，聪明的美国商人，虽花了很多的钱在中国内地各处办了大学，培养那种“对美国表同情”的人物，谋货物的畅销，但另外仍然还需要大学生，懂物质文明，这又是中国那时大学发达的理由。不过我这些得近于空话了，我得说我在学校怎么样就要自杀。

先是说第一年的情形了，第二年其实也仍然是一个样子。不是学校限制我们，也不是工课限制我们，若果是学校限制得我们，那我早就转学了。工课这东西，凡是上过大学念三两年书的人，是全能明白它最先虽能妨碍打领结，妨碍谈天，妨碍睡觉，但稍稍久了一点就晓得工课的严格，还反而增加我们一种偷懒机会，说到工课，我倒得佩服懂教育的那一类上等人了，因为一个二十岁以上的人，若果不为一点点工课把头脑消磨，这充满了生命随时皆可以炸裂的头脑，在兴奋中是可以一跃而进到一个最高的天才发展的。可是许多很聪明的年青人，就因为在工课上就得到完全的喜悦，满足了自己愿欲，天赋的长处却完全埋没了。但是学校不限制，工课也不限制，是为什么原故使所有同学很像老实规矩？什么理由也没有，就只是十年前的一九二八年左右，男子同女子全是一种秀才同小姐改造的东西。革命的敷衍，在政治上是日见其糟，思想革命的不彻底，加以在十年前作大学生的男女，全是生长在十九世纪的中国家庭里，培养得无法使其健康，因此大学生总是那样子，男子拥护到君子的美德与名士的恶德，女子则具命妇的庄严同婢妾的放荡。各人皆妥协到两重道德下做人，做人的权利同义务也总是纠纷不清，譬如处世立身，则男女皆学君子命妇，一到恋爱则就需要风流名士同多情才女了，若一个人真顾全到身分，恋爱就永远不会同他接近。光明的恋爱，这样是不适于一九二八年的。因为这样情形，学生们故事很少也是自然的道理了。就因为那时的男女是那样子的男女，我仍然得了方便，就是用我的长处使一个同学欢喜我了。这事情的发生是我转人三年级的第一个月。也是那一年 X X 学校女学生才格外多。女人为什么会同我好，那是简单极了。我是一个在平时很风流自赏的学生，更好的事是那时节中国新文学运动才有十年，若果我有意做一个诗人或文人，我就随随便便看几本诗集或几本小说，稍有所会心就勇敢的自己动手来写，一有机会我就是文坛以内的人物了。那时若果有人想做诗人，他是绝对不至于失望的。你们知道我现在不是天才，我自己也更清清楚楚，但是我那时认识那女人，是为一点很有诗意的行为成功的。不消说女人太容易感动也是一个原因了。同一个女人要好不是认识就了事，还有许多手续，我既然那时是每月平均有五六十元的一个学生，我自然按照那时节一个爱人的方法款待那女子了。衣服穿得特别整齐一点的我，一有机会同她在一处，我就说一点谎话，把我自己的为人装饰得更完全，间或又在一件什么事上装点痴；反衬出她的聪明，间或又送一点东西给她；这东西其实不拘什么都好，因为你送女人东西总没有会送错，不过为小心起见，却总看到她欢喜的送去。到后，我就做起文章来了，文章自然是不行，因为我实在一点没有天才，一个中国普通商科大学生，他好像纵有理由应当多知道许多工课以外的事，却实在没有机会知道课外的事了。但是我的文章是不会失败的，成功了。我说过女人是容易感动的东西！

因为我才说到过，十年前的男女全是不缺少一颗容易感动的心，许多诗人在那时用白纸写上“爱呵，烧呵，”那一类天真烂漫的话语，许多年青人花钱把这集子买来，拿到手上一读，就感动到流泪。既然是熟人，我那文章她没有理由不心跳红脸了。把文章写成时，因为上面夸张一点的描画，本来我先也没有真正对于她到爱的顶点，但看看自己的文章，却也因自己文章感动到哭了。我于是就采取了那时代男子的方法，把文章在一个会面时节递给了她，她也照到那时节女子的规矩，把脸一红，文章随随便便的看过，不做声走了。但是我知道她会一个人悄悄的到宿舍床上去看的。我因为等候她的回信，心中难过得很，就走到河边去。到了河边，我就想，若果是她不爱我，我应不应当跳到水里去？我那时就想起那女人的种种来了。我又稍稍有点悔恨自己文章上分量太过的话语了。但是既然把信给了她，我纵然不一定当真就跳到水里去淹死自己，也应当很悲愁的神气转去，像一个失恋人的样子，喝一点酒，做两首诗，或者故意把一个忧郁的样子给那女子见到，使她从表面上看到我的心中。

我就是那么作的，也完全是按照那时节的一切章法，我就胜利了。那女人——我那时虽知道她并不很美，惭愧得很，我曾喊她作神仙——那神仙可怜我了，归我了。我还得说说因为她归我的原故，那时同学的男子起了怎样骚扰才是。我既然照规矩用那时代所许可的方法把女人得到，另外一些男子，也就按照那一时代的精神，比我更浅薄的在隐僻方便地方，写一点极下流可笑的东西，因为不能“爱”便“恨”，表示所谓失恋，在诗人则有情诗，在普通大学生，则只是那些东西了。

我仍然还应当说照那时规矩的话，就是我对于这些谣言同诬蔑也居然生了气。他们还写打倒那一类文字，我不能不拿去告我们的女神了。记到不知是星期六还是星期日的一天，我们全没有课，我见了她，就告她说在我们关系中间有一些阴谋，一些无耻的破坏，我方以为因此一来我们应当更加好一点，就给一些无聊人一个气屈的机会。但是她可不同我的意见一致。这个聪明人，她当时没有什么话说，到晚上，我得到她一个信，信上说的全是使我证实江边遐想的话。她就为那些恐吓，同我疏远了。她信上说告我众人的愤怒是可怕的东西，而恋爱也应当节制在人家的许可情形下。完全一个女子口吻！我也完全一个一九二八式的男子情绪，悲哀了。

你们都大概知道恋爱是在打击中才能向前的。得到她的信，我就想，这样子可决对不行，我一定要爱，不然我跳水，完成我这生命的意义。我那时正如一般浅薄年青人一样，欢喜读维特烦恼，也很想自己作一个维特。其实是年青人什么都想，什么也没有想得很深。我反抗，也要女人反抗，就又为她写信，要同她结婚。这也不是奇怪的事，我当时已经同她那样子熟习；而在那时代，大学生，从一些美国输入的电影片上，得来的知识，是随时随地可以求婚的。在那时节其实还有大学教授做出更发笑的行为，大家全不以为值得惊讶。

信去了，我在后面写着："若不好好答复我，我将自杀了。"发了信，我又才觉得谎话只可以放在口上说，才无证据可寻，信上写得太凶，结果恐将给人一个发笑的机会了。但是信发了，我当真似乎就只有在失望中去寻方便跳水或吃安眠药片了。以我猜想则又以为女人是曾常常听到过失恋自杀的事，或者吓怕，会答应我也未可知。不过到后来似乎还是我的不实在为女人所看透，她晓得我不会自杀，她同时怕别人笑话，答复了我的信，信上却说一切难于照办，很对不起。

我是不是当真就去自杀？我就想，想了一天，又去信，以为说得清楚了许多，看看这一次结果。结果又失败了，她骂我骗他，想用死吓她，真是下流。我的尊严完全为这女人毁了。我当真同情维特起来了。为什么我单同情这个故事上的人？是因为我只看到这一本书。我先一天想死，第二天，还是想死。到了三天我总仍然是不爽快，就因为被女人所看透，没有比这个事情再失体面。

一个那么平凡的女人使我想到死，这事是我现在觉得可笑的。但是当时我年青，一个年青人在许多事情上总不免要任性的，我真常常走到江边去了。看看江边的水，汤汤的流，天气是十月，江水发冷，好像就在告人"若果要跳下去必得多加两件衣服，不然真不容易对付"那样子。一面想到死，一面还想到水冷，可想而知这死只像是为别的人却不是为自己本身了。

在我想去想来找不出必须要死，也找不出一定得活的道理时，一个早上江边却发现一个男子的自杀事情。全学校得到这信息，皆到江边去看。那时候大学生，一点娱乐也没有，自然是只好把这件事当成一件新奇有趣味的消息了。我因为没有上课，在寝室里睡，知道这事比较得迟。听到有人自杀，我心中就一跳，因为学校中居然有这种勇敢的人，能够任性走到极端，做出亲手把自己生命撕毁的大事情。我不知为什么，却爬起来也走江边去了。在路上碰到许多人，皆是看过这样热闹的事回来的，每人皆像很满意的看到了一件奇事，每人皆非常有兴味的谈到死者方法的离奇。其实是一点也不离奇，用带子，勒自己颈，倒睡死去，那平常极了。我看到了那比我勇敢的死者，且同时在那里看到我那个女神，也正同到几个女同学在看，用手掩鼻，自自然然，一点也不奇怪的神气，看了一会，走去了。我当时有点胡涂了，就赶过去，站在她面前。我说，“怎么样？”

我的意思是“假若我也是这样子，那将怎么样？”谁知这女人倒以为我是问她这陌生男子死得如何，她就客客气气的答应我道：

“达芝先生，这人真很奇怪，就是这样子也会死！”

听到这个话的我一句话不能说，心里像安置了一块小冰。我心想，为女人死真好笑，我此后只有好好的活下权利可得，女人这东西，因为全是那么稳重又全是那么懂事，只应当安置到心上一小角落了。我且怕到一个人死后在水中捞起搁到岸旁，给五百年青人在那种天朗气清的清早欣赏的事，虽常常觉得为虚荣的原因，一死就使人感到伟大，但我宁愿平凡一点活到世界上了。

我没有自杀，只说是那自杀的人给了我一种启示也行。

到这里你们可以知道我这自杀的故事了。

把故事说完，肥的巴掌又拍了一阵。

达芝先生却想到现在的太太，心中好笑。故事的成立，他倒不是为得领受这一类生意人的拍掌，不过是增加他对于后来结婚的事，生出一点感想罢了。恋爱是生理上一种剧烈游戏，却常常有危险发生，结婚则是使一个安分守己的男子更其安分守己。达芝先生是自己看得出自己属于后者一流，所以说到恋爱总是对于自己过去加以无哀怜的指摘，把为妇人死当成一个胡闹的结局的。

一九四〇年的那个学校女子究竟到了怎么样子，达芝先生是没有说明白的。大概女人是进步得很多，男人也有了进步，因为都有了进步，他们已经敢在众人前面自由握手了。

十八年十二月

本篇收入《沈从文甲集》以前未见发表。

牛

有这样事情发生，就是桑溪荡里住，绰号大牛伯的那个人，前一天居然在荞麦田里，同他的耕牛为一点小事生气，用木榔槌打了那耕牛后脚一下。这耕牛在平时是仿佛他那儿子一样，纵是骂，也如骂亲生儿女，在骂中还不少爱抚的。但是脾气一来不能节制自己，随意敲了一下，不平常的事因此就发生了。当时这主人还不觉得，第二天，再想放牛去耕那块工作未完事的荞麦田，牛不能像平时很大方的那么走出栏外了。牛后脚有了毛病，就因为昨天大牛伯主人那么不知轻重在气头下一榔槌的结果。

大牛伯见牛不济事，有点手脚不灵便了，牵了牛系在大坪里木桩上，蹲到牛身下去，扳了那牛脚看。他这样很温和的检察那小牛，那牛仿佛也明白了大牛伯心中已认了错，记起过去两人的感情了，就回头望到主人，眼中凝了泪，非常可怜的似乎想同大牛伯说一句有主奴体裁的话，这话意思是，“老爷，我不冤你，平素你待我很好，你打了我把我脚打坏，是昨天的事，如今我们讲和了。”

可是到这意思为大牛伯看出时，他很狡猾的用着习惯的表情，闭了一下左眼。他不再摩抚那只牛脚了。他站起来在牛的后臀上打了一拳，拍拍手说：

“坏东西，我明白你。你会撒娇，好聪明！从什么地方学来的，打一下就装走不动路？你必定是听过什么故事，以为这样当家人就可怜你了，好聪明！我看你眼睛，就知道你越长心越坏了。平时做事就不肯好好的做事，吃东西也仿佛不肯随便，这脾气是我都没有的脾气！”

说过很多聪明主人的话语了，他就走到牛头前去，当面对牛，用手指那牛头：

“你不好好的听我管教，我还要打你这里一下，在右边。这里，左边也得打一下。小孩不上学，老师有这规矩打了手心，还要向孔夫子拜，向老师拜，不许哭。你要哭吗？坏东西呀！你不知道这几天天气正好吗？你不明白五天前天上落的雨是为天上可怜我们，知道我们应当种荞麦了，为我们润湿土地好省你的气力吗？……”

大牛伯，一面教训他的牛，一面看天气。天气太好了，就仍然扛了翻犁，牵了那被教训过一顿据说是撒娇偷懒的牛，到田中去做事。牛虽然是有意同他主人讲和，当家也似乎看清楚了这一点，但实在是因为天气太好，不做事可不行，所以到后那牛就仍然瘸着在平田中拖犁，翻着那为雨润湿的土地了。大牛伯虽然是像管教小学生那么管束到他那小牛，仍然在它背上加了犁的轭，但是人在后面，看到牛一瘸一拐的一句话不说的向前奔时，心中到底不能节制自己的悲悯，觉得自己做事有点任性，不该那么一下了。他也像做父亲的所有心情，做错了事表面不服输，但心中就竟过意不去，于是比平时更多用了一些力，与牛合作，让大的汗水从太阳角流到脸上，也比平时少骂那牛许多——在平时，这牛是常常因为觑望了别处风景或过路人，转身稍迟，大牛伯就创作出无数希奇古怪的名词辱骂过它的。照例天下事是这样，要求人了解，再没有比“沉默”这一件事为合式了。有些人总以为天生了人的口，就是为说话用，有心事，说话给人听，人就了解了。其实如果口是为说话才用得着一种东西，那么大牛小鸟全有口，大的口已经有那么大，说“大话”也够了，为什么又不能数一二三四呢？并且说“小话”，小鸟也赶不上人，这些事在牛伯的见解下是不会错的。

我说的在沉默中他们才能互相了解，这是一定的，如今的大牛伯同他的小牛，友谊就成立在这无言中。这时那牛一句话不说，也不呻唤，也不嚷痛，也不说“请老爷赏一点药或补几个药钱”（如果是人他必定有这样正当的于自己有利益的要求的）。这牛并且还不说到“我要报仇，非报仇不可，”那样恐吓主人的话语，就是态度也缺少这切齿的不平。它只是仍然照老规矩做事，用力拖犁，使土块翻起。它嗅着新土的清香气息。它的努力在另一些方法上使主人感到了，它因为努力喘着气，因为脚跟痛苦走时没有平时灵便。但它一个字不说，它“喘气”却不“叹气”。到后大牛伯的心完全软了。他懂得它一切，了解它，不必靠那只供聪明人装饰自己的言语。

不过大牛伯心一软，话也说不出了。他如说，“朋友，是我错，”也许那牛还疑心这是谎话，这谎话一则是想用言语把过错除去，一则是谎它再发狠做事。人与人是常常有这样事情的，并不止牛可以这样多疑。他若说，“已经打过了，也无办法，我是主人，虽然是我的任性，也多半是你的服从职务不十分尽力，我们如今两抵，以后好好生活吧。”这样说，牛若听得懂他的话，牛是也不甘心的。因为它是常常自信已尽过了所能尽的力，一点不敢怠惰，至于报酬，又并不争论，主人假若是有人心，是就不至于挨一榔槌的。并且用家伙殴打，用言语抚慰，这样事别的不能证明，只恰恰证明了人类做老爷主子的不老实罢了。他们会说话。他们先是用说话把工作骗到别个身上了，到后又因为会说话，才在开口以先随意虐待了为他们作工的东西，最后的防线是说话，用言语装饰自己的道德仁慈，又用言语作惠，虽惠不费。如今的牛是正因为主人一句话不说，不引咎自责，不辩解，也不假托这事是吃醉了酒以后发生的不幸，明白了主人心情的。有些人是常常用“醉酒”这样字言作过一切岂有此理坏事的。他只是一句话不说，仍然同牛在田中来回的走，仍然嘘嘘的督促到它转弯，仍然用鞭打背。但他昨天所作的事使他羞惭，特别的用力推了犁，又特别表示在他那照例的鞭子上。他不说这罪过是谁想明白这责任，他只是处处看出了它的痛苦，而同时又看到天气。“我本来愿意让你休息，全是因为下半年的生活才不能不做事，”这种情形是他不说话中被他的牛看出了的，若是要他来说，它就反而很有理由生一种疑心，疑惑这话不甚忠实了。这大约因为太多人的说话照例是不能忠实，所以听话的人才能作这样想法的。

他同它仍然做了半天事，他没有提到过如它所意思想说“讲和”的话，但他们到后真是讲和了。

犁了一块田，他同那牛停顿在一个地方，释了牛背上的轭，他才说话。

他说：“我这人老了，人老了就要做蠢事。我想你玩半天，养息一会，就能好。”

他就让牛在有水草的沟边去玩，吃草饮水，自己坐到犁上想事情。他的的确确是打量他的牛明天就会全好了的。他还没有把荞麦下田，就计算到新荞麦上市的价钱。他又计算到别的一些事情，这些事情说起来全都近于很平常的。他打火镰吸烟，吸烟看天，天蓝得怕人，高深无底，白云散布四方，大日炙人背上如春天。这时是九月，去真的春天还远。

那只牛，在水边，立了一会，水很清冷，草是枯草，它脚有苦痛，工作疲倦了。这忠厚动物，它到后躺在斜坡下坪中睡了。它被太阳晒着，非常舒服的做了梦。梦到主人穿新衣，它自己则角上缠红布，两个大步的从迎春的砦里走出，预备回家。这是一只牛所能做的最光荣的好梦，因为这梦，不消说它就把一切过去的事全忘了，把脚上的痛处也忘了。

正午，山上砦子有鸡叫了，大牛伯牵他的牛回家。

回家时，它看到他主人似乎很忧愁，明白是它走路的跛足所致。它曾小心的守着老规矩好好走路，它希望它的脚快好，就是让凶恶不讲道理的兽医揉搓一阵也很愿意。

他呢，的确是有点忧愁了，就因为那牛休息时，侧身睡到草坪里，他看到它那一只被木榔槌所敲打过的腿时时缩着，似乎不是一天两日自然会好的事，又看到犁同那牛与合作所犁过的田，新翻起的土壤如开花，于是为一种不敢十分去猜想的未来事吓呆了，“万一……?”那么，荞麦价不与自己相干了，一切皆将不与自己相干了。

他在回家到路上，看到小牛的步法，想到的事完全是麦价以外的事。究竟这事是些什么?他是不能肯定的。总而言之，万一就这样了，那么，他同他的事业就全完了。这就像赌输了钱一样，同天打赌，好的命运属于天，人无分，输了，一切也应当完了。假若这样说吧，就是这牛因为这脚无意中被一榔槌，从此跛了，医不好了，除了做菜或作牛肉干，切成三斤五斤一块，用棕绳挂到灶头去熏，要用时再从灶头取下切细加辣子炒吃，没有别的意义，那末，大牛伯也死得了。

把牛系到院中木桩旁，到箩筐里去取红薯拌饭煮时的大牛伯，心上的阴影还是先前一样。

到后，抓了残食洒在院中喂鸡，望到那牛又睡下去把那后脚缩短，大牛伯心上阴影更厚了。

吃过了早饭，他就到两里外场集上去找甲长，甲长是本地方小官，也是本地方牛医。甲长如许多有名医生一样，显出非常忙迫而实在又无什么事的样子。他们是老早很熟了的。

他先说话，他说："甲长，我牛脚出了毛病。"

甲长说："这是脚癀，拿点药去一擦就好。"

他说："不是的。"

"你怎么知道不是，近来患脚癀的极多，今天有两个桑溪人的牛都有脚癀。"

"不是癀，是伤了的。"

"我有伤药。"这甲长意思是大凡是脚只有一种伤，就是碰了石，他的伤药也就是为这一种伤所配合的。

大牛伯到后才说这是他用木榔槌打了一下的结果。

他这样接着说：

"……我恐怕那么一下太重了，今天早上这东西就对我哭，好像要我让它放工一天。你说怎样办得到？天雨是为方便我们落的。天上出日头，也是方便我们，不在这几天耕完，我们还有什么时候？我仍然扯了它去。一个上半天我用的力气还比它多，可是它不行了，睡到草坪内，样子就很苦。它像怕我要丢了它，看到我不作声，神气忧愁，我明白这大眼睛所想说的话，以及所有的心事。"

甲长答应同他到村里去看看那牛，到将要出门，别处送命令来了，说县里有军队过境，召集甲长会议，即刻就到会。

这甲长一面用一个乡绅的派头骂娘，一面换青泰西缎马褂，喊人备马，喊人为衙门人办点心，忙得不亦乐乎，大牛伯叹了一口气，一人回家了。

回到家来他望到那牛，那牛也望到他，两个真正讲了和，两个似乎都知道这脚不是一天可好的事了，在自己认错，大牛伯又小心的扳了一回牛脚，看那伤处，用了一些在五月初五挖来的平时给人揉跌打损伤的草药，敷在牛脚上去，用布片包好，牛像很懂事，规规矩矩尽主人处理，又规规矩矩回牛棚栏里去睡。

晚上听到牛龁草声音，大牛伯拿了灯到照过好几次，这牛明白主人是因为它的原故晚睡的，每遇到大牛伯把一个圆大的头同一盏桐油灯从棚栏边伸进时，总睁大了眼睛望它主人。

他从不问它“好了吗?”或“吃亏么?”那一类话，它也不告他“这不要紧,”或“我请你放心”那类话，他们的互相了解不在言语，而他们却是真真很了解的。

这夜里牛也有很多心事，它是明白他们的关系的。他用它帮助，所以同它生活，但一到了他看出不能用到它的时候，它就将让另外一种人牵去了。它还不很清楚牵去了以后将做什么用途，不过间或听到主人的愤怒中说“发瘟的,”“作牺牲的,”“到屠户手上去,”这一类很奇怪的名字时，总隐隐约约看得出只要一与主人离开，所得的痛苦就不止是诅骂同鞭打了。为了这不可知的未来，它如许多蠢人一样，对这问题也很想了一些时间，譬若逃走离开那屠户，或用角触那凶人同他拼命，又或者……它只不会许愿，因为许愿是人才懂这个事，并且凡是许愿求天保佑，多说在灾难过去幸福临门时，杀一只牛或杀猪杀羊，至少必须一只鸡，假如人没有东西可许（如这一只牛，却什么也没有是它自己的，只除了不值价的从身上取出的精力)，那么天也不会保佑这类人的。

这牛迷迷胡胡时就又做梦，梦到它能拖了三具犁飞跑，犁所到处土皆翻起如波浪，主人则站在耕过的田里，膝以下皆为松土所掩，张口大笑。当到这可怜的牛做着这样的好梦时，那大牛伯是也在做着同样的梦的。他只梦到用四床大晒谷簟铺在坪里，晒簟上新荞堆高如小山，抓了一把褐色荞子向太阳下照，荞子在手上皆放乌金光泽。那荞就是今年的收成，放在坪里过斛上仓，竹筹码还是从甲长处借来的，一大捆丢到地下，哗的响了一声。而那参预这收成的功臣，——那只小牛，就披了红站在身边，他于是向它说话，他说话的神气如对多年老友。他就说，“朋友，今年我们好了。我们可以把这围墙打一新的了；我们可以换一换那腰门了；我们可以把坪坝栽一点葡萄了；我们……”他全是用“我们”的字言，是仿佛这一家的兴起，那牛也有分，或者是光荣，或者是实用。他于是俨然望到那牛仍然如平时样子，水旺旺的眼睛中写得有字，说是“完全同意。”

好梦是生活的仇敌，是神给人的一种嘲弄，所以到大牛伯醒来，他比起没有做梦的平时更多不平。他第一先明白了荞麦还不上仓，其次就记起那用眼睛说“完全同意”的牛是还在栏中受苦了，天还不曾亮，就又点了灯到栏中去探望那“伙计”。他如做梦一样，喊那牛做伙计，问它上了药是不是好了一点。牛不做声，因为它不能说它正做了什么梦。它很悲惨的看到主人，且记起了平常日子的规矩，想站起身来，跟到主人出栏。

它站起走了两步，他看它还是那样瘸跛，哺的把灯吹熄，叹了一口气，走向房里躺在床上了。

他们都在各自流泪。他们都看出梦中的情形是无希望的神迹了，对于生存，有一种悲痛在心。

到了平时下田的早上，大牛伯却在官路上走，因为打听得十里远近的得虎营有师傅会治牛病，特意换了一件衣，用红纸封了两百钱，预备走到那营砦去请牛医为家中伙计看病。到了那里被狗吓了一阵，师傅又不凑巧，出去了，问明白了不久会回来，他想这没有办法，就坐到那砦子外面大青树下等。在那大青树下就望到别人翻过的田，八十亩，一百亩，全在眼前炫耀，等了半天，师傅才回家，会了面，问到情形，这师傅也一口咬定是牛癀。

大牛伯说：“不是，我是明白我那一下分量稍重了点，或打断了筋。”

“那是伤转癀，拿这药去就行。”

大牛伯心想，癀药我家还少？要走十里路来讨这东西！把嘴一瘪，做了一个可笑的表情。

说也奇怪，先是说得十分认真了，决不能因这点点事走十里路。到后大牛伯忽然想透了，明白是包封太轻了，答应了包好另酬制钱一串，这医生心活动，就不久同大牛伯在官路上奔走，取道回桑溪了。

这名医与大城中名医并不两样，到了家，先喝酒取暖，吃点心饭，饭用过以后，剔完牙齿，又吃一会烟，才要主人把牛牵到坪中来，把衣袖卷到肘上，拿了针，由帮手把牛脚扳举，才略微用手按了按伤处，看看牛的舌头同耳朵。因为要说话，他就照例对于主人的冒失，加以一种责难。说是这东西打狠了是不行的。又对主人随便把治人伤药敷用到牛脚上认为是一种将来不可大意的事情。到后是在牛脚上扎了两针把一些药用口嚼烂敷到针所扎处。包了杉木皮，说是过三天包好的话，嘱帮手拿了预许的一串白铜制钱扛到肩上，游方僧那么摇摇摆摆走了。

把师傅送走，站到门外边，一个卖片糖的本乡人从那门前大路下过身，看到了大牛伯在坎上门前站，就关照说：

“大牛伯，大牛伯，今天场上有好牛肉，知道了没有？”

“见鬼！”他这样轻轻的答应了那关照他的卖糖人，走进大门訇的把门关了。

他愿意信仰那师傅，所以想起师傅索取那制钱时一点不勉强的就把钱给了那人。但望到从官路上匆匆走去的那师傅背影尤其是那在帮手肩上的制钱一串，他有点对于这师傅惑疑，且像自己是又做错了事，不下于打那小牛一榔槌了，就懊悔起来。他以为就是这么一针也值一串二百钱，一顿点心，这显然是一种欺骗，为天所不许的欺骗，自己是上当了。那时就正有点生气，到后又为卖糖人喊到“牛肉”更不高兴了，走进门见到那牛睡在坪里，就大声辱骂，“明天杀了你吃，看你脚会好不好！”

那牛正因为被师傅扎了几针，敷了药，那只脚疼痛不过，见寒见热，听到主人这样气愤愤的骂它，睁了眼见到主人样子，心里很难过，又想哭。大牛伯见到这牛，才觉得自己仍然做错了事，不该说这话了，就坐到院坪中石碌碡上，一句话不说，以背对太阳，尽太阳炙背。天气正是适宜于耕田的天气，他想同谁去借牛把其余的几亩土地翻松一下，好落种，想不出当这样时节谁家有可借的牛。

过了一会他不能节制自己，又骂出怪话来了，他向那牛说：

“就是三只脚，你也要做事！”

它有什么可说呢？它并不是故意。它从不知道牛有理由可以在当忙的日子中休息，而这休息还是借故。天气这样好，它何尝不欢喜到田里去玩。它何尝不想为主人多尽一点力，直到了那粮食满屋满仓“完全同意”的日子。就是如今脚不行了，它何尝又说过“我不做”“我要休息”一类话。主人的生气它也能原谅，因为这生气，不比其他人的无理由胡闹。可是它有什么可说呢？它能说“我明天就好”一类话吗？它能说“我们这时就去”一类话吗？它既没有说过“我要休息”，当然也不必来说“我可以不休息”了。

它一切尽主人，这是它始终一贯的性格。这时节主人如果是把犁扛出，它仍然会跟了主人下田，开始做工，无一点不快的神气，无一点不耐烦。

可是说过好歹要工作的主人，到后又来摩它的耳朵，摩它的眼，摩它的脸颊了，主人并不是成心想诅咒它入地狱，他正因为不愿意它同他分手，把它交给一个屠户，才有这样生气发怒的时候！它的所以始终不说一句话，也就是它能理解它的主人，它明白主人在它身上所做的梦。它明白它的责任。它还料得到，再过三天脚还不能复元，主人脾气忽然转成暴躁非凡，也是应当的事。

当大牛伯走到屋里去找取镰刀削犁把上小拴时，它曾悄悄的独自在院里绕了圈走动，试试可不可以如平常样子。可怜的东西，它原是同世界上有些人类一样，不惯于在好天气下休息赋闲的。只是这一点，大牛伯却缺少理解这伙计的心，他并没有想到它还为这怠工事情难过，因为做主人的照例不能体会到做工的人畜。

大牛伯削了一些木栓，在大坪中生气似的敲打了一阵犁头，想了想纵然伙计三天会好也不能尽这三天空闲，因为好的天气是不比印子钱，可以用息金借来的，并且许愿也不容易得到好天气，所以心上活动了一阵，就走到别处去借牛。他估定了有三处可以说话，有一处最为可靠，有了牛他在夜间也得把那田马上耕好。

他就到了第一个有牛的熟人处去，向主人开口。

“老八，把你牛借我两三天，我送你两斗麦子。”

主人说："伯伯，你帮我想法借借牛吧，我正要找你去，我愿意出四斗麦子。"

"怎么货？你牛不是好好的么？"

"有癀，……"

"有癀？"

"请牛医看过了。"

主人知道牛伯的牛很健壮，平素又料理得极好，就反问他为什么事缺少牛用。没有把牛借到的牛伯，自然仍得一五一十的把伙计如何被自己一榔槌的故事学学，他在叙述这故事中不缺少自怨自艾的神气，可是用"追悔"是补不来"过失"的，他到没有话可说，就转到第二家去。

见到主人，主人先开口问他是不是把田已经耕完。他告主人牛生了病，不能做事。主人说：

"老汉子，你谎我。耕完了就借我用用，你那小黄是用木榔槌在背脊骨上打一百下也不会害病的。"

"打一百下？是呀，若是我在它背脊骨上打一百下，它仍然会为我好好做事。"

"打一千下？是呀也挨得下，我算定你是槌不坏牛的。"

"打一千下？是呀，……"

"打两千下也不至于。"

"打两千下，是呀，……"

说到这里两人都笑了，因为他们在这闲话上随意能够提出一种大数目，且在这数目上得到一点仿佛是近于"银钱""大麦的斛数"那种意味。他到后，就告给了主人，还只打"一下"，牛就不能行动自然了。主人还不相信，他才再来解释打的地方不是背脊，却是后脚湾。本意是来借牛，结果还是说一阵空话了事。主人的牛虽不病可是无空闲，也正在各处设法借牛乘天气好赶天气。

迨到第三处熟人家就是牛伯以为最可靠的一家去时，天色已夜了，主人不在家，下了田还没回来，问那家的女人，才明白主人花了一斛麦子借了一只牛，连同家中一只牛在田中翻土，到晚还不能即回。

转到家中，牛伯把伙计的脚检察，又想解开药包看看，若不是因为小牛有主张，表示不要看的意思，日来的药金又恐怕等于白费了。

各处皆无牛可借，自己的牛又实在不能作事，这汉子无法了，到夜里还走到附近庄子里去请帮工，用人力拖犁，说了很长的时候，才把人工约定。工人答应了明天天一亮就下田，一共雇妥两个人，加上自己，三个人的气力虽仍然不及一只牛；但总可以乘天气把土翻好了。牛伯高高兴兴的回了家，喝了一小葫芦水酒，规规矩矩用着一个虽吃酒却不闹事的醉人体裁横睡到床上，根据了田已可以下种一个理由，就胡胡涂涂做了一晚发财的梦。半夜那伙计睡不着，以为主人必定还是会忽然把一个大头同灯盏从栅栏外伸进来，谁知到天亮了以后有人喊主人名字了主人还不曾醒。

三个人用两个人在前一个人在后耕了半天田，小牛却站在田塍上吃草眺望好景致。它那情形正像小孩子因牙痛不上学的情形，望到其他学生背书，费大力气，自己才明白做学生真不容易。不过往日轮到它头上作的事，只要伤处一复元，也仍然是免不了的一件事。

在几个人合作耕田时，牛伯在后面推犁，见到伙计站在太阳下的寂寞，是曾说过“朋友你也来一角吧”那样话语的，若果这不是笑话，它绝不会推辞这个提议，但主人因为想起昨天放在医生的手背上那一串放光的制钱，所以不能不尽小牛玩了。

不过单是一事不作，任意的玩，吃草，喝水，睡卧，毫无拘束在日光下享福，这小牛还是心里很难受的。因为两个工人在拉犁时，就一面谈到杀牛卖肉的事情，他们竟完全不为站在面前的小牛设想。他们说跛脚牛如何只适宜于吃肉的理由，又说牛皮制靴做皮箱的话。这些坏人且口口声声说只有小牛肚可以下酒，小牛肉风干以后容易煨烂，小牛皮做的抱兜佩带舒服。这些人口中说的话，是无心还是有意，在小牛听来是分不清楚的。它有点讨厌他们，尤其是其中一个年青一点的人，竟说“它的病莫非是假装”那些坏话，有破坏主人对牛友谊的阴谋，虽然主人不会为这话所动，可是这人坏处是无疑了。

到了晚上，大家回家了，当主人用灯照到它时，这牛就仍然在它那水汪汪的大眼睛上，解释了自己的意思，它像是在诉说，“老爷，我明天好了，把那花钱雇来的两个工人打发去了吧。我听不惯他们的讥诮和侮辱。我愿意多花点气力把田地赶出，你放心，我一定不让好天气带来的好运气分给了一切人，你却独独无分。”

主人是懂这样意思的，因为他不久就对牛说话了，他说：

“朋友，是的，你会很快的就好了的，医生说你至多三天就好。下田还是我们两个作配手好，我们赶快把那点地皮翻好，就下种。因为你的脚不方便，我请他们来帮忙，你瞧，我花了钱还只耕得一点点。他们那里有你的气力？他们做工的人，近来脾气全为一些人放纵坏了，一点旧道德也不用了，他们人做的事情当不到你牛一半，却问我要钱用，要酒喝，且有理由到别处去说，‘我今天为桑溪大牛伯把我当牛耕了一天田，因为吃饭的原故我不得不做事，可是现在腰也发疼了，只差比牛少挨一鞭子。’这话是免不了要说的，我是没有办法才要他们来帮忙的。”

它想说：“我愿意我明天就会好，因为我不欢喜那向你要钱要酒饭的汉子。他们的心术似乎都不很好。”主人不等它说先就很懂了，主人离开栅栏时就肯定而又大声说道：“我恨他们，一天花了我许多钱，还说小牛皮做抱兜相宜，真是土匪强盗！”

小牛居然很自然的同主人在一块未完事的田中翻土了，是四天以后的事，好天气还像是单因为牛伯一个人幸福的原故而保留到桑溪。他们大约再有两天就可以完事了。牛伯因为体恤到伙计的病脚不敢悭吝自己气力，小牛也因为顾虑到主人的原故，特别用力气只向前奔，他们一天所耕的田比用工人两倍还多。

于是乎，回到了家中，两位又有理由做那快乐幸福的梦了，牛伯为自己的梦也惊讶了，因为他梦到牛栏里有四只牛，有两只是花牛，生长得似乎比伙计更其体面，第二天一早起来他就走到栏边去看，且大声的告给“伙计”，说：

“朋友，你应当有伴才是事，我们到十二月再看。”

伙计想十二月还有些日子就点点头：“好，十二月吧。”

到了十二月，荡里所有的牛全被衙门征发到一个不可知的地方去了，大牛伯只有成天到保正家去探信一件事可做。顺眼无意中望到弃在自己屋角的木榔槌，就后悔为什么不重重的一下把那畜生的脚打断。

本篇发表于1929年9月10日《新月》第2卷第6、7期合刊。署名沈从文。

我的教育

一

这是我住在一个地名槐化的小镇上的回想。我住在一个祠堂戏台的左厢楼上，一共是七十个人。

墙上全是膏药，就知道这地方也驻过军队。军队与膏药有分不开的理由，这不是普通人所明白的。我们的队伍里，是有很多朋友也仿佛非常爱在背上腿上贴一膏药，到另一时又把这膏药贴到墙壁上的。他们——尤其是有年纪一点的伙夫，常常挨打，或搬重东西跌磕了脚，闪扭了腰，所以膏药在他们更是少不了的东西了。

我们每两人共一床棉被，垫的是草，上面有盖的，下面有垫的，不湿不冷，有吃有喝，到这里来自然是很舒服的生活了，所以大家都觉得很满意，因为一切东西是团上供给的，铺板是新的，草是干净的，棉被是从人家乡下人自己床上取来的。

排长早晚各训话三次，他是早把这个体面的训话背熟了多日，当到司令检阅时也不至于出笑话的。排长训话有三点，说是应当记清：一，不许到外面调戏别人妇女，二，不许随便拿人东西，三，不许打架闹事。我早就把这个记熟了。至于他们，我不敢说，我是明白有些人的嗜好的。

二

整理了一天的住处，用稻草熏，楼上的霉气居然没有了。

今天有人在墙罅里捡得三块钱，用红纸包好，不知谁人所放，得了钱不报告上去，被知道了，缴了钱，还按捺到阶前打了三十板。这人很该打，得了横财他就想隐瞒。排长说，这钱应当大家公分，是天所赐。钱少，不便分摊，所以晚上买了猪肉大家吃。被打的那人他抖气躺到床上不吃，很好笑，你不吃，也仍然是挨打了。照理他应当抖气吃得比别人更多。

军人讲服从，不服从就打，这就是我们生活的精义。

有许多人是因为聪明，不容易使排长生气的。其实那有什么奇怪，常常同排长喝点酒，排长还好意思打人骂人吗？

因为熏房有恶气味，就邀人出到街上去看。我不知道凭什么理由我们会驻扎到这地方来。这里街只是一条，不是逢场日子连买汤圆也买不出。街上太肮脏了，打豆腐的铺子，臭水流满了一街，起白色泡沫，起黑色泡沫，许多肮脏灰色鸭子，就在这些泡沫里插进了它的淡红色长嘴，咂东西吃。全街只有一个药铺，两家南货铺。他们插国旗是欢迎我们的，国旗的马虎同中国任何地方一个样子。我们来清乡，先贴了半个月告示，再经过团上派人打锣通知，大家是知道清乡对他们有益了，所以才把国旗挂出。

我今天到街上时看到一个吹唢呐的人。他坐到太阳下，晒太阳取暖，吹他的唢呐，小孩子许多围到看。他的唢呐吹得不坏，很有功夫，我以为是讨钱的，觉得我有慷慨的必需了，丢了点钱，大家笑了。原来是他在那里引小孩子们，并不要钱。不要钱了我看比我平常有耐心去做的事还久。这地方小孩子都很瘦，好像有病，也是平常的事，我看到许多地方小孩子全都不甚肥壮。

街上冷静了，幸好，打听得出有酒喝，逢场或者好一点。我们想吃肉是非等到逢场不行的。昨天吃的是二十里外来的肉。

三

排长头一天说，军人要早起，我就起得很早。

今天点名，凡是不起床的全都罚跪，一共跪了十九个，一排跪到那大殿廊下，一直到九点钟，太阳照到这些的阔肩背，很可笑。

排长看到了这一群矮子也笑。跪够了到吃饭时大家又吃饭。

我们大约还要一些日子才下操，因为还没有命令。既不下操，又起得早，怎么办？打霜了，很像十月天气，穿了我们的新棉军服，到后山去玩，是很好的事。到了后山才知道这地方不错，地方人家少，田亩多，无怪乎有匪，不过我们还是不见土匪的，大约他们听说开来的军队很多，枪上刺刀放光，吓怕了，藏到深山中去了。我想过一阵我们会排队到各处打土匪的，那自然是有很趣味的一件事，碰不到匪，总可以碰到团总，团总是专为办军队招待才要的。

到溪边，见到有一个人钓鱼，问他一天钓多少，他笑。又问他，才明白他是没有事做钓鱼玩的，因为一天鱼不上钓也是常有的事。快到冬天了，鱼不上钓。想不到是这乡里还有这种潇洒的人。我也就想钓鱼。

早上这地方空气新鲜。

回到营里，吃过早饭，无事做了，班长说，天气好，我们擦枪。大家就把枪从架上取下，下机柄，旋螺丝钉，拿了枪筒，穿过系有布片的绳子，拖来拖去，我的枪是因为我担心那来复线会为我拖融，所以只擦机柄同刺刀的。我们这半年来打枪的机会实在比擦枪机会还少。我们所领来的枪械好像只是为擦得发亮一件事。

在太阳下擦枪是很好的，秋天的太阳越来越可爱了。

有些人还在太阳下翻虱，倦了就睡，全很随便。

因为擦枪，有人就问排长："大人，什么时候我们去打土匪？"排长笑，他说："好像近来这地方是没有土匪。"

如果是没有土匪，驻到这地方过一个冬天，可真使人骂娘了。我们是预备来实习在ＸＸ所学的"散开"，"卧下"，"预备放"，"冲锋"，种种事情的。没有土匪同什么人去实习这件事？

四

今天逢场。想不到这地方也会这样热闹。

我们有肉吃，用开差时从军需处领下的洋磁小碗，舀汤喝，我们全到了张口大笑的时代了。

早上有训话，告我们不许拿人家东西不把钱，不听命令，查出了，打五百。训话一毕大家都到街上玩去了，各人都小心到五百的一个数目，很守规矩。记到这训话轻轻的骂娘的也有人，但这些人我相信都不忘记“五百”那数目，不敢生事，不过，见到东西，要买了，他们总只要一半价钱，因为“五百”，摇头不答应，到后送同样价钱却得了一倍东西，这个事情责任可不在兵士了。

场上各样东西全有买卖，布匹，牛羊肉，油盐杂货，嘉湖细点，红绒绳子，假宝石镯，全都不缺少。又有卖狗肉的，成腿卖，价钱比ＸＸ贱许多。我们各人买了二十文冰糖含到口中，走到各处看热闹。

这地方鸡种极好，兵士们都买鸡喂养，作斗鸡，又买母鸡，预备生蛋孵雏。

逢场药铺生意也忙了，我站到那药铺门前看了半天，捡药的人真不少。这铺子一见我们站到门前，就问我要膏药不要，有新摊的奉送。他以为凡是兵士腿上全应贴一张膏药，一点不明白什么人才用得着那方块东西。

在场上随意走去，也很看了一些年青女人，奶子肿高，长眉毛白脸，看了使人舒服。

好像也有人乘到逢场摆赌的，因为恐怕司令部官长在那里，所以不敢去看。到夜里，才知道桌子是由副官处包办抽税，一张三串，一共是得钱四十余串补充营摊分了九串，钱不多，分下来不成数目，仍然不分，留到下场买肉吃。

五

不逢场，街上是不值得来去了。

在厢楼上白天睡觉的人很多。

我不出门，就到戏台前去同人数木雕浮刻故事，到后借司务长的笔画了一张赵子龙单骑救主的画，仿到那木雕，很有神气，我把它贴到墙上，被他们见了，大家都请我画一张。我对这件事自然从不推辞，一张包片糖的粗草纸，我也能够画出一张张飞的脸。

这祠堂里他们都说有鬼。他们又说鬼是怎样多，照规矩在某处某处都有，不过这些人没有话说，所以找出这些来说说罢了。我们中间是没有一个人怕鬼的，许多人吃过人肝人心，当菜炒加辣子下酒，我虽然只有资格知道这一件事，不能下箸，但我们这样的人那里还有怕鬼的闲心？但因为火夫同吹喇叭的号兵爱听故事，所以大家常常谈鬼。

住到这祠堂里几天来我们的事可以列表记下：一，点名（不到则罚跪），二，吃饭（菜蔬以辣椒为主体），三，擦枪，唱军歌，四，各处地方去玩，撞一点小小乱子（譬如打别人的狗一阵，撵别人的鸡一阵）。这日子将过下去有多久，我们中间是无一个人明白的。我们来到这里究竟还要做些什么事，也无一个人明白的。因为我想明白这事，就同到几个人去问军法长，军法长也不知道。他说："我知道什么是清乡呢？我只会审案，用大板子追取口供。"这军法长是我们顶熟的人了，他就只能告我们这一点事情。

因为每天的给养是由团上送来，由副官处发下，所以到了这里有一件难得的事，就是不必像在ＸＸ时每天晚上得听到司务长算伙食账的吵闹。司务长无伙食账可算，所以乘成天醉到楼梯边，曾有兵士用脚在他肩部踢过一下，第二天也不曾被处罚，真算是一件奇怪的事。

六

我们的司令部设在后殿，无事兵士不到里面去。今天不知为什么有六个人被派往里面去。我因为同军法长是熟人，就跟了进去，到了里面，才知道团上送土匪来了，要审问了，所以派人进来站堂。

送土匪是已为我们知道了的，土匪送来时先押到卫舍，大家就争去看土匪，究竟是什么样子。看过后可失望极了，平常人一样，光头，蓝布衣裤。两脚只有一只左脚有草鞋，左脸上大约是被捉时受了一棒，略略发肿，他们把他两手反捆，又把绳端捆在卫舍屋柱上。那人低了头坐在板凳上，一语不发，有人用手捺他他也不动，只稍稍避让，不知道在想些什么心事。

不久就坐堂审案了，先是看团上禀帖，问年岁姓名，军法坐当中，戴墨晶眼镜，威武堂堂，旁边坐得有一个录事，低头录供，问了一阵，莫名其妙那军法就生气了，喊“不招就打!”于是那犯人就爬到阶下，高呼青天大人救命。于是在喊声中就被擒着打了一百板，打过了，军法官也稍稍气平了。

军法说：“他们说你是土匪，不招我打死你。”

那人说：“冤枉，他们害我。”

军法说：“为什么他们不害我?”

那人说：“大老爷明见，真是冤枉。”

军法说：“冤枉冤枉，我看你就是个贼相，不招就又为我打!”

那人就磕头，说：“救命，大人!我实在是好人。是团上害我。”

军法看禀帖，想了一会，又喝兵士把人拖下阶去打了一百。

到后退堂，把人押下到新作的牢里去，那牢就在我住处的楼下。这汉子一共被打了五百，到底是乡下人，元气十足，受得苦楚，还不承认。我想明天必定要杀了他，因为团上说他是土匪，既然地方有势力的人也恨他，就应当杀了。我们是来为他们地方清乡的，不杀人自然不成事体。大家全谈到这个人可以杀了，对于这人又像全无仇恨，且如果说到仇恨时，我清楚有许多人是愿意把上司也杀了的。只觉得是土匪就该死，还有人讨论到谁是顶好的刽子手的事了，这其中自然不免阿其所私，因为刽子手可以得到一些赏号。

兵士中许多人都觉得明天要杀人，是有趣味的一件事，他们生活太平凡单调了。要刺激，除了杀头，没有算是可以使这些很强的一群人兴奋的事了。

晚上到卫舍时，看到有人在劈大竹子，劈了又用刀削，说是副官要他们预备毛竹板子，才能对付得下，这地方土匪极其狡猾，用平常打兵士的板子是对付不下那些东西的。是的，一点不错，这地方人都似乎很强壮，并不比我们兵士体格瘦弱，要他们招出一些他们不知是犯罪的事，不重重的打怎么行。他们有时被打还不喊，蛮子!

七

我又看到审案，一切情形同昨日一样，所不同的只是打的数目。时间是早上，板子的确是新东西了，喊堂时，一个兵士哗的把一束毛竹板子丢到地下，真很有些吓人。犯人只再加三百，就招了。他照到军法意思说了一些军法所要明白的话，当天录了供，取了指模，又把他丢到牢里。我们以为今天会要杀人了，都仿佛有一种欢喜。

不杀人，在戏楼上无意思之至，就到山后玩了半天。

今天兵士也有被打军棍的，是因为他们打了架。他们一天什么事也不能作，打架实在也是免不了的事情。不过平常打打闹闹，不要到动刺刀流血的情形，也不什么要紧，这些人是打了架明天也会好的，军人中脾气是这个样子。到因为两人打架被罚相对立正一点钟，两人就都抱怨自己的粗卤了。

不过因打架到革除也有的，我晚上就梦到我自己被革，先梦到同ＸＸ打了一架，队官就把我们革除了。

八

我到修械处玩了半天，看他们做事，帮到他们扯风炉。

他们那些人，全是黑脸黑手，好像永远找不到一个方便日子去用肥皂擦到脸上颈上的。他们那里一共是六个小孩子，同到在一处做事，另外一个主任，管理到他们工作的勤惰。孩子们做事是有生气的，都很忙，看不出那些小鬼，臂膊细小如甘蔗，却能够挥大铁锤在砧上打铁。他们用镳，用锯，用钻孔器，全是极其伶巧。他们又会磨刀。他们一面说笑话一面还做各样事情，好像对于这工作非常满意，且有过十年以上那种习惯。

修械处方面，使我们对他们也觉得羡慕的是他们那好主任，主任每天用大煨缸煨狗肉牛肉，人人有分，我们新兵营里的人可没有这种福气。营长同队官是也很能喝一杯的，可是不请客。

他们约了我下次吃狗肉，我答应了。

我们今天又擦枪。

下半天从修械处出来，走到街头，看到有兵士从石门方面押解人头来部，每一个脚色肩挑人头两个，用草绳作结，结成十字兜，把人头兜着，似乎很重，人头一共是三担。为看人头就跟到这些人头担子回营，才知道这是驻石门剿匪砍来的。这是不是匪头，那是我们不明白的事了。

这东西放在副官处，围拢来看的人极多。到后副官说，应当挂到场头上去，明天逢场示众，使大家知道我们军队已在为他们剿了匪，因此我又跟到他们去看，直到看他们把人头挂到焚字纸塔上姿式端正以后，才回大营。

九

又到场期，精神也振作起来了。

大清早就约了几个不曾看到昨天人头的兵士去欣赏那奇怪东西。走到那里时，已有一些兵士在那里看。人头挂得很高，还有人攀上塔去用手拨那死人眼睛，因此到后有一个人头就跌到地上了。见了人头大众争到用手来提，且争把人头抛到别人身边引为乐事。我因为好奇就踢了这人头一脚，自己的脚尖也踢疼了。

今天半日时，那关闭在牢里的土匪被牵出到街头当路大桥上杀了，把头砍下，流了一坪血，我们是跟到那些护围的兵士身后跑到了刑场，看到一个刽子手用刀在那汉子颈项上一砍，嘛的一声，又看到人倒下地以后再用刀割头的一切情形的。大家还不算觉得顶无趣味，是这汉子虽不唱歌不骂人，却还硬硬朗朗的一直走到地。到了地，有人问他“有话没有?”他就结结巴巴说“二十年又是一条好汉。”他只说这样一句话，即刻就把颈项伸长受刑了。

如我能够想得出这些人为什么懂得到在临刑时说一两句话，表示这不示弱于人的男子光荣气概，又为什么懂得到跪在地下后必须伸长颈项，给刽子手一种方便砍那一刀，我将不至于第二次去看那种事了。

这人被杀大概也不什么很痛苦，因为他们全似乎很相信命运。是的，我们也应当相信命运。今天他们命运真不怎么好，所以就这样办法了；我们命运同那个人相反，所以我们今天晚上就得肉吃。

看过杀人回到营中的我们，所讨论的还是那汉子的事，我们各人据在草上，说了很长久的时间，又引申说到另外一些被砍的故事上面，在兵士的一群中是很少有像我那样寡见浅识的。他们还能从今天那汉子下跪的姿式中看出这命运不好的汉子做匪无经验的地方，因为如果作匪多年的人，他应当懂一切规矩，懂到了规矩，他下跪时只应屈一只腿，或者有重伤则盘膝坐下，因为照这办法到头落地以后死尸才可以翻天仰睡，仰卧到地上对于投生方便，说了二十年又是好汉那样慷慨决绝的壮语，却到头不懂这些小事，算不得完全的脚色。兵士们是每一个人皆有许多机会看到杀人，且无有不相信这仰卧道理的，兵士被杀都很明白那种体裁，纵缺少这知识临时也可以有熟人相告。

十

一个团总又同了二十个亲信，押解一群匪犯来了。“该死的东西”一共是六个。审讯时有三个认罚，取保放了。有三个各打了一顿板子，也认了罚，又取保放了。听说一共罚了四千，那押解人犯来的团总，安顿在司令部喝酒，出门时，笑眯眯的同我们兵士打招呼，好像我们同他新拜了把子。

我听到一个兵士说这是一种筹饷的最方便办法。这人叔父是那军法长，所说的话必定不会错。听到这个话，我心想，这也真是方便事。我们驻到这地方，六十里附近一共是一千多人，团上供给的只是米同柴火，没有饷大家怎么能过年。人人都说军队驻防是可以发财的机会，这机会如今就来了。有了机会，除庆贺欢喜，无事可作了。不过也想到这些人他会恨我们这队伍。不过就是恨，他们也没有什么办法的，不甘心罚钱，我们把他捉来就杀了，也仍然就完事了。

今天落了雨，各处是泥浆，走到修械处去玩，仍然扯炉，看到那些比我年纪还小的工人打铁。打铁实在是有趣味的事情，我要他们告我使铁淬水变钢的方法，因为我从他们处讨得了一支钢镖，无事时将学打镖玩。我的希望自然不必隐瞒，从兵士地位变成侠客，我自己无理由否认这向上的欲望。

晚上睡得很晚，因为有兵士被打五百，犯了排长训话的第一项，被查出了，执行处罚。军人应当服从，错了事，所以打了。这人被打过了就只伏在铺板上哼，熟人各处采寻草药来为他揉大腿，到后排长生着气往营长处去了，大家都觉得无聊。但不久全睡着了，那被打的兵士似乎也睡着了，我还不能睡好，想到军人应当服从，记到那兵士呻唤。

十一

约定了分班出到外面溪里去洗衣，在家洗了一会衣，就在溪里骂丑话浇水。因为又是好天气，真想不到的晴朗，天气一好，人人都天真许多了，有一个第八班的火夫，到后就被大家在很好的兴趣中按到水里去了。这个人从水中爬起，衣裤全湿，哭到营里去时，没有一个人把回营的处罚放到心上。

我洗了衣，又约同了三个兵士到杀人的地方去看。尸首不见了，血也为昨天的雨冲尽了，在那桥头石栏干上坐了半天，望到澄清的溪水说话不出。我是有点寂寞的。因为若不是先见到这里杀了一个人，这时谁也看不出这地方有人伸长颈脖，尽大刀那么很有力的一砍的事了。

他们杀了人，他们似乎即刻就忘记了，被杀的家中也似乎即刻就忘记家中有一个人被杀的事实了，大家就是这个样子活下来。我这样想到时心中稍稍有点难过。不过我明白这事是一定不易的。虽然刽子手回营时磨刀，夜里且买了一百钱纸为死人烧焚，但这全是规矩而已，规矩以外记下一些别人的痛苦或恐怖，是谁也无这义务的。

这地方似乎也有读书人，也有绅士。不过一个读书人，遇到兵，打他的嘴，他也是无办法的（绅士平时就以欺侮平民为生活，我们就罚他的款，他也只有认罚，不敢作声）。打读书人当然不是这地方的事，因为这里的我们不想打谁，只是很平凡的活着，不打仗，脾气是没有的。我相信在愚蠢的社会中聪明也无用处。

十二

昨晚有人请班长到营长处去说，让我们也来赌点钱，不然无事做了，很不容易过日子。营长说，好，你们随意玩玩，只是不能在那上面分出大数目的输赢，还有，不许吵闹，不许欺骗。我们也一一答应营长了。从此我们多有了一种消遣。

说是不许到大数目，但是几个火夫把半年来积蓄下的几块钱，在第一天就输光了。这火夫是最爱贴膏药的人，胸口上我总见到他有一块东西。输了钱，问他胸口怎么样，这意思是笑他心痛不心痛，他不生气，笑，说，运气不高，所以失手。这些人是有上了四十岁的年龄的，看到那种蠢样子，使人觉得好笑以外的怜悯。他们真完全是小孩子。

火夫薪水每月三元，除伙食一元半，剩余一元半。他们把半年来的积蓄输到一晚的牌九上面，输光了，第二天又仍然一到东方发白就挑了水桶到井边去担水，单是我们营里这种人的数目也就很不少了，照例又是这种人有输无赢，他们实在就特别给了许多机会让别的兵士行使欺骗。

望到他们挑水，使性子把水桶同到其他水桶相磕。有说不出的风格到我的心上。

我是不赌博的，只看，也很有趣味。先是赌精，已因为一次教训把赌戒去了。

我每天买二十文冰糖含到口中，近来已几几乎成为习惯。

今天又送来了两个匪犯，在我买糖时候遇到，我就问那卖糖人，是不是这地方被这些匪抢劫过。那个人摇头，他告我匪是在有一个时候遍地都是的，因为有些时候他们做土匪的机会比做平民的机会多一点。我不懂他说的“机会”，但看那个人是不会说谎话的，我也仿佛就懂了。

夜里审讯土匪我不去看，到后听说用铁杠把一个年青一点的两只脚全扳断了，就知道这人必定又是后天的货。每一场杀一个人，是可以使他们乡下人明白我们来到这里为他们剿匪，并不白受他们供给。

十三

今天又送来七个。

大家似乎都很欢喜，因为这些土匪由团上捉来，一让我们分别杀戮或罚款，并且团上对于匪徒的家事全很清楚，不会遗漏也不会错误，省事许多。

我呢，可不管这个。这些是军法的事，照例他们应当比平时忙碌了一点，这些有知识同有名分的人，为了审案，烟也吃不成了。我呢，自己到修械处打铁，玩车盘，在铁板上钻眼。我的兴味就在这些事情上面。杀人时我固然跟到去看，有热闹我总在场，可是我对于土匪的拷打是不发生兴味的，我对于杀人也没有他们盼望得殷勤。一遇到送来土匪审讯时，大家就争到拿板子准备，一听到杀人，大家就争作护围兵，真是奇怪。他们实在是无事情可作了，他们就不能不找出一些事情。

我今天被修械处一个小工人引到了一个新鲜地方，是去街稍远傍山一个铸铁厂。那里大铁炉高约两丈，成水的铁汁从炉口流出时放大白光，真是了不得的壮观。那工人比我多懂许多，他能分别铁矿，能知道铸铁成为熟铁的方法同理由，又能够自己动手挥锤。他每月口粮是四块六，还能把积下的钱请主任寄回家里去，家里有妈卖布。他的年纪比我还小，只十三岁，再过两年到我年纪时，他可以有八块钱月薪了。

铁厂真是一个好地方，到了那里我知道许多事情，辛寿是好人，各样全好，我说的辛寿就是那修械处小工人的名字。

十四

今天杀四个，全躺到那桥上，使来往过路的人也不能走路了，大家全从溪上游涉水走过。望到那些人一见血就摇头的情形是很有趣味的。逢场杀了这些人，真是趁热闹。血从石罅流到溪里去，桥下的溪水正是不流的水，完全成了血色，大家皆争伏到栏杆上去看。

今天杀人，司令部的副官，书记官，军法，全到看。他们实在太没有事情可作了，清闲到无聊，所以他们从后门赶到桥上看，那军法还拿的是一支水烟袋，穿长袍，很跑了一些路。

大家全佩服刽子手的刀法，因为一刀一个，真有了不得的本领。这个人是卫队的兵士，把人杀完了，就拿了刀大踏步走到场中卖猪生肉屠桌边去，照规矩在各处割肉，一共割了七十多斤肉，这肉到后是由两个兵士用大杠抬回营来的。这规矩我先是只听人说到，在前清就有了的，上场大约也割过了，今天我才亲眼见到。这肉虽应归刽子手一人所有，到后因为分量太多了，还是各处分摊，司令部职员自然有分，我们也各有分。

吃晚饭，各人得肉一大片，重约四两，不消说就是用那杀人的刀所割来的肉了。吃到这肉时免不了仍然谈到杀头的话，一面佩服刽子手的精练刀法，一面也同时不吝惜夸奖到把脖子伸长到被杀的那一位。这又转到民族性一件事上来了，因为如果是别地方的人，对于死，总缺少勇敢的接近，一个软巴巴的缩颈龟，是纵有快刀好脚色，也不容易奏功的。这一点，ＸＸ地方土匪真可佩服，他们全不把嘲笑机会给人。

因为有肉，喝了些酒，醉了三分的，免不了有忽然站起来用手当刀拍的砍到那正蹲着喝酒的人颈后的事。被砍的一面骂娘一面也挣扎起来，大家就揪到一处揉打不休。我们的班长，对这个完全无节制方法，因为到了那时节，他自己也正想揪一个火夫过来试试了。

杀了一个以后，我们大家全都像是过节，醉酒饱肉，其乐无涯。

十五

我一个人怀了莫名其妙的心情，很早的又走到杀人桥上去看。我见到的仍然是四具死尸。人头是已被兵士们抛到田中泥土里去了，一具尸骸附近不知是谁悄悄的在大清早烧了一些纸钱，剩下的纸灰似乎是平常所见路旁的蓝色野花，作灰蓝颜色，很凄凉的与已凝结成为黑色浆块的血迹相对照。

我看了一会死尸。又看了一会桥下，才返身。

我计算下一场必定仍然至少还有四个，因为五天内送四个匪来是可能的，并且现在牢里就还留得有四个，听他们说是有两个本应昨天杀掉，因为恐怕下场无人杀，所以预备留到下场用的。

十点钟排长集合，说了许多我们要爱国保民的话，同时我们在大坪里扯圈子唱新的军歌，歌中意思是“同胞同胞，当爱助，当携手，向前走。”我们一排人又当真携手作了一点钟游戏，大家全欢喜得很，因为我们从 X X 开拔，到如今已经有二十天不作游戏了。虽然许多人已全是做父亲的年纪了，对于玩，还是很需要的事，他们心上全是很天真！

想起歌中的话语，我好像很有些感慨。在一队中我们真是很关爱的，被打了就代为找药，输光了就借钱扳本，有酒全是大家平分，有事情也是大家争去做。只是另外的，我们就不问了。别一营的事我们是也常常无理由去过问的。谁也不明白这理由，谁也不觉得这理由一定有明白的必要。

今天有人被值日副官罚跪到殿前，头顶清水一碗，水泼到地则所罚不算。大家对这件事才感生兴味，引为笑乐，都说亏副官想得出这样好主意。副官聪明是也只能在这些上显出的，此外也不过同我们一样吃饭睡觉罢了。

我们全是这样天真朴实的头脑。

十六

我到修械处吃狗肉。把狗肉得到了，放到炉上烧，皮烧焦以后，才同辛寿拿到溪中去刮，刮干净了又才砍成小块加作料安置到煨缸中去煨。狗肉煨缸挂到打铁炉上，一面做事的仍然做事。到下半天，七个人就享受了。小工年纪虽小，得了好主任的训练，差不多每一个人都能蹲到狗肉缸边喝四两酽冽的烧酒，喝了酒就随便说一点疯话，譬如“今天非……不可！”“一定要同那水牛打一架！”

那么仿佛非常决绝的话：大家且在这话上互相嘲谑到关于“货”的问题。货其实是完全无用处的东西。青年人，肚中有了酒，要发散，所以才提到这无用的东西。大家还把某一类地道的象征名词解释了若干用处，这用处多半是从一个火夫或一个马夫方面听来，结果还是唱唱“大将南征”的军歌各人拿起家伙到厨房洗濯去了。

主任好脾气，几几乎使我也成为修械处工人。

假若我作了工人，我对于使用一切器械是毫无问题的。我且能像那些小子一样在工作上发现大的趣味。我将成为一个很好的工人，十年后也仍然还在那些地方做我的工。

十七

早上点名特别早到，制服整齐，被嘉奖，心里很快活。同到别人在操坪里操了一点钟。我们全都像需要一点分量沉重的东西压到肩上才容易过日子，我虽不一定是这样的人，但另外一些蠢汉子，是没有工作生活就不能规矩的。天气又太好了。我们想找一些事做，今天才同到队官去说，大家请求出去放哨，看看有不有土匪在附近骚扰。这队官是我的一个亲戚，他曾常常用亲戚的名分吃过我的冰糖。他回答我们说：

“放哨是派的，不是请求的。”

“那我们请派出去。”

“一群呆子，派出去干吗？有土匪，团上会为我们捆好送来的，要我们去捉捉得到吗？”

“我们做什么？”

“你们擦枪吧。你看，天气多好！点验委员快要来了，若看到你们枪上刺刀不发光，那不是笑话么？”

“什么时候委员就来？”

“快了吧。我听他们说快了，等我们清了一会乡就来看成绩。”

“可是我枪上退子钩也被我擦小许多了，我不再做这种蠢事。”

“你以为这是蠢事，只你一个人以为——”

“不是蠢事我也不擦枪。”

“那就随便玩玩也好，只是不能到外面生事。”

队长走了，仍然含了我的一点糖在口中走去的。不能放哨，就只好照队官的吩咐，出去玩。我们今天就有七个人到那后山去砍柴，每人砍一些枯枝，又砍了一些小竹子，预备拿回营来作箫，同时还摘了一些花，把花插到柴捆上面，一路唱军歌回营。

我们的快乐是没有人能用法律取缔的，一直唱歌进到营里，就仿佛从什么远地方打了胜仗归来，把野花插到洋酒瓶中，还好好的安置到司务长算伙食账的一个米桶上面去，到晚上，那花影映到美孚灯微光中，竟非常美观。

在夜间我们营里可出了大事了，驻到后面一进左边院子里，有一个逃兵，第一次拐了枪械逃走，被捉到营里，因为答应缴出三支枪，就没有照处治逃兵法枪毙，方便在将来追枪，留他到营里住，如今又逃走了。这犯人我曾常常见他，白脸高身材，为军人中很难得的体面人物。他脚用铁梏锁定，走动时就琅琅的响，有时我们正擦枪，他也能得到方便出外面大坪来晒太阳，坐到石栏干旁向天空看云影。这汉子存心想再逃走，在夜里借故出恭，由班上一个火夫作伴，到修械处外面园圃中大便，谁知候在门边的火夫半天见无动静，疑心了，就喊那人名字。喊了几声仍然无声息，各处一望，人已不见了，火夫吓慌了，就大声的喊出来，“逃脱骡子了”，“逃脱骡子了”，一直从修械处喊出大堂。那火夫是苗人，声音洪亮不凡，全营为他这声音皆惊动了，大家全摸了枪向外面集合。我正在修械处同辛寿做铁弩，用枪挺簧纳小竹筒中，以为设计把箭镞放在压紧的簧上以后，遇到虎豹时，一放就可以打中虎眼。从别人所学到的白玉堂的身分上，我发现了一些我也不缺少成为这英雄的气质，就非常有兴味的研究这镖弩。先是听到有人从外面走过，很平常，以为这完全是不知节制吃多了一点的人物大便，可是到喊“打脱骡子”，我们忙随了那苗人到外面来，那苗火夫经营副耳根一掌，打得略略清醒了，他说“罗什长逃走了”。大家明白事情只是那逃兵又逃了，放了心，什么人说是“追去”许多人就想拿了枪向外走，还有些喝醉了酒的也偏左偏右拿了一把刺刀走下楼来了，另一种混乱又不成样子。

到后园去看，人是从土墙上爬过，还留下一些痕迹，毫无疑义人已向后山躲藏了。又不久，我们就分头拿了火把器械去后山追寻了。每一个草堆全用长矛搜索过了，每一株大树全有人爬上去找寻过了，还是没有那白脸长身材汉子的踪影。那营长，因为这犯人是已经判决，只因为缴枪的原故所以看管到本营的，即刻把赏号悬出了，捉到活的赏三百，找出死的赏两百，好像全为了这个赏格数目的原故，平时办公事具结造表册的师爷，也有拿了提灯同长矛四处找寻逃犯的，但无论如何搜索，显然那汉子已即刻离开这山中，走到别一处去了。

我们被分派每廿人一组，到各处马路上去拦阻这逃兵，因为算定了这汉子纵逃走也只能取那几条路到别处去，就把一百四十个人分配了七组去拦截这一个人。我同我们一班上的人派过名叫江口的一条小路上去，因种种推测这路是必然取的一条路。即刻预备了草鞋，背了枪弹，向指定地点出发，七路中我们算是第四路，今夜是再不能在新棉絮里睡觉了，即刻我们就在路上了。大家对于这件事感生那么兴味，是三百元一个数目罢了。我们是并没有觉得非把这汉子头颅切下不可的，我们同他无友谊也同时缺少仇怨。我们虽不能明白这汉子所取的方向，又不能明白这赏格究竟是不是一个实在数目，可是总以为若果逃兵由自己发现，当是一件有趣味的事。一面是明白那汉子有脚镣系下面，纵走也去不很远，一面又是恃人多手中有武器可以制人死命，所以我们一点也不以为这是无意思而且危险的行为。

在路上想，三百元这样一个大数目，是一个兵士五年的饷份，一个火夫十年的口粮，气运一来，岂不是用枪刺那么随随便便一拟，或者向路旁草深处一探就可得到么？我们所有的人是全在这一个人身上做着好梦的。

只有今夜我才知道我们世界上同黑暗在一块的人事情。

十八

逃兵捉回来了，如所意料绕路，走的是第四路。但我们却与这运气无分，因为那人还比我们所猜想不胡涂，先是他想从江口过ＸＸ，到后好像有意要作成另外一些人，本应一直与我们碰头，却自说临时变计向大寨走了。这人是大寨那一路所捉回来的，比我们转来迟了四点钟，人捉回时浮肿的脸更加苍白，他仍然站到那坪中太阳下向阳取暖，脚镣已断了，据说是先在营中锤断用布片包好的。我们望他，他也望我们，大约也看出我们因他一走全个晚上狼狈的情形了，就在见连长时说很对不起连长同诸位兄弟。到后为营长审讯，又向营长道歉，说对不起营长。

营长说："罗，你又回来了，我以为你聪明，第二次总不会再同我见面了。"

那汉子想了一会，说："这是一定的。"

营长说："我本来想救你，所以答应缴枪，就不砍你的头。你真太聪明了，见我对你好，你就欢喜逃。你是逃过了，这是你欢喜的事，你大约不欢喜挨打，让我打你一顿看看。"

这汉子当真就被打了一顿，被打完了丢到土匪牢里去。这汉子一瘸一拐走到牢边时，进牢门还懂得先用背进牢的方法，我才问别人，知道这人还作过一次大哥。

吃过饭，各人为晚上事辛苦了一晚，正好到床上草中做梦，忽然吹了集合号，排队站班，营长演说。营长说，司令部有命令，把罗ＸＸ杀了。不到一会这汉子就被他那同营的兵士拥到平时杀人的桥头，把一颗头砍下了。

"他拐了枪，就该杀，不杀他，还想走逃，只有把他头砍下一个办法了。"这是营长演说的话语。

杀人时押队的就是他平时同营吃饭下操的兵士。大家都只明白这是军法，所以到时当刽子手也仍然有人。杀过这人以后，大家看热闹的全谈论到这个人，人是太英雄了，"出门唱歌"，"脸不失色"，不辱骂官长，"临刑颈脖硬朗"。大家还说他懂规矩，这样汉子的确是难见到的。

晚上营长从司令部里领赏格下来了，分配的办法稍稍出人意外，捉到这汉子的一组兵士得三分之一，其他出力人员分赏三分之二，大家对这支配皆无话可说。得赏以后，司务长成为兑换铺的人物，即刻就有许多人很畅快的在草席上赌起牌九来了，这些人似乎全都对于昨夜的行为感到满意。

我不明白他们为什么出三百块钱（这样一个大数目）一定要把那汉子捉回来的理由。捉回来就杀了，三百块钱就赏给出力的人员，大家就拿这钱赌博，这究竟是为什么事必须这样做，营长也说不分明，因为在训话里他并不解释这“必须”理由。

一切仿佛皆是当然的，别人的世界，我们的世界，永远全是这样。

十九

今天又发生了新事情，第十四连（就是那看守罗什长的一连）有三个兵士被审讯了，各人打了五百，收进牢里，是因为查明白有纵罪人逃走的原故。他们因为是朋友，所以那样作了，我们因为不与那人相识，就仍然赌了一天钱。那三人还应当感谢长官，因为照规矩他们也有死罪。也算是“气运”吧。在军队中我们信托自己还不如信托命运，因为照命运为我们安排下来的一切，是连疑问也近于多余的。一个火夫的身体常常比我们兵士强壮两倍，同时食量同担负也超过两倍，他们就因为什么不懂才有这样成绩。我们纵非懂“唱歌”“下操”“喊口号”“行礼”种种事情不可，不过此外的东西，我们是不必去懂的。我们若只有机会看到我们的幸福，我们就完全是幸福的人了。

“打死他吧，”像这样的意思，在那三个兵士的连里，是应当有人想到的。这以为打死也不算过分的，必定就是那些曾经为一些小数目的债务，或争一支晒衣的竹竿，吵骂过嘴的人。小小的冤仇到某一时就可以牵连到生死，这是非常实在的。我们在ＸＸ时还遇到一件事情，就是一个兵士半夜里爬起来把切菜的刀砍了同班的兵士七刀，头脸各处全都砍到，到后凶手是被审讯了，问他为什么这样粗卤，随意拿菜刀砍人，他就说是因为同伴骂了他一句丑话。这是不是实在的供词？一个熟习我们情形的人，他会相信这供词的，所以当时军法也相信了。那人定了罪。从这些小事上别的不能明白，至少可以了然那地方的民族性，凡是用辱骂的字言加在别人身上，是都免不了有用血去洗刷的机会的。不过另外的事我也来说说吧，就是我们的上司，不需要任何理由，是全可以随意对于兵士加以一种很妙的辱骂的。每一个上司对于骂人总像不缺少天才，从学校出身的青年军官，到军队以后是最先就学到骂人的。被骂的兵士有一种规矩是不做声。但过一会不久，兵士一有了机会，就又把从上司处所记下的新颖名词加到火夫的头上了。火夫则只能互相骂骂，或对米桶，水缸，汤杓，痛切的辱骂。照例被骂的自然是没有做声。

埋罗什长是营长出的钱，得了赏号的也有到那死人面前烧纸的。尸骸到晚上才许殓收。

今天有两个兵士因为赌博打了一架，到后各到连长处去打一顿板子。我先以为这些人在晚上会又有发生上面说到的凶案了，不拘是谁在半夜三更爬起身来摸到了菜刀，血案就发生了。不过我完全错了，他们到晚上仍然是在一堆赌牌九，且把挨打这一件事当作一个笑话讨论了许多。真是有些福气的人，为他们担心是白担心了。

二十

今天落雨，打牌的就在营里打牌，非常热闹。

二十一

又落雨，打牌的也还是打牌。

二十二

还是落雨。

二十三

雨落了一连三天，一院子泥泞。担水的火夫大清早赤脚板在泥中走出走进，口中还哼哼哼不止。早饭前许多人皆很无聊赖的倚伏在楼厢栏干上看院中落雨的景致。雨已不落了，一个高身子师爷，掇长凳在长殿廊下画符，用黄纸画，到后且口咬鸡头，将血敷到符上面。他原来正在为昨天受伤那三个兵士治病。我们队伍中是不可少了这样人物的，有兵士被刀杀伤了，打伤了，或者营长太太有了病，少爷失魂夜哭，都不是军医的事，却非师爷画符不可。这师爷若缺少卜课本领也还是不成其为师爷的。大约“军师”就指的是这样人材，这人材的养成一半是天生一半还是由于地气，因为仿佛有三个全是 X X 地方的人。望到师爷画符的神气，仿佛看到诸葛亮再生。

看看师爷画符，自己也来学习，用从书记处讨来的公文纸头，随意挥洒而成，且把这个东西也贴到床头去，说是可以辟邪，就是我在下雨的这一天的事了。

我这符是到后又悄悄的贴到了一个火夫背上的。这火夫我们一到有机会就为他画一点胡子，或者把一个萝卜包上肮东西给他吃，到被哄伤心，或吃亏不了时，就荷荷的哭一阵，哭声元气十足，大家听这哭声以及欣赏那姿态，都似乎很有趣味。这汉子年纪是三十七岁，命好的一定作祖父了。他哭了，或者排长走来，找一些稀奇的话语一骂，或者由兵士中捐出一点钱，塞在他的手心，不久就见到这汉子用大的有黑毛的手背擦那眼边，声音也没有了。这样人，看来好像可怜极了，但若果我们还有“怜悯”这种字样，就留下到另外一些事情上用吧。方便中，他们是也常常在喝半斤酒以后，走到洗衣妇人处说一点野话，或做一点类乎撒野的事情的！他们用不着别人怜悯，如世界上许多人一样。火夫这种人，他们到外面去，见了可以欺侮的人，并不把他们穿灰色衣服的权利丧失。他们也能在买菜蔬时赚点钱，说点谎话，再向神赌一个不负责任的咒，请神证明他的老实。他们做事很多，但吃东西食量也特别大。总之这些人的行为，皆是不可原谅的行为，所以挨打的时候比旁的人总多。在情绪上像小孩子，那不独是火夫一种人，就是年纪再大一点的传达长，也是一个样子的。做错事情被打了就哭，赏一个钱就又拭眼泪做丑样子笑，五十岁年纪了还有童心，赌博一输就放赖，这样人还不止一个的。

天气是使人发愁的天气，我不能出去，就只有到修械处代替工人扯炉。把大毛铁放到炉上炭火中，一面说话，一面身对风箱，用两只手向后奔，到相当角度时又将身体向前倾，炉火为空气所扇，发臭气同红光了。铁煨红了，一个小孩子把铁用钳铗取出，平放到鹤嘴砧上，于是两小孩就挥细把铁锤，锤打砧上的热铁，锤从背后扬起，从头上落下，着铁时便四方散爆铁花。主任坐到旧枪筒的堆上，居高临下，监察一群小孩子作工，又拿孟姜女万喜良唱本书念给大家听。主任的书已唱过多日了，故事小孩子全能背诵如流，主任还是一面看，一面唱，一字不苟且的混过。间或有什么人来到修械处了，有事同主任商询，主任也还是用唱歌的章法同来人谈话，正像这个人成天吃酒不醉，却极容易醉到他自己的歌声里。

我在扯炉厌烦以后，是也常常爬到过铁堆上玩的。我爱这一屋子里全身是煤烟与铁锈的人，也极欢喜那些“三角”，“长方”，“圆条”硬朗实在的大小铁器。还有那沙罐，有狗肉香狗肉，无狗肉时煎豆腐干也仍然不缺少狗肉香味，不拘挂到什么地方我总能发现它。

谈到天气，辛寿他们是没有兵士们那样发愁的。天气越冷他们生活越痛快，一是吃肉的机会多，一是做事。在大冷天，我们营里火夫穿厚棉军服臃肿像人熊，辛寿他们一定还是赤裸露出又小又脏的肩膊做事。他们身上好像成天吃狗肉也仍然没有脂肪的积蓄，但每一个人身体的健全，则仿佛把每人拿来每天饱打一顿以后，还放雨露中两点钟也不至于伤风。

明天是场期，应当早早的睡，所以凡是不在夜中赌钱的，全都很早就睡了。

本篇发表于1929年9月10日《新月》第2卷第6、7期合刊。署名沈从文。